MALÉDICTION

AKRAM, JEAN-POL BERTOLLO, OLIVIER BOILE, MANON BOUSQUET, PHILIPPE GOAZ , CÉLINE CERON GOMEZ, DAVID CHAUVIN, GRÉGORY COVIN, NATHAEL HANSEN, AMRIA JEANNERET, FLORENT LENHARDT, MORGANE LEPROUST, SIANA, GUILLAUME SIBOLD, MACHA TANGUY

MALÉDICTION

Anthologie

MOTS & LÉGENDES

ISBN : 978-2-37227-052-6

Parution : décembre 2017

Textes © Akram, Jean-Pol Bertollo, Olivier Boile, Manon Bousquet, Philippe Goaz, Céline Ceron Gomez, David Chauvin, Grégory Covin, Nathael Hansen, Amria Jeanneret, Florent Lenhardt, Morgane Leproust, Siana, Guillaume Sibold, Macha Tanguy, 2016.

Préface © Kevin Kiffer, 2017.

Couverture © Pascal Vitte, 2017.

Éditeur © Mots & Légendes, 2017.

Site : motsetlegendes.com Adresse : Ludovic Païni – Kaffin les Brutineaux 38970 La Salette Fallavaux.

Printed by CreateSpace, An Amazon.com Company.

Kevin Kiffer

Préface

Le mot *malédiction* éveille immédiatement l'imaginaire du lecteur qui y associe des légendes, des prophéties, des personnages incroyables et des destins improbables. Il y a donc une logique à ce qu'une maison d'édition nommée Mots et Légendes y consacre sa première anthologie.

Il est difficile de poser la question suprême, à savoir comment définir l'idée de malédiction. La première réponse peut venir d'Alan Warren qui s'est essayé à circonscrire un sens large[1] : « *Sous sa forme la plus basique, la malédiction est simplement une incantation ou un sortilège magique imposé aux gens avec l'intention évidente de leur faire du mal, et est réputée être la forme la plus redoutée de magie. La malédiction elle-même est simplement l'expression de la volonté de nuire à une personne en particulier, et prétendument n'importe qui pourrait jeter une malédiction [...].* »

En français, deux sens existent : *1) Paroles par lesquelles on souhaite avec véhémence tout le mal possible à une personne, une famille, une ville, un pays, etc., sans appeler la colère de Dieu, mais le plus souvent en l'impliquant ; 2) Insultes, violences verbales contre quelqu'un ou quelque chose ou évocation de la disgrâce, du sort contraire, de fatalité, de choses vouées à la stérilité, à la mort*[2].

---

1 Warren Alan, « The Curse », dans S.T. Joshi (dir.), *Icons of Horror and the Supernatural : An Encyclopedia of Our Worst Nightmares*, vol. 1, Westport (Connecticut) / Londres, Greenwood Press, 2007, p. 129-159. Alan Warren est un auteur, qui a publié divers travaux sur les écrits de Roald Dahl ou encore Richard Matheson.

2 Le *Trésor de la Langue Française*, s.v. « malédiction ».

Retracer une histoire de cette notion revient à réaliser un ouvrage entier, tant elle s'inscrit dans l'ADN des civilisations humaines. Elle nourrit les mythes depuis l'Antiquité, irrigue les œuvres dès la Bible, comme dans ce passage où Dieu maudit le serpent et le condamne à ramper, à manger de la poussière jusqu'à la fin de ses jours[3] :

> 13 Et l'Éternel Dieu dit à la femme : Pourquoi as-tu fait cela ?
> La femme répondit : Le serpent m'a séduite, et j'en ai mangé.
> 14 L'Éternel Dieu dit au serpent : Puisque tu as fait cela, tu seras maudit entre tout le bétail et entre tous les animaux des champs, tu marcheras sur ton ventre, et tu mangeras de la poussière tous les jours de ta vie.

C'est un moyen d'illustrer des règles, des non-dits, mais aussi de justifier des faits inexplicables ou de renvoyer à un divin impalpable.

La littérature, notamment dans le domaine de l'imaginaire, se penche longuement sur les malédictions. Des auteurs célèbres comme Rudyard Kipling (*La marque de la bête*, 1890), H.G. Wells (*Pollock and the Porroh Man*, 1894) ou Richard Matheson (*Le pays de l'ombre*, 1960) et d'autres l'ont traité à travers la forme courte. Faisons une recherche plus prosaïque en nous demandant combien d'ouvrages récents peuvent se rattacher à une malédiction ? Un site comme le réseau social du livre et des lecteurs Babelio classe d'ores et déjà 662 références (bandes dessinées ou livres) sous ce hashtag.

Il est donc une tradition de la malédiction qui se perpétue dans la littérature. Les quinze auteurs que vous allez découvrir dans les pages qui suivent l'ont tous abordée sous l'angle des genres science-fiction, fantasy, fantastique.

---

3 La Bible, La genèse, 3:13-14.

Cette triade travaille la malédiction à travers des biais bien identifiés qui vont nous permettre de voir comment nos auteurs ont cerné leurs sujets, base peut-être pour offrir une vision d'ensemble de l'idée à travers cette anthologie.

Des mythes, des légendes, des maudits

Notre histoire est parsemée de malédiction, maléfice, lanceur de sorts et autres suspicions. La culture européenne s'en nourrit depuis les débuts de l'Antiquité[4], mais ce n'est pas la seule zone géographique où il est nécessaire de poser des mots sur ces sortilèges. Au Japon par exemple, le terme *Juso* reprend l'idée de prononcer une malédiction et de jeter un sort à l'encontre d'un adversaire, pratique ancienne et largement répandue[5].

Le mythe et la légende sont un moyen fort simple d'en transmettre le souvenir, souvent à travers des divinités ou leurs affidés. Pour revenir à un périmètre gréco-romain, le courroux des puissances du panthéon est sollicité alors par une imprécation (ou *ara*), une demande adressée aux dieux à l'aide de prières. On retrouve cette forme dans des récits très connus autour d'Œdipe, Thésée ou Amyntor[6]. Les dieux sont, dans ces cas, des garants du succès du maléfice et, parfois, le propre instigateur du mauvais sort.

4 À l'image des malédictions funéraires grecques gravées sur des stèles, voir par exemple : Robert Louis, Malédictions funéraires grecques. In : *Comptes rendus des séances de l'Académie des Inscriptions et Belles-Lettres*, 122ᵉ année, N. 2, 1978. pp. 241-289.

5 Iwao Seiichi, Iyanaga Teizō, Ishii Susumu, Yoshida Shōichirō, Fujimura Jun'ichirō, Fujimura Michio, Yoshikawa Itsuji, Akiyama Terukazu, Iyanaga Shōkichi, Matsubara Hideichi. 153. Juso. In : *Dictionnaire historique du Japon*, volume 10, 1984. Lettre J. pp. 80-81.

6 Bonnard Jean-Baptiste, « Au nom du père : la malédiction paternelle en Grèce ancienne », *Cahiers « Mondes anciens »* [En ligne], 5 | 2014, mis en ligne le 14 février 2014, consulté le 12 août 2017.
http://mondesanciens.revues.org/1239

Cette pratique fort ancienne, renforcée par les sources épigraphiques, montre son aspect concret dans la vie des sociétés de l'époque.

Les contes locaux, ou régionaux, font passer de génération en génération ce type d'histoires extraordinaires. Les animaux en sont de temps à autre le vecteur, images communes et symboliques que le lecteur français a bien appris à connaître à travers Jean de la Fontaine. Comme pour les fables, ils ont une dimension morale ou une sagesse, ou encore un sens pratique pour la vie de tous les jours.

Dans notre anthologie, vous découvrirez que c'est la figure de l'ours qui a été choisie par les auteurs afin de parler de malédiction. Cet animal n'est pas le plus coutumier dans les contes, toutefois il est intéressant de se pencher sur ses occurrences. Les frères Grimm le mettent brièvement en scène dans *l'homme à la peau d'ours*, instrument d'un pacte avec le diable ; on le découvre par exemple dans le conte populaire *Jean de l'Ours*, enfant né mi-homme, mi-ours, transformation qui devient à la fois son don (sa force) et sa damnation (sa monstrueuse colère)[7]. Il est amusant de constater que cette fable se retrouve, par variation, dans nombre de civilisations à travers l'histoire, signe d'une figure très présente et d'un mythe fort.

L'univers des rêves est un autre foyer de maléfice. Il est parfois couplé à des lieux, des emplacements spécifiques qui ont la réputation d'attirer le mauvais œil. L'un des auteurs imaginaires les plus connus, Howard Phillips Lovecraft, aborde les deux aspects à travers ses différents textes. Que ce soit les cités maudites, abandonnées ou sièges de pratiques impies, ou les contrées du rêve où

---

7 Pour une analyse plus poussée : Cosquin Emmanuel, Contes populaires lorrains recueillis dans un village du Barrois à Montiers-sur-Saulx (Meuse). In : *Romania*, tome 5 n° 17, 1876. pp. 82-107.

le poids de telles actions dénature et pousse aux pires atrocités. Le recueil réunit autour de son Cycle du Rêve, *Les contrées du rêve*[8], est une bonne synthèse de cette vision où dieux, hommes, cités, demeures, songes, se retrouvent corrompus et maudits pour l'éternité.

Le jeteur de sorts, individu protéiforme

Quand on pense au jeteur de sorts, peuvent venir à l'esprit de multiples formes, toutes issues d'un imaginaire bâti à travers les siècles. L'essence divine, inexplicable, intouchable de la malédiction tend à la rapprocher du sacré, ou du moins de notre conception de ce qui est surnaturel.

Les mythes grecs illustrent régulièrement ces dieux cruels et égoïstes, prompts à punir les humains. Zeus, roi du panthéon, doit souvent infliger de telles damnations, à l'image de la mission confiée à Pandore d'affliger de terribles maladies apportées aux hommes par la vieillesse, afin de les châtier de se vouloir l'égal des dieux. Cette légende est intéressante, car elle présente la vieillesse comme des représailles appliquées à l'humanité entière, fondatrice de ce que nous sommes. Cette notion de punition est centrale dans la construction de la malédiction à travers le temps, héritage d'une culture chrétienne où le châtiment divin est au cœur des œuvres clés qui forgent la foi.

Des personnages peuplant l'imaginaire sont soupçonnés de jeter de tels maléfices : sorcières, shamans...

Il y a une forte connotation négative qui se raccroche à l'idée même du jeteur de sorts, car deux images s'opposent : celle du bon magicien, qui soigne, aide et que l'on loue ; à l'inverse, celle du magicien haineux, fourbe, lanceur de maléfice, qui doit être défait

---

8 Lovecraft Howard Phillips, *Les contrées du rêve* – Traduction de David Camus, Éditions J'ai Lu, 2012, 368 pages.

ou subir les pires exactions (pendaisons, etc.). Ce jugement moral va plus loin, dans le sens où si les victimes sont comprises quand elles maudissent leurs bourreaux, le jeteur de sort « professionnel » éveille méfiance et violence. Son accointance avec le diable ou toute divinité maléfique s'impose alors comme une évidence. On peut donc théoriser la bonne malédiction, qui a une valeur morale positive, et la mauvaise, source de malheur, selon la personne qui en prononce l'incantation.

Ce biais a un intérêt quand l'on revient sur le mythe de la sorcellerie. Deux jeteurs de sorts s'y assimilent, le bon magicien et le (la) méchant(e) sorcier(e). Des cultures ont séparé les gentils et les méchants dans une ambivalence rassurante. D'autres, comme la religion et le culte vaudou, ont une image plus brouillée. À la fois croyance et support de pratiques magiques, elle donne au *Houngan*, le prêtre vaudou, des compétences à la fois de conseiller spirituel, de médecin et de sorcier. L'aspect ritualiste du culte, lié à des actes sanglants, est contrebalancé par la connaissance des herbes, l'utilisation des pharmacopées et divers bienfaits supposés. Ce jeteur de sorts gris peut être à la fois le maudisseur, comme le commissionné à l'exécution de la malédiction. Dans les faits, il est difficile de les classifier comme des êtres tout blanc ou tout noir.

L'autre vecteur de maléfice est bien entendu l'objet, merveilleux ou ordinaire, toujours chargé d'une histoire. Le point qui diffère dans ce type de vecteur maléfique est d'abord que la chose est inanimée. Ensuite, la source du malheur n'est que rarement explicitée ou clairement pointée du doigt, il n'y a pas de jeteur de sorts désigné.

Les exemples sont légion, à l'image de la malédiction du tombeau de Toutankhamon, dont les archéologues découvreurs sont morts les uns après les autres. Plus récemment, des objets font encore l'objet d'une telle construction mythique. La malédiction du diamant Hope fait partie de ces artefacts, encore aujourd'hui considérés comme maudits, au point que des documentaires très sérieux ont été réalisés sur le sujet[9]. Par ce biais, l'aveu est évident : l'infortune sert de palliatif à l'absence d'explications, au mystère, sans relever de forces magiques ou extérieures différentes du destin.

L'homme, une malédiction pour l'homme

La malédiction peut avoir tous les attributs, avoir un impact social ou devenir celle de l'écrivain[10].

Ce métier fait partie, avec celui d'archéologue, des emplois maudits les plus exposés selon la tradition. Parce qu'un auteur gagne la reconnaissance après la mort, voit ses textes refusés, doit vivre dans le dénuement, ou décéder dans d'atroces souffrances, il est connu comme ayant été frappé inexplicablement par le sort. En France, des créateurs comme Baudelaire ou Mallarmé répondent à cette image théorisée notamment par Verlaine et son recueil de *poètes maudits*.

Ce topos se retrouve aussi beaucoup dans la littérature sociale du XIXe-début XXe. Là encore, le malheur des personnages de Balzac, Zola, et leurs comparses naturalistes, est présenté comme une horrible malédiction, que la société et le monde moderne jetteraient aux gens selon leur statut, leur chance ou malchance supposée, leur genre également. Se dessine de plus en plus, à l'aune de l'émergence du capitalisme, ce virage sur le lien entre malédiction et réalité proche, qui ne devrait rien à des forces extérieures, mais serait le produit de la société. Ce modèle va encore gagner en force avec les deux guerres mondiales, où l'homme semble être le plus important fléau que l'humanité doive craindre.

---

9 *Mystery of the Hope Diamond*, Smithsonian Institute, 2010.

10 Dubois Jacques, « Malédiction sociale et bénédiction romanesque », *Romantisme*, vol. 136, n° 2, 2007, pp. 81-94. www.cairn.info/article.php? ID_ARTICLE=ROM_136_0081

Ce rapprochement entre la réalité sociale et la malédiction a inspiré les auteurs de l'imaginaire au regard notamment de l'actualité contemporaine. Arthur C. Clarke a publié en 1953 une nouvelle baptisée *La Malédiction*, qui se déroule après une attaque nucléaire de grande ampleur. La guerre froide, puis l'horloge de l'Apocalypse de nos jours, ont influencé des textes comme celui-ci, où l'homme se prépare à jeter sur lui-même le sort ultime qui causera sa destruction. Clarke évoque justement ce mauvais présage, qu'il prolonge d'une malédiction bien réelle, celle-là, figurant dans l'épitaphe de la tombe de William Shakespeare :

> Mon ami, pour l'amour du Sauveur, abstiens-toi
> De creuser la poussière déposée sur moi.
> Béni soit l'homme qui épargnera ces pierres
> Mais maudit soit celui violant mon ossuaire.

En littérature, l'altérité d'un personnage va souvent de pair avec sa malédiction. C'est le regard d'un homme sur un autre qui suffit à le voir damné, sous le coup d'un courroux aussi bien divin que banalement issu d'un jugement. Marcel Proust présente l'homosexualité de Monsieur de Charlus comme une malédiction dans *À la recherche du temps perdu*. Le mythe du juif errant, dans sa construction auprès d'un public populaire, rappelle que l'on lie les juifs à toute une série de catastrophes qui en ferait « une race maudite », image qui restera fermement ancrée dans l'imaginaire collectif jusqu'au milieu du XXe siècle.

Cette équation différence = malédiction n'est pas réservée aux temps modernes. Des exemples concrets se rencontrent dans la littérature médiévale par exemple. Le Lai de Guigemar[11] de Marie de France montre une biche blanche poursuivie et mortellement blessée par un chasseur. La caractéristique physique est déjà bien mise en avant dans le récit. Il prend un tour merveilleux, car cette diffé-

---

11 De France Marie, « Guigemar », *Lais Bretons (XIIe-XIIIe siècles)*.

rence va s'accompagner d'une prise de parole, l'animal maudissant son assassin Guigemar. L'objectif est ici la vengeance envers le geste commis, le meurtre, contre un individu ou une catégorie spéciale.

Au final, maudire une personne ou un groupe vient d'abord de la volonté de nuire, cette inextinguible soif de faire souffrir son prochain, qu'on ne le comprenne pas ou qu'on veuille se venger de lui. Quelle que soit la source, elle renvoie au cœur de l'humanité, au plus profond de ses origines, les raisons de sa création. Mettre des paroles sur une sentence, invoquer un autre qu'il soit magique, divin ou ésotérique, fait porter la responsabilité à un tiers de ses propres pulsions. Ainsi, l'homme tente de s'exonérer de ses devoirs.

La culpabilité, le besoin de justice, ou celui de croire en une force supérieure, tous ces sentiments qui sont au cœur des quêtes de l'histoire se retrouvent dans les récits tournant autour des malédictions, depuis que nous sommes en mesure de poser des mots sur nos peurs, nos frustrations, nos envies. Il convient d'en découvrir, à travers les pages qui suivent, de nouveaux exemples.

Kevin Kiffer

Lorsque se consume la Lune de l'Ourse

Depuis le promontoire rocheux au-dessus de la grotte, Artio contemple sa vallée en flammes. La fumée tourbillonne en contre-bas, au milieu des nuages, dans une brume noirâtre ; elle bloque toute vision, mais la déesse devine les mouvements des troupes barbares. Elle gorge ses poumons de la puanteur âpre, s'efforce de gonfler sa rage. À ses pieds, devant le sanctuaire troglodyte, ses prêtresses s'affolent, lui demandent ce qu'elle voit. Artio ne sait quoi leur répondre pour les apaiser. Depuis longtemps déjà, elles devraient se trouver à l'abri loin d'ici. Quand les barbares à la croix auront rasé la forêt, ils viendront. Artio soupire. Elle cherche un vain réconfort au contact du croissant d'argent sur son front, se masse les tempes. Le froissement du vent dans la ramure de son chêne la console un instant. Le centenaire ondule impassible aux événements des hommes, rendu indolent par le soleil de cette belle journée. Artio, elle, ne possède pas le loisir de se laisser aller à la chaleur de l'astre de flammes, et puis elle a toujours préféré la lune.

« Vous devriez rentrer chez vous, chez vos sœurs. Réfugiez-vous dans la vallée voisine et feignez de prier leur dieu. »

Si certaines obéissent, plus nombreuses sont celles à rester sans un mot. La déesse apprécie l'hommage malgré le goût amer dans sa bouche. D'un geste, elle leur ordonne de préparer arcs et flèches. L'honneur d'apporter les armes d'argent revient à la plus jeune de ses suivantes, à peine âgée de onze printemps. Le contact du métal rassure la déesse. S'il n'y avait qu'elle, elle fuirait dans les bois, mais la plupart des prêtresses encore au sanctuaire n'ont d'autre refuge. Elles ne survivraient ni à la rigueur de l'hiver ni à la rage des envahisseurs. Quant à les changer en ourses, Artio y a

1

pensé : elle l'a fait par le passé, par jeu, par rituel, uniquement avec les plus expérimentées. Il est si facile de se dissoudre dans l'esprit des bêtes... Protéger leurs corps comme leurs âmes fait partie de ses attributions. Au fond, Artio sait déjà qu'elle ne peut les sauver. Elle contemple sa clairière à flanc de montagne où les femmes s'activent. Depuis leur plus jeune âge, elles lui ont consacré leur virginité. Si le divin Cernunnos vient parfois les taquiner, jamais il ne franchit l'interdiction d'Artio. Il la craint trop. Nombre de ses cerfs ont perdu la vie sous les flèches de la déesse ou sous ses crocs pour avoir folâtré trop près des ourses.

Les prêtresses ont préparé la guède et la chaux ; elles ne tardent pas à s'enduire le visage du bleu du combat avant de se raidir les cheveux. La délicate odeur crayeuse sur ses tempes fait frémir la peau de la déesse ; les poils de ses bras se hérissent. Entre ses doigts, l'empennage en plumes de hibou a la douceur d'une amante.

Le premier homme à passer le couvert des arbres meurt aussitôt, sa broigne transpercée d'une flèche d'argent. Ses camarades bondissent dans la clairière, tranchant brandi. Artio émet un grognement animal sous l'offense. Déjà, un nouveau trait lunaire se plante dans la chair blasphématrice. Il en faudra deux autres avant que ses tirs ne soient suivis par ceux des prêtresses. Immobiles derrière leur arc, seuls leurs bras dansent entre carquois et corde, pourtant, comme si elles se préparaient à charger, elles poussent des cris de rage à glacer le sang. Leurs salves mortelles semblent en porter l'écho aux guerriers. Devant la furie hiératique des chasseresses, ils se hâtent de chercher refuge entre les chênes, mais en ressortent sitôt en beuglant à leur tour. Les flèches se fichent dans le bois des rondaches, les haches de jet ensemencent l'herbe du sanctuaire. La panique gagne les prêtresses. Elles lâchent leurs armes, fuient vers la grotte.

« Non ! » hurle Artio, car elle les sent déjà prises au piège.

Depuis son perchoir, impuissante, elle continue de harceler les barbares, mais ceux-ci s'engouffrent dans le temple troglodyte ; ils rient à gorge déployée en balançant leurs francisques. Les larmes coulent sur les joues de la déesse. Sa propre chair ressent les assauts subis par ses fidèles, se tord, la brûle, la glace.

Des hommes escaladent les parois qui mènent à elle. Artio jette arc et carquois. Ses adversaires sourient, persuadés de sa reddition. Ce sont des ignorants. La déesse ferme les yeux, oublie leurs rires et les cris des femmes. Autour d'elle, la forêt chante sa rage impuissante. Guidée par la truie blanche, la harde de Cernunnos fuit vers la vallée voisine ; leurs sabots déchirent l'humus encore frais de la dernière pluie. Les divinités sylvestres se tordent de douleur dans les flammes, la sève capiteuse crépite dans la fumée. Incapables d'abandonner leurs arbres chéris, les esprits se consument avec eux. Le pas des hommes couche l'herbe devant eux. À des lieues du sanctuaire, les protégés d'Artio relèvent la truffe. Le vent apporte des cendres dans leur fourrure mordorée. Il est temps de fuir.

Mais pour la déesse, l'occasion est perdue : elle doit se battre. D'un geste rageur, elle arrache carquois et ceinture, se débarrasse de sa tunique. La force de l'ours gonfle son cœur, sa mâchoire s'allonge, se garnit de crocs. Ses cheveux chaulés couvrent son corps en une toison plus noire que la nuit, hérissée de blanc. À la place de ses doigts se dressent des griffes aiguës, prêtes à déchiqueter la gorge des importuns. L'air vicié par la puanteur des mâles emplit ses poumons. Si elle distingue leurs silhouettes, Artio regrette de ne pas discerner leurs visages décomposés par la peur. Sans plus hésiter, elle bondit sur le plus proche, soudain minuscule devant sa stature immense. Ses dents arrachent la chair, ses griffes lacèrent le cuir d'un autre guerrier jusqu'au torse. Peu importent les haches dans sa fourrure, elle ne craint pas l'acier des mortels.

Bientôt, Artio n'entend plus aucun souffle autour d'elle, sinon celui de la montagne. Le brasier continue de rugir, mais déjà il appartient à la montagne, tel un feu estival, et chante en chœur avec

3

les torrents et les oiseaux. D'un bond, Artio se dresse face à la grotte où les barbares se déversent dans leurs captives. Elle rassemble son énergie, laisse la magie hérisser son poil, parcourir ses veines, puis la lance à l'assaut du sanctuaire. Son pouvoir trouve les prêtresses et investit leur peau, leurs muscles, tout leur être. Son rugissement éveille l'écho de la caverne ; il tremble dans les roches qui dégringolent sur les têtes ébahies des hommes. Elle sait que son corps démesuré occulte presque le soleil, elle en joue. Elle continue de hurler en avançant vers eux. Ils tombent un à un sous ses coups et sous ceux des prêtresses métamorphosées en ourses. Rendues folles par la transformation et la douleur, elles se jettent sur le tranchant des armes. Leurs morts et leurs viols se logent dans l'âme de la déesse, autant de piques pour l'enrager. Si le métal des hommes ne la blessera jamais, chaque parcelle de croyance à l'agonie l'ampute d'une partie de son âme. Les épaules d'Artio heurtent les parois de pierre. Sans même voir les guerriers, elle se gorge de leur terreur abjecte. Ils puent la sueur, l'urine et le foutre. Leurs dents claquent, leurs haches glissent de leurs mains. Pas assez rapides. Ses pattes balaient l'espace devant elle, ses crocs achèvent le travail.

Viennent le silence, la fragrance des cadavres frais et la perspective d'un banquet. Artio s'extrait de son sanctuaire souillé d'un pas lourd, suivie d'à peine deux ourses, la doyenne et une apprentie, qui n'a plus rien d'humain sous sa fourrure. Au devant d'elle, une rangée de barbares lui bloque le chemin de la vallée où se sont réfugiés les anciens dieux. Privée du support de la foi, la lassitude s'empare d'elle face au nombre. Elle doit se sauver, sauver ses deux dernières fidèles, car d'autres arrivent, leur pestilence flotte dans le vent. Toutefois, elle n'oublie pas ses devoirs d'hôtesse. Avec un sourire carnassier, elle marmonne une antique malédiction avant de s'enfuir dans les bois, suivie par l'aînée des prêtresses. La plus jeune, affolée par les cris et les supplications des barbares, panique, ne sait où fuir. Les flèches ennemies pleuvent.

4

Depuis sa cachette, Artio peine à se réjouir de la défaite des hommes. Leurs corps tombent au sol en se tortillant, puis se relèvent avec des rugissements de souffrance. Leurs visages s'allongent en museaux, leurs peaux blêmes se couvrent d'un poil rude et brun. Sous leurs vêtements, leurs muscles enflent jusqu'à faire craquer les coutures. Lorsque la métamorphose s'achève, même leur fumet pâlot s'est changé en musc puissant.

« Vous étiez venus tuer la déesse ursine et ses compagnons poilus ? Eh bien ! que vos camarades continuent donc la chasse à l'ours ! leur crie-t-elle dans le langage des bêtes. D'ailleurs, n'entends-je pas vos chiens ? Fuyez si vous le pouvez ! »

Elle-même suit son conseil et déguerpit vers les hauteurs de la montagne. Malgré ses fanfaronnades, une fois hors de vue, Artio continue son chemin la tête basse. Ce sort était habituellement réservé aux princes, aux rois, non aux criminels. De royal, elle vient d'abaisser l'ours à brutal. Son sanctuaire est désormais impur, ses loyales prêtresses, décimées. Seule la doyenne arpente encore la terre à ses côtés, hagarde. La déesse ne se contentera pas de cette maigre vengeance. En attendant, elle soignera leurs blessures, chassera du gibier – si l'incendie n'a pas fait fuir tous les grands mammifères – et se reposera.

La nuit résonne de l'écho des cors et des aboiements des chiens. Blottie dans une faille peu profonde, Artio se délecte des beuglements des barbares changés en ours. Leurs amis ont sans doute trouvé le charnier du temple, identifié l'animal responsable du massacre et mènent maintenant une importante battue. Elle lèche le sang entre ses griffes et marmonne :

« Déchiquetez-vous, entretuez-vous jusqu'à ce qu'il ne reste de vous que des chiens errants ! »

Pourtant, la déesse reste amère. Elle se roule en boule autour de son corps meurtri. Malgré sa toute-puissance, elle est blessée, affaiblie par le chagrin ainsi que le combat. La trame de la foi se délite entre ses doigts, et son esprit menace d'en suivre le chemin.

Avant d'en perdre le pouvoir, elle rend à la doyenne son apparence humaine et la congédie. En la regardant s'éloigner vers le village le plus proche, elle regrette déjà son geste, mais ses prêtresses ont payé un trop lourd tribut. La vieillarde pourra s'en tirer, passer pour une folle plutôt que pour une magicienne. Il n'empêche que sa chaleur et sa douceur réconfortaient son cœur meurtri.

Sa simple chasse n'a pas rassasié la déesse et l'hiver approche. Le châtiment des hommes devra attendre le printemps. Cela ne change rien : Artio se montrera patiente en rêvant de leur mort.

Les premiers rayons chauds de l'année trouvent la déesse à l'entrée de son refuge hivernal, endormie sous sa forme d'ourse. La lumière joue avec la brise dans son pelage d'ébène pour la tirer du sommeil. Les oiseaux, revenus des terres australes, lancent leurs trilles au milieu des bourgeons, tandis que le brame des cerfs vibre jusque dans les os.

Mais devenue sourde à la paix, Artio n'entend que le vent lui chuchoter les actions des hommes. Déjà dans sa clairière, ils coupent les chênes encore debout pour les coucher une fois bel et bien morts. Alors Artio se lève, revêt son aspect de femme, puis descend à son sanctuaire. Elle mesure chaque pas afin de ne pas alerter les barbares ; les arbres la dissimulent, ployant leurs frondaisons devant son visage blanchi par l'hiver. La sève gonfle les branchages et l'écorce suinte de sa fragrance riche et sucrée. Malgré la puissance de l'ours, Artio a maigri et peine à retrouver ses forces sans ses prêtresses pour l'escorter à la chasse. Baies et champignons ne sont que piètres compensations dont l'acidité alimente son fiel. Quand elle aura réinvesti son temple puis délogé les hommes, elle ramènera de nouvelles fidèles. Son culte reprendra, plus fort que jamais, revenu d'entre les morts. À l'idée de narguer Cernunnos sur son comportement de pleutre, Artio sourit. Le dieu-cerf lui manque. Malgré ses taquineries sur les vierges, il était le seul, avec la blanche Henwen, à arpenter la montagne plutôt que la plaine. Artio en vient même à regretter ses flatteries et la douceur de ses paroles, alors qu'allongés sous forme humaine, ils contemplaient les marées de l'univers. La proie aurorale et la chasseresse crépusculaire. Elle caresse le croissant d'argent sur son front, arc ou lune.

Approchant de la grotte, elle discerne d'étranges bruits sourds comme si l'on frappait sur du bois. Des cris joyeux, des rires, des chants. Barbares idiots ! Qu'ils s'amusent à cogner sur les arbres, la déesse vient.

Arrivée à l'orée du bois, son estomac se noue. La lisière de la clairière était-elle si éloignée de son sanctuaire ? Et que sont ces troncs allongés et équarris en son domaine ? Un mauvais pressentiment s'insinue en elle. Artio tremble en avançant, bouche entrouverte, sèche, joues humides. Au milieu du tapage, des hommes s'activent sur les cadavres des arbres sacrés : ils scient les branches, les écorcent, les débitent. Prise d'une soudaine faiblesse, la déesse veut s'appuyer contre son chêne favori, mais lui aussi a disparu. Elle s'écroule dans l'herbe boueuse, méduséee par le spectacle qui se déroule sous ses yeux. Un des ouvriers l'avise et interpelle ses camarades. Ils approchent, s'inquiètent de son état, cependant leurs mots ne parviennent pas à Artio. Elle ne perçoit que leur fatigue de la journée, leur sueur vineuse, elle se souvient de leurs rires. Ils ont ravagé son sanctuaire ! Ils ont ri ! Son corps se déplie, se gonfle de rage. Elle laisse la force de l'ourse parcourir ses veines avant de s'abandonner à la furie de la vengeance.

Quand elle s'enfuit dans les bois, les arbres morts sont tachés de sang et plus aucun chant ne s'élève. Deux fois souillée par la profanation de son temple, Artio erre d'une démarche hagarde jusqu'aux cascades grondantes où elle noie son chagrin et son esprit. Plusieurs jours durant, elle demeure sur le rivage, apathique, à contempler les gouttelettes d'eau esquisser des arcs-en-ciel. Les animaux ne craignent plus de s'approcher de l'onde afin d'y boire malgré la présence de l'ourse ; leur vue n'éveille même plus sa faim. Parfois, ses ursidés sauvages lui offrent un poisson, un quartier de viande, sans qu'elle y touche. Certains tentent de laver son poil raidi de sang mais elle les repousse d'un grognement. Ironie du sort, plusieurs d'entre eux étaient auparavant des hommes. Ceux qui ont détruit une première fois son sanctuaire. Même la rancœur l'a désertée. Chaque matin, Artio peine à ouvrir les yeux. Son culte s'effiloche, elle sent la foi des habitants s'atténuer, drainée par une divinité inconnue, égoïste, et sa propre vie abandonne son corps. Les cerfs lui apprennent que Cernunnos et les forestiers ont quitté les montagnes. Il ne lui a pas dit adieu. Son cœur n'a plus la force de se serrer.

Quand l'hiver dévore les derniers rayons de soleil, que la glace festonne les aiguilles et les roches, Artio se tapit derrière la cascade et sommeille. Ses rêves sont hantés par les chasses primordiales, celles où le sang féconde la terre au lieu de la souiller. Elle revoit Cernunnos danser devant les flammes et s'unir aux déesses et aux mortelles, tandis qu'elle-même contemple la scène depuis la lisière. Hors du monde des hommes, hors du monde des dieux.

Artio s'éveille affaiblie au printemps, tremblante sur ses pattes. Les villages sont dépeuplés. Y flottent des relents de peste. Les dernières voix qui la louangeaient autrefois se sont éteintes. Elle mange quelques lapins qui viennent se jeter dans sa gueule, mais ne quitte pas sa cascade.

L'été renforce sa langueur, la chaleur l'assomme. Autour d'elle volent les mouches, comme si elle gisait déjà dans ce monde, son âme festoyant dans l'Autre auprès des siens.

L'automne la recouvre d'un duvet de feuilles mortes. Elles crissent sous ses griffes telles des plaintes.

Aux premières neiges, elle retourne dans son refuge et s'endort. Reviennent les rêves, effilochés, où ne persistent que la chaleur des brasiers et la fragrance du sang. Les noms deviennent des visages. Les visages des formes floues.

À chaque printemps, elle se réveille seulement pour s'étonner d'être encore en vie. Malgré la faim et le froid, la mort refuse de l'emporter, la laisse dépérir sans fin, et le temps passe plus lentement que la rivière dont le courant s'est assagi. La cascade a usé la roche et se déverse par d'autres chemins plus tranquilles, murmure dans son lit avant de glisser en douceur vers la vallée.

Un matin d'hiver, un bruit la tire de sa léthargie. Une ourse – descendante des barbares ? – se traîne dans la grotte, blessée. Suivie par deux oursons. Elle implore Artio de la venger, de protéger ses enfants. Sans hésiter, la déesse accepte. Aussitôt ses petits à l'abri, leur mère succombe. Artio repart à la chasse, en vain : l'homme a fait fuir le gibier. Elle ramène avec peine des lapins rachitiques, des baies hivernales trop vertes. Les deux jeunes finissent par mourir à leur tour, glacés, affamés. La rage bout de nouveau en Artio.

Ce printemps-ci, avec le soleil sont revenues les bêtes, alors elle se repaît de viande fraîche et, à chaque bouchée, elle revoit le corps de ses deux protégés, squelettiques. Une fois ses forces rétablies, elle attend la nuit tombée et entreprend de remonter la piste des chasseurs. Est-ce dans la nature des hommes que de tuer sans distinction une femelle gestante ou allaitante, et le gibier ?

Sans surprise, la sente mène Artio vers son ancien sanctuaire. Le destin ne suit qu'un seul chemin, dont les ornières sont si profondes que nul ne peut en sortir. Ni cris ni rires, toutefois l'homme loge bien ici, elle en perçoit le fumet. La lune éclaire des murs de pierre hauts comme une colline, lisses comme une falaise. Intriguée, la déesse s'approche. La grotte bée à l'extérieur du bâtiment, mais son entrée est ornée de fleurs, de symboles qu'Artio ne sait déchiffrer. À l'intérieur, les cadavres ont été ôtés, cependant leurs relents persistent par-delà les années. Les barbares reposent dans des gangues minérales où leurs visages sereins n'expriment rien. Même ses prêtresses gisent ainsi dans la roche, auréolées d'une poussière de foi, une foi qu'Artio ne connaît pas. L'ourse se frotte à leurs sarcophages pour les honorer une dernière fois puis avance vers le fond de la caverne. Là s'élève une statue de jeune femme accompagnée d'un ours d'albâtre ; à ses pieds, déposés en offrande, des fruits, des ancolies, des pieds-de-lion et un pot de miel. *Elle me ressemble.* Artio se dresse sur ses pattes arrière. Sa mauvaise vue ne lui permet pas de distinguer les détails, alors elle revêt une tête humaine tout en gardant son corps d'ourse. Si son front s'orne toujours d'un croissant de lune, dans les mains de la sculpture, un chapelet serti d'une croix a remplacé l'arc ; enlacée à sa jambe, une gerbe de lys mime le carquois. L'ursidé à ses côtés ne l'accompagne pas : la femme le tient en laisse. Le cœur d'Artio se serre. Son visage reprend ses poils et son museau. Voilà ce que les hommes ont fait de son culte, voilà pourquoi ses forces l'ont abandonnée.

La tête basse, la déesse sort de cet antre de barbares quand un vacarme de métal retentit dans l'aube. La douleur lui vrille les oreilles. Plus que le bruit des cloches, elle sent une magie à l'œuvre. Elle aimerait y opposer la sienne, toutefois une faiblesse la gagne. Sans la foi de ses fidèles pour la soutenir, une déesse n'est plus rien. La souffrance bourdonne dans ses os au rythme du glas. Dans ce fracas, elle décèle quelque enchantement d'un autre dieu. Un enchantement qui la cloue au sol, fouille ses tripes, broie son cœur. La croyance que les gens de la montagne portaient en elle se porte désormais dans cette nouvelle divinité égoïste. La vieille déesse se traîne dans la caverne jusqu'à la statue. De ses oreilles coule un sang noir, qui se perd dans son pelage. Terrassée, Artio s'étend aux pieds de la sainte, blottie contre l'ourse tenue en laisse.

Manon Bousquet

Après des études en archéologie, puis en documentation, Manon Bousquet se destine à la documentation technique et scientifique, avec des morceaux de programmation. Ou aux jeux vidéo en bibliothèque, tout dépend de l'humeur. Elle aime jouer avec les mythes du monde entier dans ses nouvelles et ses romans, que ce soit pour les réinterpréter en fantasy ou les réécrire en science-fiction.

L'APPEL DU SANG

Dans le ciel nuageux de cette fin d'après-midi estival, un sinistre charognard survolait à bonne hauteur un groupement de fermes établi non loin de la route des Cardes. Il connaissait bien l'endroit pour venir festoyer dans les champs cultivés au beau milieu des herbages teintés de mauve en cette saison. Aux abords du hameau, trop insignifiant pour porter un nom, huées et quolibets attirèrent son attention. Ce brouhaha, ô combien tonitruant, brisait la quiétude qui d'ordinaire berçait le quotidien des paysans. À l'évidence, quelque festivité égayait en ce jour leur routine si monotone. Le corbeau se posa sur le faîte de l'une des chaumières aux murs de moellons, lustra son noir plumage d'un coup de bec, puis observa l'origine de toute cette agitation.

Entourés par une trentaine d'hommes aux armures disparates, deux bougres aux torses nus se bagarraient dans la bauge réservée aux pourceaux.

— Du nerf, cul-terreux ! brailla l'un des badauds à la mine patibulaire. Faut que ça saigne si vous voulez revoir vos familles !

À n'en pas douter, les adversaires n'avaient rien en commun avec des pugilistes. Guère hardis, maigrelets aussi, ils s'efforçaient pourtant de satisfaire les vils caprices de ces gredins en maraude. Le plus jeune se rua soudain sur son aîné, le ceignit à la taille et le plaqua au sol. Les fermiers se roulèrent alors dans la fange sous les clameurs amusées de leurs oppresseurs.

Accoudé à l'une des barrières de l'enclos, Ludger apprécia la témérité du jouvenceau. Or, si ses prunelles ardoise ne manquaient pas une miette du spectacle, son visage austère dont les mèches blondes soulignaient l'aspect anguleux ne laissait rien paraître de son plaisir. En dépit de ce divertissement, d'autres préoccupations hantaient son esprit.

Voilà des semaines que son employeur, Son Excellence Piléas vun Hastevord, suzerain de Maroix, les avait congédiés, lui et sa compagnie de mercenaires. De bien trop longues semaines sans goûter aux joies d'une bataille, ni sentir son corps vibrer à chaque heurt de son épée ou même se délecter de l'ivresse d'une victoire arrachée à l'ennemi. Ludger était un guerroyeur, et cette période d'inactivité forcée le contrariait. Certes, il connaissait comme tout un chacun la situation désastreuse du royaume de l'Ongunster : la sécheresse engendrait maints incendies qui ruinaient les récoltes pour l'hiver à venir. Mais ne s'avérait-ce pas là une raison légitime d'envahir cette châtellenie, fief de la souveraineté du Morvanr ? Pillages et rançonnements n'assureraient-ils pas la pitance du peuple, outre l'opportunité d'acquérir terres et esclaves ? Sans omettre d'apaiser l'ire d'Ushrazu – dieu belliqueux régnant sur le cœur des Ongunstais en maître absolu – comme le prêchait le clergé ?

Un juron étouffé arracha le capitaine à ses pensées.

Il se détourna de l'arène improvisée et aperçut un enfant aux frusques rapiécées déguerpir en direction des plaines. Aric, l'un de ses comparses chargés de dépouiller les chaumières, le poursuivait. Au prix d'une accélération qui empourpra son visage couturé, il parvint à le rattraper. L'homme à la broigne annelée souleva alors le fuyard en dépit de ses gesticulations pour l'emporter sous son bras comme un vulgaire ballot. Les criailleries d'une femme retentirent aussitôt ; la main d'un gaillard assourdit ses protestations.

« Qu'est-ce qu'ils foutent encore, ceux-là ? » se demanda Ludger en jouant des maxillaires.

D'un souffle, il poussa un sifflet strident. Les deux bougres s'immobilisèrent, échangèrent un coup d'œil empreint d'amertume, puis se décidèrent à lui apporter les prisonniers sous les railleries de la troupe.

14

— T'inquiète pas, Capitaine, haleta Aric – il donna une tape sur la tignasse brune du gamin pour tenter de le calmer –, on les ramène avec les autres.

Ludger demeura indifférent aux explications du balafré. Déjà, son regard lubrique dévorait la paysanne. À n'en pas douter, sa robe ocre à manches courtes dépréciait sa silhouette, mais après tout, quelle valeur accordait-il à l'écrin d'un bijou ?

Le décolleté envoûtant, la chevelure ondulée d'un jais intense, la peau laiteuse assortie au tablier noué à ses fines hanches : voilà une prise de guerre qui saurait assurément le satisfaire ! Et à la manière inquiète dont elle considérait l'enfant, le capitaine reconnut la nature protectrice d'une mère. L'occasion s'avérait trop belle pour la laisser s'échapper : s'il parvenait à attendrir le cœur de cette adorable créature, il remporterait une nouvelle bataille.

— Pose-le, dicta-t-il à Aric d'un ton péremptoire.

Le garçon à terre, le capitaine s'accroupit avec un sourire doucereux.

— Approche, petit, reprit-il dans un morvan approximatif. Je ne te veux pas de mal.

Le gamin obéit sans sourciller. Sa moue hargneuse dénotait un tempérament farouche ; ses yeux d'un brun pailleté défiaient le guerrier avec une rare insolence.

— Tu es hardi pour ton âge, le félicita Ludger. Peut-être même plus que certains de ces vauriens. Dommage que tu ne sois pas plus vieux, tu m'aurais été utile…

Le garnement cracha à la face de son interlocuteur. Simple bravade ou expression de sa colère, l'entendement du mercenaire ne s'altéra pas moins à l'égard de pareil affront. Le sang bouillonna dans ses veines ; ses poings pourvus de gantelets plombés se crispèrent. Comment ce morveux osait-il lui manquer de respect ? Lui qui commandait à des scélérats de tout acabit et leur imposait une discipline de soldats. La riposte se révéla lourde de conséquences.

D'instinct, il lui décocha un crochet de sa dextre.

15

Ludger réalisa l'ampleur de son geste, abasourdi. Il le savait, la tendresse ne s'avérait pas son fort, réprimée par une éducation sévère et une vie de barouds qui l'avaient endurci, rendu intransigeant aussi. Certes, il ne se montrait pas homme à se laisser malmener, pourtant jamais il n'avait jusqu'alors rudoyé un enfant sous le regard de sa mère.

Le choc, brutal, brisa l'os temporal ; le corps, offert à la mort, s'écroula.

Le temps parut soudain s'arrêter, comme si les dieux eux-mêmes s'outrageaient de cette ignominie. Chacun resta ainsi pantois devant l'indicible.

« Tout ça, c'est de la faute de ce Piléas ! songea Ludger pour s'expliquer son crime. S'il m'avait gardé à son service, on n'irait pas à la rapine comme de foutus brigands ! »

Un hurlement d'agonie déchira le silence.

La femme – vengeresse éplorée à l'âme courroucée – se dégagea de la poigne de son oppresseur, sortit un couteau de son tablier et se rua sur le meurtrier qui se relevait. Rompu à l'art du combat rapproché, le capitaine réagit derechef plus vite que ce qu'il réfléchissait. Sa senestre bloqua le bras armé ; sa dextre dégaina une dague pour la poignarder. La paysanne, le ventre poisseux, lâcha sa lame pour s'agripper. Blottie contre son torse cuirassé comme une amante enlacerait l'être aimé, elle appuya sa tête sur la spalière de l'homme qu'elle haïrait pour l'éternité.

Ludger, une moue désolée, plongea son regard dans celui de sa victime dont les lèvres frémissaient. Priait-elle les divinités ou lui dictait-elle ses dernières volontés ? Il n'aurait su le dire. Fiel et mélancolie se disputaient ses yeux d'encre, insondables, pour leur conférer un éclat surnaturel. Ces yeux, siège d'une âme périclitante, le transperçaient. Leur terrible emprise le subjuguait ; leur effroyable sentence le révulsait. Ils instillaient dans son cœur racorni un sentiment d'impuissance auquel il ne parvenait pas à se soustraire. Alentour, plus rien n'avait d'importance, comme si en cet instant précis, le monde devenu silencieux s'était figé. Alors, lorsqu'elle lui souffla au visage son ultime soupir, le guerrier se sentit tant soulagé que terrassé. Il accompagna la chute de la dépouille sans oser la contempler, ses prunelles ardoise déjà raffermies.

Ludger, les mâchoires serrées, essuya sa lame sur ses braies grèges avant de la rengainer dans le fourreau placé au bas de son dos.

— Brûlez tout ! intima-t-il à la compagnie. Nous partons.

En dépit des sentiments mitigés engendrés par sa turpitude, tous lui obéirent. Même le lieutenant Vernon qui, chacun le savait, le connaissait de longue date et lui servait de conseiller, préféra ne pas l'importuner. Or, le froncement de ses sourcils trahissait son désappointement.

Le capitaine se dirigea vers sa monture, suivi par sa sombre cape. La robe d'un noir granité, l'animal se parait de ces pommelures couleur fer propres aux onguerons – destrier d'origine ongunstaise à l'imperturbabilité notoire. Ludger enfourcha son cheval, puis observa les chaumières s'embraser. Libérés du joug de l'envahisseur, les fermiers couraient en tous sens pour se mettre à l'abri.

Lorsque la troupe s'en alla, des flammes tourbillonnantes s'élevaient haut dans le ciel gris. À son grand complet, une quarantaine d'hommes à pied ou montés la composait. Comme d'ordinaire, la funeste meute laissait après son passage mort et désolation, pourtant nul chant grivois ne rythma sa morne progression.

La compagnie se réfugia au bout du compte dans la forêt de Cendre-Cerfs, à trois lieues du hameau incendié, afin d'y établir un campement pour la nuit. Tantôt grignotés de lichens argentés, tantôt de mousses verdâtres, les arbres s'y dressaient comme autant de pieux sinistres. Leurs branches griffues s'entremêlaient à bonne hauteur pour former un plafond obscur clairsemé de cosses épineuses. Il ne permettait guère d'entrapercevoir le jour déclinant et obombrait le sous-bois où s'étendait un méandre de racines tortueuses.

Parmi les troncs élancés, les mercenaires s'affairèrent à tendre des toiles autour d'un foyer crépitant. Leur labeur achevé, certains ne se firent pas prier pour se vautrer à même le sol, non sans s'abreuver de vin. D'autres, plus sérieux, s'appliquèrent à déharnacher les chevaux et nourrir les marbas – redoutables molosses dressés pour tuer – avec la plus grande des précautions. Mais si chacun vaquait à ses occupations, les commérages sur l'infamie du capitaine se propageaient. À la vérité, du sang entachait les consciences de moult de ces gens et l'impulsivité soudaine de leur chef avait tant semé le doute que ravivé des vices refoulés.

Assis sur un tonnelet à l'abri de sa tente, Ludger aiguisait dague et épée à la lumière d'une bougie. La main négligente, le regard trouble, l'esprit accaparé par son méfait, il tentait de comprendre les raisons pour lesquelles il avait commis l'irréparable. Le meurtre constituait une part immuable de son métier, et il n'en était pas à son premier. Toutefois, jamais il ne s'était résolu à trucider des innocents.

Quelle gloire y avait-il à en tirer ? Aucune, assurément.

Du plaisir, alors ? Il n'en éprouvait pas.

Seule la culpabilité le rongeait, et les yeux noirs de la paysanne ne manquaient pas de le lui rappeler. Ils ne le quittaient plus, aussi indélébiles que de l'encre sur un parchemin. Sitôt ses paupières closes, le regard de la femme lui apparaissait, sentencieux, implacable.

« Maudite sorcière », pesta-t-il.

— Capitaine, je peux rentrer ?

La voix rauque en provenance de l'extérieur appartenait à son lieutenant.

— Qu'est-ce que tu veux, Vernon ? Tu n'as rien d'autre à foutre que de venir m'importuner ? répliqua-t-il sur un ton plus revêche qu'il ne l'aurait désiré.

— C'est urgent. Faut qu'on parle.

Après un bref instant d'hésitation, Ludger donna son consentement.

Le vieux Vernon ne paraissait pas son âge. Il se tenait droit, avec arrogance parfois, et ses prunelles bleues étincelaient d'une vivacité encore invaincue par le temps. Or, son visage sillonné de profondes rides témoignait d'une vie bien remplie, à l'instar de sa barbiche grisonnante. Et si du sang viliançois coulait dans ses veines, il ne se montrait pas plus roublard que certains des membres de la troupe, loin s'en fallait.

Le mercenaire tira derrière lui le rabat de la tente exiguë avant de se camper face à son capitaine. L'air soucieux, il ajusta la cape en fourrure qui recouvrait son haubert, cherchant à l'évidence les mots justes afin de s'épancher.

— C'est les hommes, Ludger – l'intéressé releva ses yeux ardoise : son subalterne ne l'appelait par son prénom que dans les situations d'importance. Sont agités et se posent des questions sur toi. Tu les punis quand ils obéissent pas, mais tu respectes pas ta parole. Et tu sais bien que sont des durs et que si tu les tiens pas, vont vouloir faire qu'à leurs têtes.

— Depuis qu'on s'est fait jeter par vun Hastevord comme des chiens galeux, nos coffres se vident, Vernon. Je sais que tu désapprouves mes choix, mais je devais trouver une solution pour rétribuer la compagnie. Il nous faut jouer de patience, le temps que j'obtienne de nouveaux contrats.

— Sais bien. Mais c'est pas le problème. Qu'est-ce qui t'est arrivé là-bas ? Le gamin et sa mère méritaient pas ça, bordel ! Moi et d'autres, on se fait du mouron pour toi. On t'a jamais vu comme ça.

— Je ne l'explique pas, avoua le guerrier avec une moue dépitée. Peut-être qu'à force de réfléchir à un moyen pour nous sortir de ce merdier, ça me mine les nerfs. Peut-être que je ne suis pas fait pour toutes ces responsabilités. Tu te souviens de l'époque où nous n'avions qu'à veiller l'un sur l'autre ? Les choses étaient tellement plus simples.

— C'était différent. Puis, tu es un bon chef, tenta de le rassurer le lieutenant. Tu as toujours fait comme il fallait pour la compagnie. Tu as rien à te reprocher, c'est juste la faute à pas de chance. Comme tu dis, la roue va tourner et tout ça, ça sera que de mauvais souvenirs.

— Qu'Ushrazu entende tes paroles, acquiesça Ludger.

— Au fait, je voulais savoir… La femme, qu'est-ce qu'elle t'a raconté ?

Le capitaine arqua un sourcil, perplexe.

— Elle t'a bien parlé avant de mourir, non ? Sais bien que c'est pas mes oignons, mais si elle t'a dit ses dernières volontés, traîne pas trop pour t'en délier. Te connais, Ludger. Si tu t'en occupes pas, ça va te tracasser encore plus. Puis, faudrait pas que ça nous porte la poisse, et y en a qui apprécieront.

— J'ignore de quoi tu me parles. Tout ce dont je me rappelle – il se dressa pour ranger ses armes dans leurs fourreaux –, ce sont ses yeux et le déshonneur que je ressens. Pour le reste, ça attendra que je remette de l'ordre dans les rangs.

Les deux hommes quittèrent ainsi la tente à auvent, puis le lieutenant ordonna le rassemblement. La troupe s'exécuta alors, non sans rechigner. Dans la pénombre nocturne bercée par les stridulations obsédantes des grillons, les flammes du foyer projetaient des ombres inquiétantes sur les visages déjà sinistres des mercenaires.

— Je sais que mes actes de cet après-midi sont blâmables, et je suis le premier à l'admettre, déclara Ludger d'un ton grave. Mais ça ne remet nullement en cause la discipline que je vous impose. Nous traversons une mauvaise passe, mais il faut que nous l'affrontions en restant unis. Je ne tolérerai de quiconque qu'il s'abaisse à ses instincts les plus vils…

— Icelui qui dit qui l'est, Cap'taine ! lâcha quelqu'un. C'est facile de jacter ça à nous autres ! Pourquoi que toi, tu t'amuserais et pas nous, hein ?

— Il a raison ! clama l'un de ses compères. Tu te prends pour un seigneur ou bien ? Une loi pour nous et une autre pour toi ?

— Du calme ! leur intima Ludger. Nous ne sommes pas des écorcheurs !

— Ça te va bien de dire ça ! le coupa Aric – il joua des coudes pour approcher. C'est quand même toi qui as saigné la gueuse, pas vrai ? J'ai vu comme tu la biglais. Tu l'aurais bien fouraillée et le mioche te gênait, alors tu l'as zigouillé.

En dépit du regard mauvais de son interlocuteur, le balafré ne se démonta pas, galvanisé par les clameurs de ses partisans.

— Eh, Ludger ! Moi je dis que t'as plus de droit sur nous. Ça fait des semaines que tu traînes ta misère, et nous avec. Et c'est pas en rapinant des fermes qu'on va devenir riches ! Ça non ! Serait peut-être temps que tu passes ton tour.

Une moitié de la troupe, des fourbes aux scélérats, agréa ; l'autre, des aventuriers aux anciens soldats, désapprouva.

Ludger contracta ses mâchoires, dépité par tant de contestation. Lui qui s'évertuait à se montrer équitable avec chacun de ces vauriens, voilà comment ils le récompensaient ! Déjà, la colère s'immisçait en son être, or, il désirait assumer son rôle de meneur autrement que par la répression. Il réfréna ainsi son ire, prompt à parlementer, mais résolu à imposer son autorité.

— Qu'est-ce que tu insinues par là, Aric ? Tu penses avoir les épaules assez solides pour diriger la compagnie ? railla-t-il.

— Peut-être bien, acquiesça le mutin sur un ton empli d'arrogance.

— Vous êtes tous témoins ! intervint le lieutenant. Aric défie le capitaine en combat singulier.

À ces mots, le mercenaire grinça des dents. Certes, pareille calomnie méritait une punition, pourtant, l'initiative de Vernon ne lui seyait guère : elle l'enjoignait à adopter une sentence plus brutale que ce qu'il aurait souhaité. Sans doute avait-il voulu bien faire, mais à présent, la moindre tentative de diplomatie s'avérait futile.

— Tu l'auras cherché, indiqua-t-il en dégainant son épée.

L'intéressé n'en attendait pas moins ; il s'avança vers lui, son fauchon à la main. Leurs compagnons s'écartèrent alors pour former un cercle autour d'eux. Sitôt son adversaire à portée, Ludger se fendit, jambe et bras à dextre tendus en avant. Aric, surpris, s'esquiva en arrière, non sans dévier de sa lame courbe ce premier assaut. Le capitaine n'en resta pas là. Son fer pointant le sol, il s'élança et le remonta d'un vif mouvement transversal dans l'espoir d'écharper l'impudent. Si son opposant ne possédait pas ses compétences, il jouissait toutefois de réflexes fort étonnants. Le fauchon para cette fois l'attaque dans un choc métallique.

Les deux rivaux, au corps à corps, exercèrent chacun une intense pression ; les épées couinèrent dans un affreux grincement.

Soudain, Ludger décocha un crochet de sa senestre gantée d'un ceste dans le foie du balafré. En dépit de sa broigne annelée, Aric soupira de douleur. Le capitaine en profita pour se dégager avant de trancher dans la cuisse. Le mutin céda sous son poids et posa genou à terre.

Dans la foule fébrile, les opinions divergeaient quant à son devenir : ses yeux trahirent l'amertume que lui inspirait sa défaite imminente.

Le chef des mercenaires, un sourire dédaigneux aux lèvres, leva sa lame pour l'obliger à se soumettre. Mais Aric ne l'entendit pas de cette oreille. Il délaissa son fauchon, se rua à la taille de son adversaire, puis le renversa. Couchés au beau milieu des racines, ils roulèrent d'un côté, de l'autre et essayèrent de prendre l'avantage par la force. Ludger sentit soudain la main du balafré se glisser dans son dos pour lui dérober sa dague. Il n'en fallut pas moins pour éveiller en lui des instincts bestiaux. Incapable de se soustraire à la férocité forcenée qui l'animait, il tira sèchement sur la chevelure d'Aric afin de lui exposer la gorge. Alors, il le mordit à pleines dents. L'homme hurla à lui en déchirer les tympans, gesticula aussi : peine perdue ! Le capitaine resserra sa prise, puis, sous les mines effarées de l'assemblée, lui déchiqueta la chair. Du sang gicla sur son visage. Il repoussa ensuite le corps convulsif d'Aric pour se redresser, non sans toiser les mercenaires abasourdis.

Les tempes battues à une cadence effrénée, Ludger aperçut une sinistre appréhension consumer leurs regards. Il le savait, ils avaient connu les affres du champ de bataille, aussi une telle atrocité ne les impressionnait guère. Sa propre déchéance les effrayait bien au-delà et avec elle, celle qu'ils encouraient. Leur chef venait de perdre sa condition d'être humain pour endosser celle de fauve, à l'instar de ces dégénérés d'hommes-bêtes du septentrion. Et le moindre prétexte suffirait à déchaîner sa frénésie ! S'ils avaient naguère redouté son autorité, dorénavant, ils le considéreraient comme une menace.

Un rire s'échappa de son gosier, un rire sauvage qui confinait à la folie.

Le rebouteux de la compagnie s'extirpa le premier de sa stupeur. Le corps rongé par l'abâtardissement – mal sinistre empreint de sorcellerie –, le bossu à la peau grumeleuse tenta d'approcher du moribond. Le capitaine le défia aussitôt de l'aider, son épée pointée dans sa direction.

— Laisse-le crever ! lui intima-t-il. Et vous autres – il expulsa un crachat rougeâtre –, prenez-en de la graine. Voyez le sort que je réserve à ceux qui oseront contester mon autorité. Vous voulez du sang, mes salauds ! Je vais vous en donner. Demain, nous déferlerons sur la bourgade de Puille. Demain, nous graverons nos noms dans l'histoire de ce foutu pays !

Sans attendre de réponses à son discours, il entreprit de retourner dans ses quartiers. Le vieux Vernon, le regard ahuri, se plaça sur son passage, à l'évidence désireux d'obtenir des explications. Encore exalté par l'affrontement, le capitaine le repoussa d'une bourrade afin de poursuivre son chemin.

— T'as perdu la tête, Ludger ! tenta le lieutenant.

Mais déjà, son interlocuteur s'engouffrait sous sa tente, absorbé par une tout autre considération. L'aboutissement du combat avait marqué les esprits ; il n'aurait, cette nuit, pas à craindre pour sa

vie. Quant aux suivantes, il ne tiendrait qu'à lui d'assouvir les appétences de ses sbires.

Ludger s'empara d'une outre de vin, se rinça la bouche souillée
par le goût cuivré du sang, puis la vida d'une traite. Il se débarras-
sa ensuite de son équipement avant de s'allonger sur la paillasse
qui occupait pour partie l'espace confiné. Toutefois, par prudence,
il se résolut à garder sa dague à portée de main.

Son sommeil se révéla lourd, agité aussi.

~*~

Un lugubre chuchotement à l'oreille ; un poids accablant sur la
poitrine.

Le mercenaire se réveilla en sursaut, décontenancé. L'haleine
saccadée et le cœur affolé, un sentiment étrange le tarabustait. Il
chercha d'instinct sa lame courte, puis, d'un ample geste, balaya
l'air devant lui. Ludger en était persuadé, un intrus s'était faufilé
dans ses quartiers. Il pouvait encore sentir sa présence tapie dans
les ombres. À l'affût du moindre mouvement, il demeura ainsi un
instant, non sans maîtriser ses halètements. Nul son, pas même
une respiration, ne brisait la quiétude des ténèbres.

Soudain, une lumière filtra à travers les interstices du rabat de
sa tente. Voilà qui confortait son impression ! D'un bond, le capitaine se dressa pour se précipiter vers la sortie. Assurément, il aurait préféré s'équiper afin de se prémunir d'un quelconque danger,
mais le temps lui manquait. Si les événements tournaient à son
désavantage, il pourrait toujours donner l'alerte et s'en remettre au
soutien de ses hommes.

Sitôt la toile tirée, le guerrier s'immobilisa, déconcerté par la
scène qui s'offrait à ses prunelles. Des flambeaux disposés en un
demi-cercle éclairaient les lieux où s'était tenu le combat. Ils re-
poussaient l'obscurité nocturne de leurs flammes dansantes, plongeant les bois alentour dans une noirceur guère rassurante.

Un craquement spongieux attira l'attention du mercenaire. À quelques pas, une silhouette nue était recroquevillée sur le cadavre d'Aric. Ludger raffermit sa prise sur la poignée de sa dague, paré à toutes éventualités. S'agissait-il d'un rapineur ? Alors, l'impudent goûterait à son fer. Mais dans le cas d'un ghoûl… Il le savait, ces macabres créatures se déplaçaient en meute, et quand bien même elles ripaillaient de chair morte, celle des vivants ne les rebutait pas. Les mâchoires serrées, il coula des regards inquiets à dextre et senestre.

Rassuré, il s'approcha de l'étranger.

— Qui va là ?

Interrompu dans sa besogne, l'autre se retourna avec une terrible lenteur. Il lui présenta ainsi une mine barbouillée de sang avant de se pourlécher les babines. Le mercenaire hoqueta de stupeur. Les traits anguleux, les yeux ardoise, la chevelure blonde : le nécrophage arborait son propre visage ! Le cœur au bord des lèvres, Ludger recula, épouvanté par ce simulacre. Des horreurs, il en avait connu dans sa vie, mais aucune de cet acabit. Quelle sorcellerie s'avérait-elle à l'œuvre ? Effroi et incompréhension bouillonnaient dans son esprit.

Une main se posa brusquement sur son épaule ; il sursauta.

Le capitaine fit volte-face, sa lame prête à s'abattre, or, il s'interrompit. La paysanne se tenait là. Elle esquissa un sourire, ses prunelles sombres rivées aux siennes. Un frisson de peur courut le long de l'échine de Ludger et lui hérissa les poils.

Il hurla.

Le mercenaire se réveilla en suée, l'estomac noué. Une sensation de malaise l'étreignait, vestige d'un songe cauchemardesque. Il se passa les mains sur la figure – ignoble masque de croûtes brunâtres – cependant que la mémoire lui revenait. Des bribes de souvenirs affluèrent : des yeux couleur d'encre, le souffle d'une vipère ; une rébellion, un duel. Ludger attrapa la baudruche qui gisait au sol, mais se rappela à son poids bien trop léger en avoir vidé la veille le contenu. Il la jeta dans un coin, s'étira avec peine, puis revêtit son armure.

Dehors, la forêt de Cendre-Cerfs baignait dans une brume sépulcrale. À travers le rideau vaporeux qui atténuait la clarté matinale, le guerrier remarqua la disparition de la dépouille d'Aric. Il afficha une moue dégoûtée à l'évocation de son double sordide, puis entraperçut les silhouettes nébuleuses de ses comparses. À l'intonation de leurs voix étouffées, il présagea quelques contrariétés à venir. Sur le qui-vive, Ludger s'engagea dans leur direction, soucieux de connaître les causes de leur agitation. L'assemblée se tut à son approche : des regards se baissèrent, d'autres soutinrent son air inquisiteur.

— Qu'est-ce que vous complotez encore ? s'enquit-il.

Les hommes chuchotèrent un instant et l'un d'eux fut désigné comme porte-parole.

— Ça va pas te plaire, Cap'taine, couina le gredin hirsute. C'est le lieut'nant qui s'est débiné avec onze gars. Ont dû partir avant le potron-minet, parce que y a personne qui les a vus.

Ludger joua des maxillaires. À l'évidence, le projet d'une incursion par simple plaisir en avait rebuté certains. Il considéra alors la troupe avec insistance afin d'identifier les déserteurs. Certes, nul contrat n'engageait ses affiliés, mais ce départ au pied levé en disait long sur les mentalités, sans omettre qu'il réduisait d'un quart les effectifs. Après un passage en revue, ses soupçons se confirmèrent : seuls les moins crapuleux avaient fui.

« La peste t'emporte, Vernon ! Toi et ceux qui t'ont suivi », songea-t-il.

— C'est que t'es pas allé de main morte, hier soir, reprit l'autre. Mais nous, Cap'taine, on a compris que t'es le chef. Et puis, ça nous fera une plus grosse part de butin – la mine impassible de son interlocuteur sembla le troubler. Heu, Cap'taine, on se rend toujours à Puille, pas vrai ?

Ludger avait promis une chevauchée : soit ! Il s'y tiendrait. Motiver les troupes raffermirait son autorité, et sans quiconque pour s'offrir les services de la compagnie, il assumerait ses responsabilités. Après tout, des combattants dignes de ce nom ne se devaient-ils pas de rester en forme et bien entraînés ? Quant aux déserteurs, Vernon ne s'abaisserait jamais à la traîtrise, moins encore à risquer la vie de ses complices. Si ses origines viliançoises le mettaient à l'abri, il en allait autrement pour les marauds à sa suite. Ongunstais et Morvans se haïssaient, aussi, nulle chance que ces derniers daignassent les écouter, sinon sous la torture.

— Rangez-moi ce foutoir et harnachez les montures ! Nous partons sur l'heure !

L'ordre réchauffa le cœur noir de ses comparses. Ils s'exécutèrent avec promptitude cependant que les chiens, déjà émoustillés par l'excitation générale, aboyaient.

Sitôt sustenté de viandes séchées, seul aliment que son organisme accepta d'ingérer, Ludger mena le cortège à l'extérieur de la forêt. En dépit des rais de lumière qui perçaient la grisaille, la brume envahissait la plaine étendue à perte de vue. Elle étirait ses longs doigts sinueux, pareille à une monstruosité spectrale agrippée à sa proie. Par endroits, des insectes s'extirpaient de son emprise pour s'élever de leurs vols hasardeux, leur bourdonnement donnant la réplique aux piailleries d'oiseaux nichés dans les bois.

La compagnie poursuivit son avancée à travers champs, en direction du septentrion. Deux bonnes heures se révélèrent nécessaires pour rallier, au zénith, la route des Cardes – simple chemin à ornières grignoté par les mauvaises herbes. Et si les nappes laiteuses finirent au bout du compte par s'estomper, chacun regretta la fraîcheur qu'elles avaient emportée avec leur départ. Dans une atmosphère poisseuse, présage d'un orage en devenir, la troupe continua sa marche vers le levant.

Le capitaine le savait, il faudrait moitié moins de temps pour atteindre la châtellenie. Or, à mesure que les mercenaires s'en

approchaient, une tension presque palpable s'insinuait perfide-
ment dans les rangs. Certains prenaient la mouche pour des futili-
tés, d'autres s'impatientaient. Quelques jurons, de menues
querelles aussi, ponctuaient le trajet. Et les bêtes ne s'avéraient pas
en reste : les chevaux renâclaient ; les molosses grognaient. Même
son destrier paraissait frémir.

« À coup sûr, l'ivresse du combat qui se profile », présuma
Ludger.

Mais à la vérité, cette idée ne le convainquit pas.

Une sensation de malaise ébranlait sa confiance, celle-là même
qui l'avait étreint au matin. Il sentait un poids immense peser sur
ses épaules pourtant solides, comme un danger imminent prêt à
l'engloutir. Afin de réprimer cette contrariété, il médita l'assaut à
venir.

Les royaumes du Morvanr et de l'Ongunster se livraient des
guerres tantôt ouvertes, tantôt d'usure depuis près d'un siècle, or,
les récentes déconvenues du premier avaient réduit la fréquence
des échauffourées. L'effet de surprise serait dès lors garanti : la
garnison de Puille, insignifiante dans une telle agglomération,
plierait sans grande résistance.

« Si nous frappons vite et fort, ils ne pourront pas s'organiser. Et
même dans l'éventualité où certains parviendraient à s'enfuir,
nous serons déjà loin lorsque les renforts arriveront. Alors quoi ? »
réfléchit Ludger.

En son for intérieur, la défection de son meilleur compagnon
l'irritait. Des années durant, ils avaient écumé ensemble les
champs de bataille afin de se forger une destinée dans le sang.
Leur bravoure au combat n'avait pas manqué d'accroître leur renommée, aussi avaient-ils amassé maintes richesses au point de
pouvoir s'entourer de leurs propres hommes. Et si Ludger avait
pris le commandement de la troupe balbutiante, Vernon avait toujours bénéficié d'une place de choix à ses côtés. Ses conseils s'avéraient avisés ; sa voix apaisait les dissensions. Dépourvu de son
fidèle lieutenant, qui pouvait augurer le devenir de la compagnie ?

Cette question demeura en suspens.

À un détour de la route des Cardes, le funeste cortège arriva en vue de la bourgade cernée de champs de blé où des paysans s'affairaient à leur besogne. Dominée par un fortin perché sur sa motte castrale, elle se dressait à une huitaine d'arpents, crachant çà et là de fines colonnes de fumée qui disparaissaient dans la noirceur des nuages menaçants. De hautes palissades encerclaient les habitations chapeautées de chaume, toutefois, cela n'inquiéta pas le capitaine. Les gredins à cheval seraient les premiers à envahir les lieux, aussi s'occuperaient-ils des bougres désireux d'en fermer les vantaux.

Les mercenaires s'enthousiasmèrent, leurs prunelles illuminées par l'appât du gain et de la chair.

Un éclair déchira soudain le ciel ; une vision cingla l'esprit de Ludger.

Les yeux noirs de la femme venaient de lui apparaître, sentencieux. Il papillota des paupières, puis essuya son visage en suée. Le tonnerre gronda dans un roulement.

— Maudite sorcière, grogna-t-il entre ses dents.

— Qu'est-ce qui t'arrive, Capitaine ? Ne me dis pas que t'as la trouille de l'orage ! ricana un barbu.

— On attend quoi, foutre merde ! Le déluge ? jura un autre.

La troupe s'impatientait. Ludger prit une profonde inspiration, la mine austère.

— Qu'Ushrazu guide nos pas !

Les molosses furent lâchés, les cavaliers s'élancèrent, le reste des hommes se déploya.

Le guerrier chevaucha à bride abattue, suivi de sa meute enragée. Il sentait ses veines bouillonner à mesure qu'un brusque accès de frénésie s'emparait de son être. Son cœur tambourinait avec force dans sa poitrine ; des filets de bave s'écoulèrent de sa bouche déformée par un rictus carnassier. Il ne parvenait pas à réprimer cet appel du sang qui l'emportait sur son entendement. Bientôt, les barrières de sa conscience se brisèrent pour laisser libre cours à ses instincts les plus méprisables.

Tout se bouscula dans sa tête : meurtres, viols, pillage.

~*~

Ludger leva son visage, hagard. Il était agenouillé dans une ruelle boueuse, trempé jusqu'aux os par une violente averse qui s'abattait sur la bourgade et enténébrait ses venelles. Les sens embrouillés, il peinait à trouver un repère, désorienté. Des échos lui parvenaient. D'abord confus, il réussit à distinguer les sons avec plus de clarté. Des cris retentissaient, des cris emplis d'une agonie à ce point abominable qu'il en frissonna d'effroi. Des hurlements sauvages, presque inhumains, leur répondaient parfois. Il entraperçut alors, à contre-jour d'un bâtiment en flammes, de vagues silhouettes courir en tous sens.

Que s'était-il passé ?

Sa vie avait-elle été fauchée et emportée dans les tréfonds de l'En-Bas ?

Quelque chose tremblota sous lui. Une odeur de charogne envahit ses narines, sa bouche aussi. Les battements de son cœur s'accélérèrent cependant qu'une faim insatiable tiraillait ses entrailles. Le capitaine baissa son regard, apeuré, les membres parcourus de frémissements. Un corps moribond gisait là, entre ses cuisses : une femme, éventrée, les viscères répandus à même le sol. Il observa par réflexe ses mains... Du sang empoissait ses gantelets. Sans comprendre ce qui lui arrivait, il pleura. Une terrible pensée traversa son esprit ; sa raison vacilla devant l'étendue de pareille abomination. Il vomit.

Comment en était-il venu à étriper cette malheureuse ?

Pourquoi ne se souvenait-il plus de l'assaut ?

Hélas, en dépit de tous ses efforts afin de se remémorer, nulle réponse ne creva le néant dans lequel il s'embourbait. Pas la moindre piste pour justifier son acte insensé. Bientôt, le guerrier se sentit défaillir. Avec l'énergie du désespoir, il tenta de recouvrer la maîtrise de son être, de résister à cette envie irrépressible de remplir sa panse. Peine perdue. Ce répugnant désir qui le lancinait s'avérait bien trop accablant, impossible à réfréner. Or, il ne pouvait céder. Il ne le devait pas ! Qu'adviendrait-il de sa compagnie ? Que resterait-il de lui ?

Le grondement du brasier attira soudain son attention. Dans la fournaise, deux yeux d'encre le toisaient, impitoyables. Les paroles de la paysanne – cruel souvenir occulté par la folie de son crime – le cinglèrent telle une évidence.

« *Sois maudit, étranger. Que la bête en toi te dévore le corps et l'âme, qu'elle emporte avec elle ceux-là qui te suivront. Jamais plus tu ne connaîtras la paix et tous te verront comme le monstre que tu es. Sur mon sang, j'en fais le serment.* »

La dernière lueur de lucidité de son âme en perdition ainsi soufflée, un rictus sinistre se dessina sur le faciès torturé de Ludger. Alors, il sombra dans de macabres appétences.

AKRAM

Poussé par la curiosité et son désir de narrer des histoires, Akram se lance sur le tard dans l'écriture en amateur. Les récits courts deviennent son support de prédilection, un moyen de développer Atras – les terres de perdition où se déroulent nombre de ses fictions – et de prospecter d'autres horizons de la littérature de genre.

Depuis peu, il anime le forum L'Orée des Conteurs dont il est le cofondateur.

La complainte d'Emerata

Le groupe avançait, déterminé, en direction de la lumière. À travers le filtre funeste de la nuit, la forêt de Mortes Aigues paraissait encore plus inquiétante que de jour. C'était comme marcher au milieu d'un paysage de désolation en regardant au travers d'une vitre usée, irrégulière. Les quelques étoiles ressemblaient à des bulles de vieux verre et d'ailleurs, le jeune Estiain ne reconnaissait aucune constellation familière.

« Quelle folie que d'affronter Mortes Aigues lorsque la lumière disparaît ! » diraient les vieilles femmes des villages proches de la lisière si elles voyaient les chevaliers ainsi dans le noir. Ils n'avaient pourtant pas eu le choix : leur progression était bien trop lente et la forêt un royaume à elle seule, immense étendue entièrement sous l'emprise des ombres.

La lumière venait de la lune, particulièrement brillante ce soir. Sire Séverin, son suzerain, avait bien prévu son expédition. Le maître d'armes n'en était pas à sa première, loin de là : combien de bêtes et de brigands avaient péri sous sa lame ? Estiain était incapable de le dire, mais sans doute autant que l'on comptait d'arbres dans cette forêt. En pensant à cela, le jeune chevalier eut un frisson : ils n'étaient que six, y compris leurs écuyers, au milieu d'un des lieux les plus craints du royaume. Il avait l'impression que les bois allaient marcher sur eux et les avaler dès qu'ils se seraient rendus en leur sein.

Première véritable quête pour Estiain le Doré, encore bachelier seulement vingt jours en arrière, mais quelle quête ! Car ce n'était pas une créature comme les autres que le groupe pistait : une sorte de démon, une entité capable de tuer à distance ! Sire Séverin avait abattu un grand nombre de bêtes et mené beaucoup de chasses :

contre des fauves, des loups, des sangliers, des choses géantes aux attributs mélangés, chimères funestes issues du chaos de la création. Pourtant chaque fois, le fer et le courage avaient été plus forts que la griffe et la sauvagerie ; le comte avait une expérience incomparable et précieuse de ces expéditions. Cet homme, malgré ses presque quarante-cinq ans, était doté d'une énergie incroyable et n'avait pas son pareil pour reconnaître les empreintes et se nourrir uniquement avec ce que lui donnait la nature. En tant que vassal du roi, il possédait un château et une importante domesticité, mais il n'aimait rien tant que rester seul dans son pavillon de chasse afin de parcourir les bois, parfois équipé d'un arc et d'un poignard comme seules armes, simplement pour le goût de la traque et du défi.

Le jeune chevalier l'enveloppa d'un regard inquiet. Son suzerain était un homme épais et immense. Malgré son nez camus et un faciès plus approprié à un soudard ou un lutteur de foire, il le savait aussi très agile et doté d'une grande ruse, surpassant toujours celle de ses proies. À leurs côtés se trouvait également Sire Aquilius, un chevalier d'une trentaine d'années, sec et maigre, aux traits disgracieux et précocement chauve. Il commandait un domaine du sud et Estiain le connaissait seulement de réputation : celle d'un homme aguerri.

Pour les épauler, marchaient, un pas derrière eux, Reynaud, le tout jeune garçon de ferme devenu le nouveau domestique d'Estiain, Aymar, un homme robuste qui accompagnait Aquilius, et bien sûr Langin, le vieil écuyer de Sire Séverin : le seul en qui il ait jamais eu pleinement confiance pour la traque des bêtes. Autour d'eux, de nombreux mouvements agitaient les fourrés. Estiain avait l'impression que des monstres glissants rampaient dans l'ombre des broussailles.

« Ralentissez le pas ! » dit Séverin d'une voix basse, mais ferme.

Estiain fut tiré de sa rêverie morbide. Le groupe s'exécuta comme un seul homme. Difficile de se déplacer discrètement sur le lit de feuilles et de brindilles sèches, mais les chevaliers avaient appris à le faire depuis longtemps, car il était des combats où l'armure seule ne protégeait pas. Hommes d'honneur, ils devaient affronter les routiers et tous ceux que le déshonneur avait poussés à embrasser l'obscurité des sous-bois. Il fallait parfois faire appel à des méthodes de guerre telles que l'embuscade, en particulier face au genre d'adversaires qu'ils allaient à présent braver : ceux qui ont recours à la male magie...

« Nous y sommes, compagnons ! murmura Sire Séverin, une lueur de défi dans l'œil. La voilà ! »

La troupe avait contourné silencieusement un petit talus s'élevant entre deux grands ormes sombres, leurs troncs tordus se rejoignaient comme les mandibules d'une énorme bête. Derrière, on devinait le doux clapotis d'un étang. Estiain fronça les sourcils pour mieux distinguer les détails de la clairière. La lueur morte de la lune dévoilait des fougères, des touffes épaisses de ces herbes coupantes qui leur avaient fouetté le visage durant tout le trajet, et la masse sombre des sous-bois au-delà. Une eau claire s'étendait au pied des ormes, reflétant les lumières vives, glacées. On aurait dit que des lames brillantes reposaient sous la surface.

C'est là qu'il la vit : la silhouette fine et gracieuse d'une jeune fille aux cheveux longs, une simple robe de toile blanche sommairement cousue révélant des jambes bien dessinées et des bras nus et pâles. La femme ou quoi qu'elle puisse être, pencha la tête en arrière et serra d'un geste souple ses cheveux noirs retombant jusqu'en bas du dos.

« C'est... c'est elle ? Elle est belle... » bredouilla Estiain, incrédule.

Il s'était attendu à une vision d'horreur, à tous les monstres les plus abominables, mais certainement pas à ça.

« Jeune homme, elle n'a d'humain que l'apparence. Cette chose tue ! répondit Sire Séverin. Tu vas la contourner par là avec Reynaud et nous allons charger. Langin nous appuiera ! »

Le vieil homme avait déjà sorti son arbalète et fit un hochement de tête entendu à son maître. Leur communication était tellement rodée qu'ils n'avaient plus guère besoin d'utiliser des mots.

« Prenez surtout garde à sa voix, il ne faut pas qu'elle chante ! Ne lui laissez pas le temps, frères ! », murmura le maître d'armes comme ultime recommandation.

Emerata avait étendu ses jambes sur le rocher, ses orteils effleurant à peine l'eau noire de la source. Tout autour d'elle, d'étranges choses blanches émergeaient de l'herbe douce et renvoyaient la clarté lunaire. Le cœur lourd, elle était plongée dans un silence contemplatif. Elle prêtait l'oreille au moindre son, au moindre cri d'animal, au plus infime bruissement des fourrés, ouïe fine et exercée s'il en était. Elle commença à chuchoter une litanie, ses doigts accompagnant la mesure. Son cœur se fit plus léger. Elle se tut soudain en entendant un tintement cristallin, les petits carillons qu'elle avait accrochés à toutes les branches environnantes avaient bougé, de peu, mais de manière suffisamment perceptible pour ses sens. Elle enfonça son regard dans les ténèbres des sous-bois.

Malgré la fraîcheur de la nuit, une goutte de sueur traversa le front crevassé du vieux Langin, la créature avait tourné la tête dans sa direction et semblait scruter sa cachette. Il apercevait d'ici ses pupilles violettes, insondables, horriblement présentes malgré la pénombre. Il tenta de se convaincre qu'elle ne pouvait pas l'avoir vu…

Estiain se retint de respirer durant toute la marche jusqu'à l'autre rive de l'étang. C'étaient sans doute les vingt pas les plus longs et les plus angoissants de sa jeune vie. Sa nuque se contracta soudain lorsqu'une brindille craqua sous le pied de Reynaud, derrière lui. Il se retourna et vit la face blême de l'adolescent qui venait de commettre sa maladresse la plus regrettable. Reynaud releva doucement la jambe. C'était pire, le bois mort craquela avec le son d'un insecte que l'on écrase.

Prenant une profonde inspiration, Emerata éleva sa voix, la plus merveilleuse des voix : délicate, céleste. La mélodie monta crescendo. La larme à l'œil, elle chanta sa tristesse et son désarroi dans la langue des anciens, avec des mots portés paisiblement par l'air nocturne. Bientôt sa mélopée couvrit les cris de détresse des chevaliers : c'étaient des hurlements effroyables, éraillés par la douleur. Il fallut plusieurs longues minutes d'agonie pour que le dernier râle ne meure en un gargouillis immonde.

Puis elle se tut. Un silence gêné parcourut toute la forêt comme un frisson glacé. La jeune fille plongea la tête entre ses mains délicates avant de les passer dans ses cheveux noirs, puis elle soupira. Son regard humide se posa sur le visage d'un jeune homme qui était tombé des fougères, sur sa gauche. À la clarté lunaire, on aurait plutôt dit un enfant en armure. Face à la mort, il avait poussé un cri d'enfant et à présent comme un enfant il dormait.

Tous reposaient dans la clairière, ils n'étaient que les énièmes d'une longue série d'assassins envoyés contre elle et, tant que vivrait sa sombre légende, il en viendrait encore et encore…

Chacune de ces tueries inutiles lui évoquait les mêmes souvenirs. Et une fois de plus, Emerata se replongea dans son passé :

Sa naissance avait eu lieu dans l'obscurité de la condition paysanne, et elle avait connu, depuis, celle de cet endroit maudit et délaissé par les dieux. Elle avait ouvert les yeux sur une terre ingrate frappée par les vagues et les tempêtes. Sur cette lande pierreuse étaient accrochés de pauvres villages sans nom comme celui d'Emerata, recroquevillés contre les falaises de granit.

Déjà en ces temps de l'enfance, elle avait manifesté un don pour le chant. Il n'était alors certainement pas facile d'être petite fille et encore moins d'aspirer à exercer un art lorsque l'on était née sur la Côte des Vents Haineux, car en vérité les loisirs y étaient inconnus et le bonheur considéré au mieux comme une chose superflue. Les gens naissaient, travaillaient et mouraient au même endroit. Avec la pauvreté de la lande, ravagée par les bourrasques, la pêche apportait la seule subsistance possible. Femmes et enfants confectionnaient et réparaient les filets, tandis que les hommes s'absentaient pour de longues campagnes périlleuses dans leurs coques de pêche ballottées par le vent ; il en revenait souvent moins qu'il n'en était parti au début de la saison. Dans ces conditions, il n'y avait que peu de place pour les invalides, les vieillards et encore moins pour les oisifs : ceux qui n'étaient pas utiles ne mangeaient pas, et le rare temps libre était consacré au repos.

Emerata avait dû apprendre à perfectionner son art en secret, car tout manquement aux règles et à l'obéissance envers ses parents était sévèrement puni. Elle se souvint de la première fois où sa mère l'avait surprise à entraîner sa voix, seule, en cachette dans la cabane à outils. Elle avait subi une rossée et avait depuis toujours évité sa violence.

Elle n'avait pas pour autant renoncé à chanter : elle profitait de chaque absence de sa mère pour s'exercer, chaque trajet dans les bois était l'occasion d'offrir à l'auditoire des arbres et des animaux les meilleurs concerts. Lorsque ses parents et ses nombreux frères et sœurs s'endormaient enfin, elle murmurait de délicates mélodies, à peine audibles, en battant la mesure de ses doigts. Sa mère détestait cela : elle disait que manipuler les sons faisait tourner le lait, et de fait, aucune bête du village d'Emerata n'avait rien produit de bon depuis sa venue au monde…

Un jour, alors qu'elle croyait être seule sur les quais, elle fredonnait doucement tout en chargeant les nasses dans les embarcations, comme c'était à son tour de le faire. Elle avait été surprise, à sa plus grande peur, par l'un des capitaines : Peruil, un homme fort et brave qui inspirait le respect. Elle pensait subir une correction et se préparait déjà aux coups. Mais l'homme avait été charmé par sa voix. Peruil lui expliqua que celle-ci était un présent enfin accordé à la communauté par cette nature si impitoyable. Un tel don n'était-il finalement pas une aubaine, une source de bonheur accessible aux pauvres pêcheurs ?

Le jour même, selon ses désirs, elle chanta afin d'encourager les marins lors du chargement du bateau et du grand départ, et pour la première fois, elle éprouvait la joie d'être applaudie. Pour la première fois, un peu de plaisir entrait dans la vie d'Emerata et des siens.

Le bateau de Peruil ne rentra toutefois jamais au port. La tempête gronda peu après son départ alors que le ciel était clément. Dix-sept jours plus tard, les ramasseurs de coques en retrouvèrent les premiers débris sur la grève… Emerata fut battue par sa mère comme jamais auparavant. Celle-ci n'avait pas osé s'opposer à Peruil, mais elle mettait maintenant la responsabilité du naufrage sur la petite fille, d'autant que Yön, le jeune oncle d'Emerata, se trouvait en mer avec les autres… Peu à peu, la rumeur courut sur cet incident et, face à la superstition des villageois, Emerata, à peine sortie de l'enfance, n'eut d'autres choix que de partir seule sur les routes, sans jamais espérer revoir un jour ses proches.

Après quelque temps d'errance, où elle avait subsisté grâce à la cueillette de baies et de menus larcins, elle avait fini par trouver labeur au sein d'une ferme, la plus grande et la plus réputée de toute la région, qui produisait du blé et des fruits en abondance et avait toujours besoin de bras.

Emerata avait découvert avec surprise le maître de maison comme un homme bon et prudent. Pour la première fois, elle avait une vraie famille, une famille d'adoption. Elle pouvait enfin dormir seule, dans le secret d'un recoin de grange, non loin de la chaleur des bêtes. Pendant de longs mois, Emerata aida les paysans aux travaux des champs et aux soins des animaux. Sa besogne était dure, mais elle était reconnue et au moins mangeait-elle à sa faim. Le maître savait s'organiser et sa terre produisait en abondance, si bien qu'Emerata connut pour la première fois le repos et les banquets lors des jours de fête. Car à son village natal, ceux-ci n'étaient guère célébrés et tous les jours se ressemblaient. C'est au cours d'une de ces fêtes que l'envie de chanter à nouveau la prit, mais elle se retint, prisonnière d'une peur indicible. Depuis l'effroyable nuit où la tempête avait enveloppé le bateau de Peruil et englouti les hommes comme une bête avide, elle était en proie à l'angoisse d'élever seulement la voix d'une octave. Lorsqu'elle ne comprenait pas les consignes criées par les maîtres à l'autre bout du champ, elle se déplaçait pour mieux entendre. Quand il s'agissait simplement de paroles sans importance des serviteurs, elle se contentait de ne pas répondre, ce qui faisait d'elle une personne particulièrement timide aux yeux des autres. Elle ne voulait pas que les calamités recommencent et qu'on lui en fasse encore porter la faute. Car en réalité, que pouvait une jeune fille face au malheur et à la fatalité ? Après avoir passé un long séjour à la ferme, elle parvint à se persuader que sa voix n'était pour rien dans toutes ces horreurs, et qu'il était plus que temps de montrer à ses camarades qu'elle était capable, elle aussi, de fêter dignement un heureux événement ou la fin des travaux en se joignant aux chansons à table.

Il arriva un jour d'été qu'elle but une longue lampée de vin frais tiré de la cave. Emerata n'avait encore jamais savouré la moindre goutte d'alcool de sa vie. Elle s'était toujours estimée trop jeune et, dans son village natal, la bière forte était le privilège des hommes pour leur labeur.

Cette fois-là, tous les serviteurs étaient réunis aux champs, en plein soleil, pour les moissons. Emerata coupait le froment du mieux qu'elle pouvait de ses bras minces et endoloris. Mais elle suait à grosses gouttes et n'arrivait pas tenir le rythme soutenu des autres faucheurs. Un jeune garçon passa à ce moment-là avec des outres pleines et en proposa une à Emerata. C'est là qu'elle but le vin et qu'enivrée, elle se remit au travail avec force et entrain. Une voix s'éleva alors dans le champ, céleste, cristalline : la plus délicieuse des voix féminines, égayant le ciel de plomb. Les paroles de cette chanson étaient enfantines, car au village, Emerata n'avait jamais appris le moindre texte. Elle avait simplement mélangé ses sentiments et ses impressions sur les arbres, les vents, les oiseaux, et les autres choses qui faisaient que la nature est belle, libre. Mais la mélodie fit se relever la tête aux valets de ferme et, exaltés à leur tour, ils entonnèrent le même refrain tout en terminant leur ouvrage. Ce soir-là, la fin des moissons fut la plus joyeuse qui fût, et tous burent et festoyèrent en l'honneur d'Emerata.

Le lendemain, la jeune fille se leva avec une étrange impression, comme un malaise lui étreignant le cœur et faisant bourdonner ses tempes. Elle éprouvait de la peine à ne serait-ce que tenir debout. Un peu plus tard dans la journée, une femme parmi les ouvriers tomba, le bas de sa robe de lin ensanglantée. Elle venait d'enfanter trop tôt... Une fausse couche en pleine moisson était toujours un présage funeste, et le bon paysan décida d'arrêter là les travaux quelques jours, le temps de donner des prières et des offrandes aux dieux du foyer ainsi qu'aux puissances de la fécondité. On apprit un peu plus tard que la femme n'avait jamais su qu'elle était enceinte...

Mais le pire se produisit la nuit suivante, alors qu'éclatait une terrible tempête. Depuis ce qu'il était advenu à Peruil et aux pêcheurs, Emerata détestait les orages : les éclairs illuminant subitement la nuit, le tonnerre qui la faisait sursauter à chaque craquement, les vents hurlant tels une meute de loups, et surtout la foudre qui, parfois, tombait non loin de sa grange et semblait suspendre le temps par son vacarme.

Pour lui tenir compagnie, on lui avait donné un petit chat, qu'elle serrait contre elle lorsqu'arrivaient les premières rafales. Ce soir-là, au plus fort des bourrasques, elle se surprit à fredonner une mélodie de son cru, une belle litanie monocorde qui sonnait comme une berceuse. D'ailleurs, malgré la terreur, malgré les vents ballottant les cloisons et le toit de sa grange comme le bateau de Peruil, elle réussit à s'endormir, les yeux lourds et la tête remplie des images des paroles de sa chanson.

Elle se réveilla au milieu des cris et d'une odeur âcre. Elle se leva pour ne pas étouffer, serrant toujours le petit chat contre sa poitrine. La ferme était en feu, et toutes les dépendances étaient la proie des flammes. Sans doute la foudre avait-elle frappé, car les blés n'étaient plus qu'un tapis de braises et des flammèches s'y dressaient comme des serpents. Elle demeura un long moment, tétanisée, impuissante, à regarder se consumer ce qui restait de cette vie déjà révolue. Saisie d'une coupable terreur, elle courut, aussi loin que ses jambes pouvaient la porter.

Combien de fois tomba-t-elle dans les fourrés ? Combien de fois les ronces et les pierres écorchèrent ses genoux ? Elle ne le sut jamais, mais lorsqu'elle s'effondra enfin, morte de fatigue, le petit corps du chaton était froid…

L'incendie avait inauguré le troisième âge de son enfer. Elle n'était pas revenue sur les ruines pour voir si quelqu'un avait survécu, persuadée que personne n'avait pu en réchapper. Elle ne voulait surtout pas qu'on la surprenne encore sur les lieux d'un désastre dont on aurait pu rejeter la faute sur elle. Mais qui aurait pu la voir ? Pouvait-il seulement y avoir des témoins ?

Emerata décida de gagner son pain à la ville : la grande cité de Mancastel. Elle y trouverait certainement un emploi de servante ou de femme de chambre, pensa-t-elle. Mais lorsque la petite vagabonde frappa aux portes, toutes se fermèrent. Il faut dire qu'elle faisait peine à voir avec sa peau sale, ses cicatrices et ses vêtements déchirés. Sa place était à la rue, voilà ce que lui renvoyaient les regards des bourgeois.

Alors elle se blottit dans un recoin et se mit à fredonner, faiblement, puis plus fort. Intrigués par sa voix, soudain extasiés, les citadins s'arrêtaient pour écouter, oubliant leurs occupations si importantes pour mieux voir chanter la petite pouilleuse au timbre angélique… Sous les applaudissements tombèrent ses premières pièces : elle avait réalisé son rêve, elle était une artiste à part entière ! Peu à peu, elle remplaça ses haillons de paysanne en étoffes colorées et douces à porter. Sa voix faisait merveille, et au fil des jours, son public devenait fidèle et plus nombreux. Pas de calamités, plus de malheur, elle avait vaincu ses craintes.

Emerata se souvint : elle fut brusquement réveillée un matin par des gens d'armes, qui l'emmenèrent à la prison du Guet, accompagnés d'un homme au gilet carmin. « Vagabonde », s'était-elle entendu dire. Elle avait exercé son art sans autorisation, et la Guilde Royale des Musiciens protégeait jalousement ses privilèges à Mancastel. L'homme en carmin l'avait repérée, un individu du décor, il était le seul à ne pas avoir applaudi après un de ses spectacles et s'en était tout bonnement allé. Emerata aurait dû s'en méfier, mais malgré toutes ses épreuves, elle n'avait guère que quinze ans et encore un peu de naïveté de l'enfance. Elle n'avait simplement pas pensé à changer de lieu pour chanter…

Après un jugement expéditif, une fiction de procès, on l'avait promise au fouet et à l'exil. Et c'est complètement abattue qu'Emerata fredonna dans la solitude de sa cellule en attendant son châtiment, une mélodie triste et suffisamment douce pour ne pas que les gardes viennent la brutaliser.

Elle s'était réveillée au milieu de la nuit, incommodée par une odeur. Autour d'elle, tous les hommes d'armes étaient inanimés, le sang s'écoulant encore à travers les yeux, les narines et les oreilles. Emerata était horrifiée par ce spectacle macabre, mais elle surmonta son dégoût pour s'échapper. Elle trouva les clefs de son cachot à la ceinture du geôlier, inerte et affalé dos à sa grille. Le reste avait été un jeu d'enfant : à l'intérieur de la prison, tout le monde était mort : gardes et scribes baignaient dans leur sang, figés en une expression de douleur extrême. C'est cette nuit qu'Emerata acquit les sons qui déchirent l'âme, et cette nuit-là qu'elle fuit la grandiose Mancastel pour les terres maudites de Mortes Aigues.

Là, au plus profond des bois sombres, elle se repose enfin. Les bêtes féroces sont les seules spectatrices de ses mélodies si belles et si mélancoliques à la fois. Mais en vérité, même les monstres ont déserté son voisinage, les mélodies sont dangereuses, même pour eux : trop limpides, si magnifiques.

Et elle, qu'est-elle devenue ? Une des leurs ? Une sirène ? Une goule ? Dans une clairière baignée par la lumière morte, sur un lit formé des ossements de ses victimes : preux chevaliers, écuyers, spadassins, forestiers, mercenaires sans vergogne, elle psalmodie sa solitude et son désespoir.

La vie d'Estiain le Doré vient d'être fauchée en pleine jeunesse de la manière la plus étrange qui soit. Les yeux figés à jamais dans une expression de souffrance. Il va se désagréger et blanchir sous la lune avec les autres, en un sommeil mortuaire bercé par le chant le plus limpide...

« Je vais vous annoncer le genre de la chanson que je vais jouer. Je vous annonce qu'il est tragique. »
Ainsi les trouvères débutent-ils la complainte d'Emerata.

David Chauvin

David Chauvin est né en 1979 à Avranches, mais échoue à Tours à la fin des années 80 d'où il n'est depuis jamais reparti.

Lorsqu'il voit pour la première fois *L'Histoire sans fin* sur grand écran à l'âge de 4 ans, il se dit que contrairement au jeune Bastien, il n'aurait jamais quitté le monde de Fantasia pour revenir dans celui du quotidien.

Individu rêveur, mais dur à la tâche, il suit de longues études d'histoire à l'université, tout en pratiquant les jeux de rôle de manière intensive, passion qui l'anime toujours.

Ce n'est qu'en 2006 qu'il sort de la nuit spatiale du web pour se lancer dans l'écriture fantastique et commence à se manifester alors sous le pseudonyme de Napalm Dave, une sorte de gros monstre rouge aussi direct et ironique que la musique à laquelle ce pseudo fait allusion.

Car les univers de David sont sombres, souvent gothiques, empreints d'anciennes croyances et hantés par des créatures malfaisantes et revanchardes envers l'espèce humaine.

David a toujours au moins une bonne vingtaine de projets littéraires pharaoniques en cours et les quelques résultats encourageants qu'il a obtenus lors d'appels à textes ne risquent pas de le pousser à s'arrêter. Ses projets phares restent néanmoins des romans de fantasy sombres, et un recueil de nouvelles intitulé *Contes d'Outre plan* mettant en scène l'intrusion d'autres réalités dans celle communément admise : la nôtre.

Coa et Couacs

La main incertaine et engourdie de Reverb sortit de sous les draps et s'en alla tâter le haut de son crâne. Il soupira bruyamment lorsqu'il constata que le crapaud était toujours soudé à sa tête. Dépité, il s'assit sur le bord du lit, enfila ses mules et se leva tout en ajustant sa robe de chambre en satin pourpre. Il grommelait des mots inintelligibles à l'exception de « saleté de crapaud ».

Cette symbiose batracienne était la dernière malédiction que Foutrak, son ennemi intime, lui avait envoyée. Après ça, Reverb l'avait tué. Non mais !

Le mage était désormais assis à sa table de travail, l'esprit encore un peu brumeux. Il attrapa sa tasse et dit « café ». Puis, laissant son breuvage fumant refroidir un peu, il se pencha sur un parchemin en grognant :

— Ah oui, c'est vrai, le cas Misole.

Il relut le dernier rapport qu'il avait adressé au roi. Ce n'était pas brillant. Misole était une énigme, voire une aberration. Vraiment.

Reverb portait la tasse à ses lèvres quand, au-dessus de lui, le crapaud goba une mouche dans un ignoble bruit de succion. C'était écœurant ! Dégoûté, le mage reposa son café.

— Que Foutrak pourrisse en enfer !

Pourtant, il avait tout essayé pour se débarrasser de l'animal, mais sans aucun résultat ! Il avait seulement réussi à perdre ses derniers cheveux. Il reconnaissait que c'était un très joli coup de son rival. C'était au cours de l'avant-dernière passe de la guerre entre les deux Vénérables qui avait fait rage pendant des mois.

Vénérable, l'honneur suprême. Pour en arriver là, il avait fallu une bataille de tous les instants contre ses collègues magiciens.

Un combat fait de chausse-trappes, de coups tordus et de Malédictions. Le titre était envié, car les Vénérables devenaient les bras droits du roi. C'était à eux que le monarque demandait les plus grands services, en temps de guerre comme en temps de paix. Ce qui flattait l'ego, mais aussi le porte-monnaie, car Flamberge payait grassement ses mages. Et puis, luxe absolu, les Vénérables logeaient au château dans un confort appréciable.

Quand, enfin, il avait atteint l'Olympe des enchanteurs, Reverb n'avait pas supporté de partager le gâteau en deux, c'est pourquoi il avait discrètement envoyé une Malédiction à Foutrak, utilisant pour cela la formule consacrée en vieille langue :

« *Alhouét gentiye alhouét jete plumeré...* » à laquelle il avait rajouté la Malédiction proprement dite « *Ketugliss è ripévlan* », qui avait eu pour conséquence de rendre les bottes de Foutrak glissantes comme des savonnettes. Celui-ci avait néanmoins réussi à s'en sortir sans se rompre le cou dans les nombreux escaliers du château. Il avait contre-attaqué en lui jetant l'Allergie Majeure, transformant ainsi la quasi-totalité des aliments en poisons mortels pour Reverb, qui avait tout de même survécu en perdant vingt kilos. Puis on avait assisté à une escalade dans les sortilèges jusqu'au fameux jour où Reverb s'était réveillé avec cette infâme chose verte et coassante sur la tête. Le coup de trop, la goutte qui avait fait déborder la mare.

Dans le Grand Opuscule, on pouvait lire :

A priori, aucune limite ne freine les Malédictions (appelées Punissages dans certaines régions), mais depuis que la magie est magie, une seule contrainte est de mise : on ne peut donner la mort directement. Les malheureux mages qui ont oublié ou transgressé cette règle ont vu leur Punissage se retourner contre eux et ont rencontré la Camarde plus tôt que prévu.

Excédé et humilié, Reverb avait réfléchi longuement avant de lancer... l'Effritage. Ce fut magistral : pendant des mois, Foutrak avait perdu chaque jour un bout de lui-même. Une phalange, un lobe, quelques poils, une dent. Jusqu'au moment où, devenu méconnaissable, Foutrak s'était comme éboulé en un petit tas informe. Une chose indéfinie, un ex-Vénérable nettoyé d'un coup de balayette.

Le vainqueur avait fêté l'événement avec entrain, trinquant même avec son crapaud (qui n'avait pas très bien supporté l'alcool et lui avait vomi sur le front). Vénérable, il l'était, mais au singulier.

Bien que ses « confrères » mages utilisaient d'autres termes pour définir Reverb, tels que : Vénéneux, Exécrable ou Vénérien…

On frappait.
— Oui ?
Un serviteur entra :
— Le roi demande où vous en êtes avec l'affaire Têtedur.
— Voyez, justement je suis dessus. Dites à Son Altesse que je suis sur le point de conclure cette lamentable histoire.
— Bien.

En vérité, il n'en était nulle part dans cette déplorable affaire. Il soupira de désespoir tandis qu'il se souvenait de la façon dont tout avait commencé.

Quelques jours auparavant, Arthur Têtedur, le cuisinier en chef, avait raté la mayonnaise qui accompagnait les bulots : elle était trop liquide. Comme à son habitude, Flamberge était monté au créneau, avait décrété que c'était intolérable et qu'après le coup de la tarte aux pommes un peu plâtreuse, c'en était assez. Certains convives courageux avaient protesté (mollement), mais le roi n'en avait eu cure et il avait condamné à mort Têtedur et toute sa famille (quand Flamberge fumait ainsi de la couronne, il ne s'embarrassait pas avec les détails). Il avait confié la tâche à Krik, son capitaine, qui cette fois avait tenté de défendre l'infortuné cuisinier.

— Mais qui va le remplacer ? On mangeait assez bien dans l'ensemble !

— Peuh, des chefs cuisiniers on en trouve aussi facilement que des morceaux de gras dans une omelette au lard, avait répondu le roi.

Sur ce point, il se trompait.

Le lendemain, donc, un soldat, faisant office de bourreau, avait raccourci les Têtedur. Enfin pas tous. Misole, la benjamine, avait disparu. Et la garde avait eu beau chercher dans tout le château, elle n'avait rien trouvé. Le roi était devenu hystérique et Krik avait craint (à tort) pour sa propre tête.

Au petit matin, Flamberge, la barbe en broussaille, avait débarqué chez Reverb.

— J'ai besoin d'un Punissage tout de suite !

— Mais pour qui donc ?

— La petite Misole Têtedur, elle s'est échappée.

— Un Punissage pour cette douce enfant ? Mais…

— Je double la prime !

— … je commence quand ?

— Coa !

Le roi avait froncé les sourcils en regardant le crapaud.

— Quand vous débarrasserez-vous de cette… chose immonde ?

— Je fais ce que je peux… je fais ce que je peux.

Retrouver la fillette avait été une formalité. Le fait d'être enfin le seul Vénérable avait de nombreux avantages, dont celui de pouvoir posséder les Linocles.

Les Linocles, comme le disait si bien le Grand Opuscule, *se présentent comme deux longues-vues attachées ensemble. Elles permettent à un Vénérable (et seulement à lui), qui se représente l'image de la per-*

sonne recherchée, de la voir où qu'elle soit, en regardant simplement dans les optiques. Le mage peut ainsi la suivre partout.

Cet objet fabuleux a été mis au point par le Vénérable Trandor, deux cents ans après la fermeture de la Porte, alors qu'il voulait absolument retrouver sa femme qui était partie avec un mitron.

La mort de son « collègue » lui avait permis de récupérer cet inestimable objet, ainsi que d'avoir accès à la plus haute tour du château, la tour d'Yvoir, d'où les Linocles pouvaient donner leur pleine mesure.

Sortant de ses pensées, il réalisa que le café était froid ; Reverb renonça à le réchauffer. De toute façon, avec les soucis des derniers jours, il avait des aigreurs d'estomac. Une question lui occupait l'esprit : pourquoi cette damnée fillette échappait-elle à toutes ses Malédictions ? Depuis deux semaines, le mage lui avait envoyé des Punissages qui, d'habitude, réglaient le problème très vite, telle la Malédiction de l'Artère Qui Se Bouche, mais sans aucun résultat. Misole gambadait toujours.

Il se plongea dans l'étude de *Comment éviter les pannes de magie Vol 1*. Pendant près de deux heures, il lut, concentré au maximum. On aurait pu entendre voler une mouche, mais le crapaud veillait. Soudain, Reverb poussa une exclamation :

— Mais oui, c'est ça !

Au chapitre *Problèmes et Solutions*, il venait de trouver à la rubrique *La Malédiction n'a eu aucun effet* :

- Le mage lanceur du sort a oublié de prononcer la formule. C'est ballot mais ça arrive ;

- Le mage lanceur du sort a un important défaut de prononciation (chuintement, zézaiement…). Des cours de diction peuvent résoudre la situation ;

- Le mage a mélangé deux formules. Les conséquences d'un tel incident peuvent être très graves ;

- La personne visée est déjà morte. On n'y pense pas mais… ;

- La personne visée est protégée par une Prophétie.

Une Prophétie… ça paraît incroyable mais pourquoi pas, se dit le mage.

Une pause déjeuner s'imposait avant d'attaquer de longues recherches dans la bibliothèque. Reverb appela un page.

Depuis qu'il avait son excroissance batracienne, Reverb ne descendait plus manger. Il avait bien remarqué les airs tout d'abord horrifiés puis dégoûtés des résidents du château… Il avait entendu les rires sous cape et, il en avait eu la preuve le matin même, le roi le regardait de travers. Miné et frustré de son impuissance à améliorer son apparence, il avait pris la décision de se restaurer dans son étude.

Le plateau arriva avec un repas lamentable, sans goût, presque froid ; on n'avait effectivement pas trouvé de remplaçant au pauvre Têtedur. Et la magie, à part le café ou le thé, ne produisait rien de bon non plus.

— Bon, un petit coup de Linocles et au boulot !

Le flot tumultueux d'une rivière dévalant les versants d'un vallon verdoyant, une silhouette toute fluette qui s'élançait dans la pente, suivie d'une ombre à quatre pattes. Voilà le bucolique spectacle que lui offraient ses Linocles.

Ben ça alors, elle a un chien maintenant ! se dit-il.

C'était une évidence, elle avait un don la gamine. Malgré l'éradication de sa famille et sa fuite précipitée, elle s'en était plutôt bien tirée en parvenant à chiper de la nourriture dans les fermes sans se faire dévorer par les chiens. Reverb avait ragé quand il avait vu que ses Malédictions successives échouaient.

Son nouveau compagnon était un grand bâtard tout noir au poil long. Misole avait attrapé un poisson et elle le partageait avec son ami poilu. La Malédiction de la veille, le Putentraille qui devait lui ruiner les intestins, n'avait pas eu plus de succès que les précédentes. Et alors qu'il se demandait ce qu'il allait pouvoir trouver de plus puissant, le roi passa la tête par la porte.

— Alors, du nouveau, la petite est morte ?

— Bientôt, majesté, bientôt, répondit Reverb en serrant les dents. Le roi lui tapait sur les nerfs. Il pensa à un tas de pièces d'or et il retrouva son calme.

Absconses était le mot le plus juste pour qualifier les Prophéties. Cela faisait des heures qu'il se tapait un épais volume intitulé : *Prophéties croyables et incroyables* écrit par Levi Zioner. Et de l'abscons, il en avait goûté, du style : « Quand la rose aura perdu ses épines, le typhon du désordre s'abattra sur la ville au citron » ou encore « Le fils du père du beau-frère de la tante de celui qui brandira le poing aura le pouvoir de guérir la royale félonie », il y en avait des centaines ! Il soupirait de plus en plus fort quand soudain il tomba sur la phrase suivante : « L'héritière du coq renverra ses bourreaux tutoyer les enfers ».

« *L'héritière du coq* », c'est tiré par les cheveux, mais ça peut coller… « *Tutoyer les enfers ?* » C'est carrément risible !

Une semaine s'était écoulée et ses nouveaux Punissages avaient eu le même résultat que les autres : des échecs cuisants. Il avait commencé par le Pied en Dedans, où le pied de la victime était censé se tordre au plus mauvais moment, comme quand elle longeait un précipice. Ensuite, il était passé à la Cuisson Interne qui voulait bien dire ce qu'elle voulait dire. Juste après, il avait tenté la Chute de L'Éclair Un Soir d'Orage qui demandait une mémoire phénoménale à cause de sa formule à rallonge. Il lui avait fallu deux jours pour s'en remettre. Plus vicieux, mais néanmoins redoutable, il avait envoyé la Nuée d'Abeilles Tueuses, mais elle non plus n'avait eu le moindre effet sur cette maudite Misole. Rien de rien de rien ! Reverb bouillait et il balançait régulièrement avec rage des rouleaux de parchemin par la fenêtre. Le crapaud sentait son irritation et il coassait à en perdre haleine. Là-dessus, le roi était venu jusqu'à quatre fois par jour lui poser la même question : « Alors, ça avance ? ». Ça lui mettait les nerfs en pelote.

La semaine suivante, Flamberge passa l'arme à gauche. Enfin, il n'y eut pas vraiment d'arme puisqu'il mourut… étouffé par une cacahouète. Reverb n'avait rien pu faire. Quand il était arrivé au chevet de son souverain, celui-ci était déjà noir. Le royaume était sur le qui-vive, car le roi n'avait pas d'héritier… Il était tellement paranoïaque et misogyne qu'il n'avait jamais voulu se marier. Il avait bien quelques bâtards à droite à gauche, mais rien qui permette au régime de perdurer. Tout ça sentait la fin d'une époque. D'ailleurs, les pays voisins affûtaient déjà leurs épées. Pour Reverb, c'était un cataclysme ! Après toutes ces années de lutte pour arriver au sommet, il avait une drôle de sensation, comme si le sol se dérobait sous ses pieds chaussés de mules. Il allait sûrement connaître le chômage, voire pire puisque, il le savait bien, tout le monde le détestait. Reverb était aux abois, au bord de la crise de nerfs. Surtout depuis qu'il avait vu la fillette se lier d'amitié avec une bande de coupe-jarrets. Alors que Reverb pensait qu'ils allaient en faire leur esclave ou, mieux, la chasser méchamment, pas du tout ! Elle était devenue leur mascotte ! Incroyable !

Le Vénérable n'osait plus sortir de sa tour, il ne supportait plus les regards fielleux des membres de la cour (ou plutôt de ce qu'il en restait). Un page lui apportait chaque jour un plateau de plus en plus minable où une infâme pitance le sustentait à peine. Il inspectait longuement les aliments de peur d'être empoisonné.

Reverb avait repris les hostilités. La veille, il avait balancé la Flétrissure, une Malédiction compliquée que seule l'élite des mages arrivait à maîtriser. Elle était censée faire vieillir la cible en quelques minutes et la transformer en un centenaire à l'agonie. Comme les autres, elle avait raté lamentablement. Le mage, dépité, avait passé une nuit blanche à geindre d'impuissance. Pourquoi ? Pourquoi ? Pourquoi, au nom des Arcanes Runiques, la fillette résistait-elle à tout ? Maudite Prophétie ! Ensuite, il avait détruit un peu de mobilier pour se calmer.

Acculé, épuisé, Reverb avait cependant une dernière carte dans son jeu : son fameux Effritage qui avait vaincu Foutrak.

Il fallait faire vite. Le matin même, on avait frappé à sa porte, une voix forte avait crié : « Reverb, on voudrait vous parler de toute urgence ! ». Le mage n'avait pas répondu. On ne venait sûrement pas lui proposer une augmentation ! Une humiliante fuite l'attendait.

Il était debout sur le balcon de la tour d'Yvoir. Malgré ses aigreurs d'estomac (aggravées par le niveau culinaire du dernier plateau qui avait atteint des abysses de nullité), le mage était concentré comme jamais. Il fixa l'image de Misole dans son esprit (il n'avait pas trop de mal tant elle l'obsédait) et récita la formule :

« Au nom des dieux, je te maudis et te condamne à perdre chaque jour un morceau de ton anatomie et ceci jusqu'à ce que mort s'ensuive. »

Ce qui en vieille langue se disait : *Parenpuzzle et crèv.*

Il souffla un grand coup. Le sort en était jeté. Elle ne pourrait pas résister à un Punissage si puissant. Foutrak lui-même avait trépassé. De manière surprenante, le crapaud arborait une sorte de rictus qui pouvait faire penser à un sourire sardonique (en réalité, il avait lui aussi un problème de digestion).

Reverb, parcouru de tics nerveux, se précipita sur ses Linocles.

Un feu de camp crépitait et la fillette semblait chanter avec les bandits… Normalement, elle aurait déjà dû perdre une oreille ou le nez. Mais non, son visage était intact et elle riait !

— Bordel de merde, satanée gamine, c'est impossible !

Le crapaud devait sentir que quelque chose allait de travers, car soudain il coassa à s'en faire péter les cordes vocales.

Dans l'esprit du mage, ce fut comme une brusque surchauffe dans une théière. Il poussa un cri de bête, tel celui d'un commerçant qui reçoit un arriéré d'impôt, et tenta de frapper l'animal. Il le rata, le crapaud le mordit et Reverb gémit. Puis, d'une voix hystérique, se mit à hurler :

— Misole, je te maudis, et je t'envoie la Mort, la Mort !

La règle des Malédictions venait d'être transgressée. Trépassos, la déesse de la mort, était catégorique là-dessus : *dans une Malédiction, on ne doit jamais au grand jamais envoyer la mort directement ; on doit passer par des subterfuges tels que des maladies ou des catastrophes diverses.* Le châtiment était on ne peut plus simple.

Reverb finissait à peine de prononcer le mot « mort » pour la seconde fois qu'il se prit une sorte de choc en retour, comme s'il venait d'exploser de l'intérieur. Le teint cadavérique, les yeux exorbités, il poussa un râle terrible puis il vacilla. Battant des bras, il tenta de se raccrocher à quelque chose. Ses mains rencontrèrent une étagère chargée de livres et ce fut dans un fracas de lourds volumes qu'il s'effondra.

Ses yeux grands ouverts étaient désormais vitreux. Ils ne pouvaient donc voir la page du manuscrit tombé, par un curieux hasard, juste devant eux. C'était dommage, car il s'agissait d'un passionnant mémoire rédigé par un certain Al Zeimer que Reverb avait souvent eu la flemme de lire à cause de son épaisseur impressionnante. Il était intitulé : *Les secrets oubliés de la magie.* Sur la fameuse page était écrit : *Quand une Malédiction doit affronter une Prophétie, ce qui est rarissime, c'est toujours la Prophétie qui prévaut...*

Le crapaud contemplait sa patte d'un air ahuri. Elle était libre ! Il la bougea en faisant quelques flexions-extensions puis fit de même avec l'autre. Il jeta un dernier regard, dédaigneux, au crâne de l'infortuné magicien et en trois bonds, il sauta dans l'escalier.

Des années s'étaient écoulées. Un apprenti mage déblayait un tas de livres couverts de poussière qu'il avait déniché dans une tour délabrée du château. Un tas très impressionnant, sûrement la propriété d'un érudit. Qui était-il ? Aucune idée. La reine Misole saurait peut-être lui dire. Le jeune homme jubilait : pour un futur mage comme lui, c'était un trésor inestimable, d'autant plus que... *Non ce n'est pas possible !* Il avait trouvé un exemplaire de

Prophéties croyables et incroyables de Levi Zioner. Sans aucun doute le dernier en circulation ! *Je rêve !*

Il sauta dessus comme un mort de faim et il alla de surprises en surprises tant les prophéties étaient délirantes. Il y en avait une surtout qu'il retint. Une bien gratinée : *Quand le vénéneux au « coa coa » décédera, on tressera des couronnes à la fille au « ouah ouah ».*

Il jeta un regard dépité sur le grimoire. *Vraiment n'importe quoi ! Il avait bu ou quoi ce Zioner ?*

Le grimoire fut expédié par la fenêtre et il atterrit dans les douves où des centaines de crapauds offraient, de jour comme de nuit, un joyeux concert.

Philippe Goaz

Philippe Goaz est né en 1963 en région parisienne. Il est tombé brutalement dans l'imaginaire à l'âge de 17 ans en lisant *Le Seigneur des Anneaux* puis en devenant rôliste. À la quarantaine, en 2005, le démon (niveau 17) de l'écriture a frappé à sa porte et il a décidé de raconter les aventures de Zordar le guerrier sur un blog : *À nous la Mana*. Dans le même temps, il a envoyé des nouvelles à divers supports et il a été publié dans une revue (AOC), des webzines (Univers d'Outremonde, Mots & Légendes, Autres Mondes) et des anthologies chez Sombres Rets et Dreampress.com. Son univers de prédilection est la fantasy humoristique, mais il s'autorise parfois des incursions dans le fantastique ou la SF.

Eilwen Corbeau Blanc

« Au commencement du temps des hommes, le Dieu-Ours
choisit la plus belle de leurs femmes et en fit sa compagne. De leur
fils naquit la lignée des rois de Brumelys, capables de se changer
en ours lorsque la nécessité s'en fait sentir.
Du moins, est-ce ainsi que le raconte leur légende... »
Orryn, aîné des bardes de Rosepluie,
capitale du royaume de Brumelys.

« Maudite soit la fille du Cygne Blanc.
Maudite soit la bâtarde. Maudite soit le Corbeau Blanc.
Que la nuit s'emplisse de ses croassements de honte. »
Dreifer, roi de Draik.

I.

Les grondements des chiens furieux ne cessaient de croître dans
la nuit noire. Leurs pattes griffaient le sol humide de l'orée de la
Grande Forêt et leurs gueules écumantes ne promettaient que
mort à leur proie traquée depuis les remparts de bois de
Rosepluie. Plus loin résonnaient les sonneries profondes des cors
de chasse. À distance prudente de l'ours blessé, des cavaliers,
torches au poing, suivaient la meute et l'excitaient de leurs clameurs. Hommes de confiance du roi Rhian, ils lui avaient juré en
secret de ramener la peau de l'animal.

Un voile rouge obscurcissait la vision naturellement faible de
Llwyn. Chacune de ses inspirations ébranlait sa puissante

carcasse. Un filet de bave gouttait de ses babines à demi retroussées sur ses dents à la blancheur d'ivoire. Du sang d'un vermeil très vif coulait sur son épaisse et soyeuse fourrure brune. L'ours qu'il était luttait toujours pour sa survie, soutenu par un instinct immémorial, tandis qu'en son for intérieur l'humain avait renoncé depuis des heures.

La meute se rapprochait encore, molosses enragés dépourvus d'âme et de cœur. L'ours grogna, hésita à se laisser tomber lourdement à terre pour déchiqueter quelques ennemis avant de périr sous le nombre. Il sentait l'odeur de leur traque l'envelopper, telle une horrible puanteur. Sa blessure à l'épaule le faisait cruellement souffrir. Il en avait arraché le javelot dans un râle terrible, mais la pointe était restée. Plus rapide que ses congénères, un des chiens le dépassa sur sa droite, aboyant comme un damné. Llwyn infléchit à peine sa course désespérée. D'un revers d'une patte hérissée de cinq griffes plus tranchantes que des lames, il l'envoya rouler sur plusieurs mètres dans un gémissement plaintif. L'ardeur des autres bêtes, aiguillonnées par leurs veneurs, n'en fut qu'affermie. L'ours souffla bruyamment, consumant ses dernières forces dans sa fuite éperdue.

Soudain, une seconde odeur domina celle de la meute. Llwyn reconnut celle, ô combien particulière, de la Grande Forêt. Symbole de refuge, elle était plus enivrante pour l'ours que le plus doux des hydromels ne l'avait été pour l'homme. Il devina bientôt les troncs épais des arbres gigantesques de la célèbre sylve qui bordait la frontière de Brumelys. Subitement ragaillardi, l'humain lui chuchota intérieurement de ne pas grimper dans le premier d'entre eux, mais de continuer vers le cœur des bois, là où les cavaliers ne pourraient le suivre. Ce raisonnement trop logique perturba la course de l'ours, lui rappelant soudain qui il était, et le priva de ses réflexes animaux les plus viscéraux. Tout à coup moins agile, essoufflé, il trébucha. D'autres chiens le rattrapèrent et tentèrent de le mordre. Une longue plainte s'échappa de la gueule de Llwyn, mi-humaine, mi-bestiale, mais pleinement désespérée.

Un éclair immaculé tomba alors sur la meute, dans un froissement délicat de plumes. Malgré l'obscurité et son épuisement, Llwyn devina le bec tranchant et les serres acérées d'un corbeau blanc plus grand qu'un aigle. Tels des rasoirs, ils tailladèrent profondément la chair des molosses infernaux du roi de Brumelys. Leurs jappements de triomphe se transformèrent aussitôt en couinements apeurés. Incapables d'atteindre leur tourmenteur, les chiens commencèrent à se disperser. Les voyant faire, le corbeau émit un croassement moqueur et reprit de l'altitude. Il voleta jusqu'à une branche devant Llwyn qui se remettait à fuir avec de lourdes foulées de plus en plus lentes. L'oiseau croassa encore d'un ton impérieux. Llwyn leva pitoyablement son museau vers lui, attendant une attaque qui ne vint jamais. Le volatile sautilla sur sa branche puis plana jusqu'à une autre un peu plus loin. Il émit alors un nouveau cri qui résonna comme un ordre. L'ours comprit enfin ce qu'il espérait de lui et marcha dans sa direction, son épaisse tête dodelinant à chacun de ses pas.

Le corbeau le conduisit ainsi à travers la Grande Forêt, le faisant passer par des cours d'eau qui emportèrent son odeur et trompèrent la meute. Sous sa forme d'ours, Llwyn n'avait pas conscience du temps. La nuit était bien entamée lorsqu'ils parvinrent enfin à une clairière profondément enfoncée dans les bois. Au centre, un cercle de pierres rondes délimitait un foyer dans lequel demeuraient des cendres détrempées et quelques branches à demi consumées. Le corbeau se posa sur l'un de ces cailloux et lissa négligemment ses plumes. L'ours huma l'endroit avec suspicion mais, blessé, à bout de forces, il s'abattit soudain de tout son long et ne bougea plus.

II.

L'aube et la lourde couverture qui tomba sur son corps souffrant, rompu de fatigue, réveillèrent le prince Llwyn, frère cadet du roi de Brumelys, royaume le plus méridional de l'île d'Arlu.

Le jeune homme ouvrit des yeux gris hagards. D'une main fébrile, il chassa de son visage des mèches châtaines poisseuses d'une boue sanglante. Il ne réalisa pas immédiatement où il était ni ce qui s'était passé la veille. Seuls quelques souvenirs fragmentaires lui revinrent en mémoire, teintés de rouge comme à chaque fois qu'il se transformait.

— Je te trouvais plus impressionnant en ours, fit une voix féminine moqueuse dans son dos. Encombrant, certes, mais impressionnant.

Ce ton railleur lui évoqua les croassements narquois d'un corbeau blanc dans la nuit. Il roula sur lui-même et étouffa un cri de douleur lorsque son épaule blessée heurta le sol de la clairière. Ses yeux papillonnèrent puis parvinrent à fixer la silhouette accroupie non loin des flammes qui brûlaient joyeusement dans le cercle de pierres. La jeune fille le dévisagea sans aménité. Vêtue de braies de cuir passées et tachées en maints endroits, d'une courte tunique de laine brune sans manches nouée à sa taille par une corde, elle avait l'air d'une parfaite sauvageonne. Le plus étonnant était sa chevelure lisse, entièrement blanche malgré son âge, qui encadrait son visage jusqu'à la naissance de sa mâchoire. Outre sa couleur, elle parut étrange à Llwyn qui ne sut dire pourquoi.

— Qui es-tu ? demanda-t-il d'une voix étouffée.

Il nota les objets jetés en désordre autour d'elle : deux longs poignards, un arc court et son carquois rempli de flèches, mais aussi une petite marmite et son trépied ainsi qu'un sac de tissu informe. Armée d'un couteau, elle écorchait un lièvre fraîchement tué.

— À ton avis ? fit-elle, moqueuse.

Totalement perdu, Llwyn se réfugia dans l'arrogance, attitude qu'il maîtrisait très mal.

— Je suis le frère du roi, ne me manque pas de respect.

Elle se releva d'une rapide saccade, émettant un petit rire désagréable.

— Je sais qui tu es, Llwyn de Brumelys, et ton frère a lancé sa meute pour te tailler en pièces. Par chance, la plupart des rivières de la Grande Forêt charrient assez de soufre pour faire perdre la trace d'un ours à des chiens, même à des molosses aussi féroces que ceux du roi de Brumelys.

La jeune fille s'approcha de lui et s'accroupit, son visage tout près du sien.

— Et puis un corbeau t'a aidé, non ?

Ses étranges yeux, ronds et très noirs, n'exprimaient aucun sentiment. En revanche, Llwyn étouffa une exclamation d'angoisse en découvrant la véritable nature de sa chevelure, d'innombrables plumes blanches. Même ses cils et ses sourcils en étaient formés. Elle y passa une main fine et esquissa un mince sourire.

— Quoi ? Cela t'étonne alors que tu peux te changer en ours ?

— Qui es-tu ?

— Eilwen, la fille d'Eluned Cygne Blanc.

Ce nom éveilla des échos dans la mémoire troublée du prince banni. Seize ans auparavant, un drame avait eu lieu dans le remuant royaume septentrional de Draik : l'exécution d'Eluned, princesse héritière de la Bocédie. Les faits avaient été si horribles que les adultes les avaient seulement murmurés dans les veillées, loin des oreilles des enfants. Malheureusement pour eux, Llwyn avait toujours eu une excellente audition.

Après une guerre perdue par la Bocédie, Dreifer, roi de Draik, avait exigé la main d'Eluned à sa mère, Mabyn Visage de Fleur. La mort dans l'âme, la reine veuve avait accepté, sacrifiant son unique enfant au bien-être de son peuple. D'un caractère hardi, la princesse s'était d'abord résignée dans l'intérêt de la Bocédie, petite contrée paisible, mais elle n'avait jamais supporté ce mariage forcé ni surtout les mauvais traitements qui l'avaient suivi. Accompagnée de ses deux plus fidèles amis, elle avait fui Draik de nuit et n'avait pu être rattrapée par les émissaires de son époux ivre de rage. Le trio avait ensuite passé plus de deux ans à se cacher dans leur Bocédie natale où Eluned mit au monde une fille dont Dreifer n'était pas le père. Trahie puis débusquée par des espions venus de Draik, Eluned, grièvement blessée, avait protégé la fuite de ses amis et de son enfant avant d'être capturée. Malgré les soldats envoyés par Mabyn pour sauver sa fille, elle avait été reconduite à Draik où Dreifer l'avait fait torturer puis exécuter sur la plus grande place de sa capitale. Il avait également maudit l'enfant à défaut de parvenir à l'assassiner. Une fois son épouse morte, Dreifer avait ensuite envahi la Bocédie et réduit la moitié de sa population en esclavage, à commencer par leur reine.

— Corbeau la nuit et fille aux cheveux de plumes le jour. Que les dieux l'anéantissent, lui et son royaume corrompu jusqu'à la moelle.

Elle grimaça avec tant de haine que Llwyn fut tenté de reculer.

— Je suis désolé pour ta mère, bredouilla-t-il.

— Brumelys est l'allié de Draik alors je sais très bien comment les gens doivent parler d'Eluned.

— C'est mon frère qui a décidé cette alliance. Notre père s'y était toujours opposé. Il avait même failli déclarer la guerre à Dreifer quand il a envahi la Bocédie.

— Failli… Ce n'est pas suffisant.

Un silence embarrassé s'installa. Llwyn tenta de s'asseoir et la couverture glissa. Il la rattrapa au tout dernier moment, en s'apercevant avec effroi qu'il était nu. Il oubliait souvent que sa métamorphose n'incluait pas ses vêtements. Horriblement gêné, il lança la première chose à laquelle il pensa :

— Tes cheveux… J'ai été surpris, mais en fait c'est plutôt joli.

Eilwen parut étonnée par cette remarque hors de propos puis inclina légèrement la tête.

— Merci, murmura-t-elle rapidement.

Elle saisit le chaudron qu'elle suspendit au-dessus du feu. Avec des gestes vifs, elle y ajouta des morceaux de lièvre et quelques ingrédients comme des tubercules. Une odeur délicieuse ne tarda pas à s'en dégager et bientôt Llwyn se retrouva face à une bouillie servie dans une écuelle de bois. Eilwen sortit également de son sac des vêtements d'homme. Il l'en remercia entre deux bouchées.

— Je les ai volés ce matin. Pour ta blessure, j'ai fait un bandage comme je pouvais. Nous irons voir une vieille amie qui vit à la lisière, mais à l'opposé de Rosepluie. Et… euh… je suis désolée que ton frère t'ait banni et ait tenté de te tuer.

Cette vérité brutale frappa plus durement Llwyn qu'une pierre à l'estomac. Il se souvint soudain de tout, à commencer par le prétexte qui avait conduit Rhian à le chasser. Face à une délégation des hommes et femmes libres de Brumelys, il l'avait accusé de comploter contre lui en exhibant des témoins qui avaient juré sur le Dieu-Ours que Llwyn était un traître. En réalité, Rhian le jalousait depuis l'enfance. Ce dernier coup d'éclat n'était que l'avatar d'une longue série. Dans Brumelys, certains murmuraient que Llwyn avait la faveur de leur ancêtre divin, contrairement à son frère aîné brutal et querelleur. Leur père lui-même avait fait quelques remarques dans ce sens avant sa mort récente.

— Ce n'est rien, fit-il avec un sourire crispé qu'il espéra vaillant. Et puis tu m'as sauvé la vie.

Elle s'adoucit encore, ressemblant bien moins à un volatile nerveux.

— C'était la moindre des choses. Quand tu auras fini de manger, habille-toi. Je t'aiderai à marcher jusqu'à la guérisseuse. Morrig te remettra sur pied avant la fin de la journée.

Ils quittèrent ensuite la clairière, Llwyn s'appuyant lourdement sur Eilwen armée de ses poignards et de son arc. Tout en cheminant dans la Grande Forêt, il s'aperçut qu'elle avait eu raison. De nombreux cours d'eau exhalaient une odeur écœurante de soufre. Cela lui évoqua un souvenir d'enfance, Rhian lui écrasant un œuf pourri sur la tête. Une colère sourde serra son ventre à ce mauvais traitement qui n'en était qu'un parmi tant d'autres. Il n'avait pas voulu cette haine et n'avait jamais rien fait pour la provoquer.

— Calme-moi, fit Eilwen d'une voix tranquille. Si tu sers mon épaule un peu plus fort, tu vas la briser et j'aurai fière allure cette nuit.

— Je te protégerai.

— Peuh ! fit-elle. Je ne t'ai pas attendu. Commence déjà par te protéger toi-même, ensuite on verra.

Il voulut rétorquer quelque chose, mais comprit qu'il l'avait vexée. À la dérobée, il lui lança un regard penaud. Eilwen observait la forêt droit devant elle, ses drôles d'yeux noirs remarquant tout avec une fixité dérangeante. Rien ne lui échappait, aucun rocher, racine ou ruisseau n'avait de secret pour elle. De temps à autre, de sa main libre, elle lissait sa chevelure de plumes dans un réflexe purement animal. Il constata qu'elle le faisait de moins en moins à mesure que le soleil croissait, comme si le jour était intimement lié à sa nature humaine.

Enfin ils parvinrent à la cabane de Morrig, une cahute de bois à laquelle était adossé un appentis. Différentes herbes y séchaient, pendues à des cordes grossières. Quelques crânes d'animaux étaient fixés à des piquets entourant la maison perdue au milieu des arbres et dissimulée par une colline à demi effondrée. Llwyn se sentit particulièrement mal à l'aise en apercevant un crâne d'ours puis celui d'un humain, depuis longtemps blanchis par le soleil et la pluie.

— Quelle sorte de sorcière est-ce là ? maugréa-t-il avec méfiance.

— Morrig aime bien se rendre importante et que les gens la trouvent terrifiante. Elle dit que comme ça, elle est protégée. En fait, je les ai ramassés pour elle dans la forêt. Et personne ne la trouve terrifiante. Sauf les imbéciles.

Llwyn se sentit rougir et ravala la remarque désagréable qui lui montait aux lèvres. Même si Eilwen avait des manières étranges et un franc-parler qui ne correspondaient en rien à ceux des demoiselles de Rosepluie, elle s'était avérée d'une aide inestimable. Il lui devait la vie, le repas qui lui avait rendu des forces, les vêtements qu'il portait et les soins qu'il allait recevoir. Son père aurait dit que Llwyn avait contracté une immense dette à son égard. Appuyé sur elle, serrant les dents pour empêcher son épaule douloureuse de lui arracher des cris, il réfléchit à la manière dont il pourrait s'en acquitter.

La porte de la cabane s'ouvrit avant que la jeune fille ne l'atteigne et la fameuse Morrig apparut sur le seuil. Le prince se sentit assez déçu en la voyant. Rien n'évoquait la sorcellerie chez cette femme âgée d'une soixantaine d'années. Ses cheveux gris étaient coiffés en une simple tresse tombant dans son dos. Elle portait une ample robe de laine brune et un long tablier de lin aux multiples poches par-dessus celle-ci. L'ensemble laissait dépasser ses pieds chaussés de sandales de cuir. Son visage, plutôt austère, sillonné de fines rides, se fendit d'un sourire lorsqu'elle aperçut Eilwen.

— Eh bien, princesse de Bocédie, m'apportez-vous un nouvel oiseau blessé ?

— Non, un ours.

Les yeux de la guérisseuse s'écarquillèrent de surprise. Llwyn, harassé, décida qu'il pouvait se permettre un bref évanouissement.

III.

Alors que le soleil était déjà bien haut dans le ciel, Eilwen, accroupie dans un coin de la cabane, observa Morrig extraire la pointe de javelot de l'épaule de Llwyn puis panser sa blessure avec des bandages propres. Une fois de plus, elle se demanda comment ce garçon dégingandé, presque maigrelet, pouvait se transformer en ours aussi grand. Il avait repris conscience et s'était efforcé de ne pas gémir de douleur, mais ses poings crispés le trahirent.

— Brave garçon, fit Morrig en donnant une petite tape à son épaule valide. Quant à toi, Eilwen, tiens-toi debout ou assieds-toi, mais ne te comporte pas comme un oiseau. Il fait encore jour que je sache.

Ses paroles sèches fouettèrent la jeune fille qui se releva d'un bond, piquée au vif. Elle savait pourtant que son amie avait raison. Lorsqu'elle se sentait corbeau pendant le jour, elle se transformait avant même la tombée de la nuit.

— Ne laisse pas la malédiction prendre le dessus sur toi, ma fille, dit Morrig, adoucie. Ou tu sais comment cela finira.

— Oui, murmura Eilwen, les lèvres serrées. Corbeau le jour et corbeau la nuit. Et Dreifer aura gagné.

D'une voix pâteuse, Llwyn brisa le silence attristé qui s'était installé.

— Il n'y a aucun moyen de rompre la malédiction ?

Toujours cette éternelle question… Eilwen se tourna vers le prince, s'exhortant à se montrer patiente. Il ne pouvait se douter de ce qu'elle vivait alors que pour lui, sa forme d'ours était une bénédiction divine et qu'il changeait d'apparence quand il le voulait.

— L'unique moyen serait que Dreifer la lève de lui-même. Et comme il ne le fera jamais, il faudrait que je le blesse assez sérieusement pour ça, alors qu'on dit qu'aucun poison ou arme ne peut le faire. L'être le plus malfaisant de l'île d'Arlu est invincible !

Llwyn la fixa un instant de ses yeux gris hésitants.

— Ce n'est pas exactement ce que mon père disait.

Luttant contre des larmes de rage et de frustration, Eilwen lança :

— Eh bien quoi ? Il avait peut-être une idée sur la manière de lever des malédictions récalcitrantes ?

Le prince soupira et Morrig jeta un regard noir à la jeune fille.

— Il disait que les druides de Draik ont lancé une interdiction et un pouvoir sur Dreifer à sa naissance. Il lui est interdit de revenir sur les dons qu'il a consentis. En contrepartie, il ne peut être blessé d'une main humaine. Plusieurs espions de mon père sont morts pour lui apporter les mots exacts. Il me disait que cela aurait tôt ou tard de l'importance.

Le premier réflexe d'Eilwen fut de penser qu'il s'agissait d'un non-sens et que cela ne signifiait strictement rien. Depuis son plus jeune âge, on lui avait martelé que Dreifer était invulnérable et qu'elle ne pouvait rien faire à part accepter son destin. Pourtant, si ce que Llwyn racontait était vrai, il devait bien exister une faille.

— Je ne vois pas ce que ça change, fit-elle en réfléchissant furieusement. Je suis sûre que ses adversaires ont déjà tout tenté.

— Nul être humain n'est invulnérable, fit calmement Morrig en rangeant ses flacons et ses bols de céramique sur son établi. Autrement, il ne serait pas de ce monde, mais siégerait aux côtés des dieux.

— Je sais, je sais, murmura Eilwen avec sa nervosité d'oiseau.

Elle sentait son agitation habituelle prendre le dessus et porta une main absente à sa tête pour lisser ses plumes. Elle se figea soudain à mi-mouvement, frappée d'une idée subite. Des plumes. Elle n'y pensait plus, mais la solution était peut-être là. Aussitôt, un immense chagrin la saisit en réalisant qu'elle était probablement passée à côté d'années entières de liberté.

Au même moment, Llwyn murmura :

— Une main n'est pas une patte. Les discours des druides sont toujours à interpréter de la manière la plus littérale. Je pourrais sans doute le blesser sous ma forme d'ours. Il doit venir bientôt à Rosepluie pour fêter son alliance avec Rhian. Allons-y. Ça ne prendra pas plus d'une journée ou deux de voyage.

Eilwen se tourna vers lui, une vague de gratitude étreignant soudain son cœur attristé.

— Non, c'est très gentil, mais cela signerait ton arrêt de mort, en plus d'une guerre entre ton pays et Draik. Je crois que j'ai une idée. Une flèche n'est pas une main et si elle porte une partie de moi alors…

— À quoi penses-tu, fillette ? demanda Morrig, sourcils froncés. Cela ressemble fort à une grosse sottise et j'ai promis à tes pères adoptifs de veiller sur toi.

— Ne t'inquiète pas. En me maudissant, Dreifer a créé les conditions de sa perte.

Sa voix exultante alarma Llwyn et Morrig. Ils ne furent pas plus rassurés en l'observant arracher plusieurs plumes blanches de sa chevelure. Elle éclata d'un rire un peu fou face à leur désarroi alors qu'une goutte de sang roulait le long de sa joue.

— Vous verrez…

Llwyn hocha pensivement la tête puis demanda à la guérisseuse :

— Auriez-vous une hache ou une autre lame bien tranchante ? J'ai également une idée.

À la nuit tombée, deux cris retentirent dans la Grande Forêt. Ceux d'un corbeau railleur dont le vol était légèrement irrégulier et d'un ours auquel manquait une griffe à la patte gauche.

IV.

La ville de Rosepluie, capitale du royaume de Brumelys, était pavoisée des multiples bannières et étendards colorés des alliés du roi Rhian. Joncs et fleurs avaient été jetés dans les rues dès l'aurore. Les nombreuses maisons aux murs de bois et aux colonnes sculptées, propres et repeintes, présentaient leur visage le plus agréable. Massés le long de la grande rue qui menait de la porte Nord de Rosepluie jusqu'au palais, les habitants essayaient d'imiter leurs demeures. Le roi avait été très clair et ses ordres brutaux autant qu'explicites. Ils devaient accueillir le roi Dreifer de Draik et sa délégation avec courtoisie et enthousiasme. En eux pourtant, la colère se mêlait à la peur, mâtinée d'un soupçon de haine. Nul n'avait oublié le sort tragique réservé à Eluned et à la Bocédie. L'une avait été torturée puis exécutée, l'autre asservie et sa population réduite en semi-esclavage.

En recevant un tyran pareil, en signant une alliance avec lui, ils se rendaient complices de ses ignominies et ne pouvaient s'empêcher d'avoir honte. À la faveur de la nuit, plusieurs bannières de Draik, le dragon violet déployant ses ailes sur un fond vert, avaient été brûlées ou tailladées. En représailles, les gardes de Rhian avaient battu et jeté en prison les auteurs de ces actes puis s'étaient appliqués à veiller sur les bannières survivantes. En conséquence, une irritation grandissante naissait à l'encontre de Rhian. Personne ne croyait aux accusations qui avaient causé le bannissement du bien-aimé Llwyn. Beaucoup lui reprochaient aussi cette alliance menée sans avoir convoqué l'assemblée des hommes et femmes libres de Brumelys. C'étaient là des manières de tyran.

Au milieu de la foule qui chuchotait son mécontentement, deux silhouettes progressaient, entrées discrètement dans Rosepluie par la porte Sud. Elles longèrent la grande rue, jouant parfois des coudes pour avancer et s'attirant quelques regards furieux. L'une comme l'autre avaient rabattu sur leurs têtes les capuchons de leurs capes, noyant leurs visages dans l'ombre. À un moment, un groupe de gardes, qui surveillaient attentivement la voie, les obligea à faire un détour par une rue adjacente puis par la cour d'une maison. Sans comprendre ce qui leur arrivait, ils furent plaqués contre un mur par une dizaine de grands gaillards aux barbes hérissées. Torses nus, mais portant d'amples braies aux carreaux de couleurs vives, ils étaient armés de haches et glaives aiguisés. Leur chef, un colosse brun d'une vingtaine d'années, s'adressa au couple :

— Que faites-vous ici, petits fouineurs ?

Avec un soupir, Llwyn rabattit sa capuche.

— Et toi, Fillan, mon ami, que mijotes-tu encore ? Quelques bêtises, sans doute.

— Llwyn ! s'exclama Fillan avec un grand sourire. Tu es de retour, mon prince. Oui, tu as raison. Nous allons massacrer Dreifer et toute sa maudite délégation.

Sous sa cape, Eilwen émit un petit ricanement. Llwyn secoua la tête.

— Vous vous feriez tuer pour rien.

— Mais… Nous ne pouvons pas le laisser marcher dans les rues de Rosepluie comme si c'était sa fichue capitale. Rhian fait n'importe quoi. Je lui ai dit ça et aussi pour ton exil. Il m'a jeté dehors.

Le prince regarda son ami d'enfance avec gravité.

— Nous réglerons le problème de Rhian plus tard. Pour Dreifer, mon amie et moi avons un plan. C'est le seul qui fonctionnera alors faites-moi confiance. Par contre, il se peut que nous ayons besoin qu'on couvre nos arrières. Et aussi de chevaux à la porte Sud.

— Tu peux compter sur nous, Llwyn.

À la suite du prince, Fillan et les siens quittèrent la petite cour pour emprunter une étroite ruelle perpendiculaire à la large voie où se pressaient les habitants de Rosepluie. Deux soldats y montaient la garde en retrait, les yeux fixés droit devant eux, veillant au comportement loyal des sujets de Rhian. Sur un signe de Llwyn, ils furent assommés sans état d'âme avant qu'ils n'aient pu donner l'alarme. Les amis du prince se dispersèrent ensuite, traînant derrière eux leurs victimes inconscientes. Rapide, la petite opération était passée inaperçue. Plusieurs mètres devant eux, les spectateurs n'en avaient que pour la délégation de Draik, apparue loin en contrebas.

Resté seul avec Eilwen, Llwyn déglutit.

— Rhian et ses soldats ne connaissent pas Rosepluie aussi bien que mes amis ou moi. Ce n'est pas si étonnant d'être tombé sur Fillan. Il sait que cette ruelle débouche sur une des seules courbes de la voie Nord. Pendant un instant, ni les gardes situés plus haut ni ceux plus bas ne pourront voir la délégation. Fais ce que tu as à faire, c'est le moment.

Il se sentait pourtant très mal à l'aise, se demandant s'il agissait au mieux des intérêts de Brumelys. Eilwen, fébrile, ne le laissa pas s'interroger plus longtemps. Avec hardiesse, elle avança au milieu de la voie, tirant un arc et une étrange flèche de sous sa cape. Le groupe de cavaliers était désormais tout près. Les guerriers de

Draik arboraient de courtes cottes de mailles étincelantes ainsi que des épées et des lances qui paraissaient avoir beaucoup servi. Leur seule concession au caractère pacifique de la rencontre avec Rhian était leurs casques finement ouvragés qu'ils tenaient à la main. À l'avant, juste derrière le jeune héraut qui brandissait fièrement un carnyx de bronze à tête de dragon, chevauchait Dreifer en personne. Comme à son habitude, il ne portait pas d'armure, ayant préféré une riche tunique aux carreaux verts et violets ainsi que des braies grises. Une fibule d'argent incrustée de pierreries maintenait en place sa lourde cape rouge. Le plus impressionnant était sans conteste son énorme torque d'or blanc, représentant un dragon aux ailes repliées et aux froides pupilles de rubis. Ce qui marqua vraiment Llwyn fut cependant le visage de cet homme d'une cinquantaine d'années. Ses épaisses moustaches châtaines mouchetées de blanc ne parvenaient pas à masquer l'extrême dureté de ses traits ni l'éclat glacial de ses yeux verts. En le voyant ainsi pour la toute première fois, le prince de Brumelys ne douta plus des histoires horribles qu'on racontait à son sujet.

Il entendit Eilwen à ses côtés tendre son arc dans un soudain silence. Face à eux, la délégation s'arrêta net. Sans se concerter, les guerriers tirèrent leurs lames et parurent prêts à fondre sur les deux intrus. Le héraut ne semblait plus savoir quoi faire de son carnyx, entre sonner la charge ou bien le jeter à terre pour empoigner sa propre épée. La foule, muette de saisissement face à Eilwen, toujours encapuchonnée, ne parvenait pas à prendre parti. En revanche, certains avaient reconnu Llwyn et son nom flottait déjà de bouche en bouche.

— Cœur ou ventre, roi de Draik ? demanda Eilwen d'une voix plus froide encore que le torque dragon de Dreifer.

— Qui que tu sois, pauvre sotte, sache qu'aucune arme ne peut me blesser.

— Ventre alors, car de cœur tu es dépourvu depuis ta naissance.

Le bras de la jeune fille ne trembla pas et la flèche partit, son empennage de plumes blanches traçant une ligne immaculée et sa mince pointe, presque translucide, brillant d'un éclat pâle dans le soleil matinal. Elle s'enfonça dans l'abdomen de Dreifer qui poussa un grognement surpris, parfaitement incrédule. Cette sourde exclamation fut reprise par ses guerriers consternés puis par les habitants de Rosepluie à mesure que la tache sombre de sang s'épanouissait sur la tunique bigarrée. Une légende de plus de cinquante années venait de prendre brutalement fin et personne n'en croyait ses yeux. Le roi chancela sur sa selle et ses compagnons proches durent l'empêcher de tomber à terre. Ils sautèrent au bas de leurs montures et l'étendirent délicatement sur le sol avant de le protéger d'un cercle de lames.

Llwyn observa d'un œil inquiet trois des hommes d'armes se diriger vers Eilwen. Elle n'avait poussé aucun cri de triomphe, comme si elle avait toujours su que son stratagème fonctionnerait. À l'arrière, des bruits lui apprirent que son frère Rhian et sa garde s'approchaient d'eux à grands pas.

— Personne ne pourra retirer cette flèche, hormis moi, fit calmement Eilwen à ceux qui s'apprêtaient à l'abattre. Si vous voulez que votre maudit roi vive, il va falloir refréner vos ardeurs.

Perplexes, ils se tournèrent vers Dreifer. Livide, les mains crispées autour de la flèche, leur souverain confirma les paroles de son ennemie d'un sec hochement de tête.

Rhian, vêtu de ses riches habits de cérémonie brodés, couronné du mince cercle d'or frappé de la silhouette d'ours des rois de Brumelys, arriva sur ces entrefaites, essoufflé. Tout d'abord, il ne vit que Llwyn et pâlit affreusement.

— Toi ! Tu as été… banni.

— Banni, cher frère, ou bien condamné à mort ? Je n'appelle pas un bannissement la chasse que tu m'as fait donner par tes immondes chiens affamés. Pas plus que ne se nommait exil le javelot qui m'a déchiré l'épaule. Tu aurais dû savoir que les Ours de Brumelys ne disparaissaient pas aussi facilement.

Ses paroles claires résonnèrent volontairement trop fort. Avant la fin de la journée, tous les habitants de Rosepluie apprendraient que le roi avait tenté de faire tuer son cadet et avant la fin de la semaine Brumelys dans sa totalité serait au courant. Rhian devrait assumer ses actes.

— Mensonges, gémit plaintivement son frère.

— Et les Ours de Brumelys ne s'allient pas avec le royaume de Draik lorsqu'un fou sanguinaire est à sa tête. Car nous ne sommes pas les tyrans de Brumelys, mais les premiers de leurs serviteurs devant l'assemblée des hommes et des femmes libres.

Des cris d'approbation retentirent à la fin de la tirade de Llwyn. En observant le visage congestionné de haine de son aîné, le jeune homme comprit qu'il ne ressortirait pas vivant de Rosepluie. Les chevaux de Fillan auraient tout intérêt à être très rapides.

— Mon roi se meurt, intervint presque timidement le héraut de Draik.

— Conduisez-le dans le palais, fit sèchement Rhian sans le regarder.

— Non, répliqua son frère. Conduisez-le devant le temple du Dieu-Ours. Cette histoire doit se terminer.

Il intercepta le sourire satisfait d'Eilwen dans l'ombre de sa capuche.

— En effet, elle va se terminer ici et maintenant, rétorqua Rhian, rouge de fureur. Tu vas regretter d'être revenu…

— Rhian, petit idiot…, siffla Dreifer. Si je meurs par votre faute, mon dernier ordre sera de vous jeter au bas de votre trône et de vous trancher la gorge.

Même couché et grièvement blessé, le roi de Draik restait terriblement impressionnant. Rhian ravala l'ordre qu'il s'apprêtait à donner et leur fit signe d'avancer. Ensemble, les protagonistes de deux drames se dirigèrent vers le parvis du temple, suivis d'une foule grandissante.

V.

Le temple du Dieu-Ours, à l'instar de la plupart des constructions de Rosepluie, était tout de bois, mais reposait sur des fondations de granit. Érigé quelques siècles plus tôt, il avait pris une patine presque noire. Trois marches menaient au parvis. Quatre hautes et immenses poutres y soutenaient le fronton de l'édifice. Sculptées, elles représentaient l'histoire du Dieu-Ours, ses aventures et la manière dont il avait engendré la dynastie des rois de Brumelys. Taillé dans un grand chêne, un ours rugissant se tenait debout derrière ces piliers, protégeant l'entrée elle-même.

On installa Dreifer sur des couvertures. Des soldats de Rhian poussèrent rudement Eilwen dans la direction du blessé. Il dévisagea cette ennemie improbable, à la tête toujours dissimulée, avec un regard où la fièvre se mêlait à la haine.

— Retire ta flèche, vermine, fit Rhian aux abois, sinon je te ferai écarteler.

— Tu ne feras rien du tout, espèce de pleutre, rétorqua-t-elle avec un mépris incommensurable. Ton frère te vaut dix fois et le temps où tu vas encore régner sur ce pays te file entre les doigts. Quant à toi, Dreifer, je réclame deux dons : un pour retirer la flèche et un autre pour te rendre la vie.

— Tu les auras, grogna-t-il sans hésitation.

— Sont-ils librement consentis ? demanda Eilwen avec une secrète exultation.

La haine se fit plus forte encore dans le regard de Dreifer.

— Oui.

— Alors je réclame la libération de la Bocédie. Jamais plus un soldat de Draik ne devra poser un pied à l'intérieur de ses frontières. Tous les habitants que tu détiens en esclavage devront aussi être libérés, à commencer par Mabyn Visage de Fleur.

— La mère d'Eluned, cette vieille sorcière…

— … est la reine légitime de la Bocédie et elle sera libérée tout comme son pays. Tel est le premier don.

— Je te l'accorde, grimaça-t-il avec une rage qui semblait lui brûler les entrailles.

Une rumeur bourdonnante d'excitation naquit soudain sur la place noire de monde. En quelques mots, la Bocédie venait d'être reconquise.

— Quant au deuxième don…

Elle arracha cape et capuche qui s'envolèrent dans un brusque souffle de vent. Un silence profond se fit aussitôt à la vue de ses plumes blanches et de ses noirs yeux ronds. Même Llwyn, pourtant habitué, ressentit leur étrangeté.

— Libère-moi.

— Fille de traînée… Jamais ! Tu mourras corbeau.

Conservant la même expression que lorsqu'elle avait tiré à l'arc, Eilwen ne se troubla pas.

— Peut-être, mais au moins je vivrai tandis que toi tu te videras de ton sang en sachant que tu viens de libérer la Bocédie.

— Cette flèche…

— Son empennage est fait de mes plumes, oui. De ma main, mais sans qu'elle soit humaine. Ainsi as-tu été blessé. Et par ta propre faute, quand on y pense.

Llwyn dissimula derrière son dos sa main gauche où manquait un ongle. Il comprenait pourquoi Eilwen ne parlait pas de son implication. Si Dreifer apprenait que la pointe de la flèche avait été taillée dans l'une de ses griffes, ce serait la guerre entre Draik et Brumelys.

— Libère-moi, reprit Eilwen d'une voix presque conciliante.

— Et renoncer à ma vengeance ? ricana Dreifer. Et faire en sorte que l'esprit d'Eluned s'apaise en sachant que sa précieuse fille n'est plus un oiseau mangeur de cadavres ? Dévoreras-tu mes yeux cette nuit, Corbeau Blanc ?

Le visage de Dreifer se tordit en un horrible rictus. Il toussa, crachant du sang. Eilwen ne faillit pas et seul Llwyn vit sa main droite agitée de légers tremblements.

— Je m'en régalerai. Mais sache qu'avant cela ta mort prendra des heures et ne sera pas paisible, poursuivit-elle. Et lorsque la nouvelle s'en sera répandue, lorsque tous sauront que l'invincible Dreifer est mort comme le plus banal des êtres humains, tous les pays que tu as conquis se révolteront les uns après les autres. Ils marcheront comme un seul homme sur ton palais, pendront tes fils incapables dans ta salle du trône et réduiront en cendres jusqu'à ton nom. Sachant cela, je me satisferai de tes yeux et de mon sort avec joie.

— Je t'ai déjà accordé un don, murmura-t-il d'une voix faible qui, pour la première fois, parut aux abois.

— Oui. Un don pour retirer la flèche.

Elle esquissa un sourire très déplaisant.

— Mais je peux retirer la flèche sans te rendre la vie. Il suffira que la pointe bouge un peu dans ta plaie et ce sera ta fin.

Ils se jaugèrent du regard, mais Dreifer, le visage emperlé de sueur, n'avait presque plus de forces à jeter dans cet ultime combat.

— Je te libère, articula-t-il d'une voix atone.

D'un bond léger, Eilwen fut près de lui et retira la flèche dans un mouvement étonnant de précision. D'une autre enjambée, elle retourna vers Llwyn, sa main toujours crispée sur la hampe ensanglantée. Un grondement de tonnerre ébranla les fondations de Rosepluie et des bourrasques violentes commencèrent à souffler. Beaucoup jurèrent par la suite avoir entendu le cri d'un cygne et vu son ombre envelopper Eilwen Corbeau Blanc. Ce fut ensuite une nuée de plumes qui tourbillonna autour de la jeune fille avant de se disperser au fil du vent partout dans Rosepluie. Ce phénomène fut si violent que Llwyn dut fermer les paupières. Lorsqu'il les rouvrit, Eilwen ne méritait plus son surnom. Une abondante chevelure blonde tombait jusqu'au bas de son dos et, quand elle se tourna vers lui pour lui sourire, il ne put que remarquer ses yeux verts en amande.

— Eluned, fit Dreifer d'une voix épouvantée alors qu'une guérisseuse soignait sa plaie avec empressement.

— Non, mais en son nom, je serai ta perte. Aujourd'hui, tu devais vivre. À ton tour de goûter à la malédiction de craindre pour tes jours à tout instant.

— Je ne t'ai pas accordé comme don de repartir d'ici vivante, dit-il péniblement. Rhian, montrez-vous adulte pour une fois…

— Gardes, cria le roi de Brumelys, emparez-vous d'elle.

Plusieurs dizaines de soldats convergèrent vers Eilwen. Face à cette traîtrise, l'âme de Llwyn s'emplit d'une colère noire.

— Non, hurla-t-il.

Son cri se transforma en un terrifiant grognement d'ours. En un instant, il avait changé et se dressait farouchement sur ses deux pattes arrière, les lambeaux de ses vêtements épars autour de lui. Babines retroussées et gueule écumante, sa fourrure hérissée en un océan brun, il incarnait un défi que perçurent tous les gens d'armes sur la place de Rosepluie. Avec ses pattes avant bardées de griffes acérées et prêtes à tout déchiqueter, il était plus impressionnant encore que la statue du Dieu-Ours derrière lui. Les soldats de Rhian s'arrêtèrent et se tournèrent vers leur roi qui seul avait le pouvoir de lutter contre son frère. Blême, celui-ci dévisagea l'ours qui lui grondait sa rage. L'attente de ses sujets était pleinement perceptible. Même ceux qui ne le soutenaient plus étaient persuadés qu'il allait à son tour se transformer et vider sa querelle avec Llwyn sous le regard de leur ancêtre divin. Il ne le put. Son corps le trahit malgré ses efforts et, alors qu'il tremblait à grands frissons, il devint évident pour tous que le pouvoir des rois de Brumelys l'avait abandonné. Eilwen scella sa déconfiture en s'approchant de lui. D'un geste empreint d'une fausse commisération, elle lui tapota la joue puis lui déroba sa couronne. Avant qu'il n'ait pu réagir, elle revint auprès de Llwyn qui retomba aussitôt sur ses quatre pattes. Rieuse, la fille du Cygne Blanc le coiffa de la couronne et sauta sur son dos.

— Emmène-nous loin d'ici, murmura-t-elle. Vite, avant qu'ils ne ripostent.

Malgré l'immense déception que leur roi avait fait naître chez eux, tous les soldats de Rhian, fidèles jusqu'à l'aveuglement, se précipitèrent en hurlant sur les deux fauteurs de troubles. La foule, dont le cœur appartenait à Llwyn, s'ouvrit avec complaisance devant l'ours et sa compagne pour se refermer aussitôt derrière eux. Des vieillards, enfants, jeunes mères et autres non-guerriers gênèrent de toutes leurs forces la progression de la centaine de soldats. Ils en furent récompensés par plusieurs blessures, ce qui ne fit qu'augmenter l'indignation des habitants de Rosepluie et leurs efforts pour protéger Llwyn et Eilwen. Certains hurlèrent en cœur « Corbeau Blanc » sous les coups des soldats, de la même manière qu'ils auraient poussé des cris de guerre. Un cri qui allait se répandre dans les mois à venir. Au sein de sa carcasse animale, l'âme humaine du prince se désolait des plaies reçues pour lui, des gémissements derrière eux et de la senteur âcre du sang qui flottait sur la place. Il grogna, mais, sur son dos, le poids de sa compagne lui rappela qu'il devait continuer sa course et la mettre à l'abri avant que quelqu'un ne se fasse tuer.

Sous les imprécations presque hystériques de Rhian, les soldats saisirent leurs arcs et visèrent les fugitifs. Mais le vent soufflait toujours, transportant d'ultimes plumes blanches. Les projectiles déviés retombèrent sans avoir touché quiconque. Llwyn et Eilwen arrivèrent enfin de l'autre côté de la place, là où descendait la rue qui menait à la porte Sud et aux chevaux de Fillan. Avant qu'ils ne l'empruntent, Eilwen se tourna dans la direction du parvis du temple du Dieu-Ours. Le visage farouche, elle brandit très haut la flèche qui avait vaincu le roi de Draik pour la toute première fois.

— Bientôt, Dreifer, bientôt.

FIN

Cette nouvelle, qui lui doit beaucoup, est dédiée à mon frère,
Johan Merly.

Macha Tanguy

Macha a 32 ans et vit à Toulouse. Petite, elle s'est aventurée dans les vallées sans retour des contes de fées et n'a jamais voulu en repartir.

Les mythes et légendes qui l'ont passionnée dans son enfance constituent désormais une de ses sources d'inspiration majeures, avec ce qu'elle a pu apprendre sur l'Histoire pendant ses études.

Ses goûts littéraires sont plutôt hétéroclites et oscillent entre Jane Austen, Neil Gaiman ou encore Guy Gavriel Kay. En termes d'écriture, elle voue une grande préférence à la fantasy mais ne désespère pas d'avoir un jour assez d'inspiration pour se lancer dans de la science-fiction.

À part l'écriture, elle bricole durant son temps libre et joue par intermittence aux jeux vidéo.

La récitation du scalde, une de ses précédentes nouvelles, a été publiée en 2015 chez Lune-Écarlate dans l'anthologie *Le vampire des origines*. Son premier roman de fantasy urbaine sera édité en 2018 chez Mots & Légendes.

LES DANGERS DE SAMARILLA

Pour Emilienne, merci de m'avoir soutenu dans ce projet.

La Strygie, pays sombre et sauvage où l'homme survivait tant bien que mal. Terre oubliée des dieux où Hommes et Créatures du malin se côtoyaient, se chassaient et s'entretuaient. La lande y était dangereuse et l'existence difficile. Les cités-États s'y faisaient la guerre alors que les bandes de maraudeurs et de bêtes parcouraient la campagne à la recherche d'une rapine ou de chairs fraiches. Territoire aux mille dangers, la vie s'y accrochait malgré tout. Comme un défi lancé au visage des hordes monstrueuses et au destin.

Ici, même le climat était rude et sortir des villes et villages une fois la nuit tombée n'était que pure folie. Il y avait pourtant, ici et là, des auberges et relais marchands qui se trouvaient proches des axes principaux traversant le pays. Certains y accueillaient des voyageurs fatigués, d'autres des individus à la réputation peu recommandable. Car un territoire inhospitalier crée des hommes dangereux et plus à même de défier leur destinée pour la forger selon leur souhait.

Conrad Stregoicavar observait la pièce surchauffée de son regard de braise. Dans cet antre où la lie de la société se retrouvait pour s'encanailler, le Strygien savait qu'il devrait tirer sa lame avant que la nuit ne soit vieille. Au milieu des pécheurs et des meurtriers, la tentation de verser le sang était omniprésente. C'est pour cela que l'homme se tenait contre le mur et que, malgré l'imposante pinte qui trônait sur sa table, il buvait avec parcimonie. Il se contentait de regarder les autres personnes. Parmi les clients, il savait qu'il y avait au moins deux assassins, prêts à provoquer une bagarre pour assouvir leurs penchants. Sans compter un nombre impressionnant de mercenaires qui seraient heureux de s'entretuer dans cette auberge merdique pour célébrer le fait d'être encore en vie après les différents conflits qui opposaient les cités strygiennes. Telle était l'existence en Strygie. Violente et fugace. Si ce n'était des mains des créatures qui hantaient ses campagnes, la mort venait de ses habitants.

Conrad Stregoicavar était un homme grand. Il portait un costume composé d'un justaucorps, d'une culotte courte, une longue veste complétée d'un jabot. La veste de brocart était très ajustée en haut et en bas. Bien qu'elle descendait jusqu'au genou, elle s'évasait du corps pour laisser une place au fourreau contenant une rapière. L'ensemble était noir, y compris les chaussures plates qu'il portait aux pieds. Les boucles et boutons de son costume étaient en fer, tellement polis et soignés qu'on aurait pu les croire d'argent. Sa tenue était complétée par un long cache-poussière et un chapeau à large bord de la même couleur que le reste de ses vêtements. Ils étaient posés sur le dossier de sa chaise pour le moment. À sa ceinture se trouvaient également deux pistolets à platine de grande qualité.

Ses cheveux étaient poivre et sel comme un matin de brouillard et ses pupilles étaient grises, froides comme le tranchant d'une lame. Une vie d'aventures et de combats avait marqué son visage et l'on pouvait observer des rides particulièrement visibles au niveau de ses yeux. Le teint pâle, presque maladif, des Strygiens était singulièrement prononcé chez lui. Mais malgré cela, il se dégageait de lui une aura de puissance et de violence et l'on y réfléchissait à deux fois avant de venir lui chercher des crosses. Seuls les fous et les abrutis ne le faisaient pas.

Au milieu de ces assassins et autres coupe-jarrets, il était on ne peut plus à sa place.

Quand la porte de l'auberge s'ouvrit, le nouvel arrivant attira immédiatement tous les regards sur lui. De taille moyenne, il était vêtu d'habits de bonne facture contrairement aux nippes que portaient les autres personnes présentes. Un bechmet, manteau de soie, pourpre sur un justaucorps blanc, accompagné d'un charovary, sorte de pantalon bouffant de la même couleur et de bottes de cavalerie noires lui montaient jusqu'aux genoux. Un jabot blanc tout en froufrou passé autour de son cou était sa seule marque de coquetterie. Dans la force de l'âge, ses rouflaquettes fournies le vieillissaient davantage. Ses yeux d'un bleu clair et son teint moins pâle que les malandrins présents le désignaient comme un étranger. Preuve étayée par la chachka qu'il portait du côté gauche à sa ceinture. En la voyant, Conrad Stregoicavar la détailla. Un sabre de cavalerie sans garde et légèrement recourbé en son bout. Un kindjal, poignard à lame droite et à double tranchant, pendait à son côté droit.

Sans jeter un regard aux quidams présents dans la grande salle, l'étranger se dirigea directement vers le Strygien, au fond de la taverne. L'observant approcher, Conrad Stregoicavar s'empara de sa chope et en prit une gorgée. Il la garda contre sa bouche plus longtemps qu'il ne but. Une vieille pratique qu'il avait depuis des années, un moyen pour lui de paraitre plus alcoolisé qu'il ne l'était et un bon moyen d'observer ce qui se passait aux alentours. Il la reposa quand l'individu arriva à son niveau. Les deux hommes se dévisagèrent pendant un moment avant que le nouvel arrivant ne s'installe à la table sans que son occupant ne l'y invite. Conrad Stregoicavar vit ça d'un mauvais œil, mais ne dit rien.

— Vous êtes Conrad Stregoicavar ?

— Qui le demande ?

— Je m'appelle Vadim Olionov, voïvode du boyard de Samarilla Cyril Mevanev. Mon seigneur aimerait vous convier dans sa demeure.

— Vous êtes bien loin de chez vous. Aucun de ces titres ne me parle. Et je ne suis jamais allé à Samarilla.

— Je le sais. Mais vous devez connaitre Waclaw Outinsky.

Conrad Stregoicavar eut un moment de nostalgie à l'évocation de ce nom. Il regarda l'homme devant lui. Puis il haussa les épaules. Peu importait, c'était il y a une éternité, dans une autre vie.

— Cela fait des années que je n'avais pas entendu ce nom.

— C'est vrai, il m'a dit que vous ne l'avez plus vu depuis longtemps, mais que son nom vous parlerait. La dernière fois que vous vous êtes croisés, m'a-t-il dit, n'était-ce pas avec Ivan Turlogh, juste avant les évènements de Frêne-Marais ?

— Vous semblez bien trop me connaitre.

— Que voulez-vous sieur Stregoicavar, vos exploits ne passent pas inaperçus. Frêne-Marais n'est que le plus connu mais le patronyme de Stregoicavar revient ici et là au détour d'une conversation.

— Je vous saurais donc gré de ne pas le répéter davantage. Une notoriété, aussi grande soit-elle, attire certes les amitiés, mais fait venir à vous les ennuis de toutes sortes.

— Comme vous le désirez.

— Je suppose d'ailleurs que c'est cette dernière qui vous a fait chevaucher depuis la lointaine Samarilla jusqu'ici.

Vadim Olionov eut un sourire contrit.

— On ne peut rien vous cacher. Sans compter les éloges de notre ami commun.

Conrad Stregoicavar invita son hôte à continuer d'un geste de la main et l'homme ne se fit pas prier. Cela fit se détourner les regards de nombre des personnes présentes dans l'auberge. Mais quelques-uns fixaient encore la table et leurs deux occupants. Le danger viendrait d'eux. Vadim Olionov remarqua que les yeux de son interlocuteur allaient de droite et de gauche et s'arrêtaient, à peine une seconde durant, sur les tables derrière eux. Il resta silencieux et attendit que Stregoicavar lui fasse signe de reprendre la discussion.

— Voilà ce qui m'amène, dit-il quand l'attention du Strygien fut à nouveau sur lui. Depuis peu, la terreur règne dans la ville de mon maître et personne ne semble à même de régler ce problème. Or, avec l'expérience que vous avez acquise à Frêne-Marais, c'est un homme de votre trempe qu'il nous faut.

— De quoi s'agit-il ?

— D'un hameau proche de notre fière cité. Elle a été vidée de ses habitants à cause d'une malédiction qui hante sa place.

— Un spectre ? Un Lamhia ?

— Nous l'ignorons, tous ceux qui sont allés chercher des informations sur place sont morts. C'est pour cela que nous avons besoin de quelqu'un dans votre genre.

Conrad Stregoicavar mit son menton dans le creux de sa main et réfléchit à ce que venait de lui dire l'homme de Samarilla. Ce dernier crut bon de rajouter :

— Nous vous payerons en conséquence bien sûr.

Conrad Stregoicavar balaya la remarque de Vadim Olionov d'un signe de main. Cela lui importait peu. Ce qui l'intéressait, c'était de savoir de quoi il en retournait. Pendant plusieurs minutes, il chercha à avoir le plus d'informations. Ce qui s'était passé. Depuis combien de temps.

Quelque chose ne lui plut pas dans les réponses qu'il obtint. Ces malheurs semblaient être apparus d'un coup et de manière fort violente. Dans la majorité des cas, il y avait toujours des signes avant-coureurs. Attaques de bétail, vandalismes, ombres dans la nuit. Jamais un village n'avait subi ce genre d'agression aussi subitement. À moins qu'il ne s'agisse d'une créature qu'il n'ait jamais rencontrée, Samarilla était loin après tout. Soit les milices de la ville étaient incompétentes pour ne rien avoir remarqué, soit on lui cachait quelque chose. Mais c'était Waclaw Outinsky qui avait parlé de lui au voïvode. Il pouvait donc retirer cette hypothèse. Restait que cette histoire l'intriguait. Il accepta de suivre le nouvel arrivant jusqu'à Samarilla et de rencontrer le boyard Cyril Mevanev.

Les deux hommes se levèrent et Conrad Stregoicavar abandonna quelques pièces sur la table pour payer la pinte qu'il avait à peine entamée. Ils quittèrent les lieux et retrouvèrent à l'extérieur de la bâtisse plusieurs hommes d'armes. Ils étaient vêtus d'un uniforme de couleurs semblables à celui du voïvode. Ils ne portaient pas de jabot. Sur leur tête était posé un chapeau pointu recouvrant leurs oreilles et leur nuque. Conrad Stregoicavar apprendrait au cours du voyage qu'ils appelaient cela un bachlyk.

Le voyage dura plusieurs semaines. Ils traversèrent la Bohème et une bonne partie de la Strygie avant d'accéder aux territoires des cités-États de la toundra de l'ouest. Ils parvinrent à destination bien plus rapidement que ce que le Strygien aurait cru. Il découvrit pendant l'expédition que ses compagnons étaient habitués à vivre en selle et la plupart des haltes qu'ils firent étaient pour permettre à l'étalon de Stregoicavar de se reposer. Les leurs étaient bien plus résistants aux grandes chevauchées et il était même arrivé que certains des cavaliers dorment sur leurs montures. Un peuple robuste, comme les contrées où ils subsistaient. À une ou deux occasions, ils durent affronter des bêtes qui envahissaient les terres. Mais ce phénomène s'arrêta quand ils eurent quitté la Strygie. Pour une raison ou une autre, ces créatures étaient bien moins présentes dans les autres régions, ce qui renforçait la légende selon laquelle la Strygie était maudite des dieux.

Lors d'un combat les opposant à l'une des bêtes, ils durent faire une halte. L'un des leurs avait été blessé et ils devaient s'occuper de la plaie, s'il ne voulait pas qu'elle s'infecte. La journée étant bien avancée, ils s'arrêtèrent pour la nuit. Conrad Stregoicavar et Vadim Olionov s'installèrent autour d'un feu et discutèrent longuement de leurs contrées respectives. Alors que l'échange allait bon train, le Samarillan s'interrogea.

— Ne vous êtes-vous jamais demandé pourquoi vos terres étaient si hantées ?

Conrad Stregoicavar haussa les épaules de manière fataliste. Il avait arrêté depuis longtemps de se poser la question pour se concentrer sur la tâche beaucoup plus terre à terre de les éliminer dès que cela lui était possible.

— Nous avons une légende à ce propos, désirez-vous l'entendre ?

Vadim Olionov l'invita à poursuivre d'un signe de tête tout en sortant de sa besace une outre d'alcool samarillan. Il remplit deux gobelets en bois.

— Voyez, continua Conrad Stregoicavar tout en prenant le récipient qu'on lui tendait, cette légende est liée aux spectres. Un fantôme hante certains lieux pour diverses raisons. Souvent, cela est dû à une mort particulièrement traumatisante. Par exemple, lors d'un vol, une personne meurt, son âme est tellement sous le choc qu'elle reste prisonnière de l'objet ou du lieu, cherchant à se venger de celui ou de ceux qui lui ont fait du tort. Mais avec le temps et la folie, l'apparition cherchera surtout à détruire les vivants, jalouse du sang qui coule dans leurs veines et seul moyen pour elle d'apaiser ses souffrances. Une façon de se débarrasser d'eux, c'est de bruler le corps et de détruire l'objet auquel le spectre est lié. Ou de trouver son assassin pour permettre au fantôme de se venger.

— J'ai déjà entendu parler de ça en effet, mais en quoi cela concerne la Strygie ?

— J'y venais. On raconte que les dieux païens furent assassinés par le Dieu unique. J'ignore si c'est vrai, peu importe les croyances de chacun. Mais lors de ces… « meurtres », on raconte que le corps d'un de ces dieux vint s'écraser sur les terres qui forment aujourd'hui la Strygie. Son âme y est enfermée et ces créatures qui hantent nos contrées ne sont que des échos de l'âme de ce dieu, éparpillée en des milliers de fragments.

— Ainsi, plus on est loin, moins les bêtes sont présentes, c'est cela ?

— Oui.

— Alors pensez-vous qu'un de ces « fragments » puisse être tombé près de Samarilla ?

— Je ne sais pas si cette légende est vraie et pour tout vous dire je m'en fiche un peu. Ce que je sais, c'est que des monstres sont présents et que nous ne pouvons espérer survivre s'ils sont là eux aussi.

Vadim Olionov rit doucement et prit une gorgée de son alcool.

— Waclaw m'avait dit que vous étiez ainsi. Il ne s'est pas trompé. Vous semblez être l'homme qu'il nous faut pour régler notre problème.

— Espérons-le.

Quand ils atteignirent leur destination, les territoires sombres et forestiers de la Strygie laissèrent place à une toundra verdoyante propice aux grandes chevauchées. Pour Stregoicavar, ces lieux étaient un endroit respirant la vie, tout le contraire de l'ambiance mortifère présente dans les contrées où il vivait. Ces vastes plaines, entrecoupées de quelques conifères et marais ici et là, n'avaient rien à voir avec ce qu'il connaissait. Fermant les yeux, il inspira à fond, sentant l'air frais des grands espaces remplir ses poumons.

Arrivés à Samarilla, ils furent accueillis par des habitants en liesse dès le passage des remparts en bois. Enfin, le voïvode revenait, accompagné par celui qui allait les sortir du cauchemar dans lequel la population vivait. Ils traversèrent les rues sous les acclamations de la populace. Aux fenêtres des demeures, faites de chaumes et de paille, les femmes et les enfants jetaient des pétales alors que les hommes frappaient dans leurs mains. Vadim Olionov saluait le peuple avec de grands sourires et des poignées de main. Conrad Stregoicavar restait bien plus distant. Observant les visages et les attitudes. Un vieux réflexe qu'il avait à chaque fois qu'il arrivait dans un lieu inconnu.

Les demeures se firent en bois alors que les cavaliers gagnaient les quartiers plus riches. Cela se voyait également aux vêtements que portaient les habitants les accueillant, toujours aussi nombreux dans les rues. Conrad Stregoicavar, misanthrope et solitaire par nature, commença à éprouver un certain malaise devant un tel enthousiasme, sentant la pression sur ses épaules devenir de plus en plus importante. Alors qu'ils progressaient se dessina à l'horizon la seule demeure faite de pierre. Le château du boyard de Samarilla. Il était bien différent de ceux que l'on trouvait encore debout en Strygie. C'était une bâtisse grossière et lourde. Nul doute qu'aucune des pièces qu'elle abritait ne devait être accueillante. Sans compter qu'elles devaient être froides comme la mort lors des longues nuits d'hiver. Sur ces deux points, le Strygien était on ne peut plus dans le vrai.

Devant les imposantes portes, une délégation attendait avec impatience les nouveaux arrivants. Il y avait plusieurs soldats. Vêtus de tenues identiques à celles des cavaliers, les leurs étaient cependant de couleur crème et rehaussées de ciselures d'or. Olionov avait expliqué à Conrad que la teinte des uniformes désignait à qui obéissaient les troupes. Le vert était la couleur des armées ; le pourpre la couleur de la garde d'élite du voïvode ; le crème celle du boyard. Ils formaient un demi-cercle et en son centre se tenaient trois individus. Quand les cavaliers mirent pied à terre, Olionov les présenta à tour de rôle.

Le premier, un vieil homme vêtu d'une robe beige et s'aidant d'un bâton pour marcher, répondait au nom d'Alexey Arzamastsev. Il était le kharakternik, ancien soldat devenu médecin, augure, sorcier et devin du boyard. L'homme était chauve et portait d'imposantes moustaches tombant de chaque côté de sa bouche. Malgré l'âge, il se tenait encore bien droit et l'on voyait les muscles saillants de ses épaules sous sa bure. On comprenait en l'observant qu'un pouvoir surnaturel coulait dans ses veines au même titre que son sang. Dès le premier regard, il n'apprécia pas le Strygien.

Le second, Conrad Stregoicavar le connaissait. Du moins, il le connaissait avec quelques années et quelques kilos en moins. Waclaw Outinsky était vêtu d'un bel uniforme crème et portait une chachka ouvragée à la ceinture. Ses cheveux étaient courts et il arborait une imposante barbe grise. Il souriait et ses yeux bruns pétillaient de joie à la vue de son ancien compagnon. Il fut le plus chaleureux dans les salutations.

Le dernier, et pas des moindres, était le boyard Cyril Mevanev lui-même. Grand, serein, on devinait que cet homme devait sa position à sa force et son talent plus qu'à une quelconque hérédité. Il portait une tenue proche de celle du voïvode et de la même couleur que celle de Waclaw. Mais les ciselures faites d'or, les brocarts et les froufrous étaient bien plus nombreux. Cependant, comme ses hommes, son kindjal ne quittait pas sa ceinture. Il avait les cheveux d'un noir de jais et comme Alexey une longue moustache. Il salua les nouveaux venus et les invita à entrer, un repas les attendait. Après un voyage si périlleux, ils devaient être affamés.

Ils furent conduits à la salle de banquet. Rien de plus qu'une pièce immense impossible à réchauffer malgré les deux âtres où brulaient les feux. Il y faisait sombre en dépit des nombreuses torches installées aux murs et qui apportaient bien plus de suie et de fumée que de lumière. Mais ce n'était pas le pire endroit que le Strygien avait visité et le repas était copieux. Beaucoup de plats étaient à base de chèvre, leur source de viande principale.

Il se retrouva à la table du voïvode, du boyard, du kharakternik et de son ancien compagnon qui portait le titre de golova. Il garda longtemps le silence, savourant du lait de chèvre fermenté et écoutant les autres discuter. À un moment, le boyard, qui depuis le début avait parlé plus que de mesure, se tourna vers lui.

— Dites Stregoicavar, avez-vous déjà une idée de comment vous allez nous débarrasser de notre problème ?

— Pas encore, messire. Demain, j'irai dans le village déserté et j'aurai sûrement une idée plus précise de comment m'en sortir. Pour le moment, je ne sais pas du tout ce que j'affronte.

— Mais la grande question que nous nous posons tous ici, intervint Alexey Arzamastsev, c'est si vous serez à la hauteur pour que ce fléau ne soit plus un problème ou si le fait d'être allé vous chercher n'est qu'une immense perte de temps.

Conrad Stregoicavar regarda le kharakternik. Ses yeux ne trahissaient aucune émotion. Il détestait tout ce qui se rapprochait de près ou de loin à la sorcellerie. A priori, cet homme ne le portait pas non plus dans son cœur. Il saisit une nouvelle bouchée de chèvre grillée et prit bien le temps de la mâcher et de l'avaler avant de lui répondre d'un air désinvolte.

— N'est-ce pas pour cela que vous me payez ? Peu importe ce que c'est, si l'argent est au rendez-vous, je vous débarrasserai de vos ennuis.

Conrad Stregoicavar avait menti évidemment. Peu lui importait la récompense. Mais il n'avait pu s'empêcher de fermer le clapet de cet homme trop sûr de lui et méprisant quiconque n'était pas son équivalent. Ce qu'il avait réussi, car la discussion était vite partie sur un autre sujet. Waclaw s'arrangeant pour enterrer l'échange en voyant l'animosité entre les deux hommes. Le reste de la soirée avait été plus agréable, les deux anciens compagnons se remémorant de vieux souvenirs. Il était ensuite allé se coucher tôt pour être debout aux aurores.

Désormais, il parcourait les rues embourbées du village déserté par ses habitants. Cela faisait un petit moment qu'il s'y promenait, aux abois. Cherchant un indice sur ce qui avait bien pu provoquer la fuite des gens. Sans succès pour l'instant. Portes laissées ouvertes, chariots renversés, fenêtres brisées, tous les signes d'un village abandonné à la va-vite étaient là. Mais de ce qui avait provoqué cet exode aussi soudain que massif, aucune trace. Alors qu'il passait à une autre rue, il tomba sur le premier cadavre. Il s'approcha et s'agenouilla devant le corps. Sa peau était flétrie et racornie, devenue brune à force d'être restée au soleil trop longtemps. Pourtant, aucune odeur nauséabonde ne flottait au-dessus du macchabée. Il l'observa et remarqua que l'homme portait le vert des troupes régulières. Les différents signes sur sa tenue, que son ancien compagnon lui avait appris à distinguer les uns des autres, lui indiquèrent qu'il devait s'agir d'un podessaoul.

On l'aurait désigné comme un capitaine en Strygie. Il avait un fourreau vide sur sa gauche et son kindjal était encore dans son étui. Des doigts rabougris étaient collés à son manche. L'homme était mort en tentant de se défendre une dernière fois. Sans succès. Ses vêtements étaient encore en parfait état, juste un peu sales à force d'être dehors. Mais aucune déchirure, aucune trace de blessure alors que le corps semblait comme carbonisé.

Conrad Stregoicavar releva son chapeau à large bord et se gratta la tête, cherchant dans ses souvenirs. De mémoire, aucune créature n'infligeait de telle blessure. Même les élémentaires, parfois envoyés par les sorciers, brulaient aussi bien les vêtements que la chair. Il retourna le corps, peut-être que l'homme avait été attaqué dans le dos. Non, là aussi il était intact.

Le Strygien laissa sa fouille et continua son chemin. Il trouva un peu plus loin deux autres cadavres. L'un était avachi contre le mur d'une maison, un fusil posé entre ses jambes, l'autre se tenait à genoux, le corps bien droit. Eux aussi étaient carbonisés et fixaient le ciel de leur regard mort. Le résultat de l'observation prolongée n'apporta aucune nouvelle réponse. Les délaissant à leur tour, il continua d'avancer. Il s'approchait de plus en plus du centre du village. Le boyard lui avait dit que c'était là-bas que se situaient l'église et la place principale où les marchands déployaient leurs étals. Tout en progressant, il découvrit de plus en plus de cadavres. Parfois un corps isolé, parfois des groupes de deux ou trois. Pas seulement des soldats. Il trouva également des gardes d'élite pourpres et quelques civils. En examinant leurs vêtements ouvragés, il sut qu'il s'agissait de gens aisés appartenant sûrement à la classe dirigeante. On voyait qu'ils essayaient de se défendre, mais contre quoi ?

Tous étaient dans le même état. Tous gardant le secret de leur mort.

De plus en plus frustré de ne pas avoir de réponses à ses questions, l'homme pressa le pas et arriva finalement sur le lieu de vie principal de ce site laissé à l'abandon. Vu le nombre croissant de morts qu'il avait croisé, il s'attendait à un véritable charnier, mais ce ne fut pas le cas. Aucun corps n'était présent bien qu'il était évident au premier coup d'œil qu'une importante masse humaine avait fui l'endroit. Les étals étaient renversés, la terre retournée, et plusieurs articles se retrouvaient au sol, brisés. L'église, faite de bois comme la majeure partie des édifices importants chez les Samarillans, était intacte. Seul le cadran solaire sur sa façade avait été abimé, laissant une imposante trace là où la barre indiquant l'heure avait été arrachée. Peut-être l'heure de l'attaque.

Amusant, se dit Conrad qui eut un sourire bref, selon la position du soleil, l'heure devait être proche de celle de la marque. Son sourire disparut immédiatement alors que cette idée lui traversait l'esprit. Sa main alla trouver la crosse d'un de ses pistolets, ses yeux se faisant plus inquisiteurs. Il avait déjà vu des bêtes attaquer à heure fixe. Il ignorait si ce qu'il devait affronter avait lui aussi un cycle, mais mieux valait être prudent.

Comme pour lui donner raison, l'air se fit plus froid et alors que les températures étaient bien au-dessus de zéro quelques minutes auparavant, désormais son souffle se cristallisait devant sa bouche. L'église ayant été épargnée, il se mit dos à elle pour observer la place. Ce n'était qu'une supposition, mais son expérience lui intimait que ce devait être le seul endroit sûr des lieux. Tandis que son regard parcourait l'endroit désert, il fut attiré par un mouvement près du puits. La terre miroitait comme la surface d'un lac après la chute d'un caillou. Les ondulations durèrent un petit moment avant que de cette anomalie ne sorte une chose qui lui glaça le sang. Le Strygien sentit ses doigts se crisper sur son arme alors qu'une silhouette décharnée émergeait de la terre battue. Translucide, son enveloppe sans jambes flottait à quelques centimètres du sol, vêtue d'une robe déchirée. Son corps était maigrelet et la peau pourrie. Ses lèvres retroussées laissaient apparaitre ses gencives boursouflées et ses dents cassées. Son visage mort, aux traits tirés sur son crâne et ses yeux vitreux observaient le village derrière des cheveux noirs et filasseux. Ses formes la désignaient clairement comme une femme bien qu'il fût difficile d'en être sûr. Une odeur de soufre et de fosse septique l'accompagnait.

Le revenant aperçut le Strygien immobile et sa bouche s'ouvrit. Bien trop pour une simple mâchoire humaine. Elle poussa un cri suraigu qui déboussola Conrad Stregoicavar. Sa vue se troubla et il eut du mal à rester debout. Il fit quelques pas en arrière et se rattrapa aux moulures ornant le chambranle de l'église. Il secoua la tête pour retrouver ses esprits et dégaina son pistolet. Le fantôme était déjà en mouvement. Il tira. La détonation fut étourdissante. La fumée provoquée par la mise à feu de la poudre vint piquer les narines et les yeux du Strygien. Il ne se laissa pas déconcentrer par ça, son ennemi progressait dans sa direction. Il commença à courir vers le chemin par lequel il était arrivé. Jetant un regard vers le puits, il remarqua que son tir n'avait fait aucun dégât. Sa lame ne devait pas être plus utile que ses pistolets. Il s'était attendu à devoir affronter beaucoup de choses, mais pas un revenant. Il savait qu'il n'était pas de taille. Seule la fuite était une option. Il rangea son arme à feu vide en accélérant le pas.

Le revenant fut immédiatement sur ses talons. Un nouveau cri résonna. Conrad Stregoicavar, sans se retourner, continua son chemin. Il sentait ses dents vibrer sous l'impulsion. Il sentit quelque chose couler depuis son nez jusqu'à ses lèvres et reconnut le gout du sang. Cette chose pouvait le tuer sans même le toucher.

Le froid autour de la morte était de plus en plus important. Le sol gelé crissait sous les bottes du Strygien alors que son prédateur gagnait du terrain sur lui. Un rapide coup d'œil par-dessus son épaule lui confirma ses craintes. Elle s'approchait de plus en plus. Aucun salut n'était à espérer. Il sortit son deuxième pistolet sans s'arrêter. Sa course le ramenait sur le chemin déjà parcouru, il y recroisa les cadavres fouillés plus tôt. Il sauta par-dessus l'un d'entre eux et comprit que la créature n'était plus très loin de lui. Les poils de sa nuque étaient gelés et il ne doutait pas qu'il suffirait au fantôme de tendre les bras pour l'avoir. Il aperçut une bâtisse aux volets fermés et tira dedans. Le plomb partit à toute vitesse et fracassa le bois. Assez pour permettre au corps du Strygien de passer à travers quand il bondit pour éviter le toucher mortel du revenant. Il atterrit à l'intérieur en un roulé-boulé esthétique avant de se remettre sur ses pieds. Il traversa la pièce sans faire attention à son mobilier et défonça la porte d'un coup de pied dans sa serrure. Il escomptait avoir mis de la distance entre son poursuivant et lui, mais perdit espoir en le voyant franchir la tourbe du mur comme si elle n'avait pas été là.

Il devait trouver une autre méthode pour s'en débarrasser. Il s'engagea dans une autre ruelle et trébucha sur un nouveau cadavre. Atterrissant en une belle chute avant qui lui aurait brisé un bras sans ses réflexes, il se retrouva à ramper le plus vite possible pour échapper à sa poursuivante. Il n'arriva pas à se relever tout de suite. Perdant encore du temps. Il se retourna et vit que le mort dans lequel il s'était pris les pieds ne ressemblait pas aux autres. Celui-ci avait clairement été piétiné par un mouvement de foule. Sa nuque faisait un angle improbable. Sûrement brisée lors de la fuite de la populace.

Mais ce qui attira surtout son regard fut le revenant qui arrivait de plus en plus près. Il le vit passer à travers la dépouille et il fut témoin d'une scène qui lui glaça les sangs. Là où les lambeaux de vêtements spectraux entrèrent en contact avec la peau du cadavre, celle-ci commença à s'assombrir. Au début simple hématome sur les parties touchées, cela se répandit rapidement à tout le corps. Ce fut d'abord les veines qui noircirent avant que la peau ne se mette à flétrir, momifiant le cadavre comme ceux qu'il avait croisés.

Conrad Stregoicavar arriva enfin à se redresser, mais c'était trop tard. Le fantôme lui bondit dessus. N'ayant aucune échappatoire, il serra les dents et attendit le choc. S'il devait périr, il le ferait en regardant la mort droit dans les yeux. Mais le toucher froid du trépas ne vint pas. La créature s'arrêta à quelques centimètres, comme si un mur invisible l'empêchait de passer. Homme et apparition s'observèrent pendant un certain temps. À cette distance, la puanteur était presque insupportable, mais le Strygien voulait l'étudier le plus longuement possible. La revenante gémissait en faisant des allers-retours dans la rue. Mais ses cris ressemblaient désormais davantage à ceux d'une âme en peine qu'à ceux d'un prédateur. Malgré son aspect repoussant et contre nature, il ne pouvait que sentir de la compassion face à la détresse et la souffrance qu'il voyait, à seulement quelques pas de lui.

Ils restèrent ainsi pendant plusieurs minutes avant que l'aura de l'apparition ne commence à se dissiper. Un nouveau soupir, plein de chagrin, passa ses lèvres alors qu'elle disparaissait pour de bon. La rue fut bientôt à nouveau complètement vide, laissant le Strygien seul, les jambes flageolantes. Mais il avait désormais une idée plus précise de ce qu'il avait en face de lui. Il se souvenait avoir entendu parler de ces vieilles malédictions sur des revenants. Il devait en avoir le cœur net. Inspirant à fond, il revint vers la place et le puits. Ayant couru dans toutes les directions pour échapper au fantôme, il eut un peu de mal à retrouver son chemin. Surtout que le jour commençait à décliner. Son altercation avec l'habitant des abysses avait duré plus longtemps qu'il ne l'aurait cru. Une chance que le village n'était pas très grand et il finit par revenir à son point de départ.

Pendant les heures qui s'écoulèrent il vérifia plusieurs choses pour dissiper ses doutes. Il fouilla l'église et les bâtiments. Cela dura jusqu'à ce que la nuit soit bien avancée. Lors de ses recherches, l'apparition ne se montra plus. Une aubaine pour le Strygien qui put ainsi élaborer plusieurs plans.

Il quitta ensuite le village et retourna dans le camp qu'il avait monté à quelque distance de là. Un groupe de soldats de Vadim Olionov lui servait d'escorte sur ordre du boyard. Ils n'étaient pas entrés dans le village, trop apeurés. Ils furent heureux de le voir arriver. Ils avaient entendu les coups de feu, mais n'avaient pas pu passer outre leurs superstitions pour lui apporter leur aide.

Peu importait pour le Strygien. Il avait besoin de repos. Il apprit qu'il ne pourrait en avoir de sitôt, car Olionov était venu le rejoindre pour savoir comment le Strygien s'en sortait. Les deux hommes s'installèrent près du feu et on leur servit du lapin et du lait de chèvre. Le voïvode mangea avec appétit. Conrad Stregoicavar se contenta de lui poser quelques questions pour affûter ses suppositions. Mais lorsqu'on lui demanda ce qu'il avait vu, il répondit qu'il l'ignorait pour le moment. Tant qu'il ignorait la raison de sa présence, pas question de divulguer ses informations. Ce fantôme n'était pas tombé sur le village sans but, il devait découvrir lequel. Si l'affrontement était incontournable, il devait aussi se rappeler des formules d'exorcismes qu'il avait lues il y avait des années de cela. Il quitta bientôt la compagnie du voïvode et dormit d'un sommeil de plomb.

Conrad Stregoicavar fut de retour dans le village tôt le lendemain, le soleil pointant à peine à l'horizon. Ses suppositions furent confirmées rapidement. Les cadavres, soldats ou bourgeois, que l'on trouvait en arrivant étaient tous à la même distance du puits et ce quelle que soit la direction dans laquelle on partait. De même que l'endroit où le fantôme s'était arrêté lorsqu'il l'avait poursuivi la veille. Ainsi, sa mort était forcément liée à la place. Que ce soit le puits ou un objet proche de ce dernier. Pour en être sûr, il devait pouvoir observer le spectre sans risquer sa vie. Cela allait prendre des jours, mais il ne voulait pas commettre d'erreurs. Il devait se débarrasser de cette apparition pour que les gens puissent revenir vivre ici.

À la même heure que la veille, le spectre surgit du puits. Elle l'aperçut et se précipita vers lui. Le Strygien était sur le parvis de l'église et recula doucement pour entrer dans le narthex. Il gardait à la main son pistolet à platine. Il savait que cela ne lui servirait à rien contre cette créature, mais le contact de la crosse le rassurait. Elle s'approchait de plus en plus, néanmoins l'homme resta de marbre. S'il avait tort, il succomberait avant de pouvoir réagir. Le spectre vit de ses yeux morts la croix au-dessus des portes arrondies et s'arrêta. Immédiatement, comme frappée par un mur invisible. Le Strygien était donc en sécurité dans le bâtiment. Une excellente nouvelle pour pouvoir étudier son ennemie. Il observa dans le moindre détail l'apparition. Une souillure noire qu'il n'avait pas remarquée se trouvait sur son ventre et les traits du cadavre, qui lui semblaient si agressifs auparavant, avaient des reflets de souffrances. Une autre tâche était présente sur sa main gauche, au niveau de l'annulaire.

Elle se mit à arpenter la place, gémissante et pleurante. Le Strygien espérait pouvoir trouver un moyen de la détruire depuis son poste d'observation à l'abri. Chaque bête qu'il avait affrontée durant les longues années de sa vie avait une faiblesse. Elle aussi devait en avoir une.

— Que faites-vous là ?

La voix grave et posée fit sursauter le Strygien tendu qui se retourna et braqua son arme à feu directement vers le crâne chauve d'un homme. Le nouveau venu portait une bure de couleur grise sans ornement ni fioriture. Accrochée à un collier, une petite croix de bois était visible sur son torse. Il devait avoir à peu près le même âge que le Strygien. Il avait un œil brun, l'autre était dissimulé sous un bandeau. Une imposante cicatrice lui parcourait le visage du côté de son cache-œil. Le nouveau venu ne sembla pas impressionné par l'arme pointée sur son front. Ils restèrent ainsi à s'observer pendant plusieurs minutes, leur silence entrecoupé par les gémissements du spectre à l'extérieur.

— J'aimerais que vous répondiez à ma question, dit calmement l'homme d'Église.

— Comment se fait-il que vous soyez vivant alors qu'un monstre hante les lieux ?

Le prêtre haussa un sourcil et acquiesça doucement de la tête. Il se détourna du canon toujours braqué sur lui et alla chercher un balai. Il commença à nettoyer le lieu de culte comme s'il était seul. Se sentant un peu idiot de le maintenir en joue, le Strygien baissa son arme.

— Il n'y a qu'un seul monstre ici, monsieur, et ce n'est pas cette âme en peine qui se trouve à l'extérieur. Vous êtes là sur ordre du boyard, j'imagine.

— En effet. Cette chose tue ses sujets et il m'a chargé de la stopper.

L'homme d'Église, tout en continuant à enlever la poussière, haussa les épaules et secoua la tête devant la bêtise de son interlocuteur.

— Après l'armée, voilà qu'il envoie un aventurier en quête de gloire et d'or.

— Je me fiche bien de l'un comme de l'autre.

— Alors pourquoi êtes-vous là ?

— Car cette chose tue des gens. Terrorise la région !

L'homme chauve posa son balai contre l'un des bancs et fit face au Strygien. Pour la première fois, la colère était visible sur ses traits.

— Elle tue des gens ? Qui a-t-elle tué ? Des militaires et des membres de la classe dirigeante. Une classe corrompue et malsaine. Ne vous êtes-vous pas demandé pourquoi elle est apparue ici ?

— Je protège les faibles et les innocents. Cette chose est une menace pour eux.

Le clerc montra les dents et pour la première fois de leur échange, Conrad Stregoicavar sentit qu'il pouvait être une source de danger.

— Je suis un homme d'Église, mais utilisez encore le terme de *chose* à son sujet et je vous jure que je vous tue.

Le Strygien leva les mains pour apaiser la situation.

— Je ne suis pas là pour vous chercher querelle. Je ne fais que relater ce que je vois.

— C'est bien ce que je vous reproche. Vous n'êtes qu'un idiot au service de monstres. Cette malédiction est le résultat de la violence du boyard et de ses hommes !

— La violence du boyard ? Vos paroles m'apportent plus de questions que de réponses. Je ne suis qu'un étranger ici et vous semblez connaitre ce spectre. Suis-je dans l'erreur ?

— Oh ! Non étranger, vous êtes dans le vrai et ce *spectre,* comme vous l'appelez, est arrivé le jour où j'ai perdu mon œil.

— Racontez-moi tout !

Les membres de la noblesse samarillane étaient à table, mangeant et buvant en abondance. Ils riaient et écoutaient d'une oreille distraite les musiciens dans un coin. Le boyard, entouré de ses plus proches conseillers, était au centre de toutes les attentions. Il demandait encore et encore de l'alcool. Les torches apportaient suie et quelque chaleur à la pièce. L'ambiance était survoltée.

Mais tous se turent quand les grandes portes de la salle commune s'ouvrirent en grand. Tous se tournèrent vers le nouvel arrivant. Conrad Stregoicavar, en tenue de voyage, passa parmi les tables et se rendit jusqu'au boyard sans un regard pour les personnes présentes. En le voyant s'avancer, Waclaw Outinsky reconnut la fureur qui brillait dans ses yeux. Il approcha doucement la main de son kindjal. Les convives, hormis peut-être Alexey Arzamastsev qui ne portait pas le Strygien dans son cœur, ne remarquèrent pas la démarche agressive de leur hôte. Le boyard se leva et écarta les bras, accueillant son invité avec un grand sourire. Conrad Stregoicavar ne le lui rendit pas. Il s'arrêta à quelques pas de la table et fixa les différentes personnes assises, la main négligemment posée sur la garde de son sabre. Waclaw approcha davantage les doigts de son arme.

Cyril Mevanev commença à parler, demandant si le problème était réglé. Il maniait élégamment les éloges et le scepticisme dans ses phrases pour rappeler à tous que c'était sur son invitation que le Strygien était venu. Pour s'approprier une partie de la gloire si la mission était une réussite et se dédouaner si elle avait échoué. Tout au long de son discours, Conrad Stregoicavar resta silencieux. Le fixant de ses yeux sombres. Il finit par couper la parole au maître de Samarilla.

— Selena Moskitova.

Tous se dévisagèrent, interloqués. Le kharakternik du boyard sembla tiquer. Comme le voïvode. Ils se jetèrent un regard où les mêmes doutes étaient visibles. Waclaw haussa un sourcil en voyant leur réaction. Qui était cette personne ? Cyril Mevanev n'apprécia pas que son invité lui coupe la parole lors de son monologue. Il l'observa d'un œil noir. Que lui rendit le Strygien. Une tension énorme commençait à se créer dans la salle. Plusieurs guerriers du boyard se levèrent, la main sur leurs armes, prêts à obéir aux ordres de leur maître.

— J'ignore qui elle est, finit par dire Cyril Mevanev.

— Bien évidemment, répondit Conrad Stregoicavar. Ce n'était qu'une jeune paysanne. Une de plus. Une de plus dont vous avez abusé. Vite prise, vite oubliée. Mais contrairement aux autres, elle s'est mise à se plaindre, à parler de ce que vous avez fait. Vos hommes sont allés la voir.

Le regard du Strygien se posa sur le kharakternik qui grimaça, confirmant ce que lui avait dit le prêtre. Il revint ensuite au boyard, il sentait sa rage monter en lui. Sa main se mit à trembler imperceptiblement sous la colère. Les hommes de la pièce commencèrent à se placer autour de Stregoicavar, prêts à lui couper toute retraite. Cela n'empêcha pas le Strygien de continuer à parler d'un ton véhément à ses interlocuteurs.

— Son fiancé a tenté de leur faire entendre raison, comme le prêtre du village. Qu'ont fait vos hommes ? Ils ont tué son compagnon et éborgné l'homme d'Église. Pour protéger vos acquis.

— Stregoicavar, grogna le boyard, comment osez-vous me...

— Taisez-vous ! Vous m'avez appelé pour régler un problème dont vous êtes la source ! Selena Moskitova vous a maudit pour la mort de son aimé. Alors après l'avoir violée, vos hommes lui ont tranché la gorge et ont jeté son corps dans le puits. J'ai retrouvé le corps et je l'ai brulé. Ne gardant qu'une chose.

Il fouilla dans sa poche et en sortit l'alliance de la jeune femme. Le symbole de son amour perdu et de sa colère contre le boyard et ses troupes. Ce qui l'avait maintenue dans le monde des vivants. La dernière chose qui l'empêchait d'accéder au repos éternel.

— Il est temps de lever la malédiction ! cria Conrad Stregoicavar en lâchant l'anneau.

L'objet en or sembla tomber au ralenti sous les yeux des personnes présentes dans la salle. Leurs visages étaient un mélange d'émotion. Certains en colère, d'autres apeurés. Certains complètements perdus, ne comprenant rien à ce qui se déroulait sous leurs yeux. L'alliance rebondit une fois sur le sol avant de s'immobiliser. Le boyard ordonna à ses hommes de tuer le Strygien. Les chachkas sortirent du fourreau alors que Conrad Stregoicavar dégainait rapière et dague. Ceux qui l'entouraient se jetèrent sur lui.

Il para le premier assaut d'un garde du boyard et lui planta la lame dans l'œil. Alors que le cadavre s'affaissait au sol, les autres attaquèrent, fous de rage. D'un geste ample, il les repoussa pour se laisser la place de manœuvrer. Il stoppa une attaque et frappa du pied un autre homme qui voulait le prendre à revers. Il recula d'un pas et sentit la lame de son ennemi le frôler, tandis que deux autres étaient prêts à se jeter sur lui. Mais ils étaient trop à l'entourer et ils se gênaient entre eux alors que le Strygien utilisait tous les avantages qui se présentaient à lui. Leur nombre et le lieu exigu. Les coups s'échangèrent avec violence, à chaque fois, il était juste assez rapide pour éviter la mort. Il bondit sur une table et fracassa du talon les dents d'un homme. Un autre vit son œil crevé par la dague du Strygien. Une lame le frôla, déchirant sa tunique au niveau de l'épaule. Conrad Stregoicavar grimaça en sentant la morsure de l'acier contre ses chairs. Il repoussa son agresseur d'un coup de tête, lui brisant le nez.

Alors que la mêlée faisait rage, le sol autour de l'alliance commença à se couvrir d'une légère couche de givre. Elle se mit à vibrer légèrement, tandis qu'un froid de mort s'emparait des lieux. Le soufre et les fosses septiques répandirent leurs odeurs dans la salle. De manières imperceptibles tout d'abord, puis de plus en plus fortes.

Conrad Stregoicavar fut immobilisé. Sa dague se trouvait dans le torse d'un des guerriers et sa rapière lui avait échappé des mains à cause du sang qui poissait ses doigts. Il souffrait de nombreuses blessures plus ou moins légères et il avait été forcé de se mettre à genoux devant le boyard. Ce dernier l'observait avec colère. Le voïvode et le kharakternik partageaient cette fureur. Pourtant Waclaw Outinsky était perplexe. Sa loyauté allait au boyard, mais l'homme qui avait tué une demi-douzaine de ses soldats avait été l'un de ses compagnons d'armes autrefois. Chacun s'était sauvé mutuellement la vie à de nombreuses reprises. Il ne pouvait pas le laisser seul face à ses bourreaux.

— Conrad Stregoicavar, grogna le boyard dont la rage déformait ses traits, votre trahison sera punie dans le sang.

Le Strygien sourit, dévoilant ses dents couvertes d'hémoglobine coulant depuis ses gencives coupées. Ses yeux brillaient d'une folie à peine contenue. Celle d'un homme en ayant trop vu. Autour de lui, tous cherchaient l'origine de l'odeur nauséabonde qui avait envahi les lieux. Conrad Stregoicavar ne dit qu'un seul mot entre ses dents tachées.

— Justice.

De l'anneau sortit le spectre du village en un cri de rage. Tous ceux qu'elle toucha virent immédiatement leur peau se craqueler et pourrir. Son hurlement désorienta ceux qui étaient proches. Les deux gardes qui avaient obligé le Strygien à se maintenir à genoux furent eux aussi perturbés et il eut le champ libre. Ses mains accédèrent à sa ceinture où se tenaient encore ses pistolets. Il en dégaina un et tira sur son tortionnaire de droite. Alors qu'il s'écroulait, il lui piqua son kindjal et trancha la gorge de celui de gauche. La panique s'empara de la pièce devant la présence du fantôme. Chacun cherchait à fuir la salle, se bousculant, tombant au sol. L'apparition passait parmi eux, les tuant par poignées. Mais arrivés aux grandes portes, les convives les trouvèrent fermées depuis l'autre côté. Ils s'entassèrent contre, se frappant et se griffant pour tenter de sauver leurs vies. La panique fit bientôt ressortir toute la bestialité présente derrière le vernis de la civilisation et l'on tira les lames pour essayer d'échapper au sort funeste, quitte à détruire tout ce qui était aux alentours. La violence et la mort s'emparèrent des lieux, chacun luttant pour sa propre survie.

Le Strygien, tout aussi affecté par les cris que les autres, serrait les dents de douleur en tentant de rester concentré. Son nez saignait abondamment, mais il passait outre. Il tranchait les chairs à proximité de lui, laissant un tas de cadavres dans son sillon. Il ramassa sa rapière et continua son chemin vers la table du boyard qui observait la scène d'un œil mort. Son visage avait perdu toutes ses couleurs.

Vadim Olionov sortit un pistolet et visa le Strygien. Tout était de sa faute. Mais alors qu'il s'apprêtait à tirer, une épaule lui rentra dans le ventre, le pliant en deux et le jetant au sol. Il secoua la tête pour chasser les étoiles qui dansaient devant ses yeux et leva les yeux. Le golova Waclaw Outinsky le dominait de toute sa taille. Les flammes de la colère brulaient dans son regard. Il avait été trahi par ses compagnons. Ils avaient laissé le boyard agir sans limites contre sa population. Une honte qui entachait l'honneur de toutes les personnes présentes.

— Tu trahis ton boyard ? hurla le voïvode.

— Non mon ami, c'est lui qui a trahi son peuple.

Waclaw s'empara d'un chandelier sur une table et se mit à frapper le crâne de son compagnon d'armes avant que ce dernier ne puisse réagir.

Conrad Stregoicavar passa sa lame au travers d'une gorge, la faisant ressortir près de sa colonne vertébrale. Il repoussa le cadavre d'un coup de botte et fit face à Cyril Mevanev et Alexey Arzamastsev. Celui-ci commença à réciter une incantation, mais Conrad Stregoicavar dégaina son second pistolet, encore chargé. Il tira sur le kharakternik avant qu'il ne puisse finir, pulvérisant son crâne en une pluie d'esquilles d'os, de sang et de matières cérébrales.

Il observa ensuite le boyard qui tremblait de tout son corps. Le spectre vint voler près du Strygien et ses yeux morts se posèrent sur lui. Conrad Stregoicavar lui rendit son regard. Puis il fit un signe de tête vers Cyril Mevanev.

— Il est à toi.

L'apparition se rapprocha de l'homme qui tomba à genou, pleurant devant le trépas qui avançait inéluctablement. Le Strygien se détourna et entendit un hurlement à glacer le sang. Car c'était une gorge humaine qui l'avait poussé.

Le prêtre enleva la barre qui bloquait les portes et en ouvrit une pour accéder à la salle. Dès qu'elle fut entrebâillée, un tas de cadavres s'affaissa à ses pieds. Il les enjamba en recommandant leurs âmes à Dieu. Il remarqua que le reste de la pièce n'était qu'un parterre de morts. Certaines victimes du spectre, d'autres de la folie. Il passa parmi eux jusqu'à un banc où se tenait Conrad Stregoicavar. Il semblait à bout de force, blessé en de nombreux endroits. Il respirait difficilement. L'homme d'Église s'approcha de lui et vit ce qu'il regardait. Le corps de Waclaw était au sol, une chachka plantée entre les omoplates. La folie l'avait eu lui aussi. Le Strygien quitta des yeux son ancien compagnon d'armes et les posa sur le prêtre qui lui fit un signe de tête avec un léger sourire compatissant. Le fantôme tournait doucement au-dessus d'un corps complètement desséché. Puis, percevant la présence du clerc, elle s'en détourna et se rapprocha des deux hommes. Conrad Stregoicavar se leva en s'appuyant sur l'épaule du prêtre. Il grimaça en sentant ses nombreuses plaies se rappeler à lui. Le spectre s'arrêta à quelques distances d'eux.

— Tu as eu ta revanche, susurra le Strygien. Repose en paix.

La silhouette de la jeune fille miroita comme la surface d'un lac et sa peau cadavérique se régénéra. Ses cheveux filasseux laissèrent place à une toison ample et fournie. Les loques qu'elle portait furent remplacées par une robe simple. Les yeux qui observaient les deux hommes ne furent plus morts, mais sombres. Il n'y eut plus de spectre, mais le fantôme d'une jolie jeune femme. Elle leur sourit, puis disparut lentement, la malédiction prenant fin. Son âme trouvant enfin la paix.

— Merci de ne pas l'avoir exorcisée et de lui avoir apporté justice, dit le prêtre.

Le Strygien chassa la réplique de l'homme d'Église d'un signe de main et observa le charnier tout autour d'eux.

— Vous pouvez dire à vos ouailles que le village est de nouveau sans danger. Arrangez-vous aussi pour que le prochain boyard ait à cœur le bien-être de ceux qu'il est chargé de protéger.

— Quels sont vos plans ? Resterez-vous ?

— Ces terres ne sont pas les miennes. Je repartirai quand mes blessures seront guéries.

Ce qui arriva un beau jour. Au matin, il monta son cheval et salua ceux qui l'avaient soigné et hébergé le temps qu'il soit à nouveau capable de voyager. Il avait aidé à faire justice sur ces terres loin de chez lui, chassant une élite corrompue et décadente. Il s'en alla ensuite mener de nouveaux combats dans ce pays qui était le sien et que l'on nommait Strygie.

Personne ne le revit à Samarilla, mais sa légende perdura longtemps après son départ.

GUILLAUME SIBOLD

Je suis né en 1986 à Strasbourg, ville où j'habite encore aujourd'hui. Fils d'enseignants, c'est leur amour des livres et leur bibliothèque fournie dans laquelle je plongeais étant petit qui m'ont conduit, après quelques détours, à m'intéresser aux métiers du livre. Libraire à la librairie Kléber depuis onze ans, exercer ce métier m'a permis de m'ouvrir à d'autres lectures qui ne m'auraient pas forcément attiré au premier coup d'œil avant. Fier de mes racines alsaciennes, je m'occupe du rayon Alsatique/Régionalisme et j'aime faire découvrir l'histoire de ma région à autrui. Cette histoire étant l'une de mes sources d'inspiration lors de l'écriture.

Grand lecteur, amateur des littératures de l'Imaginaire en général et des pulps des années 20 (H.P Lovecraft, Dashiell Hammett, Harold Lamb et surtout Robert E. Howard entre autres) en particulier, j'aime mêler mes influences avec l'histoire et mes coups de cœur du moment lors d'écriture de nouvelles. Nouvelles dont le format me plait de par leur rythme plus vif et l'écriture plus nerveuse.

Radi

BATON ROUGE, 1868

Le soleil cognait dur et j'avais chaud. Ça faisait déjà plus de quatre heures que j'attendais un client, adossé contre les planches de bois de la façade d'une clinique délabrée. Mes boîtes de cirages étaient étalées sur un plaid élimé tout autour de ma pancarte publicitaire. J'avais repassé la veille les lettres de mon écriteau « première qualité » avec de l'encre bon marché, mais personne n'y prêtait attention. Tous les badauds étaient absorbés par une partie de cartes qui se déroulait à quelques mètres de là sous le porche du saloon. Certains s'étaient même hissés sur le bord de la mangeoire pour chevaux, à deux doigts d'y tomber.

Faut dire, le spectacle méritait le coup d'œil. J'en avais croisé des tonnes de parties à la sauvette, mais c'était rare de voir des adversaires aussi contrastés.

À ce moment de la partie, il ne restait que trois joueurs et un bon petit pécule entassé au milieu de la table, au moins deux à trois fois la valeur de toutes mes boîtes de cirages réunies. Il y avait deux gros bras d'une trentaine d'années, crachant et jurant chacun sur un rythme de métronome, probablement deux marins venus par le fleuve. Ils étaient impressionnants, pas le genre de types qu'on a envie d'avoir comme adversaires, surtout quand on a de bonnes cartes en main. Face à eux se trouvait LA curiosité qui attirait le public : un adolescent maigrichon d'une quinzaine d'années à tout casser. Il était d'un calme olympien, il n'avait pas prononcé un mot de toute la partie, se concentrant uniquement sur son jeu. C'est à peine s'il avait relevé la tête une seule fois. Ce petit blond à la peau tannée par le soleil était habillé avec des vêtements bien trop chauds pour la saison. Il se tenait en équilibre, assis sur une valise qui semblait encore plus fatiguée que mon plaid.

Gros bras numéro un coucha ses cartes, il quittait la partie. Gros bras numéro deux fit un grand sourire, convaincu d'avoir battu ses adversaires, il commençait à rassembler ses gains devant lui après avoir rapidement jeté son brelan de rois sur la table.

Je soupirai malgré moi, l'attitude du gamin m'avait amusé et comme tous les spectateurs j'avais fantasmé un retournement de situation qui n'arriverait pas. Je réarrangeai mes boîtes de cirages en espérant que la dispersion de la foule m'amènerait un client lorsqu'une rumeur s'éleva du côté des badauds.

Je levai la tête vers la partie de cartes, l'adolescent avait placé sa main au-dessus des gains. Gros bras numéro deux était debout, il fixait le garçon mutique avec incompréhension. La demi-portion dévoila alors son jeu : un carré d'as accompagné du dernier roi du paquet.

Silence.

« C'est un malin celui-là ! » pensais-je en retrouvant le sourire, c'était pratiquement impossible à ce moment de la partie d'avoir une telle main sans avoir triché. Je le trouvais bien téméraire d'oser un coup pareil face à un adversaire qui faisait le double de sa taille. Gros bras devait penser comme moi puisqu'il élevait déjà son poing dans les airs, prêt à frapper la jeune mâchoire de l'ado-lescent. Celui-ci releva la tête et se contenta de fixer l'homme en si-lence. Gros bras détendit son poing et abandonna le champ de bataille sans un mot.

J'étais soufflé que la demi-portion ait réussi à se débarrasser de son adversaire sans même perdre une dent. Je décidai de rembal-ler mon paquetage en vitesse et de suivre le mystérieux garçon qui quittait déjà la grand-rue en traînant sa valise par terre.

Son aplomb m'avait surpris, mais j'avais surtout repéré une marque sur son avant-bras, le symbole des « Antiks » : une secte de farfelus adeptes de magie noire.

Mes parents avaient fait partie de cette secte, mais s'en étaient échappés à ma naissance, après que le gourou ait sacrifié mon prétendu jumeau dans un rituel visant à faire de moi un super sorcier ou quelque chose comme ça. C'est du moins ce que m'avait expliqué mon père. Il m'avait élevé seul après le décès de ma mère, morte de chagrin quelques semaines après leur fuite. Mon père m'avait appris tout ce qu'il savait sur la magie et sur l'exorcisme, dont il avait fait son métier, mais ses histoires n'avaient en général ni queue ni tête si bien que je remettais en question tout ce qu'il me racontait. Je me demandais souvent s'il n'avait pas tout inventé dans le but de surmonter le décès de ma mère ou de m'offrir un passé chargé de mystères dignes de ses romans préférés. Je n'étais même pas certain que ce « frère » ait existé. Mon père m'avait emmené plusieurs fois avec lui lors de ses séances d'exorcismes sans jamais me reprocher mon scepticisme affirmé. Il m'avait quitté depuis quelques années et j'avais commencé à chercher des informations sur cette secte, curieux de savoir si mon père était vraiment un illuminé ou s'il y avait eu un peu de vrai dans son récit.

Jusqu'à ce jour, je n'avais jamais trouvé de preuve attestant l'existence des Antiks. Ce n'était pas surprenant puisque mon père avait fui à plus de mille cinq cents milles de mon lieu de naissance. Le mois dernier, je m'étais enfin décidé à quitter la Nouvelle-Orléans pour rejoindre Boston, ville voisine de la secte. Mais mes finances et ma motivation étaient telles que j'étais toujours coincé à la première étape de mon périple : Baton Rouge. À ce rythme, le voyage jusqu'au Massachusetts risquait de me prendre plusieurs décennies.

La vue de la brûlure du jeune tricheur m'avait réveillé brutalement. Cette « preuve » que j'attendais depuis si longtemps se trouvait là, sous mes yeux. Même si ce gamin avait été marqué au fer rouge, un signe de bannissement d'après les dires de l'ancien, je ne pouvais pas me permettre de le laisser filer sans lui avoir tiré les vers du nez.

Je suivais le garçon à distance, il faisait régulièrement des pauses pour reprendre son souffle comme si sa valise était chargée de briques. Par moment, je le voyais murmurer en fixant le vide. Il parlait tout seul. Je m'approchais discrètement, curieux d'entendre ses monologues.

« Je pense que c'est le moment de rejoindre la côte Est. Je sens qu'on peut enfin y retourner… »

Sans prévenir, le garçon se retourna vers moi et me lança un regard noir.

« Qu'est-ce que vous me voulez ? » me demanda-t-il tandis que je cherchais à comprendre comment il avait pu me remarquer.

« Euh… C'est vrai que tu vas vers l'Est ?

— Pourquoi ?

— Moi aussi, figure-toi ! Il y a un bateau pour Memphis demain matin, on pourrait faire le voyage ensemble ? » proposais-je, incertain de pouvoir me payer le voyage. Comme s'il venait de lire mes pensées, il ajouta :

« J'ai vu que vous aviez du mal à écouler votre marchandise. Ne comptez pas sur moi pour vous aider à payer votre billet. »

J'étais soufflé par l'aplomb du garçon et le fait qu'il avait remarqué mon étal. Il reprit sa route avant de se retourner une dernière fois quelques mètres plus loin en murmurant « à demain ».

Le gamin avait eu beau me vouvoyer, son arrogance semblait déborder de tous ses pores et même si du haut de mes vingt-trois ans j'étais clairement son aîné, je m'étais senti incapable de lui tenir tête. Toute la soirée je me posais un tas de questions inutiles à son sujet, jusqu'à ce que je repense à mon père et à ses conseils de pacotille : « suis ton instinct fils, il ne te trompera pas ». Je rigolais. Même si ça ne donnait rien, j'aurais toujours progressé dans mon périple.

Le lendemain, je retrouvais comme prévu le gamin sur le bateau. Nous sommes restés silencieux quasiment tout le trajet.

J'avais tenté de l'interroger au sujet de sa destination, mais au lieu de me répondre il m'avait retourné la question. J'avais haussé les épaules et lui avais demandé son nom.

« Jos.

— Moi, c'est Radi, Radi Perkins. »

À Memphis, nous prîmes une chambre dans une auberge pour une nuit avant le départ du train vers la côte Est. Je profitais de notre courte escale pour vendre en urgence ma marchandise à proximité de l'hôtel de ville. Une odeur pestilentielle s'élevait des rues et les passants me regardaient avec suspicion. Une épidémie avait touché la ville l'année précédente et on se méfiait des étrangers, potentiellement porteurs des germes qui avaient décimé la ville. J'écoulais juste assez de cirage pour me payer un billet pour Richmond.

Jos visita quelques connaissances à lui et m'informa dans la soirée qu'il avait un travail à faire en sortie de ville. Il prendrait le train pour Richmond un jour plus tard que prévu. « Quel job ? » lui demandais-je par curiosité, mais Jos resta vague. Il marmonna une histoire d'habitants dérangés par des bruits dans une vieille maison. Malgré moi, je me mis à rire, j'avais l'impression d'entendre mon père expliquant son métier à un voisin curieux, tout en omettant le nom de sa profession pour ne pas l'effrayer.

« T'es pas exorciste quand même ? » lui demandais-je pour le charrier, mais le visage de l'adolescent s'empourpra si vite que je compris que j'avais visé juste. J'essayais de rattraper le coup en lui avouant la profession de mon père et que, par conséquent, je m'y connaissais un peu moi aussi. Jos parut soulagé, mais refusa de m'en dire plus sur son travail.

J'avais du mal à engager la conversation, Jos se méfiait de tout le monde, tout le temps. Qu'il supporte ma présence à ses côtés tenait déjà du miracle et, vu qu'il semblait faire beaucoup d'efforts pour cacher sa marque sous ses vêtements, je craignais de le faire fuir en abordant le sujet des Antiks trop rapidement.

Ma stratégie consistait à le suivre le plus longtemps possible, en guettant l'occasion de le cuisiner, mais je ne savais pas jusqu'où je pourrais aller. Je n'avais pas les fonds pour rejoindre Boston et d'ailleurs, rien n'indiquait que Jos se rendait là-bas lui aussi, il avait été banni de la secte après tout. L'accompagner en « mission » représentait une opportunité de l'apprivoiser un peu plus, j'insistais donc pour le suivre. Jos n'était pas ravi à l'idée d'avoir un novice dans les pattes, mais finit par céder.

La « maison hantée » était une vieille bâtisse de bois qui datait probablement des pionniers. La maîtresse de maison se plaignait d'entendre depuis quelques jours des murmures, des bruits de tuyauteries et des grincements suspects de parquet. La plupart de ces évènements se produisaient en pleine nuit pour le plus grand bonheur des propriétaires.

Jos inspecta chaque recoin de la demeure sans dire un mot, tandis que la cliente et moi l'observions avec curiosité. Lorsque la maîtresse de maison pointait les « sources » de nuisance, je tendais l'oreille, mais ne percevais rien… du moins pas dans la direction indiquée.

Personne ne semblait y prêter attention, pourtant il y avait bien un murmure latent. Je profitais du fait que Jos et la cliente étaient occupés à examiner le parquet du salon pour me faufiler dans la cuisine située derrière leurs dos.

La « voix » était un peu plus forte mais toujours inintelligible, ça aurait très bien pu être un courant d'air. Je me baissai vers le poêle à la recherche d'un trou de souris dans le bas du mur ou autre source plausible du murmure. Il n'y avait rien. Par contre le son semblait s'éclaircir, c'était une voix féminine.

Je me relevai en pensant que toute la maisonnée se concentrait sur Jos et me retournai tranquillement vers mon compagnon, lorsque je fis face à plusieurs paires d'yeux me dévisageant, Jos en première ligne. Ils avaient tous rappliqué dans la cuisine.

« Il y a quoi derrière ce mur ? » fis-je dans l'espoir de cacher mon embarras. La cliente me fixa comme si je venais de dire une énormité, mais voyant que Jos attendait lui aussi, elle finit par répondre :

« Une ancienne remise, je l'ai condamnée à la mort de mon père. J'y ai mis toutes ses affaires et j'ai fait sceller la porte.

— Sceller ? » répétai-je étonné. La cliente semblait mal à l'aise, elle nous expliqua que son père était un biologiste qui détenait une grande collection de bocaux remplis d'animaux plongés dans du formol. Même si elle avait toujours eu en horreur les possessions de son père, elle n'avait jamais eu le cœur de s'en débarrasser. Elle avait donc tout entassé dans la vieille remise et en avait scellé l'accès, afin d'empêcher ses enfants de lui jouer de mauvais tours en se servant dans la réserve.

J'observai la porte menant à la remise, sa peinture écaillée, sa serrure rouillée, et cet énorme meuble que la cliente avait installé juste devant pour mieux la condamner. Je le déplaçai pour dégager l'ouverture et remarquai que le parquet avait conservé une teinte plus fraiche sous les pieds du meuble, prouvant que celui-ci n'avait pas bougé depuis un bon moment.

« Depuis quand cette porte est condamnée ?

— Presque dix ans.

— Il y a un autre accès ?

— Non, à la même époque mon mari a remplacé la porte extérieure par des planches. »

Je fis un pas en arrière puis envoyai un bon coup de pied dans la serrure qui céda sans attendre un second essai. La cliente cria de surprise. Moi-même je ne savais pas vraiment ce que je venais de faire, mais je poussais à présent la porte pour l'ouvrir.

La remise était plongée dans la pénombre, il y avait des bocaux en quantité alignés sur des étagères, quelques-uns avaient été vidés à même le sol. C'était récent, on sentait encore le formol.

Des piles de livres s'étaient effondrées par terre, des pages déchirées éparpillées partout, les bords parfois grignotés. Il y avait aussi une odeur âcre qui se mêlait aux relents du produit de conservation.

Commençant à m'habituer à la pénombre, je fis un pas vers le mont de livres, qui cachait partiellement une forme que j'avais peur de reconnaître. Je me baissai et tendis la main vers une masse couverte de haillons.

Un enfant était recroquevillé sur lui-même, il tremblait et me fixait d'un air terrorisé. Il était tellement mal-en-point qu'il semblait incapable de bouger. Il était sale, ses lèvres étaient gercées, ses ongles rongés, ses cheveux hirsutes. Il grognait.

« Chuuuu… Chuuuuu… » fis-je pour le calmer en lui caressant la tête.

« Comment tu t'es retrouvé ici toi ? » lui demandai-je.

Le garçon jeta un regard vers le mur extérieur, les planches de bois laissaient passer un faible jour. Comme elles ne semblaient pas très bien fixées, je tentai de les pousser pour vérifier si l'enfant avait pu se faufiler par là, mais quelque chose bloqua mon mouvement.

J'attrapai l'enfant dans mes bras et retournai dans la maison avec lui.

En le découvrant, la cliente eut un malaise.

Après avoir installé l'enfant dans le salon, nous fîmes le tour de la remise. À l'extérieur, on voyait clairement que les planches avaient été reclouées récemment. Un vieil essieu de charrette avait été déposé contre le mur pour s'assurer que les planches restent en place. Le garçon avait été pris au piège de façon intentionnelle.

« Pourquoi on ne l'a pas entendu ? » s'inquiéta la maîtresse des lieux, qui comprenait enfin que quelqu'un avait utilisé sa remise à des fins criminelles. Vu l'état du gamin, ça devait faire déjà plusieurs jours qu'il n'avait plus la force d'appeler à l'aide. La cliente avoua alors revenir d'un long séjour chez une amie, l'enfant avait dû être enfermé dans la remise pendant son absence.

Ce n'était pas une histoire de fantôme, mais celle d'un enlèvement d'enfant. L'agresseur avait probablement abandonné sa proie au retour des propriétaires.

La cliente fit venir le shérif, l'enfant fut conduit dans une clinique en attendant que le shérif retrouve ses parents.

En repartant vers l'auberge, Jos n'en finissait plus de me dévisager.

« Quoi ? » fis-je, énervé. En l'absence de fantôme, la cliente avait refusé de payer la somme négociée par Jos et je n'avais pas apprécié. Après tout, les bruits suspects allaient cesser donc mission accomplie, non ?

« Comment t'as su que le gamin était là ? »

Je haussai les épaules

« Les murmures probablement.

— Quels murmures ? T'as dit qu'il était presque inconscient quand tu l'as trouvé. »

Je m'arrêtai et observai Jos. Il me fixa droit dans les yeux, mais cette fois son emprise ne prit pas.

« C'est le fantôme qui t'a indiqué la remise ? » me lâcha-t-il après une minute de guerre du silence.

« Y avait pas de fantôme !

— Bien sûr qu'il y en avait un. C'est lui qui t'a guidé ? Tu peux les entendre ? » ajouta Jos d'un air intéressé.

« LES FANTÔMES N'EXISTENT PAS ! »

Jos m'observait avec le même air que mon père, celui qui insinue « cause toujours mon fils, tu penses pas un mot de ce que tu viens de dire ». Je grognai et repris la route vers le centre-ville. J'entendais Jos ricaner dans mon dos. J'étais à deux doigts de lui demander de se taire lorsque je compris qu'il ne se moquait pas de moi, mais qu'il parlait encore tout seul, ou plutôt avec son ami imaginaire.

« Je sais que tu as remarqué en premier le gamin Elm, mais il m'a surpris. Fallait que je sache s'il pouvait aussi les entendre.

— À qui tu parles ? »

Jos releva la tête vers moi, l'air penaud.

« Arrête de me prendre pour un imbécile, c'est pas la première fois que je te surprends en grande conversation avec ton copain Elme-machin-chose. »

Jos prit un air boudeur avant de s'animer tout seul, l'air de peser le pour et le contre sur l'intérêt de me révéler ses troubles mentaux. Il grimaça encore quelques secondes en observant le vide. Je m'impatientai.

« Eh ! » criai-je. Jos soupira lourdement.

« Elmire. Elle s'appelle Elmire.

— Elmire ?

— Une amie. Elle est invisible pour le commun des mortels.

— Une amie imaginaire ?

— Une amie réelle. »

Jos m'observait, un léger sourire au coin des lèvres, il ajouta :

« Tu te demandes pourquoi tu ne peux pas l'entendre ? Allez, reconnais que c'est le fantôme de la maison qui t'a dit où se trouvait le gamin !

— Tu lâches rien toi, hein ? »

Jos souriait comme s'il venait de triompher, mais je campais sur mes positions.

« Qu'est-ce qu'elle est ta copine si c'est pas un fantôme ?

— On est maudits. »

Maudits.

Malgré moi, j'en connaissais un rayon sur les malédictions. Un jour, j'avais même essayé de jeter un sort à un camarade de classe qui avait traité mon père de fou – moi seul en avais le droit. Je savais qu'il y avait un prix à payer pour le « jeteur de sort », mais je voulais tenter le coup. Le garçon avait repéré ma poupée vaudou et m'avait flanqué la raclée de ma vie avant même que je ne lui fasse quoi que ce soit. Une belle réussite. Si mon histoire était assez ridicule, Jos semblait carrément sérieux.

Quel genre de malédiction pouvait rendre quelqu'un invisible ? Et pourquoi infliger un tel sort à une jeune fille ? J'avais jamais entendu parler d'une imprécation aussi tordue. Si les Antiks étaient dans le coup...

« O.K., on arrête de jouer ! » dis-je alors à Jos. J'enchaînai sans lui laisser le temps de répondre et lui expliquai pourquoi j'avais décidé de le suivre. Lorsque je prononçai le mot « Antik », son visage se voila, mais à la fin de mon récit, Jos s'était calmé. Il avait compris que je ne faisais pas partie de la secte.

« T'as raison, j'ai été banni et en plus de m'avoir marqué au fer, Elm et moi avons été condamnés à vivre dans un monde qui n'est pas le tien. C'est difficile à expliquer, mais c'est un peu comme si on vivait dans deux dimensions différentes. »

Jos se tourna vers le vide, j'imaginai que son « amie » se tenait à ses côtés. Il souriait d'un air triste et résigné. J'avais envie d'en savoir plus parce que je ne comprenais pas vraiment son histoire, mais en le voyant au bord des larmes, je me ravisai.

« Tu vas où ? » lui demandai-je, répétant mon éternel refrain. Je le sentais enfin prêt à me répondre. Maintenant qu'il connaissait mes motivations, il n'avait plus de raison de se méfier de moi et de me cacher ses intentions. Et j'étais même quasi certain qu'il allait exactement là où je souhaitais moi-même me rendre. Jos retrouva le sourire.

« On va mettre fin à cette malédiction au seul endroit possible : au village des Antiks. »

Il nous a fallu deux semaines pour rejoindre Boston. Nous faisions des escales entre deux trains afin de remplir le porte-monnaie de Jos lors de parties de cartes clandestines. Depuis que j'avais deviné qu'il trichait grâce à la complicité de son amie invisible, il avait accepté de me financer la fin du voyage. Il rechignait à le reconnaître, mais je voyais bien qu'il appréciait qu'un « allié » l'accompagne jusqu'au village des Antiks.

Depuis que nous avions brisé la glace tous les deux, nos rapports avaient totalement changé. Je découvrais Jos tel qu'il était vraiment : un garçon sympathique, un brin moqueur et très chaleureux. Il ne se cachait plus de moi pour parler avec la fameuse « Elmire » et profitait même clairement de ma présence pour discuter librement avec la jeune fille en public. Malgré les nombreuses preuves de son existence, il m'arrivait encore d'en douter, mais l'excentricité de mon nouvel ami ne me dérangeait en rien, mon père m'ayant habitué à bien pire.

On s'installa dans une petite auberge au cœur de Boston. Je ne savais pas où se trouvait exactement le village des Antiks, pas plus que Jos. Mon père m'avait raconté s'être caché à Boston les premiers jours qui avaient suivi son évasion, j'en avais déduit que les Antiks demeuraient dans les environs.

Jos m'apprit que depuis son exil, la région s'était métamorphosée et de nouvelles routes avaient été tracées. Il avait perdu ses repères et devrait donc explorer le secteur jusqu'à ce qu'il retrouve son chemin.

Je savais que la région s'urbanisait vite, mais j'étais quand même surpris qu'il soit plus déboussolé que moi qui n'avais même pas vécu dans le coin. Après lui avoir fait remarquer mon étonnement, Jos décida de m'en dire un peu plus sur lui.

Lorsqu'il n'avait que deux ou trois ans, il avait attrapé une maladie infantile qui faisait des ravages à l'époque. Dans l'espoir de contrer une issue annoncée comme fatale, les parents de Jos l'avaient confié à un prêtre, appartenant à la secte des Antiks, qui prétendait avoir trouvé un remède. Le prêtre l'emmena au village et parvint à soigner Jos. Mais au lieu de le ramener à sa famille, le prêtre décida de le garder, craignant que le « remède » perde de son efficacité si Jos quittait le village. C'est ainsi qu'il grandit au cœur de la secte, malgré la réticence des autres membres qui acceptaient mal ses origines extérieures.

Elmire, la fille du chef de la secte, avait le même âge que Jos et se lia rapidement d'amitié avec lui. Mais lorsque la fillette tomba également malade, son père accusa Jos de l'avoir contaminée. Dès lors, toute la communauté prit parti de se débarrasser du garçonnet.

Le prêtre parvint à soigner Elmire et assura à la secte entière que Jos n'était en rien responsable de ce nouveau cas, sans arriver à convaincre qui que ce soit.

Les deux enfants grandirent sous la supervision et la protection du prêtre, mais plus les années passaient, plus Jos se sentait en danger. Il avait parlé à plusieurs reprises de quitter le village, mais il était incapable de se séparer d'Elmire, surtout depuis que le prêtre l'avait envoyée dans son monde.

C'était comme ça que le prêtre les avait sauvés, il avait maudit les deux enfants en les isolant dans une dimension qui leur était spécifique. Ils étaient comme recouverts d'une fine membrane qui les séparait de tout, la maladie ne pouvait pas se développer dans leur dimension, rien ne le pouvait. Le prêtre avait appris à Jos à survivre en utilisant quantité de sorts qui lui permettaient au quotidien de transférer ce dont il avait besoin dans son monde, comme sa propre nourriture. C'était la raison qui avait forcé le prêtre à garder l'enfant, il lui fallait du temps pour lui inculquer la science des Antiks et aider Jos à s'accommoder de sa malédiction. De son côté, Elmire était moins réceptive à la magie, elle dépendait complètement du prêtre et de Jos pour survivre.

Pour les Antiks, maudire un membre de la secte était un tabou absolu et jusqu'à leur seizième année, Jos et Elmire parvinrent à garder le secret entourant le sort qui les maintenait à l'écart mais en vie. Au début du printemps, le prêtre se retrouva sur son lit de mort et dévoila la vérité au chef de la secte afin de soulager sa conscience. Il voulait s'assurer que personne ne lèverait la malédiction des adolescents, sans quoi la maladie les rattraperait.

À l'instant où le prêtre expira, le chef se lança dans l'étude de la fameuse malédiction. Il détestait l'idée que sa fille dépende de « l'enfant venu de l'extérieur » pour survivre.

Au bout de quelques semaines, une nouvelle malédiction fut mise au point, elle permettrait de séparer les adolescents. Le chef convoqua Jos et entama l'incantation. Elmire, qui se méfiait des intentions de son père, fit irruption lors de la cérémonie et s'interposa de sorte qu'elle reçut de plein fouet la nouvelle malédiction.

Elmire disparut instantanément du champ de vision de son père qui, paniqué, se mit à l'appeler et la chercher en vain. Quant à Jos, le sort l'avait partiellement atteint. Il voyait toujours la jeune fille, inquiète, qui n'avait pas bougé d'un millimètre et tenta de la rassurer en lui prenant la main. Leurs doigts ne firent que se traverser, Jos et Elmire ne se trouvaient plus dans la même dimension.

Fou de colère et incapable d'entendre les propos de Jos, le chef bannit le garçon en le marquant du symbole des Antiks. La marque empêchait physiquement Jos de s'approcher du village et des autres membres de la secte, il quitta la bourgade avant que son corps ne défaille. Elmire était à ses côtés, aussi confuse que le garçon.

Depuis ce jour, les deux adolescents n'avaient cessé de parcourir le pays à la recherche d'un moyen de briser leur malédiction et se réunir à nouveau. Faute de résultats, ils en étaient arrivés à la conclusion que seuls les grimoires fondateurs de la secte renfermaient la méthode pour lever leur malédiction. Ils avaient donc attendu patiemment que la marque de bannissement de Jos perde de son efficacité avec les années, avant de retourner au village.

Mon père m'avait dit que les malédictions de bannissement pouvaient rester actives près d'un siècle. J'en fis la remarque à Jos qui me répondit d'un air amusé :

« Je suis beaucoup plus vieux que toi Radi, beaucoup plus. »

Malgré mes connaissances dans le domaine de l'occulte, cette histoire de dimensions me dépassait. Jos n'était pas surpris, il avait vu décroître l'expertise des Antiks au fur et à mesure des années, c'est pourquoi il voulait consulter les archives de la belle époque.

Comme je n'étais pas d'une grande utilité pour retrouver le village perdu, Jos décida de partir seul à sa recherche en visitant chaque recoin de la région et en interrogeant discrètement les locaux, en prenant soin de ne pas attirer l'attention des membres de la secte.

De mon côté, je me fis embaucher quelque temps dans un atelier de menuiserie afin de payer l'auberge et les frais de Jos. Incapable de travailler le bois comme mes collègues, ma tâche se limitait à du transport de charge. Mon nouvel ami s'étonnait que j'enchaîne des petits boulots pour lesquels j'étais loin d'être doué alors que j'avais le profil du parfait exorciste. Difficile de lui faire comprendre que je rechignais à me consacrer à une science à laquelle je refusais de croire.

Un matin, une jeune femme de toute beauté débarqua à l'atelier. Elle était grande, brune, un regard pétillant couleur d'émeraude, une voix délicieuse et une démarche pleine de grâce. Elle cherchait quelqu'un pour réparer sa charrette à cheval, et même si quelque chose en moi m'incitait à la prudence, je n'avais aucune envie de voir cette créature disparaître aussi vite qu'elle s'était manifestée. Je me précipitai vers elle pour lui servir de guide.

Je l'accompagnai jusqu'au chef d'atelier, conscient d'être mitraillé par d'innombrables paires d'yeux moqueurs. La jeune femme n'était pas dupe de mes intentions, elle me souriait comme à un enfant. Arrivés à destination, je lui présentai son « sauveur » et m'éclipsai en lui souhaitant une bonne journée. J'avais joué les gentlemen en espérant lui plaire, elle me salua d'un léger hochement de tête. Oh ! comme j'aurais vendu mon âme pour quelques minutes de plus avec elle !

« Attention !!! » cria alors un ouvrier installé en haut de l'écha-
faudage qui nous surplombait. Une énorme poutre venait de glisser de son support et menaçait de s'abattre sur nous. Je me
précipitai vers ma belle et mon patron juste à temps pour les faire
reculer, la poutre se libéra une fraction de seconde plus tard et se
fracassa à nos pieds.

Mon cœur battait à tout rompre, je gardais mon bras autour de
la taille de la jeune femme et tremblais des pieds à la tête. Je sentis
sa main se poser délicatement sur mon bras, elle m'invitait à me
calmer et à reprendre mon souffle.

« Tout va bien, tout va bien », me répétait-elle de sa voix douce.

Comme si je me réveillais brutalement, je retirai ma main de sa
taille dans un geste maladroit. Je me sentis honteux en la voyant
aussi sereine que j'étais paniqué.

« Vous n'avez rien ? »

Pendant un court instant, je vis la jeune femme faire une petite
moue contrariée avant de se reprendre en secouant la tête.

« Tout va bien, merci. »

Je retournai à mon poste sans la revoir, l'esprit encore troublé
par l'incident et par le charme de cette mystérieuse inconnue.

Lorsque Jos rentra à l'auberge ce soir-là, il remarqua immédiatement mon air idiot.

« Pourquoi tu ne lui as pas demandé son nom ? »

Je dévisageai mon ami, perplexe.

« Elm est restée avec toi aujourd'hui, elle était lassée de courir la
campagne.

— Elmire... » soupirai-je avec reproche.

Plus les jours passaient, moins je doutais de l'existence de cette
enquiquineuse. Ce n'était pas la première fois qu'elle se dépêchait
de raconter mes frasques à son ami.

Jos se moqua de moi un moment avant de m'annoncer avoir
trouvé le village. D'après les informations qu'il avait, seuls
quelques habitants étaient encore affiliés à la secte. On les appelait

« les membres du conseil » et l'accès aux documents tant convoités leur était exclusivement réservé. Avec sa marque, Jos avait peu d'espoir de s'infiltrer dans ce petit groupe de favoris, par contre vu mon pedigree, j'avais toutes mes chances.

« Honnêtement Radi, tu dis que tu ne crois pas au monde de l'occulte, mais ce fantôme à Memphis, tu l'as entendu, non ? » insista une nouvelle fois Jos dans notre éternel débat.

« Je te l'ai déjà dit des centaines de fois, les fantômes n'existent pas.

— Et moi je ne te crois pas.

— Je crois que ce que je vois, c'est tout. Les voix : ça compte pas. »

Jos me fit alors le plus grand de ses sourires, ravi de mon aveu.

Bien sûr qu'il avait vu juste, bien sûr que je pouvais entendre les voix des « âmes égarées ». Même mon père le savait, sans quoi il ne m'aurait pas traîné aussi souvent en mission. Il pouvait vaguement ressentir les « choses », mais il ne comprenait jamais clairement leur message, alors il m'emmenait avec lui quand il avait un doute. Je refusais de jouer les interprètes, cependant, j'acceptais de lui dire si oui ou non il fallait dégager la « chose » du lieu visité. Des gentilles femmes comme celle de Memphis qui veille sur sa maison, il y en avait partout. Elle s'était manifestée auprès de sa famille pour signaler un danger et m'avait conduit jusqu'à la remise parce qu'elle voulait que l'on sauve l'enfant. Ça aurait été cruel de l'exorciser de chez elle.

Comme j'étais incapable de les voir et aussi parce que ma mère n'avait pas pris la peine de rester dans les parages après sa mort, j'avais décidé très jeune que par principe, les fantômes n'existaient pas.

Quoi ? Mon père était un illuminé, mais je n'ai jamais dit que j'étais plus sain d'esprit que lui.

Dans la soirée, Jos me présenta une stratégie afin de m'infiltrer chez les Antiks. Il voulait que je propose mes dons au chef du village, sous une fausse identité bien entendu.

Contrairement à l'époque de Jos, les exorcistes de l'extérieur étaient devenus une denrée convoitée par les Antiks, qui peinaient à transmettre leur savoir aux nouvelles générations et cherchaient donc à recruter des personnes aptes à appréhender leur science. L'instinct de préservation probablement.

Jos m'avoua à demi-mot que ma capacité à « entendre les choses » et mes prédispositions d'exorciste étaient assez surprenantes compte tenu de mon caractère d'hyper sceptique. Il m'avait expliqué que si lui-même émettait le moindre doute vis-à-vis des sciences occultes, aucun de ses sorts n'aurait eu d'effet. Jos insinuait par là que j'avais des aptitudes peu communes. Je lui avais raconté que la secte avait sacrifié mon soi-disant frère lors d'une cérémonie qui avait eu pour but d'exacerber mes sens. Jos m'informa qu'à son époque, ce rituel était interdit. Les Antiks devaient vraiment être désespérés de garder des membres « à forts potentiels » dans leurs rangs, pour y avoir recours. Entendre clairement les fantômes ne valait certainement pas le coup de sacrifier un membre de sa famille, mais j'avais saisi le message : j'avais les dispositions nécessaires pour plaire au chef des Antiks et ainsi tenter d'avoir accès aux grimoires fondateurs.

Pendant quelques jours, j'arpentais la région et exorcisais tout ce que je croisais, dans l'unique but de me forger une rapide réputation. Jos avait réussi à me trouver un nombre incroyable de missions en se signalant aux paroisses du coin. Je mettais en pratique ce que mon père m'avait appris, en redoutant les contrecoups des incantations. Mon père et le prêtre de Jos étaient morts jeunes, ils avaient payé leurs sorts avec leur espérance de vie. Heureusement pour moi, exercer le métier de façon intensive depuis seulement une semaine ne me mettait probablement pas encore en danger. Rapidement, un « membre du conseil » tenta de prendre contact avec moi via le réseau de Jos. Lorsque je débarquai dans la salle du conseil du village des Antiks, le chef en personne m'accueillit les bras ouverts.

Le chef utilisait un ton mielleux avec moi, je ne savais pas quelle mission lui avait été rapportée, mais il semblait curieux de me voir « sur le terrain ». Je lui expliquai qu'en tant qu'exorciste, j'étais toujours à la recherche d'informations sur le folklore local et que s'il avait des écrits à me faire partager, j'aurais été ravi de les étudier. J'ajoutai que j'étais même venu dans la région parce que j'avais entendu parler de sa communauté et de ses siècles d'histoires – ce qui était la stricte vérité. Le chef était très enthousiaste, il me proposa une visite guidée et m'assura qu'il appuierait ma demande auprès du conseil, afin de pouvoir consulter librement les archives de la secte. Victoire !

Nous fîmes le tour du village, la salle du conseil, sa place, son église. Je me baladais dans ces ruelles qui auraient dû me voir grandir, éprouvant une sensation étrange à l'idée que mes parents avaient vécu dans ces lieux.

Sur la place centrale juste devant la salle du conseil, un monument commémoratif était érigé, un énorme rocher gravé de nombreux noms. En bout de liste, je trouvai un nom familier. C'était la première fois que je le voyais écrit de façon formelle, un frisson me parcourut l'échine. Ce prétendu frère avait peut-être réellement existé après tout et ma sordide histoire de famille aussi.

« Julius Perkins », annonça une voix derrière moi tandis que je passais mon doigt sur son nom. Je me relevai en sursaut. Le chef de la secte me regardait, l'air interdit.

« Qui sont ces gens ? » lui demandai-je d'une voix neutre. Une chance que je n'avais que peu d'affect pour ce frère que je considérais comme un fantôme de plus, un bagage facile à négliger.

« Tous des membres de la communauté qui ont donné leur vie pour notre bien, notre prospérité et notre survie. Ce sont les piliers fondateurs des Antiks et nous leur devons notre plus grand respect. »

J'observai les noms, celui de mon frère faisait partie des derniers. Je fus soulagé de voir qu'en vingt-trois années il n'y avait pas eu de nouveau sacrifice.

Les jours et les semaines passaient, je faisais des allers-retours entre Boston, l'atelier de menuiserie et le village, tout en tenant Jos informé de mes découvertes. Le chef m'avait présenté à chaque membre du conseil et avait insisté pour m'accompagner lors de plusieurs séances d'exorcisme. Je faisais appel au vaudou et autres méthodes – la plupart dictées par Jos – qui ne risquaient pas de trahir mon identité et attendais avec impatience que le conseil m'autorise enfin l'accès aux archives.

Ce n'est qu'au bout de deux mois que le chef me fit entrer dans la salle des grimoires. J'avais la permission de consulter tous les documents que je souhaitais à l'exception des textes fondateurs de la secte, quatre volumineux ouvrages enfermés dans un coffre, mais aussi mon principal objectif. Le coffre se trouvait en plein milieu de la salle, il était scellé par une incantation sophistiquée, mais typique des Antiks. Je me doutais d'être en mesure de l'ouvrir, mais probablement pas en toute discrétion.

En attendant l'occasion de faire sauter les scellés, je me consacrais à ma mission première : enquêter sur l'histoire de ma famille.

Il me fallut quelques jours avant de mettre la main sur le registre des naissances. Lorsque je trouvai ma ligne « Julius et Radi Perkins », je ne pus retenir une exclamation. Je me dépêchai de lire le nom de mes parents, doutant un moment de m'être fait enlever par un dérangé mais... non. C'était bien le nom de mon père qui était inscrit dans la case du géniteur. Ma mère avait signé le registre dans la colonne voisine d'une écriture délicate et douce. Je souris bêtement avant de refermer le registre. J'étais bien Radi Perkins, né le même jour que mon frère Julius devenu « pilier de la communauté ». Mon père m'avait dit la vérité et il n'était pas fou, contrairement à cette secte qui avait brisé sa famille.

De mon point de vue, ma mission chez les Antiks était terminée. Restait seulement le cas « Jos » à éclaircir, mais l'accès au coffre demandait un peu de travail. Par un heureux hasard, le chef m'apprit que l'anniversaire de la fondation de la secte approchait. Chaque année, il organisait une fête et il espérait me voir y participer. Je lui répondis favorablement et m'excusai quelques jours le temps de trouver une tenue digne de ce nom.

Je rejoignis Boston, Jos et la mystérieuse Elmire. Je compris rapidement que la jeune fille m'avait – encore – rendu visite, car Jos était quasiment au courant de tout lorsque je le retrouvai. C'était énervant de ne pas pouvoir communiquer avec elle. J'avais l'impression que nous étions faits pour nous entendre.

Jos m'accompagna chez le tailleur. Même s'il avait l'apparence d'un adolescent, il s'y connaissait bien mieux que moi en tenue de soirée. Dans le fond de la boutique, dans la zone réservée aux dames, je remarquai une silhouette que j'avais déjà aperçue quelques semaines plus tôt : la belle du chantier.

Je donnai un coup de coude à Jos et lui soufflai discrètement « C'est elle ! ». Comme deux jeunes hommes curieux que nous étions, nous la dévisagions à distance. « Jolie ! » me glissa Jos amusé, avant de faire une grimace et de s'excuser à répétitions.

« Le démon est là ?

— Elle n'allait pas manquer l'occasion de se moquer de tes essayages.

— Elmire ! Je sais pas où t'es, mais s'il te plait, respecte un peu ma vie privée ! »

Jos se mit à rire bruyamment, heureux que je m'adresse enfin directement à son amie. Au loin, ma belle se tourna vers nous, attirée par notre chahut. Mes joues s'empourprèrent et je hochai la tête pour lui dire bonjour. À ma grande surprise, la jeune femme s'élança vers nous. Elle portait une robe de soie rouge qui tranchait avec sa chevelure noire et sa peau blanche.

« Comme on se retrouve, Monsieur… ?

— Perkins, Radi Perkins.

— Radi… » répéta-t-elle dans un murmure.

Elle me tendit sa main que je serrai en douceur.

« Je m'appelle Satine. Ravie de faire votre connaissance. Et vous êtes ? »

La belle Satine pencha la tête au-dessus de mon épaule et dévisagea Jos, qui à son tour fit un signe de tête pour saluer la jeune femme.

« Mon ami, Jos », fis-je tandis que le regard de Satine balayait tout l'espace derrière mon épaule.

Même de très près, elle était merveilleuse.

Satine se mit à rire comme si elle venait d'entendre mes pensées. Elle masqua le bas de son visage de sa main gantée en prenant un air un peu troublé.

« Je ne vous ai pas remercié pour la dernière fois, mon cher Radi. »

Je la regardai l'air béat. « Mon cher Radi », avait-elle dit.

Sans prévenir, elle m'attrapa le visage de ses deux mains et posa simplement ses lèvres tièdes sur les miennes avant de me relâcher. Satine s'éloigna de nous sans me laisser le temps d'intégrer ce qu'il venait de se produire.

« Profitez bien de vos amis », ajouta ma belle en me lançant un clin d'œil, avant de disparaître derrière les paravents du coin des dames.

« Radi ? » murmura une voix derrière moi. Je me retournai vers Jos en passant mes doigts sur mes lèvres couvertes de rouge à lèvres. Je souriais comme un idiot, mais Jos me fixait d'un drôle d'air.

« Qu'est ce qu'il y a ?

— Il y a qu'elle est bizarre ta copine ! »

Jos n'avait pas ouvert la bouche, pourtant une petite voix, aiguë, venait bel et bien de se faire entendre. Je tournai légèrement la tête vers la droite de Jos, à un mètre de lui se tenait une adolescente à la silhouette filiforme, des cheveux châtains aux reflets roux, un regard sombre et des bras croisés sur une blouse de lin démodée. Elle faisait une mine boudeuse et tapait du pied en silence.

« T'es qui toi ?

— Très drôle ! » me répondit-elle avec sarcasme.

Je restai interdit un instant : elle me fixait comme si j'étais le dernier des imbéciles. Au milieu de nous, Jos s'animait :

« Tu peux la voir ? »

Comme frappés par une révélation, Elmire plaqua sa main sur sa bouche tandis que je tendais la mienne vers elle. Jos attrapa mon bras avant que je n'atteigne Elmire, me rappelant d'un signe de tête que personne ne pouvait la toucher. Elmire remarqua mon geste et ne perdit pas de temps pour souligner mon erreur :

« Même si je te donnais une grande tape dans le dos, je ne ferais que te passer au travers ! »

Pour appuyer ses propos, la jeune fille fit sa démonstration en y mettant autant de force que possible. Lorsqu'elle atteignit mon épaule, je sentis un choc me parcourir le haut du corps, je tombais par terre la tête la première.

« Mais ça va pas ? Ça fait mal ! » hurlai-je. Jos et Elmire semblaient aussi surpris que moi. Les deux se précipitèrent sur ma pauvre carcasse et se mirent à me tirer les cheveux et les habits afin de s'assurer qu'ils pouvaient tous les deux me toucher. « Mais bas les pattes ! » fis-je en m'agitant pour chasser ces deux grosses mouches, plus préoccupé de vérifier si Elmire m'avait bel et bien déboîté l'épaule.

Notre remue-ménage avait interpelé le tailleur, parti s'occuper d'un autre client. « Tout va bien, messieurs ? » Elmire lui fit un signe, mais le tailleur resta sans réaction, il ne la voyait toujours pas.

Sur le chemin qui nous séparait de l'auberge, Elmire n'en finissait plus de me pousser, me faire des croche-pieds et tenter en vain de grimper sur mon dos, si bien que même Jos la supplia de se tenir tranquille. Les passants nous dévisageaient d'un drôle d'air, je devais leur apparaître comme un possédé. Cela faisait des années qu'Elmire n'avait pas touché qui que ce soit. Je comprenais sa brusque et irrésistible envie de me malmener et à une centaine de mètres de l'auberge, je cédai à l'enfant qu'elle était redevenue en acceptant de la ramener à cheval sur mon dos. Jos avait honte de son amie, mais je me moquais du ridicule. Elmire riait aux éclats, les bras tendus face au vent.

Pendant toute la soirée, nous essayâmes de comprendre par quels mystères je pouvais interagir avec la jeune fille. Étant donné qu'aucun passant n'avait réagi en voyant Elmire sur mon dos, elle devait probablement être encore invisible pour le reste du monde. Et Jos et Elmire ne pouvaient toujours pas se toucher. Le changement avait donc eu lieu chez moi et non chez Elmire. Jos pensait que le baiser de Satine y était pour quelque chose, mais je refusais que ma belle soit impliquée. Elmire conclut à sa façon la discussion :

« Elle a dit "profite de TES amis" et en plus elle a pas arrêté de me dévisager. Ta copine est louche, mais c'est sympa ce qu'elle a fait. »

Avant de me rendre à la fête des Antiks, Jos me rappela la liste des informations qu'il fallait absolument que je trouve dans les textes fondateurs. Elmire, quant à elle, m'annonça qu'elle allait m'accompagner au bal. Je lui demandai de rester discrète, à présent que je pouvais la voir, il m'était difficile de ne pas lui prêter attention. Elle me répondit en me tirant la langue. Je savais qu'on était fait pour s'entendre.

Dans la diligence qui m'emmenait au village, je retrouvai Satine, aussi surprise que moi de la rencontrer à nouveau. Elmire ne semblait pas à son aise en sa compagnie, elle s'installa au-dessus de la cabine et nous laissa tous les deux le temps du trajet. Ma belle portait sa robe rouge et moi mon costume de soirée.

« Vous allez à la fête. Faites-vous partie de la… communauté ? » me demanda-t-elle d'un air faussement timide. Comme je n'avais aucune envie de lui mentir, je lui répondis que le chef m'avait simplement invité à la soirée. Satine sembla soulagée de l'apprendre. Elle se pencha vers moi et me demanda de lui rendre un service « J'ai perdu mon carton d'invitation et j'ai peur qu'on me refuse l'entrée… »

J'avais beau être sous le charme de la jeune femme, je n'étais pas dupe pour autant. Pour une raison ou une autre, Satine voulait participer à la fête sans y avoir été invitée. Je repensais à l'hypothèse de Jos. Si c'était grâce à Satine que je pouvais voir Elmire, je pouvais bien la faire entrer à la soirée pour la remercier. Quant à ses réelles intentions vis-à-vis de la secte, je ne m'en souciais guère.

Lorsque le chef m'aperçut dans la queue pour entrer dans la salle du conseil, il se précipita pour m'accueillir. « Monsieur Grandish, quel plaisir ! »

Il salua Satine qui ne fit aucune remarque à propos de mon nom d'emprunt, me complimenta pour la beauté de mon amie, même si je n'y étais pour rien, et nous accompagna jusqu'au grand hall en passant devant tout le monde. Le chef nous entraîna alors vers les membres du conseil, tous réunis autour du buffet, et me convia à les remercier pour l'invitation. Tout ce que je voulais, c'était rejoindre la salle des grimoires et profiter de l'agitation de la fête pour vider le contenu du coffre, mais je cédai à l'étiquette en me pliant à cette corvée. Satine resta coincée à mes côtés le temps des présentations, mais étrangement elle semblait y trouver son intérêt. Elle savoura plusieurs coupes de champagne en riant aux compliments que chaque membre du conseil lui faisait, ses dons de séductrice paraissaient sans limites. Je m'amusais de la voir faire son numéro, j'étais de plus en plus curieux de connaître ses motivations. Et même si notre « couple » n'était malheureusement qu'un arrangement temporaire, je profitais avec plaisir de chaque seconde de notre petite aventure.

Après une heure de bavardages et de salutations d'usage, je tentai de m'éclipser discrètement vers les archives.

« Où tu vas ? » me demanda alors Satine qui avait décidé pour mon plus grand bonheur de me tutoyer. « Je crois qu'on a tous les deux notre propre objectif ce soir. » Après un rapide sourire, je m'éloignai, conscient qu'elle me suivait du regard.

À peine avais-je franchi la porte de la salle des grimoires que Satine me rejoignit. Je ne lui demandai pas de quitter la pièce, mais ne lui donnai pas d'explication pour autant. Elle m'observait en silence jusqu'à ce qu'Elmire n'arrive à son tour.

« Qu'est-ce qu'elle fait là ? » m'interrogea-t-elle en colère. Je haussai les épaules « Demande lui, si ça t'intrigue tant ». Sur ces mots, Elmire se tourna vers Satine. Je jetai un regard vers les filles, les deux se toisaient sans bruit.

Elmire avait raison, Satine pouvait la voir sans aucune difficulté.

Je retournai à mon coffre sans attendre la fin de leur combat de chats et commençai l'incantation, la main posée sur la serrure. Satine sursauta lorsque le loquet fit un petit « clac » – bien moins bruyant que prévu.

« Tu connais les incantations des Antiks ? Je pensais que tu ne faisais pas partie de la communauté. »

Satine avait pris un ton de reproche, mais je n'avais pas le temps de lui raconter ma vie. J'ouvris le coffre sans lui répondre, concentré sur ma mission.

À l'intérieur se trouvaient les quatre énormes grimoires, impossibles à transporter discrètement. J'entamai le premier en demandant à Elmire un rappel de ce que Jos recherchait. La jeune fille observa les pages défiler avec une grande attention. « Là ! Il nous faut ça ! » J'arrachai sans remords la feuille qu'elle pointait du doigt, avant de reprendre l'exploration de l'ouvrage.

Au bout du premier volume, un invité s'aventura jusqu'à l'entrée de la salle. Satine se chargea de le distraire. Elle fit le guet le temps que l'on parcoure les autres grimoires. À la fin du quatrième, Satine nous avait rejoints.

« Vous avez tout ce qu'il vous faut ? » me demanda-t-elle. Après un hochement de tête d'Elmire, je confirmai. Satine nous invita à partir, mais je l'entendis murmurer une incantation rapide. En jetant un œil par-dessus mon épaule, j'aperçus des flammes vertes lécher les grimoires et les réduire en miettes. Je me tournai vers Satine, son regard interrogateur prit un air malicieux en réponse au sourire que je lui lançai. Elle était vraiment la femme la plus mystérieuse que j'avais rencontrée jusqu'à présent.

Plutôt que de quitter la soirée en vitesse, Satine et moi nous attardâmes du côté du buffet. Vu l'air détendu de ma belle, difficile de croire qu'elle venait de déclencher un incendie dans la salle des grimoires. Après avoir trinqué autour d'une nouvelle coupe, je me sentis pousser des ailes et l'invitai à danser. Satine me tendit sa main en signe d'accord.

Pendant quelques minutes qui me parurent une fraction de seconde, nous valsions au milieu de la grande salle, sous les regards envieux des convives.

J'avais conscience que Satine avait le don d'attirer tout le monde à elle, mais je savais aussi qu'elle était nocive. Son baiser et ses flammes n'étaient qu'un avant-goût de ce qu'elle avait en réserve. Malgré cela, il y avait un petit quelque chose chez elle qui me faisait fondre. Jos m'avait recommandé la veille, au cas où je la recroiserais, de ne jamais lui être redevable du moindre service. Je n'étais pas certain de comprendre les raisons de son avertissement, mais à défaut de fuir Satine, je décidai au moins de suivre le conseil de mon ami.

La valse n'était pas terminée lorsque les premiers cris s'élevèrent. On avait repéré l'incendie. J'attrapai Satine par la taille et l'aidai à traverser la foule en panique. Nous quittâmes le grand hall, rapidement envahi par une fumée noire étouffante. Dehors il faisait nuit, nous nous rassemblâmes autour du monument commémoratif.

J'aperçus le chef se précipiter en dehors du bâtiment avant de tenter d'y retourner sans succès. Il était effondré, il se lamentait sur la perte de l'héritage de la communauté.

« Eh ! » appela alors Satine, je pivotai vers elle pour me rendre compte qu'elle s'adressait à Elmire. Elle pointait du doigt le rocher, je tendis la tête et découvris le nom d'Elmire gravé dans la pierre. Celui de Jos n'y figurait pas.

Satine ne montrait pas le nom, mais une faille située un peu plus haut.

« Qu'est ce qu'il y a ?

— Des reliques », me répondit-elle.

Je ne comprenais pas ce qu'elle voulait dire, mais l'effet sur Elmire était saisissant. Mon amie imaginaire tremblait comme une feuille. Nos regards se croisèrent et Elmire se précipita derrière mon dos, s'agrippant à ma veste comme une enfant apeurée. Satine me sourit, elle me fit une bise sur la joue et disparut dans la foule.

J'attrapai la main d'Elmire et l'entraînai à l'extérieur du village. Il y avait beaucoup d'invités dehors et je ne voulais pas être surpris à parler dans le vide.

À proximité du village, je retrouvai la diligence qui nous avait amenés, Satine et moi. Je rentrai à Boston sans attendre ma belle.

Jos passa la nuit à étudier les documents que j'avais ramenés. Elmire s'était installée au pied de la cheminée, très près du foyer – trop selon moi. Elle était repliée sur elle-même et fixait les flammes, toujours perturbée par notre soirée.

Au petit matin, je la retrouvais à la même place, elle était couchée à même le sol et dormait comme un chat. Jos aussi s'était assoupi, la tête plongée dans les pages déchirées des grimoires. Il se réveilla en m'entendant m'agiter et me tendit mollement une feuille.

« Tu peux lire la fin de ce texte, s'te plait ? »

Je regardais la page, surpris que Jos me prenne à ce point pour un imbécile.

« Tu veux que je te jette un sort ? »

Jos fit une petite moue avant de m'avouer qu'il s'agissait du sort dont souffrait Elmire. Il voulait la rejoindre dans son monde, mais il fallait que quelqu'un termine de le maudire pour y parvenir. Il était resté coincé entre deux dimensions depuis trop longtemps.

Je ne m'étais pas attendu à ça, jeter un sort au petit matin, une tasse de café à la main. Je m'assis face à Jos et relus l'incantation en silence. « Tu vas devenir invisible comme Elmire ? » Jos hocha la tête pour confirmer et ajouta « Je ne pourrai plus agir sur ton monde ni lancer de sorts, mais toi tu pourras toujours me voir. »

C'était la première étape avant de pouvoir libérer Jos et Elmire de la malédiction. Je savais que si j'obéissais à Jos, j'allais devoir assurer la prestation jusqu'au bout. Notre partenariat durait depuis quelques mois maintenant et Jos m'avait permis de trouver les informations que je cherchais sur ma famille. Je lui devais bien ce petit service.

Je posai ma main sur son crâne et récitai l'incantation en le fixant droit dans les yeux.

Il ne se passa rien de particulier. Je sentais toujours Jos sous ma paume et l'odeur du café s'échapper de ma tasse. Jos se leva et rejoignit Elmire. Il s'accroupit à ses côtés et commença à tendre la main vers elle pour la réveiller. Il hésita quelques secondes avant de la toucher, puis se lança.

Légèrement secouée, Elmire ouvrit un œil. En voyant Jos, elle se jeta sur lui.

Je décidai de les laisser seuls et sortis m'aérer quelques heures.

Je me rendis à l'atelier de menuiserie, le patron me devait la solde d'une semaine de travail du mois passé. Il y avait de l'agitation, je m'approchai en parfait curieux. Quelques ouvriers m'expliquèrent que la veille, le chef d'atelier avait eu un accident en réparant la charrette d'une cliente. Il s'était fait empaler par un brancard dans un étrange concours de circonstances. Il n'avait pas survécu à ses blessures.

J'aperçus la charrette à cheval en question et reconnus celle de Satine.

Je décidai de revenir plus tard réclamer mon salaire, mais en sortant de l'atelier, je tombai nez à nez avec le comptable, en pleine conversation avec le chef des Antiks. Le chef se figea, tout comme moi.

« Ah ! tu tombes bien ! Ça fait un moment que j'ai préparé ta paye, je me demandais quand t'allais passer la récupérer. J'en ai pour une minute, Monsieur Stephen », ajouta le comptable pour le chef des Antiks. Il portait le même nom que le chef d'atelier.

Mal à l'aise et conscient que le pire était à venir, j'accompagnai en silence et tête baissée le comptable jusqu'à son bureau. Il me remit ma solde, je présentai mes condoléances pour le décès soudain du chef d'atelier et laissai presque la moitié de mon butin pour la quête, avant de tenter à nouveau de m'éclipser.

Devant la porte du bureau, le chef des Antiks me barra le passage. Il fit mine de ne pas me connaître et demanda au comptable de me présenter. « Monsieur Radi Perkins est un manutentionnaire qui a travaillé pour nous le mois dernier. » Le chef eut un bref haussement de sourcil en entendant mon nom. Il maintint une expression ferme et me remercia de participer à la quête organisée pour son défunt frère. Je déglutis, conscient d'avoir grillé ma couverture.

« J'ai la responsabilité d'un village proche d'ici. Hier soir, nous avons dû affronter un incendie dévastateur lors de la fête annuelle. Je m'inquiétais de l'absence de mon frère, mais je n'aurais jamais imaginé qu'une double tragédie s'abatte ainsi sur nos vies.

Prenez garde à vous, Monsieur Perkins, personne n'est à l'abri de la colère du divin. »

Je filai à l'auberge prévenir Jos et Elmire. Le chef m'avait démasqué et me soupçonnait probablement d'être à l'origine de tous ses maux. J'avais été légèrement complice de l'incendie, mais pour son frère, Satine n'aurait quand même pas… ?

En poussant la porte de notre logement, je retrouvai Jos et Elmire collés l'un à l'autre. Ils étaient assis à la table et analysaient les pages des grimoires dans un murmure constant. Je remarquai qu'aucune feuille n'avait été déplacée et me souvins un peu tard qu'Elmire ne pouvait pas interagir avec quoi que ce soit. À présent, Jos aussi souffrait de la même punition. En m'entendant entrer, il se tourna vers moi, l'air un peu désolé.

« On a besoin de ton aide… »

Je m'approchai et vis qu'une page du grimoire en recouvrait deux autres partiellement. J'étalai les feuilles dans un ordre précis à même le sol, Elmire bondit de joie et chose inhabituelle, m'assomma de louanges. Je calmai rapidement son enthousiasme en racontant à mes amis ma mésaventure à l'atelier. Jos fit une petite mine, il avait compris que je ne pouvais rester plus longtemps à l'auberge dont l'adresse était connue de mon employeur.

« Son frère est mort dans un accident étrange ? »

Je mis fin au sujet d'un geste de la main, évitant par la même occasion de mentionner Satine. J'avais vu ce que je voulais, plus rien ne me retenait à Boston, à part mes deux amis devenus complètement étrangers à ce monde.

« Maintenant qu'on est ensemble, on va pouvoir lever notre malédiction. Mais il faut qu'on retourne au village pour ça, on a besoin des reliques du prêtre.

— Les reliques ? »

Je jetai un œil vers Elmire qui confirma mes pensées.

« Le prêtre avait mis de côté quelques mèches de nos cheveux avant de nous maudire. On va s'en servir comme guide pour revenir dans la bonne dimension.

— Mais ces reliques ne sont pas maudites, vous ne pourrez pas les toucher. Comment vous allez les récupérer ? » commençai-je, comprenant déjà pourquoi Jos et Elmire prenaient un air de chien battu.

Je les détestais.

Tous les deux.

Nous décidâmes de nous rendre au village le lendemain matin à l'aube. Jos profita du reste de la journée pour m'expliquer les différentes malédictions qu'avaient utilisées le prêtre et le père d'Elmire, et surtout comment les briser. J'allais être le « maître exorciste » en charge de faire revenir Jos et Elmire dans notre monde. Jos me parla également de quelques sorts secrets des Antiks, des sorts mortels. Il avait bien compris que je risquais gros si je croisais à nouveau le chef de la secte.

Au petit matin, un brouillard épais encerclait la place du village. La salle du conseil n'était plus que ruines, il y avait des copeaux de bois et des morceaux de papier brûlé partout autour du bâtiment. Les lieux avaient un air désolé.

Elmire siffla pour attirer notre attention, elle était déjà collée au rocher.

Je m'approchai et glissai ma main dans la fente que nous avait indiquée Satine deux soirs plus tôt. J'en ressortis un petit rouleau de feutrine. En desserrant le lien, j'ouvris le rouleau qui révéla deux grosses mèches blonde et châtain. Je posai mon trophée à terre, prêt à entonner l'incantation libératrice.

« Baisse-toi ! » hurla Jos tandis qu'un sifflement me passa à côté de l'oreille.

Une partie du rocher vola en éclats, Jos tenta de faire barrière afin de me protéger, mais les morceaux traversèrent son corps.

Elmire s'élança vers nos attaquants, plus habituée à son statut de fantôme que son ami, pendant que je me recroquevillais au bas du monument commémoratif.

« C'est le chef et deux autres gars pas bien charmants. »

« STEPHEN !, hurlai-je, JE VIENS EN PAIX, JE N'AI ABSOLUMENT RIEN À VOIR AVEC VOTRE FRÈRE ! »

Un sort pulvérisa un autre bout du rocher, je compris qu'il était inutile de discuter. Jos m'observait, il tremblait de frustration. « Mets-toi à l'abri ! » m'ordonna-t-il.

À l'abri ? Où ? J'étais coincé au milieu d'une place, j'étais fini à l'instant où je quittais la protection du rocher !

Je restais plaqué contre la pierre, attendant qu'Elmire nous détaille le contenu des incantations de nos agresseurs. Par un drôle de signe du destin, mon visage se trouvait juste au niveau du nom de mon frère.

« Ils préparent quelque chose, Radi, c'est pas bon ! » annonça Elmire. Jos la rejoignit, à présent convaincu que nos adversaires étaient incapables de les voir ni de les entendre. « C'est l'un des sorts interdits ! Ils veulent te ralentir ! »

Le sort de ralentissement était l'un des sorts mortels développés par les Antiks. Une malédiction qui ralentissait l'activité humaine au point de rendre la victime incapable de réagir en cas d'attaque. On pouvait se faire poignarder des centaines de fois avant de ressentir la douleur du premier coup et lorsque celle-ci se manifestait, le corps succombait brutalement. Il n'y avait quasiment aucune parade à part une seconde malédiction provoquant l'effet inverse et tout aussi dangereux. Mon père m'avait dit que personne n'avait jamais tenté l'expérience. Accélérer les fonctions cérébrales et les réflexes était tout aussi ridicule que de les ralentir, dans les deux cas le reste du corps ne suivrait pas, seule une combinaison curieuse résulterait du mélange des deux imprécations. Pourtant c'était l'unique solution pour m'en sortir. Vu la rapidité à laquelle le rocher se faisait pulvériser, je savais que le sort m'atteindrait à un moment ou un autre. Heureusement, son incantation prenait du temps.

« Jos ! Prépare-toi à me jeter un sort d'activité !

— Quoi ? Mais je peux pas, je peux plus agir sur ton monde !

— Fais-le ! » lui criai-je alors que je rapprochais les précieuses mèches de cheveux vers moi. J'entamai l'incantation, rapidement rejoint par Elmire qui m'observait avec appréhension.

L'un de mes adversaires continuait de pulvériser par petits bouts le rocher pendant que les deux autres récitaient leur texte. J'étais à présent pris dans une course de vitesse. Si le rocher cédait avant que je ne libère mes amis, j'étais fini.

Un éclair illumina la place, je sentis un choc me parcourir la colonne et remonter jusqu'à ma boîte crânienne. Je me figeai, incapable de bouger ni même de respirer. Que se passait-il ? Était-ce le sort de ralentissement ? Le chef des Antiks m'avait-il déjà porté un coup fatal sans que je m'en rende compte ?

Brusquement pris d'une violente quinte de toux, je m'effondrai à genoux. Je tentai d'attraper quelque chose devant moi, mon corps entier frissonnait, ma vision était trouble, je peinais à trouver mon souffle… Puis je les sentis, leurs deux mains tièdes.

Il y avait des gravats et de la poussière partout, il ne restait rien du rocher. Je relevai la tête, quelques badauds avaient rejoint la place, derrière moi gisaient mes adversaires. Je remarquai qu'ils tremblaient eux aussi, pris par le contrecoup de nos sorts. Le chef était à genoux et nous observait, mes amis et moi, sans comprendre la situation. Il pouvait les voir à présent. Je souris face à son effarement et tournai brusquement la tête vers Elmire et Jos.

Ma joie fut de courte durée. Leurs corps étaient inertes et leurs mains perdaient déjà leur chaleur. C'est à ce moment-là que l'évidence me frappa.

« Non… Non… »

Je me penchai vers eux, les secouai.

« Jos… Elm… JOS ! ELMIRE ! »

Rien.

Rien.

Je les secouais encore, mais ils restaient sans réaction. Ils se tenaient par la main en se faisant face, un léger sourire aux lèvres.

Je me redressai et m'assis près de mes amis. Leurs mains serrées dans les miennes, je me mis à pleurer comme un enfant. Je pleurais de les avoir perdus et je pleurais surtout de m'être voilé la face à leur sujet.

Jos et Elmire avaient toujours su comment se terminerait leur histoire. Revenir dans notre monde signifiait leur mort, rattrapés par une maladie qu'ils avaient désespérément fuie. Pourtant, après des années d'errances, figés dans des corps incapables de vivre et vieillir ensemble, leur seul souhait avait été d'en finir.

Après quelques minutes, je me relevai et m'approchai du chef, toujours à terre.

« Ils s'appelaient Jos et Elmire, des victimes de la secte... tout comme ma famille. »

Je lui jetai un regard empli de pitié et quittai le village sans me retourner. En passant devant l'une des maisons des membres du conseil, je crus apercevoir une lumière verdâtre derrière une fenêtre. Peu m'importait, ma vie ne se trouvait pas dans ce village.

Assis sur une souche d'arbre au bord de la route, je fouillais l'intérieur de mes poches. Je trouvai un billet d'un dollar, vestige de mon dernier salaire. Je ne voulais pas retourner à Boston, je ne voulais pas récupérer mes affaires et encore moins voir celles de Jos.

Je demeurai sur ma souche un moment et entrepris de débarrasser mes vêtements de la poussière de la bataille, en tapant le tissu ici et là.

Je regardais mes mains tout abîmées par les gravats et me demandais comment allait réagir mon corps aux sorts que je venais d'encaisser. J'avais réussi à devancer mes adversaires, j'avais libéré

Jos qui m'avait à son tour jeté le contresort d'activité, au moment même où je recevais la malédiction du chef. J'avais gagné, j'avais survécu à deux sorts mortels et je me sentais plus minable que jamais.

Quelques minutes ou quelques heures plus tard peut-être, une silhouette en provenance du village apparut sur la route. Je reconnus Satine dans sa belle robe de soie rouge. Elle s'arrêta à ma hauteur et me dévisagea des pieds à la tête. Je relevai la tête vers elle, incapable de lui renvoyer son sourire.

« Beau boulot ! Grâce à toi, personne ne m'a remarquée !

— T'as fait le ménage ? » lui demandai-je, à peu près certain de l'avoir enfin identifiée. Elle me sourit à nouveau, cette fois avec malice.

« Je n'aime pas que de simples mortels soient plus craints que moi. Et puis j'ai eu plusieurs demandes alors... Mais ne t'inquiète pas, j'ai laissé les innocents partir. »

Étrangement, j'étais soulagé de l'apprendre. Satine s'accroupit à ma hauteur avant d'ajouter :

« T'es drôlement téméraire Radi !

— Qu'est-ce que tu veux dire ?

— Oser se faire maudire de la sorte... »

Elle avait attrapé l'une de mes mèches de cheveux et l'enroulait entre ses doigts.

« ... Pour une fois qu'un humain m'intéresse, je commençais à sérieusement regretter leur si courte durée de vie. »

Elle se releva, posa les mains sur ses hanches et me dit alors d'un air fier :

« Je suis contente que t'aies trouvé une parade. Je sens qu'on va bien s'amuser tous les deux ! »

Je ne comprenais pas ce qu'elle sous-entendait à propos de mon espérance de vie, mais ses paroles me remontèrent un peu le moral. Je retrouvai le sourire, un sourire nourri de sarcasme. Si un être pareil s'intéressait à moi, c'était pas demain la veille que le monde de l'occulte allait me laisser tranquille.

Je me relevai et commençai à marcher dans la direction opposée à Boston, le diable à mes côtés.

MORGANE LEPROUST

Trentenaire originaire du Perche, je travaille et vis à Paris depuis une décennie. Monteuse de métier, j'ai plus l'habitude de raconter des histoires avec des vidéos et du son qu'avec des mots. *Radi* est ma première nouvelle. J'espère que mes personnages et leurs histoires enchanteront quelques lecteurs.

LES VASES DE SOISSONS

Soissons, sous-préfecture de l'Aisne en région Picardie, un peu moins de trente mille habitants selon un recensement récent ; renommée pour sa belle cathédrale gothique, pour ses délicieux haricots blancs et, surtout, pour avoir été une éphémère capitale lors des premiers balbutiements du royaume de France.

Voilà ce que l'on peut dire sur la ville que l'errant arpentait depuis si longtemps, de jour comme de nuit, qu'il pleuve ou qu'il vente. L'errant… Il avait jadis porté un nom différent, mais celui-ci était désormais oublié, des autres comme de lui-même. Ne lui restait que la conscience du devoir : accomplir, une fois de plus, ce pour quoi il était ici. Les rues du centre-ville défilaient avec une lenteur désespérante, toujours identiques, tel un labyrinthe dont il ne s'échapperait jamais. L'unique tour de la cathédrale Saint-Gervais-et-Saint-Protais semblait l'épier de son œil inquisiteur. Il était condamné. Sa seule chance résidait dans ce bout de papier qu'il gardait précieusement dans son poing fermé.

— Clovis Antiquités, marmonna-t-il. Clovis Antiquités, rue Clovis, 02200 Soissons.

Il n'en savait pas davantage, sinon que le propriétaire de la boutique détiendrait sans doute ce qu'il cherchait. Il accéléra le pas en direction de la rivière, qu'il franchit à la passerelle des Anglais. Qu'il pleuve ou qu'il vente… Ce jour-là, de lourds nuages s'étaient donné rendez-vous au-dessus de la ville pour l'arroser d'une pluie glaciale, sournoise, qui s'infiltrait sous les vêtements. L'errant frissonna. Autour de lui, les passants abrités sous leur parapluie marchaient sans le voir, et quand il traversait la route les automobiles ne prenaient pas la peine de ralentir, l'éclaboussant parfois d'une eau marronnasse. Il en avait l'habitude. C'était comme s'il n'existait pas, pour personne en ce monde.

— Place d'Alsace-Lorraine, lut-il en levant la tête vers un pan de mur noirci par la pollution urbaine. Il faut croire que je suis bientôt arrivé à destination, enfin !

Il ne s'écoula qu'une poignée de minutes avant que ne tinte l'insupportable carillon chinois placé au-dessus de la porte de l'antiquaire.

Dès son entrée, l'errant fut saisi à la gorge par une odeur de moisi et de vieux cuir. Il passa outre sa répulsion pour se frayer un chemin au milieu du monceau d'objets divers encombrant les étagères et le sol de la boutique – laquelle lui aurait évoqué la caverne d'Ali Baba s'il avait possédé cette référence culturelle. Se dévoilaient au fouineur passionné tableaux de maîtres et croûtes immondes, armes de musée et lames ébréchées, meubles rares et bâtons de chaises, estampes japonaises et bibelots *made in Taiwan*, faux trésors et vrais attrape-nigauds. Le visiteur ne se laissa pas impressionner par ce capharnaüm. Il parvint sans encombre à proximité du bureau Louis XVI derrière lequel une femme d'âge mûr classait des matriochkas en fonction de leur taille et de leur couleur, séparant sans vergogne les mères de leurs filles. Il dut attendre qu'elle en ait terminé pour la voir enfin lever les yeux vers lui.

— Madame Alain, pour vous servir. Vous désirez, monsieur ?

Elle le dévisagea longuement, ce qui lui permit de faire de même. L'antiquaire n'était pas particulièrement avenante, avec sa coiffure à la Mireille Mathieu, ses lunettes en cul-de-bouteille et son visage peinturluré à l'excès. On dit parfois de telle ou telle quinquagénaire qu'elle devait être fort jolie à vingt ou trente ans ; pour celle-ci, personne n'en aurait pris le risque. Elle donnait l'impression d'avoir toujours été vieille, comme les antiquités dont elle avait fait son métier.

Elle toussota avant de répéter :

— Vous désirez, monsieur ?

L'errant sursauta.

— Mon dieu, quel temps de chien qu'il fait là ! poursuivit-elle. Ce n'est pas encore la fin du monde, mais on s'en approche, hein ? On peut vous débarrasser de votre pardessus, si vous le souhaitez : juste à côté du paillasson – vous avez dû y frotter vos chaussures en arrivant, hein ! – on a des portemanteaux qui…

En jetant un coup d'œil furtif par-delà l'épaule de son interlocutrice, il l'interrompit d'un ton plus sec qu'il ne l'aurait voulu :

— Bien le bonjour, madame. Je voudrais voir les vases. J'espère que vous en vendez.

L'antiquaire tenta de retenir un ricanement, qui perça toutefois la muraille de ses lèvres. De toute évidence, elle avait affaire à un touriste. En plus du cliché que constituait sa demande, il s'exprimait avec un accent venu d'ailleurs, mais – et cela la déconcerta grandement – un ailleurs moins géographique que temporel, comme si cet homme s'était évadé des pages jaunies d'un des livres d'histoire de son enfance. Elle tâcha de ne pas afficher son trouble.

— Vous comptez ramener un vase de Soissons ? dit-elle avec un sourire de connivence.

L'errant soupira. Aujourd'hui comme hier, on la lui faisait à chaque fois.

— Oui, c'est tout à fait cela. Un vase, le plus beau que vous puissiez trouver dans votre boutique.

— Plutôt Art déco, porcelaine de Limoges, style Empire, céramique de Vallauris, antiquité asiatique ? Tant qu'on y pense, on vient de dénicher deux magnifiques pièces du début de la dynastie Qing : vous vous y connaissez un peu en vases chinois ? Il s'agit d'une véritable aubaine, hein, on peut vous les proposer pour une somme tout à fait…

— Je veux tout voir. Il me faut le plus beau d'entre tous.

Après un instant d'hésitation, il ajouta, d'une voix mal assurée :

— C'est pour offrir.

151

Madame Alain hocha la tête d'un air entendu, puis se précipita sur une liste manuscrite coincée sous un presse-papier à l'effigie de Saint Georges, occupé comme de coutume à terrasser son dragon. Elle n'accorda plus un regard à son client tout le temps qu'elle passa à remuer ciel, terre et poussière dans les moindres recoins de sa boutique. Lorsque, essoufflée, elle émergea du bric-à-brac dans lequel elle s'était noyée de bonne grâce, elle tenait à bout de bras un vase qui fit pousser un cri au futur acheteur. Jamais il n'en avait vu de plus exquis ! Haut d'une quarantaine de centimètres, en faïence blanche reposant sur un socle de bronze, il était orné d'adorables fleurs en relief rehaussées d'or et d'arabesques multicolores donnant l'illusion d'une mosaïque. Un tel objet était un présent de roi.

— On a bien compris que vous vouliez tout voir, commença l'antiquaire, néanmoins on s'est permis de vous…

— Inutile d'aller plus loin, annonça l'errant. Oubliez vos vases Ming ou je ne sais quoi…

— Qing.

— Bref, c'est celui-là qu'il me faut.

— Parfait. On envie la personne à qui vous ferez un tel cadeau. On ne veut pas se mêler de ce qui ne regarde que vous, mais ce doit assurément être quelqu'un à qui vous tenez beaucoup, n'est-ce pas ?

Cette question ne reçut comme réponse qu'un grommellement gêné :

— Lui et moi, nous sommes malheureusement inséparables.

Madame Alain, qui n'aimait pas froisser un client prêt à mettre la main à la poche, se raccrocha à la première branche passant à sa portée :

— Et si le cadeau déplaît, sait-on jamais, ramenez-le avant demain soir, et on verra ce qu'on…

— Ce n'est pas la peine de vous en soucier. Non, vraiment pas.

— Doit-on prévoir un emballage particulier ?

— Pas d'emballage, merci.

L'errant, comme prévu, mit la main à la poche. Il en sortit une poignée de pièces d'un gris brillant qu'il lança négligemment sur le bureau Louis XVI. Alors il prit le vase sous son bras et, tout en se dirigeant vers la porte, déclara pour lui-même :

— S'il lui déplaît, il ne me laissera pas le loisir de le ramener ici en un seul morceau.

L'homme qui pouvait d'ores et déjà postuler au titre de client le plus étrange du mois était parti depuis quelques minutes quand l'antiquaire parvint enfin à remettre un semblant d'ordre dans ses pensées. Elle avait aperçu dans le noir de son regard plus qu'elle n'aurait dû ; elle y avait vu l'expression d'une infinie détresse, comparable à celle qui, sans doute, étreignit Judas Iscariote au moment où il vendit son maître pour trente misérables deniers. Soudain prise d'un tremblement nerveux, madame Alain se décida à examiner les pièces que l'inconnu lui avait laissées en paiement. Elle fut sur le point de défaillir pour de bon en constatant que celles-ci étaient d'authentiques monnaies mérovingiennes.

La nuit était tombée sur les rues de Soissons, renvoyant chez eux les honnêtes citoyens. Seuls quelques égarés s'entêtaient à rechercher des activités de divertissement que la sous-préfecture axonaise aurait été bien en peine de leur proposer. Parmi ces couche-tard, il n'y avait pas que de jeunes gens résolus à n'aller au lit qu'après s'être rempli l'estomac de mauvais alcool ; certains avaient des obligations dont ils se seraient volontiers passé. L'errant était de ceux-là. Minuit tapant, parking de l'hôtel de ville... S'il avait eu le choix, il aurait préféré louer une chambre confortable dans un hôtel du quartier, prendre un repos bien mérité et tout oublier. Mais son précieux vase enveloppé dans les replis de son pardessus était là pour le renvoyer à ses responsabilités.

— Mon roi ? bafouilla-t-il.

Les pluies diluviennes de l'après-midi avaient cessé. Un petit vent venu du nord rappelait toutefois que, si l'hiver touchait à sa fin, il n'était pas encore disposé à rendre les armes. L'errant grelotta malgré lui. La fraîcheur de cette première nuit de mars lui parut un froid insupportable. S'était-il trompé d'heure ou de lieu de rendez-vous ? D'année, peut-être ? Une silhouette furtive se déplaça entre les véhicules laissés à l'abandon. Malgré l'obscurité, il crut discerner l'imposante carrure de l'homme qu'il attendait.

— Mon roi ? tenta-t-il de nouveau. Mon roi ! J'ai quelque chose pour toi !

La silhouette s'évapora au sein des ombres dont elle était issue. Cette fois le vent se leva pour de bon, comme pour mieux souligner la désolation de cette scène. L'errant n'osait imaginer ce qui arriverait s'il se trouvait dans l'impossibilité de livrer le vase. Jusqu'à présent, il avait toujours…

— Toujours fidèle au poste à ce que je vois. Ta ponctualité t'honore. Tu n'as pas tout oublié de la discipline du soldat.

Il fit volte-face. Il aurait reconnu cette voix entre mille – une voix ferme et puissante, qui ne pouvait appartenir qu'à un grand guerrier – si bien qu'il ne fut pas étonné de se retrouver devant le roi. Celui-ci avait peu changé depuis leurs dernières rencontres : immense et d'allure robuste, arborant de longues moustaches aussi blondes que ses cheveux noués en tresses, il affichait en dépit de son jeune âge une forme d'autorité que seul un fou aurait osé lui contester. Son costume, en revanche, différait des précédents. Afin de passer inaperçu, il avait dû s'adapter aux modes de l'époque en revêtant une veste marron et un Borsalino du plus bel effet.

L'errant s'inclina cérémonieusement devant son maître, puis se mit à genoux en psalmodiant des paroles d'obéissance. Cela ne suffit pas à adoucir les traits du chef de guerre. On devinait en lui une impatience qui ne pourrait être assouvie par des mots.

— L'as-tu avec toi ? dit-il sur un ton plus tranchant que la lame d'une francisque.

— Oui, mon roi, je l'ai. Je suis convaincu qu'il te plaira. C'est une pièce magnifique...

— Peu m'importe l'avis d'un simple soldat. Montre-le-moi.

— Tout de suite, mon roi.

Dans un geste quelque peu théâtral, l'errant extirpa le vase de sa cachette, non sans pousser un soupir de soulagement en constatant que son périple à travers les rues de Soissons ne l'avait pas abîmé. Ainsi, on en était au moment critique. Là se joueraient tant son avenir que l'éventuel pardon de ses fautes passées. Il avait déjà vécu cette scène, et pourtant il tremblait de tous ses membres comme s'il s'agissait de la première fois.

— C'est le froid, se mentit-il à lui-même. Oui, ce n'est que le froid. Tout va bien.

Ses genoux trempaient dans une flaque d'eau glacée et lui faisaient mal. Il ne resterait pas indéfiniment dans cette position. Avoir le courage de se jeter à l'eau... L'idée l'aurait presque fait sourire.

Après une profonde inspiration, il proclama ce qu'il avait sans cesse répété durant ses interminables instants de solitude : qu'il se soumettait aux lois édictées par son roi ; qu'en gage de bonne volonté il lui remettait un présent de grande valeur ; et, le plus important, qu'il regrettait amèrement d'avoir jadis fait preuve d'insolence et défié le pouvoir royal...

Du moins tels furent les propos qu'il aurait souhaité tenir. En réalité il fut incapable de le faire. Tout juste réussit-il à plonger son regard dans celui de son noble interlocuteur, à qui il révéla, en retenant ses larmes :

— Je suis navré, mon roi. C'est impossible... Non, je ne peux pas m'y résoudre.

Toujours agenouillé, il ramena le vase vers sa poitrine, le caressa avec amour et, au mépris des injonctions de son maître, le laissa tomber au sol. La faïence se brisa en mille morceaux sur les pavés mouillés. Le fracas de la chute sembla retentir durant de longues secondes dans le ciel, tel un coup de tonnerre annonciateur de funestes événements. Puis ce fut le silence ; un silence oppressant qui ne fut troublé que par les sanglots d'un homme conscient d'avoir tout perdu. Comme à l'accoutumée, le roi ne manifesta nulle colère. Il demeura impavide, aussi inexpressif qu'un gisant. S'attendait-il à ce que cette affaire se conclue d'une autre manière ?

Lorsqu'il parla enfin, il y avait dans chacun de ses mots beaucoup moins de reproche que de pitié :

— *Tu ne recevras que ce que le sort t'attribuera vraiment...* Si tu ne me l'as pas dit aujourd'hui, je sais que tu l'as pensé très fort, trop fort pour ne pas l'entendre. Quinze siècles après notre victoire sur Syagrius et le partage des fruits de nos pillages, tu es toujours incapable de reconnaître tes torts. Mon pauvre ami ! Persistes-tu à croire qu'il s'agissait d'un acte de bravoure de ta part ? Quelle belle histoire : le héros franc qui ose se dresser contre la tyrannie en brisant le vase précieux que son chef s'était réservé... Et dire que les chroniqueurs n'ont même pas fait l'effort de retenir ton nom !

L'errant serrait les dents. Sangloter comme un enfant surpris en faute était la dernière chose à faire devant le roi, dont le triomphe était déjà total. Encore une fois, il avait échoué. Il savait quel destin lui était promis. Le châtiment, même s'il avait évolué dans sa forme, était au final toujours identique. Sentir le canon d'un semi-automatique pointé contre sa tempe le fit à peine tressaillir. Au moins avait-il la certitude de ne pas souffrir.

— Ainsi as-tu fait aux vases de Soissons.

Une déflagration ponctua la fin de cette réplique, prononcée du bout des lèvres par un bourreau qui accomplissait sa besogne sans plaisir.

— À la prochaine, mon ami, ajouta le roi avant de disparaître dans les ténèbres.

Il ne fut pas le seul à se volatiliser ainsi : le lendemain matin, nul ne soupçonnerait que du sang avait été versé devant le portail de l'hôtel de ville, car le cadavre du soldat et les débris du vase suivirent le même chemin.

~*~

De Soissons, ancienne capitale des Francs et ancienne sous-préfecture de l'Aisne, il ne reste rien, sinon des ruines.

Au cours des seize siècles passés, l'errant a eu l'occasion d'observer avec attention les différents aspects du malheur des hommes, mais jamais il n'a assisté à pareille apocalypse. Après la destruction, après la mort, vient le renouveau, nul autre que lui n'est mieux placé pour le savoir ; pourtant il éprouve aujourd'hui la sensation d'un vide immense, comme si la vie elle-même avait définitivement renoncé. Parmi ces bâtiments dévastés ne subsiste aucune âme, rien qui augure d'un quelconque futur. L'unique tour de Saint-Gervais-et-Saint-Protais ne veillera plus sur les activités des Soissonnais ; si la cathédrale a survécu aux pillages des huguenots, aux déprédations des sans-culottes et aux obus de la Grande Guerre, elle ne se relèvera pas de cette ultime catastrophe. La pluie elle-même, ce fameux crachin indissociable des régions les plus septentrionales de la France, a déserté la ville. Elle a été remplacée par des particules semblables à une neige noirâtre, emplissant l'air d'une odeur âcre que l'errant a immédiatement assimilé à la plus implacable sécheresse.

Il parcourt sans grande conviction ce qui fut le boulevard de Strasbourg, prenant malgré lui le chemin de la rue Clovis. S'il reste un espoir, même minime, c'est là-bas et nulle part ailleurs qu'il réside.

Hélas ! Les trésors de feu madame Alain sont eux aussi retournés à la poussière. Sous un ciel désespérément gris, les débris d'objets précieux répandus parmi les décombres ne resplendissent plus comme autrefois. Ustensiles en bois, chandeliers en métal, statuettes en ivoire ou couverts en argent ne sont plus. Quant aux vases que l'errant était venu chercher, il n'en reste que des fragments épars, misérable puzzle que nul ne reconstituera jamais ; insuffisant pour apaiser le courroux d'un roi.

— Tout est-il fini ? hurle-t-il en s'effondrant au milieu de cendres froides. Ne m'accordera-t-on plus jamais une nouvelle chance ? Je vous en supplie ! Je regrette, mon roi, oh que je regrette…

Soudain il se tait. Il réalise qu'il doit dorénavant supporter la plus terrible des malédictions, sans possibilité de rémission. Le voilà condamné à rester ici, à Soissons, pour l'éternité. Sangloter comme un enfant ne lui apportera rien, il le sait. Toutefois il n'a aucune raison de ne pas se laisser aller à son abattement : qui pourrait se rire de lui, qui pourrait lui reprocher cette ultime faiblesse ?

À l'inverse de ce jour maudit qui le vit briser un vase royal devant l'assemblée des guerriers francs, il n'y aura personne pour le regarder.

OLIVIER BOILE

Olivier Boile est un presque jeune auteur de presque trente-six ans. Depuis une bonne dizaine d'années, il s'invite régulièrement au sommaire de diverses publications, revues ou anthologies, appartenant toutes au domaine des littératures de l'Imaginaire. Parmi la centaine de nouvelles de fantasy, de fantastique et de science-fiction qu'il a écrites jusqu'à présent, il est ainsi parvenu à en publier une quarantaine... Mais *Les vases de Soissons* constitue sa première incursion chez Mots & Légendes, et il en est ravi !

En plus des nouvelles, il lui arrive également d'écrire des romans. Trois d'entre eux sont parus aux éditions Nestiveqnen, dont le dernier tout récemment : *Nadejda*, une fantasy historique dans le cadre de la Russie médiévale.

Son site d'auteur : http://olivierboile.wordpress.com

JEAN-POL BERTOLLO

ÉPITAPHE

à Jean-Jules

Mon nom est Gregory Moreau et je suis architecte. Je décrochai mon diplôme en 1968 et gravis rapidement les échelons menant à la reconnaissance de la profession. Je suis désormais à la tête d'une société qui réalise des projets aux quatre coins du globe. Une telle renommée me permet d'être l'invité de prestige de colloques dédiés aux grands bâtiments et de répondre aux interrogations, parfois futiles, de jeunes étudiants : « Quand avez-vous pris conscience de votre vocation ? » ou « Quels sont les secrets de vos succès ? » sont des classiques. Je leur sers inlassablement un discours formaté faisant la part belle à la gigantesque quantité de travail abattue et saupoudre le tout d'une bonne dose d'humour. Les élèves sont ravis. Si je devais faire preuve d'honnêteté et donner une explication valable, je devrais me replonger avec un mélange de crainte et de mélancolie dans mon enfance tumultueuse. C'est la démarche que je fais aujourd'hui en couchant sur papier mon histoire.

J'avais treize ans quand mes parents périrent dans un accident de voiture. Ils revenaient d'une fête chez des amis lorsque mon père perdit le contrôle de son véhicule qui fit plusieurs tonneaux avant de finir sa route au creux d'un chêne. Mon grand-père, chez qui je dormais, m'expliqua maladroitement qu'ils étaient morts sur le coup et que cela n'était pas plus mal au regard de la carcasse de l'automobile. Reste qu'au lieu de passer une soirée chez Papy, je dus me résoudre à y demeurer toute mon enfance.

J'adorais mon grand-père. Alors qu'il m'arrivait de pleurer à chaudes larmes sur le tragique destin réservé à mes parents, je ne parvenais jamais à entrevoir sa peine, tant il s'évertuait à la masquer. Lorsqu'il me surprenait en sanglots, il s'empressait de me réconforter avec des mots d'adulte, propres à la pudeur des anciennes générations, et ensuite, il me donnait toujours un bol de chocolat chaud. Il évoquait alors la guerre et les nombreux amis tombés à ses côtés. Parfois, il me parlait de ma mère me contant les bêtises qu'elle réalisa durant ses plus jeunes années. Il insistait sur la nécessité de se satisfaire du peu que l'on possédait en dépit des violents orages qui accablaient nos vies. Je me devais d'être fort par solidarité. Il avait tout de même perdu sa fille unique ainsi que son épouse lors de ces cinq dernières années. Il ne lui restait que son petit-fils. J'étais tout pour lui, il était tout pour moi.

Nous habitions le village portant le joli nom de Loverval. C'était un petit écrin de verdure bordé de forêts. La ville n'était pas loin et nous pouvions ainsi profiter de ses avantages avant de réintégrer nos prairies et bosquets. Du plus haut point de la colline, lorsque la météo se montrait clémente, nous pouvions apercevoir au loin les vestiges des hauts fourneaux, témoins immobiles d'un riche passé industriel. Notre maison se situait dans la vallée à deux pas d'un lac sur lequel se plaisaient à barboter oies, canards et autres cygnes. C'était une imposante bâtisse construite par mon grand-père au sortir de la Grande Guerre. Pour y accéder, nous devions descendre une rue où se succédait une série de villas de type Art déco. Il fallait ensuite rouler au-dessus d'un petit pont et elle se tenait juste là, majestueuse, semblant défendre une frontière invisible entre le monde civilisé et l'étrange royaume des forêts. C'était la dernière maison de l'allée des Templiers qui devait son nom aux ruines qui se trouvaient plus loin dans les bois. Pour atteindre le site, impossible d'éviter la fameuse « grotte des Sarrasins » qui vous toisait de son œil unique comme pour vous en maintenir à distance. Ces lieux semblaient baignés par la magie. Les animaux de la forêt étaient aussi au rendez-vous. Il n'était pas rare, au hasard de mes promenades, de croiser chevreuils, sangliers, renards et même des chouettes une fois la nuit tombée.

Comme si les choses n'étaient pas suffisamment difficiles, je dus également me trouver un autre établissement scolaire, car les finances de Papy ne lui permettaient pas de s'acheter une voiture. Je venais d'une petite école de village et me retrouvais désormais dans une grande institution dirigée par des bonnes sœurs. Le seul avantage de la situation était que je pouvais m'y rendre à pied. Il faut bien admettre que l'ambiance y était diamétralement opposée. La plupart des élèves disposaient de moyens financiers importants et s'évertuaient à en faire l'étalage. Celui qui n'avait pas d'argent, et les vêtements de marque qui vont avec, se voyait frappé d'ostracisme et ne faisait jamais long feu. Il devenait le sujet de moqueries de tous ses camarades. Ce fut mon cas, car la pension de Papy était peu élevée et l'entretien de cette grosse maison lui coûtait un bras, comme il le répétait si souvent.

Cette époque fut très difficile. À cet âge, il faut une sacrée maturité pour ne pas franchir la barrière et allonger une patate à un des petits morveux qui passaient leurs temps à me harceler. Hors de question, cependant, de m'épancher sur le sujet auprès de Papy, lui qui soutenait que la santé était le plus grand des trésors. Je m'évertuais donc à me contenter de ce que j'avais, me jurant d'infléchir la courbe de ma fortune grâce à la solide formation dispensée à l'école. Cela n'était pas gagné d'avance. Si ma motivation à devenir riche était bien présente, je me dois de concéder que l'énergie consacrée pour y arriver était largement insuffisante. À ma décharge, en dépit de la difficulté de l'enseignement donné, je ne dus jamais fournir d'effort particulier pour obtenir la moyenne voulue. Je disposais manifestement d'une excellente mémoire. Je me contentais d'écouter durant les leçons et lisais mes quelques notes avant les examens. Pour la plupart des cours, c'était un traitement suffisant. J'avais cependant de grandes peines pour les matières scientifiques tenant les mathématiques particulièrement en horreur. Ma nature distraite était un incontestable frein à l'apprentissage de cette branche. Il suffisait qu'un écureuil vienne s'amuser derrière nos fenêtres ou qu'un condisciple appuie compulsivement sur le ressort de son stylo à bille pour réduire ma concentration à néant. Cette vieille bigote de professeur choisissait

évidemment ce genre de moment pour asseoir sa détestable autorité. Elle semblait jongler aussi facilement avec l'art de l'humilia-
tion qu'avec les chiffres. Mademoiselle Baudrier m'envoyait alors
au tableau et me couvrait de ridicule devant mes camarades utilisant des noms d'oiseaux, me déclarant en outre comme l'exemple
à ne pas suivre si l'on voulait espérer, selon ses termes, devenir
mieux qu'un garagiste aux mains pleines de cambouis. Les autres
élèves, dans leur grande majorité, s'amusaient à me voir ainsi
tourmenté. Les rires fusaient avant même que je ne puisse desser-
rer la mâchoire pour prendre la parole.

Je n'avais pas réussi à me faire beaucoup d'amis dans cette
école. Les seuls qui s'intéressaient un peu à moi étaient les victimes des mêmes brimades. Il y avait Cédric dont le corps gras en
avait fait une cible de choix et Melissa, la fille du concierge, qui
portait un appareil dentaire. Malgré l'engin qui lui barrait la
bouche, on pouvait déjà deviner qu'elle deviendrait un jour une
très jolie femme. Notre crainte commune était qu'Arnaud ne
vienne nous embêter. Fils du médecin du village, il faisait figure
de véritable chef de meute. La réputation familiale et son esprit
torturé conféraient au jeune Arnaud une aura qu'il choisissait
d'utiliser à mauvais escient. Les autres n'étaient pas particulièrement belliqueux, mais quand ils suivaient leur estimé leader, leurs
comportements changeaient radicalement. Ils devenaient alors les
complices des moqueries, peut-être parce qu'ils avaient peur de se
retrouver du mauvais côté de la barrière. Il faut bien admettre
qu'Arnaud maniait le verbe comme personne. Il venait régulièrement, entouré de sa cour, nous rappeler que nous n'avions pas
notre place dans cette institution. Je vous passerai les détails, mais
c'était vraiment très pénible. Cédric était sa cible favorite, car s'il
était effectivement assez gros, il était en outre de petite taille. Il
n'était pas rare de le voir quitter la cour, les yeux emplis de
larmes. Melissa et moi nous efforcions toujours de le soutenir,
mais on savait bien qu'il avait de plus en plus de difficultés à faire
face à la situation.

Je retrouvais souvent Cédric en dehors de l'école. Nous passions l'essentiel de notre temps dans les bois. J'avais vainement tenté de faire acheter à Papy un train électrique. Il s'était contenté de me répondre que derrière nos murs, se trouvait le plus beau terrain de jeu que je pouvais souhaiter et je ne pouvais lui donner tort. Nous pouvions tout faire dans ces bois. Cédric se plaisait à se prendre pour un chevalier. Sous son insistance, nous avions fabriqué des épées de noyer, pour nous affronter lors d'épiques combats dans les ruines. De mon côté, j'adorais les jeux de construction. Nous avions sur l'espace d'une année mis sur pied pas moins de cinq cabanes. J'étais particulièrement fier de ces réalisations. Pour la dernière, qui fut la plus aboutie, j'avais poussé le vice à en dessiner les plans à la manière d'un professionnel du bâtiment. Melissa nous rejoignait à l'occasion. Dans nos jeux, elle incarnait la princesse pour laquelle se battaient les deux chevaliers. Je ne voyais Cédric se déplacer rapidement que dans ce contexte. Je compris sur le tard que lui aussi en pinçait pour la superbe fille qu'elle était en passe de devenir, car si l'on faisait bien sûr abstraction de son souci dentaire, la chenille se transformait assurément en papillon.

Melissa n'était pas présente le jour de « la Découverte ». Si tel avait été le cas, je ne serais probablement pas occupé à coucher ces lignes. Cette étrange trouvaille a cependant changé nos vies à tous les trois. Ce fut un moment particulier comme il n'en arrive qu'un ou deux au cours de chaque existence. Ce jour-là, Cédric et moi étions dans une partie de la forêt qui nous était inconnue. Bien que le soleil fût sur le point de se coucher, nous ne désirions aucunement rentrer, comme guidés par une main invisible qui nous poussait à avancer, encore et encore. Nous arrivâmes en face d'une étrange petite colline rocheuse. Il nous fallut une bonne demi-heure pour en faire le tour afin de trouver un chemin pour y monter. Ce fut peine perdue. Nous décidâmes dès lors d'escalader la paroi, heureux de découvrir un endroit inédit, propice à notre curiosité de jeunes adolescents.

D'en haut, le panorama était exceptionnel et fit dire à Cédric que nous devrions y construire non pas une cabane, mais une forteresse qui serait imprenable au vu des difficultés d'accès. Nous étions fous de joie de penser que nul être humain avant nous n'avait dû fouler ce sol rocailleux. Nous étions en droit de considérer cet endroit comme le nôtre à l'instar des aventuriers qui nomment leurs découvertes. La lune, qui était presque pleine semblait s'être positionnée juste au-dessus de nos têtes, donnant au lieu un aspect mystérieux. Je profitai du moment durant lequel Cédric évacuait les sodas qu'il buvait à longueur d'année pour faire le tour du propriétaire. La surface était plutôt vaste, recouverte de végétation sur les extrémités et nue en son centre. La surprise fut grande lorsque je m'approchai de celui-ci. De petits escaliers avaient été creusés dans la pierre et menaient à une structure rectangulaire qui sortait de la roche. Je demeurai bouche bée, paralysé par cet évènement impromptu. Quand je repris mes esprits et que je me retournai, Cédric semblait tout aussi étonné de la scène. Les spéculations allèrent bon train : que pouvait donc être cet étrange orifice et des mains de qui avait-il jailli ? Nous restâmes quelques minutes ne quittant pas des yeux la structure pour arriver à la conclusion qu'il s'agissait soit d'un ornement, soit d'une sorte de crypte. Pour trancher la question, Cédric frappa le mystérieux rectangle avec son imposante lampe de poche, objet disposant de l'habituel avantage d'éclairer et celui, moins courant, de pouvoir au besoin assommer un sanglier trop téméraire. Nous entendîmes clairement un écho indiquant qu'il y avait assurément un vide important derrière cette épaisse paroi. Les outils nécessaires n'étaient pas en notre possession pour aller plus en avant ce jour-là. Nous avons donc tenté de creuser aux alentours de ce que nous pensions être la porte d'entrée, sans succès. Nous décidâmes dès lors d'inspecter minutieusement la trouvaille. Nous fûmes étonnés de ne guère y lire d'inscription. De surcroît, pour un édifice perdu au milieu des bois, elle demeurait dans un état remarquable. Il n'y avait guère plus de mousse que sur le caveau familial dont mon grand-père assurait pourtant un entretien des plus soutenus. Nous étions soumis à de drôles de sentiments devant cette découverte, tous deux éclairés par une lune majestueuse qui nous rappelait qu'il serait bientôt temps de regagner nos pénates. La magie du lieu fit que nous nous sentîmes en confiance, conscients de vivre un moment unique qui resterait gravé dans nos vies. Cédric s'épancha sur ses problèmes me faisant démonstration de sa sensibilité que je n'avais fait qu'effleurer par le passé. Il me confirma qu'il se sentait terriblement mal dans sa peau, avouant qu'il était très gêné de son corps. Il me confia qu'il n'en pouvait plus des moqueries d'Arnaud. Je lui expliquai connaître exactement les mêmes problèmes avec Mlle Baudrier. Je lui dis être persuadé qu'elle allait tout faire pour me faire échouer et, de surcroît, recommander mon renvoi vers une école plus lointaine. Après une longue discussion pleine de bons sentiments, nous décidâmes qu'il était plus que temps de nous affranchir de ce que pouvaient penser et faire nos ennemis respectifs. Nous fîmes le serment solennel de laisser ces personnages ici, sur notre île, dans leur tombeau imaginaire et de ne plus en parler au-dehors. Pour marquer le coup, mon meilleur ami se saisit d'une pierre et grava sur la porte les noms de Mlle Baudrier et d'Arnaud. Cédric promit de faire des exercices pour perdre du poids et je m'engageai à redoubler d'efforts dans mon apprentissage des mathématiques.

Conformément à nos vœux, j'allai voir dès le lendemain Mlle Baudrier afin de partager une discussion placée sous le signe de la sincérité. Elle me reçut dans une minuscule pièce et me fit m'asseoir en face d'elle, me réservant une petite chaise alors qu'elle s'installait derrière son bureau dans un fauteuil qui lui faisait me rendre vingt bons centimètres. Je commençai en m'excusant si mon attitude avait pu à un moment ou un autre lui sembler désinvolte. Je continuai en lui exprimant mon étonnement d'être sans cesse l'objet de son courroux, car après tout, si mes résultats en math étaient médiocres, c'était également le cas d'autres élèves qui paraissaient pourtant la laisser indifférente. Je clôturai mon intervention en lui précisant qu'en dépit de nos frictions, j'étais disposé à accepter tout devoir complémentaire qu'elle désirerait me soumettre afin de me remettre à niveau dans les plus brefs délais. Je balançai tout cela d'une traite pour éviter d'être interrompu et marquai un silence pour écouter sa sentence. Elle prit son verre d'eau, y but une gorgée et sa bouche se para d'un étrange rictus tandis qu'elle inclinait sa tête pour permettre à ses yeux de me regarder par-dessus sa monture, comme si elle voulait sonder le moindre recoin de mon âme mortifiée. Ce qu'elle me dit ensuite me fit presque tomber de ma chaise.

Dès que l'école et les devoirs furent terminés, nous retournâmes dans notre lieu secret. Nous avions pris soin d'emporter avec nous une vieille échelle trouvée dans un fossé, à l'entrée des bois. En la calant contre la paroi, l'ascension ne présentait plus aucune difficulté. Cédric était pressé de me raconter sa journée et je l'étais tout autant de l'écouter. Je brûlais également d'impatience de lui donner le compte-rendu de mon entrevue avec ma professeure. Ce ne fut qu'une fois arrivés en haut, conformément à nos vœux, que nous débutâmes la discussion. Cédric était surexcité, il ne tenait plus en place. « Je l'ai envoyé balader ! » répétait-il comme s'il s'agissait d'un exploit. Je compris directement qu'il parlait d'Arnaud. Son meilleur ennemi était encore venu chercher querelle durant la récréation.

Nos discussions de la veille avaient vraisemblablement porté leurs fruits puisqu'avant que l'infâme n'eût le temps d'ouvrir la bouche, Cédric lui dit qu'il était bien conscient de son physique ingrat et que peu importaient les remarques qu'il pourrait lui servir, il partirait désormais sans l'écouter. Il joignit le geste à la parole, mais Arnaud se plaça sur sa route et lorsque Cédric obliqua, le prédateur vint à nouveau faire rempart. Les copains d'Arnaud se faisaient nombreux pour assister à cette scène de corrida. Cédric demeura d'un calme olympien, fouilla son sac, en sortit une bouteille d'eau et, sans crier gare, en lança le contenu sur l'entrejambe de son encombrant obstacle. Arnaud se sentit ridicule avec cette auréole humide formée au pire des endroits. Il entendit clairement le rire de ses propres camarades et s'en trouva fort désemparé. L'arroseur était arrosé. Il tenta d'invectiver mon ami rebelle, mais le stress le fit bégayer, faisant jaillir une deuxième salve de ricanements sournois. Cédric profita de ce moment d'égarement pour prendre la tangente, savourant une vengeance amplement méritée. C'est couché côte à côte sur notre colline, sourire fixé aux lèvres, que ce fabuleux récit acheva de me combler, à un tel point que j'en oubliai de lui raconter mes péripéties matinales. Nous étions dans une superbe dynamique. La lune était pleine à présent, comme un signe divin saluant nos bonnes résolutions. Elle fut bientôt masquée par d'épais nuages qui nous incitèrent à rentrer chez nous pour échapper au déluge. C'est à l'allure d'un métronome que les solides détonations d'un puissant orage rythmèrent cette nuit tragique.

C'est dans la journée qui suivit que l'on vint nous apprendre la nouvelle. Nous terminions notre pause de midi lorsque l'ensemble des élèves fut invité à se rendre dans la grande salle. Le lieu abritait traditionnellement les évènements festifs, mais était aussi le théâtre des annonces importantes. Les nombreuses discussions inondaient la pièce d'un vacarme quasiment insupportable. La directrice amena le silence en même temps qu'elle monta sur l'estrade. Après quelques mots, empreints d'une grande sagesse et lancés pour rassurer les plus sensibles, elle finit par nous informer du décès inopiné de Mlle Baudrier. Elle nous indiqua que son estimée collègue avait succombé à une crise cardiaque. Elle précisa que les données relatives à son inhumation allaient suivre et qu'un livre était disponible à l'accueil pour ceux qui désiraient témoigner de leur sympathie.

Après la journée de cours, je retrouvai Cédric sur notre colline. Nous ne pouvions naturellement manquer d'évoquer le décès de la pauvre femme. Je dus m'asseoir sur les marches des escaliers pour lui révéler à quel point j'étais sous le choc. Nous étions pourtant convaincus que si cette nouvelle fût tombée la semaine précédente, l'émotion eût fait place à une certaine forme de soulagement égoïste. Je racontai à un Cédric incrédule en quoi la nature de mes rapports avec la disparue avait fondamentalement changé la veille de son décès. À l'issue de mon exposé, elle ne m'avait pas incendié comme je l'avais pressenti. Elle m'avait précisé qu'elle prenait acte, avec satisfaction, de mes bonnes résolutions et m'expliqua les raisons de son traitement à mon encontre.

Selon ses propres termes, elle ne supportait pas de voir quelqu'un disposant d'un tel potentiel gâcher ses possibilités de cette manière. Elle pensait que j'étais amené à réaliser de grandes choses, à condition de ne pas me contenter du minimum syndical. Le talent seul ne suffisait pas à ses yeux, elle insista donc lourdement sur mon manque de travail. Elle revint aussi sur ses paroles déplacées indiquant que celles-ci n'avaient d'autre but que de me piquer afin de me faire réagir. Elle me révéla également sa propre situation d'orpheline et me dit que dans ce bas monde, nous ne pouvions compter que sur nous-mêmes. Enfin, elle m'assura de tout son soutien, le conditionnant bien entendu à mon acharnement à améliorer au plus vite ma méthode de travail et mes résultats. Je fus bouleversé par ces révélations et décidai, séance tenante, de changer ma vision de l'école. L'image de la désagréable professeure s'effaça de mon cerveau et fit place à celle d'un respectueux mentor qui allait m'aider à atteindre les sommets. En dépit de l'infarctus de la pauvre femme, je jurai de m'astreindre à honorer mes engagements de la veille. Une fois mon histoire terminée, Cédric saisit l'ampleur de mon chagrin. Il hésita fortement à partager les informations confidentielles, interceptées lors d'un échange téléphonique entre son père policier et un de ses collaborateurs, mais finit par me lâcher le morceau. Les agents qui avaient accompagné le médecin pour constater le décès étaient revenus tellement choqués qu'ils n'avaient pu s'empêcher d'en parler à leurs collègues. Mlle Baudrier avait, selon les rumeurs, une mine plus que méconnaissable. Il était exclu d'exposer son corps tant son visage s'était fixé dans une hideuse posture qui lui donnait au bas mot vingt années de plus. On eut dit une espèce de momie exhumée de son sarcophage. Plus qu'étrange, elle avait été retrouvée sous son vieux lit. Compte tenu du poids de la structure, il avait fallu la tirer par les pieds pour l'en sortir. Cédric m'apprit aussi que la sécurité n'était pas la priorité de la professeure, elle ne fermait à clef aucune de ses portes. Le légiste avait cependant été formel, elle avait succombé d'un banal arrêt cardiaque, même si elle s'était débattue contre la mort jusqu'à son dernier souffle, comme en attestait son ultime point de chute incongru.

Le récit de mon ami me glaça le sang et c'est avec joie que j'accueillis, dans un premier temps, le changement de discussion. C'est un Cédric triomphant qui m'annonça qu'Arnaud n'était pas venu à l'école ce jour-là. Il supposait que leur confrontation de la veille avait probablement poussé son ennemi à se faire porter pâle. Toujours à l'écoute, je ne pus empêcher mon regard de se tourner vers cette tombe imaginaire où mon ami avait gravé les deux noms. C'était une étrange coïncidence et je ne pus me retenir de l'énoncer. Cédric qui venait de mordre dans une pomme faillit s'en étrangler. Lorsqu'il fut remis, il se railla de moi en mimant un fantôme, gesticulant et poussant des sons qui, avec un léger recul, étaient plutôt rigolos. Le tragique de la situation m'empêcha de rire comme à mon habitude, j'étais traumatisé par cette journée riche en évènements. Le taquin s'en rendit compte, mais n'en prit pas ombrage. Au contraire, il semblait à présent plein d'empathie envers moi. Il consentait à confier que la conjonction de l'absence d'Arnaud et la mort de Mlle Baudrier étaient des plus troublantes, mais que nous serions vite fixés. Il insista sur le principe qu'il ne fallait aucunement sombrer dans un délire paranoïaque. Si Arnaud ne revenait pas à l'école dans les plus brefs délais, il y aurait peut-être lieu de s'inquiéter.

Lorsque j'aperçus le lendemain la grosse BMW du docteur s'arrêter devant l'institut, je fus pour une fois heureux d'en voir descendre son fils. Cédric n'avait pas manqué le spectacle et me fit un petit clin d'œil auquel je répondis de manière identique, masquant timidement mon soulagement. Le sujet était clos et nous pouvions nous concentrer sur nos examens de fin d'année qui se déroulaient deux semaines plus tard. Ils ne présentèrent aucune difficulté. Conformément à mes bonnes résolutions, j'avais fort bien préparé ces épreuves à tel point que même le test de mathématique s'avéra être un véritable jeu d'enfant.

L'école fit désormais place aux vacances d'été. Cédric partit à la mer suivre un programme intensif réservé aux adolescents obèses. Son absence fut longue de deux mois. Je fus donc seul et en profitai pour aider Papy dans l'entretien de la maison. J'étais le spécialiste de la vidange des corniches, fortement encrassées par l'omniprésence des arbres de la propriété. Mon grand-père prenait de l'âge et me déléguait de plus en plus de tâches qui lui étaient précédemment dévolues. J'en appris beaucoup sur la manière de concevoir une maison, en tenant compte des aspects pratiques au contact de mon vieux mentor. Vu l'absence de mon confident, je passai beaucoup de temps aux côtés de Melissa. Le dentiste l'avait libérée de son appareil, elle arborait maintenant un sourire rayonnant. Ses longs cheveux blonds entourant son joli visage finissaient de lui conférer une apparence angélique. Cependant, davantage que de son physique avantageux, c'est de sa constante gentillesse dont j'étais tombé amoureux. J'avais tellement peur qu'elle s'en rende compte et s'en offusque que je me refusais obstinément à lui en donner le moindre indice. Rien ne m'était plus cher que sa présence, même si je me fixai l'objectif formel d'un jour conquérir son cœur. J'étais convaincu qu'elle était mon âme sœur et la manière dont elle me lançait certains regards me laissait présumer des sentiments réciproques. Ce furent mes plus belles vacances depuis bien longtemps.

J'eus grand-peine à reconnaitre Cédric lors de son retour. Son corps avait opéré un impressionnant pic de croissance qui, cumulé à son régime et à d'intensifs exercices, le rendait totalement méconnaissable. Le petit gros s'était mué en grand garçon musclé, comme si un géant l'avait serré dans sa main et avait réparti toutes ses rondeurs de manière homogène. Sa transformation physique l'avait aussi changé à l'intérieur. Débarrassé de ses complexes, il se sentait beaucoup mieux dans sa peau. Je finis par lui dire qu'Arnaud n'oserait plus venir se frotter au solide gaillard qu'il était devenu. Je vis le malaise se poser sur le nouveau visage de mon ami. Il comprit immédiatement que je n'étais pas au courant d'un évènement majeur. Il m'expliqua que quasiment un mois après Mlle Baudrier, ce fut Arnaud qui fut retrouvé mort, victime lui aussi d'une défaillance cardiaque. Il tenait l'information de son père qui avait abordé le sujet par courrier lors de son stage de remise en forme. En dépit de l'aversion que nous partagions pour l'infortuné jeune homme, nous étions d'accord pour affirmer qu'il s'agissait d'une véritable tragédie. Nous nous rendîmes sur sa tombe pour lui exprimer un dernier hommage.

L'année scolaire prit son envol, emportant avec elle une partie de mon innocence. Mon ami, fort de son nouveau physique, était l'objet de toutes les conversations. Tout le monde louait à présent ses multiples talents. Il était devenu habile en sport, se tenait toujours à l'écoute des autres et avait un sens de l'humour encore plus aiguisé que par le passé. Il se changea vite en la star de l'école. Je lui vouais beaucoup d'admiration. Elle retomba à la manière d'un soufflé qui dégonfle. Cédric était perpétuellement bien entouré et je le sentais de plus en plus réticent à venir s'amuser à mes côtés. J'avais même parfois l'impression qu'il se moquait de moi avec ses nouveaux copains, lorsque j'avais le dos tourné. C'était la fin d'une grande époque et j'essayai, dans un sursaut désespéré, de relancer notre belle amitié. Dans les couloirs de l'école, je lui glissai que j'aimerais avoir une bonne discussion avec lui. Il me donna rendez-vous après les cours sur notre colline. Ne le voyant venir à l'heure convenue, je m'inquiétai et partis à sa rencontre. Sa mère m'informa qu'il n'était guère présent, sans me donner davantage de détail. Je décidai d'aller chez Melissa pour vider mon sac sans soupçonner une seule seconde que c'est à cet endroit précis que je trouverais mon meilleur ami. Ils discutaient, assis sur un banc dans le petit jardin jouxtant l'école. C'est tapi dans un buisson que j'observai le traitre tenter de charmer la femme de ma vie. Il n'y avait aucun doute possible sur ses intentions. C'est le cœur gros que je rentrai chez moi. La tristesse fit vite place à la colère.

J'essayai d'éviter Cédric durant toute la journée du lendemain. Il vint cependant à ma rencontre pour excuser sa défection de la veille. Ses yeux plongés dans les miens, il prétexta que son père l'avait réquisitionné pour une besogne. Sur le moment, je jugeai inopportun de lui rétorquer que je connaissais la vérité. Il me fixa un nouveau rendez-vous me jurant cette fois-ci de l'honorer. J'acceptai son invitation, décidé à lui dire tout ce que j'avais sur le cœur. C'est ce que je fis dans la soirée, lui assénant dès son arrivée que je savais qu'il m'avait menti. Je vis ses joues s'empourprer lorsque je lui annonçai l'avoir surpris à jouer le joli cœur avec Melissa. Il n'en fut pas décontenancé pour autant m'expliquant que si son mensonge était peu délicat, le principe qu'il envisageait autre chose qu'une simple amitié avec notre délicieuse camarade n'était pas une trahison. Il souligna qu'à sa connaissance, je ne disposais pas davantage que lui d'une option sur la belle. Je lui reprochai ardemment ce que je considérais être un acte déloyal, clôturant ma gueulante en lui criant que je le préférais lorsqu'il était encore petit et gros.

La claque mentale que je venais de lui donner fut vite suivie par une gifle, bien réelle celle-là, décochée par la main puissante de Cédric, ce qui mit illico un terme à notre longue amitié. M'écartant du violent personnage, je lui annonçai d'un ton calme qu'il était désormais mort à mes yeux, que je ne désirais plus jamais le revoir. D'un pas décidé, il avança dans ma direction. Alors que je m'apprêtais psychologiquement à subir un deuxième châtiment, il continua finalement sa route vers les escaliers taillés dans la pierre. Il saisit le premier caillou venu et inscrivit son propre nom en dessous des deux autres. Après quoi, il me lança un dernier regard plein de défiance et prit définitivement congé de ma personne.

Les deux semaines qui suivirent furent très éprouvantes. Conformément à mes déclarations, je fis comme si Cédric n'existait plus. Je réservai le même traitement à Melissa dont la compagnie me rappelait trop la trahison de celui qui fut mon meilleur ami. Cet isolement volontaire n'avait rien d'enthousiasmant, mais me permit de me focaliser sur mes cours. Je n'avais pas vraiment le choix, qu'avais-je de mieux à faire ?

Le temps paraissait aussi maussade que mon état d'esprit lorsque Papy vint m'apprendre que Melissa avait téléphoné. J'avais donné pour consigne de préciser que j'étais absent si un tel cas de figure se présentait. En homme d'expérience, mon grand-père n'avait pas cru bon de m'interroger sur les motivations de ma demande. Voyant cependant qu'il hésitait à quitter ma chambre, je lui en soutirai la raison même si je savais, au fond de moi, ce qu'il rechignait à m'annoncer.

Les funérailles de Cédric eurent lieu une semaine plus tard. Après avoir longtemps pesé le pour et le contre, je choisis de m'y rendre. Le discours du curé fut d'une rare sobriété. Dans le fond, je pense qu'à l'instar des autres personnes présentes, il ne trouvait pas de réponse au départ prématuré d'un si jeune garçon. La théorie du médecin était qu'un régime trop astreignant, combiné avec d'intenses exercices, avait fait lâcher le cœur. J'avais une explication différente que je tins pour moi durant toutes ces années, je ne désirais nullement qu'on m'enferme dans une chambre capitonnée. C'est dans le silence, seulement entrecoupé de sanglots étouffés, que des policiers en uniforme d'apparat transportèrent la dépouille jusqu'à sa dernière demeure. Pour la dernière fois, je fus amené à saluer mon ami chevalier, déposant une fleur sur son imposante armure de bois vernis.

Comme vous pouvez l'imaginer, les mois et les années qui suivirent furent pour moi des plus délicats. Je me refusais totalement à entretenir des relations amicales tant je semblais attirer des ennuis à ceux qui m'entouraient. Je m'enfermai volontairement dans une bulle me faisant passer pour le marginal de service. Je mis un point d'honneur à ne jamais retourner sur cette maudite colline comme si je voulais conjurer le mauvais sort. Les études prenaient désormais toute mon énergie. J'étais devenu premier de la classe dans toutes les disciplines, y compris en mathématique. En dernière année, je fus même convié à préparer le prestigieux discours de la cérémonie des diplômes, honneur que je déclinai au profit d'un élève moins brillant, mais beaucoup plus populaire. J'aurais peut-être accepté si Melissa avait été présente. La jolie blonde avait quitté l'école un an après le décès de Cédric, contrainte de suivre ses parents dans une nouvelle affectation professionnelle. À l'occasion de son départ, elle était venue me saluer à la maison, ce que je trouvai courageux vu que je l'évitais soigneusement. Elle m'annonça que je lui manquerais même si elle avait clairement ressenti un malaise entre nous sans jamais en avoir compris la raison. Je ne l'aidai pas sur ce point me contentant de la fixer pour figer à jamais dans mon esprit l'image de la superbe fille que j'avais tant aimée. Elle m'embrassa sur la joue et me remit dans la foulée une petite enveloppe parfumée m'indiquant qu'elle contenait sa nouvelle adresse, si d'aventure, je désirais donner de mes nouvelles. Elle me quitta ensuite pour rejoindre ses parents qui préparaient les dernières valises. Je rangeai précieusement ses coordonnées dans le tiroir de ma table de nuit.

Mon diplôme d'humanités en poche, il me fallut opérer le délicat choix des études. C'est très naturellement que j'optai pour l'architecture. Je pense que j'avais cela dans le sang. Ce choix m'obligeait à quitter la maison de Loverval pour me rendre dans une grande ville. Je me sentais fort coupable d'abandonner Papy, mais nous comprenions tous deux que c'était le prix à payer pour réaliser mes objectifs. De plus, je désirais m'éloigner de cette maudite colline et de tous les mauvais moments qui s'y rattachaient. Je me souviens encore clairement de mon dernier jour à Loverval. Je faisais les ultimes courses d'usage dans la supérette du village lorsque je rencontrai fortuitement le père de Cédric. C'est un euphémisme de dire qu'il avait pris un coup de vieux. Il n'était plus que l'ombre du fier policier qu'il était avant la tragique disparition de son fils. Après m'avoir posé quelques questions sur mes projets, il me confia à quel point il eut été enchanté de voir son fils suivre un chemin similaire. Il m'expliqua qu'il n'arrivait pas à tourner la page, qu'il avait l'impression de devenir fou. Il lui semblait inconcevable qu'un enfant en bonne santé puisse succomber à un problème qui touche traditionnellement les vieilles personnes. Je ne pus qu'acquiescer. Devais-je lui avouer être intimement convaincu qu'une entité surnaturelle avait ôté la vie de son fils ? Pour la santé de mon cerveau, il était plus que temps de changer d'environnement.

L'éloignement me fit l'effet d'une bouffée d'oxygène. Je découvrais un nouveau monde et petit à petit je commençais à oublier la part sombre de mon passé. Même si les visites à mon grand-père s'espaçaient de plus en plus, je mettais un point d'honneur à téléphoner régulièrement pour m'enquérir de son état de forme. On eut dit que mon départ avait changé le vieil homme. Il sortait très peu et m'avouait ne plus travailler comme par le passé. J'étais en dernière année lorsqu'il dut se résoudre à prendre une chambre dans une maison de repos. C'est dans ce lieu que nous avons fêté la grande distinction qui me fut octroyée, dégustant une bouteille de champagne millésimée. Il profita de ce merveilleux moment pour me confirmer qu'il me léguait la propriété, me suggérant que ses vastes murs pourraient abriter une petite famille et les bureaux d'un architecte à succès. Sans rien en montrer, j'accueillis cette idée avec scepticisme. Malgré mon éloignement qui n'était autre qu'une fuite déguisée, j'étais souvent en proie à de vilains cauchemars dans lesquels je faisais face à Arnaud, Cédric et à Mlle Baudrier. Sous des apparences monstrueuses, ils s'évertuaient à me dire que je devais revenir dans mon village pointant du doigt cette maudite colline. C'est animé par l'espoir d'exorciser mes démons que je décidai de retourner habiter dans la maison de Loverval.

Le début fut encourageant. Les cauchemars cessèrent comme par enchantement dès ma première nuit sur place. Je me plongeai rapidement dans le travail avec mon excessivité naturelle. Je postulais pour tous les appels d'offres des collectivités locales, quels que soient les projets à réaliser. Les réponses que je recevais se soldaient invariablement par un échec. Mon manque d'expérience rebutait les décideurs. Même lorsqu'ils semblaient charmés par mes propositions, ils choisissaient systématiquement un collègue plus chevronné. J'en vins à la conclusion qu'il me fallait un solide coup de pouce pour me sortir de cette spirale négative.

Pendant une promenade en forêt, alors que mon esprit vagabondait, je fus surpris de me retrouver en face d'une petite colline familière. Mes pas, laissés libres de me conduire n'importe où au cours de mes réflexions, m'avaient amené à l'endroit que j'évitais depuis tant d'années. Mon idée première fut de prendre la fuite, mais une partie de moi-même m'en empêcha. Après une bonne heure de tergiversation, je me décidai à affronter mes démons et grimpai l'inusable échelle. Le lieu n'avait pas bien changé depuis mon dernier passage, tout semblait être à l'identique comme si le temps n'avait pas la moindre influence sur cet endroit. Je m'assis longuement devant les trois noms gravés par mon ami Cédric me faisant à nouveau le film de nos vies. Je devais avoir les mêmes traits qu'un alcoolique sevré en face d'une bouteille de whisky. Je vivais une lutte intérieure intense jusqu'au moment où je décidai de me lever, trouvant évident qu'il me fallait déguerpir au plus vite. Lorsque j'arrivai à l'échelle, je fis subitement machine arrière et me replaçai à l'endroit que je venais d'abandonner. La tentation était trop grande et je finis par céder. J'indiquai le nom du dernier architecte encore en lice avec moi pour un gros travail de rénovation. J'avais terriblement besoin de ce contrat et savais pertinemment qu'il ne me serait jamais attribué par la voie traditionnelle. J'avais déjà rencontré ce confrère qui paraissait assez âgé et en mauvaise santé. Pour la circonstance, il m'avait traité avec une certaine forme de dédain et c'est probablement cela qui m'avait décidé.

Lorsque je reçus le coup de téléphone du client m'informant qu'il me chargeait de la réalisation du projet, je n'en fus ni étonné ni réjoui. Il m'expliqua qu'il n'était pas dans ses habitudes de faire confiance à un jeune architecte, mais que certaines circonstances avaient plaidé en ma faveur. Il ne se montra guère plus loquace. J'avais de mon côté appris la mort de mon concurrent dans les journaux quelques jours plus tôt.

Je travaillai d'arrache-pied sur ce dossier et en fus grassement récompensé, mon C.V. n'était plus vierge désormais et je me promis que les premiers deniers glanés ne manqueraient pas d'en appeler d'autres. Et cela ne se fit pas attendre. De nouvelles portes, auparavant réservées à mes aînés s'ouvrirent soudainement à moi. La concurrence était féroce, mais je ne lésinai pas sur les heures de labeur ainsi que sur mon arme secrète. Je me rendis par trois fois sur la colline au cours des mois qui suivirent, le succès fut exponentiel. Les dossiers s'accumulaient à un point tel que je dus engager pas moins de cinq personnes pour m'épauler. En dépit du triomphe rencontré, je stoppai mes escapades à la colline assez brutalement. J'avais pourtant pris la décision d'inscrire à nouveau un nom à cette « liste ». J'étais en chemin lorsque je vis apparaître sur ma route un cerf majestueux. Il se tenait à une dizaine de mètres de l'échelle. En cette période de reproduction, il fut bien plus prudent de revenir sur mes pas. Ma vie valait bien plus qu'un ou deux dossiers supplémentaires. Le lendemain, je cogitais sur l'opportunité de refaire une tentative quand on m'annonça que j'avais décroché les contrats. J'avais gagné « à la loyale » et j'accueillis cette nouvelle avec un mélange de fierté et de soulagement. Plus question pour moi de retourner sur cette colline avec de mauvaises intentions. Je ne vais pas cacher qu'il m'est arrivé à plusieurs reprises de penser inscrire de nouveaux noms, mais je fus suffisamment fort pour y renoncer. J'avais trouvé une certaine forme d'équilibre, un socle professionnel stable sur lequel je pouvais maintenant me reposer.

Les années qui suivirent furent marquées par le sceau du succès. J'étais béni des dieux. Rien ne semblait pouvoir interrompre cette glorieuse marche en avant. J'avais accumulé beaucoup d'argent et ne disposais même pas d'assez de temps pour en dépenser une partie. Parallèlement à cela, je continuais à aller saluer mon grand-père le plus souvent possible. Il n'était plus au mieux de sa forme. Son corps avait perdu beaucoup de sa force et sa mémoire lui jouait des tours de plus en plus souvent. La dernière fois que je le vis, il insista sur le principe que personne n'était fait pour vivre seul. Il me dit apprécier le fait que je travaille énormément, mais que je risquais de passer à côté de choses bien plus importantes si je ne faisais pas l'effort de sortir de ma bulle. Je lui promis d'y réfléchir et rangeai ce précieux conseil dans un coin de ma tête.

J'enterrai Papy par une froide matinée. Nous ne fûmes guère nombreux à la cérémonie durant laquelle il eut droit aux honneurs militaires. Je pris soudainement conscience que j'étais désormais seul au monde. Je regrettai beaucoup de ne pas avoir pu offrir d'arrière-petits-enfants à mon grand-père. Je m'en voulus énormément. J'étais terriblement triste, comme je ne l'avais plus été depuis bien longtemps. Je passai une semaine à la maison à consulter ses notes dans lesquelles il ne tarissait pas d'éloges à mon sujet. Il me considérait comme sa béquille sans laquelle il n'aurait pu continuer à avancer après le décès de sa fille. Ces phrases étaient empreintes de tant d'amour à mon égard. Il allait assurément me manquer, lui qui avait toujours été mon phare m'apportant ses lumières durant les moments les plus sombres de mon existence.

Je pleurai comme jamais auparavant, ce fut comme si un barrage avait cédé. Lorsque les torrents de larmes furent enfin taris, je me résolus à mettre en pratique son précieux conseil. Ce fut tout naturellement que je montai dans ma chambre rechercher l'adresse de Melissa. Cela faisait maintenant douze ans qu'elle l'avait déposée sans que je n'ose l'ouvrir. L'enveloppe était intacte, le parfum s'en était évaporé, mais la magie était toujours présente. J'en libérai le contenu avec une immense précaution. Une lettre manuscrite m'apprit qu'elle avait été éperdument amoureuse de moi, mais qu'elle fut découragée par mon absence de réaction. Elle m'avait écrit qu'elle comprenait que les épreuves de ma vie avaient été si douloureuses qu'il n'y avait peut-être pas de place pour l'amour, en tout cas pas à la période où nous nous trouvions. Elle m'indiquait ensuite sa nouvelle adresse m'invitant à la contacter si la nature de mes sentiments était capable d'évoluer à l'avenir. Je me surpris à ressentir de vives émotions à la lecture de ces mots. Il fallait que je la revoie même si les années avaient probablement effacé de sa mémoire les douces phrases rédigées à mon attention. Armé de tout mon courage, je partis aux coordonnées mentionnées avec l'espoir ultime de l'y rencontrer. Je fus en proie au doute alors que je traversais le pays pour retrouver l'élue de mon cœur. Après tant d'années, elle avait sûrement changé. Allait-elle se souvenir de moi ? Il y avait le risque qu'elle me prenne pour un fou de débouler comme cela après une aussi longue période. Enfin, je n'étais pas dupe, une fille tellement jolie ne pouvait être demeurée seule toutes ces années. Je balayai toutes ces appréhensions me disant que je n'avais définitivement rien à perdre. Je fis résonner le marteau de porte et perçus distinctement, non sans ressentir une pointe d'anxiété, le son de pas venant dans ma direction et le cliquetis caractéristique du retrait d'un verrou. La jeune fille qui me fit face était encore plus belle que dans mes souvenirs. Pas de doute, c'était bien elle. Le temps semblait s'être arrêté lorsqu'elle me demanda en quoi elle pouvait m'aider. Déboussolé, je finis par comprendre qu'elle ne m'avait pas reconnu, faute à cette petite barbe qui masquait les traits de mon visage. Je tentai de bredouiller des excuses, fixant le sol comme un enfant honteux d'avoir fait une bêtise, quand je l'entendis murmurer mon prénom. Je relevai mes yeux gorgés de larmes et hochai la tête pour lui confirmer mon identité.

Ma vie subit un sacré coup d'accélérateur suite à nos retrouvailles. Nous nous vîmes très souvent dès les premiers instants, désireux d'en apprendre toujours plus l'un sur l'autre. L'échange de notre premier baiser eut lieu au milieu d'un champ, juste elle et moi avec la nature pour seule témoin d'une aventure qui allait assurément prendre de l'ampleur. Elle vint très rapidement habiter à mes côtés. Dans la foulée, elle accepta de m'épouser. Cela nous semblait tellement évident. Tout n'était plus qu'harmonie, j'avais presque tout ce que je pouvais souhaiter. Le bonheur fut total avec la naissance de notre petite Sophia. Nous étions définitivement comblés.

Mes journées étaient rythmées par un travail enrichissant suivi de l'immense plaisir de retrouver les miens. Sophia était une enfant brillante dotée d'une curiosité sans limites. À quatre ans, elle était capable d'écrire des mots simples ainsi que tous les noms de ses camarades de classe. Nous lui prédisions un avenir radieux. Seule ombre au tableau, nous n'eûmes pas la chance de lui offrir le petit frère qu'elle désirait tant. Nous avions cependant vite surmonté cette déception, conscients de notre excellente fortune dans tous les autres domaines. Je revenais de très loin et j'avais pris pour philosophie de savourer intensément tous les bons instants. Je pensais avoir mangé mon pain noir.

Nous occupions nos dimanches par une grande balade dans les bois. Pour pimenter le tout, il m'arrivait de mettre sur pied des jeux de piste. Lorsque le temps s'y prêtait, je partais une heure avant les filles et balisais un chemin dans la forêt avec des bouts de branches disposés en forme de flèches et des petites cordelettes de couleur. Nous nous retrouvions à chaque fois dans un endroit différent. Je prenais grand soin à dresser le matériel de pique-nique pour l'arrivée de mes chéries et nous passions des moments d'intense bonheur à rigoler, dessiner et chanter dans un cadre merveilleux. C'est le jour de la fête des pères que les rôles se sont inversés. À mon réveil, je ne découvris qu'une maison vide et un petit mot écrit des mains de ma fille m'invitant à les rejoindre pour un déjeuner en forêt. Je suivis les précieuses indications qui me menèrent profondément dans ces bois que je connaissais comme ma poche. Les différents marquages me précipitaient dans une zone que j'évitais depuis quelques années. Prenant conscience que je ne pouvais lutter contre mon destin, je continuai à parcourir le chemin jusqu'en bas de la fameuse colline. Les petites cordelettes décoraient les barreaux de l'échelle que j'avais placée avec mon ami Cédric. La nervosité me gagna et je grimpai quatre à quatre les échelons pour apercevoir ma femme et ma fille allongées sur une couverture, un sourire radieux éclairant leurs visages. Le soulagement fut à la hauteur de la surprise. Nous passâmes un superbe moment dans ce lieu inchangé. Il était toujours aussi magique. Les filles ne semblaient pas avoir visité la particularité majeure de l'endroit, je m'en félicitai intérieurement et veillai à ce que cela n'arrive pas.

Je songe souvent à ce doux instant de bonheur, peut-être parce que mon expérience de la vie m'avait appris que chaque bonne période était systématiquement suivie par des sentiments bien plus sombres. C'est pour cette raison que lorsque nous étions rentrés de la colline ce jour-là, je n'étais pas vraiment dans mon assiette. Les filles étaient couchées pendant que je méditais sur la terrasse. Assis dans mon fauteuil, j'apercevais les rayonnements de la lune qui traversaient la tignasse des arbres de la propriété. Soudain, je fus tiré de mes pensées par un cri provenant de la maison. Je supposai que Sophia était en proie à un mauvais rêve et montai la rassurer. Je fus surpris de la voir dormir paisiblement. Je me rendis alors dans ma chambre et constatai avec effroi que Melissa était allongée sur le sol, totalement inerte. Je m'abaissai pour découvrir que toute vie avait abandonné son corps. Je faillis m'évanouir en examinant son visage déformé par une grimace immonde. Je plaçais un drap sur ma femme lorsque je remarquai Sophia dans l'embrasure de la porte. Malgré son jeune âge, elle avait tout compris. Les ambulanciers emmenèrent la dépouille de Melissa un peu plus tard dans la nuit. L'enterrement eut lieu dix jours après le drame, délai nécessaire à une autopsie qui nous apprit que Melissa souffrait de problèmes cardiaques. J'étais dévasté, mais n'en montrai rien à Sophia. Pour son équilibre, je décidai d'acquérir une propriété loin de Loverval. Je ne voulais pas qu'elle soit en permanence confrontée aux souvenirs encore chauds d'une vie heureuse à trois.

C'est installé dans la nouvelle maison, tandis que nous essayions de reprendre une existence normale que Sophia finit par me faire une révélation fracassante. J'étais occupé à la border lorsqu'elle me parla de la magnifique journée qui précéda la fin tragique de sa maman. Elle m'expliqua n'avoir jamais été aussi heureuse que dans cet endroit où nous fûmes tous les trois réunis. Elle souligna cette belle harmonie en m'indiquant avoir tracé un cœur dans lequel elle avait inscrit mon nom et celui de ma femme. Elle s'était inspirée des dessins que laissent les amoureux sur les arbres. Je la pris longuement dans mes bras pour la consoler. Je ne connaissais que trop bien sa situation. Au moment de quitter sa chambre, je me retournai pour lui demander l'endroit où elle avait esquissé ce fameux cœur.

Elle me répondit avoir utilisé une sorte de craie sur une grosse pierre rectangulaire où se trouvaient déjà d'autres inscriptions. Elle put me dire avoir indiqué le nom de sa maman en premier. En refermant la porte, c'est tout mon monde qui s'écroula. Cela ne pouvait être une coïncidence. La malédiction s'était retournée contre les miens comme s'il y avait toujours un prix à payer dans cette vie. Il me fallut rassembler mes esprits pour décider d'un plan d'action. Je ne pouvais certes plus rien faire pour ma défunte épouse, mais je me savais désormais clairement menacé. Je me souvenais qu'en dépit que leurs noms eussent été inscrits au même moment, les décès d'Arnaud et de Mlle Baudrier n'avaient pas été simultanés. Il s'était écoulé exactement vingt-neuf jours entre les deux. Soudainement, je fis le lien avec le calendrier lunaire. Je me rappelai que les tragiques disparitions survinrent toujours lorsque le satellite de la terre était plein. Un rapide calcul m'apprit que j'allais mourir le lendemain si je ne prenais pas une mesure radicale. Il n'y avait plus de temps à perdre.

Je déposai Sophia tôt le matin chez mes beaux-parents et partis en direction de Loverval. Je m'arrêtai à la maison de Papy pour composer un sac avec plusieurs outils. Dans la remise, je tombai par hasard sur un collier que Melissa avait égaré. Il s'agissait d'une chaîne en or blanc sur laquelle était fixé un petit ange, souvenir de nos vacances à Venise. Je la passai autour de mon cou et me dirigeai vers la colline, déterminé. Une fois que j'eus monté l'échelle, je pus observer avec émotion le cœur dessiné par ma chère Sophia. Il était cependant temps de commencer mes travaux. Je saisis l'imposante pioche de Papy et l'abattis sur la structure faisant jaillir une poignée d'étincelles.

Ce premier assaut ne donna aucun résultat. Ceux qui suivirent n'en apportèrent pas davantage. Je changeai de tactique et portai de nouveaux coups à différents endroits dans le but de trouver une partie moins résistante. L'opération se solda par un cuisant échec. Il était presque midi et je n'avais pas fait la moindre brèche dans l'épaisse plaque. Il n'y avait pas encore lieu de paniquer, mais la grande horloge tournait assurément en ma défaveur. Il me devenait de plus en plus pénible de lever cette pioche. Je décidai donc de m'octroyer une pause pour réfléchir. Devais-je partir en quête de quelque moyen radical comme le serait un bâton de dynamite ou bien m'obstiner à utiliser mes seuls outils ? J'optai pour la deuxième solution tant j'étais craintif à l'idée de ne pas revenir dans les temps. Je passai encore un long moment à taper sans succès. En pleine crise de nerfs, tandis que tout semblait perdu, j'enchaînai frénétiquement les frappes sur le dessin de ma fille lorsque la pierre émit un son de craquement. Une fissure s'était formée, bientôt agrandie par le coup suivant. Une petite ouverture récompensa mes bras meurtris. Je ne m'obstinai pas davantage à me servir de la pioche. Je ne pouvais répéter pareil effort et optai pour une masse et un burin en vue d'élargir le trou. Le travail n'en était pas moins pénible et de nombreuses pauses furent nécessaires avant que l'espace libéré ne permette mon passage. Le temps pressait. Je franchis l'obstacle et constatai que les escaliers de pierre se prolongeaient bien plus bas. Armé de ma lampe torche, je descendis dans les entrailles de la Terre. Une terrible odeur de soufre émanait de ces murs et j'eus beaucoup plus de mal à respirer. C'est avec difficulté que j'atteignis la dernière marche qui fit place à un couloir.

À mon grand étonnement, une lumière en éclairait le fond. Je constatai en avançant que le halo mystérieux n'était qu'un reflet de ma lampe. Les murs à l'extrémité du corridor n'étaient plus taillés dans la pierre comme auparavant mais tapissés de miroirs. L'étrangeté de la décoration n'était pas ma préoccupation principale, je pris malgré tout la peine de regarder mon visage fatigué, comme si je voulais saluer un vieux compagnon que je n'étais pas certain de revoir. Le tunnel se terminait par une porte en bois dont l'absence de poignée me terrassa. Je pensais avoir fait le plus difficile et voilà qu'une terrible épreuve se dressait à nouveau devant moi. Les coups de hache, pas plus que mes essais au burin, ne donnèrent de résultat et je m'effondrai sur le sol, prêt à abandonner. Je repassai le film de ma vie et ressentis un puissant sentiment d'injustice. De rage, je tambourinai la porte avec mon front, peut-être pour que la douleur me fasse oublier l'échec de mon expédition ou alors était-ce simplement le début de la folie ? Mon dernier coup de boutoir fit place à un étrange son métallique qui libéra la porte. Ce miracle me fit prendre conscience que tout espoir n'était pas mort. Je m'engouffrai dans le passage. J'arrivai dans une pièce circulaire, entièrement vide à l'exception du cercueil qui me faisait face et d'un chandelier sur pied surmonté de trois grands cierges. J'allumai les grosses bougies pour libérer mes bras de toute contrainte. Je fis ensuite glisser sur le sol le couvercle mortuaire et reculai avec horreur devant le cadavre en décomposition qui gisait sous mes yeux. Les idées se bousculèrent dans ma tête, mon cerveau était comme pris dans un étau. La présence de cette chose effroyable ne pouvait être due au hasard.

J'eus l'intime conviction que j'avais en face de moi l'immonde créature responsable de bien des maux. C'était elle qui avait provoqué toutes ces fichues crises cardiaques même si cela m'a été très difficile à concevoir. Il ne pouvait en aller autrement. Je devais mettre un terme à cette terrible malédiction. Renoncer à cet instant eut signifié mon arrêt de mort, j'étais le prochain sur la sinistre liste. Je tirai de mon sac deux bouteilles de produits accélérant pour barbecue que je vidai sur le corps et tâtai ma poche en quête de ma boîte d'allumettes, lorsque mon attention fut attirée par un collier qui ornait le cou de la bête. Je le dégageai du col, non sans réprimer un profond sentiment de dégoût et constatai avec étonnement, qu'il était en tout point identique à celui que je portais. Les fines mailles d'or blanc et l'inévitable petit ange ne laissaient guère de place à une quelconque coïncidence. J'en fus tellement sonné que je ne pus remarquer directement que les orbites du monstre s'étaient animées. Il se jeta sur moi avec une rare souplesse et me fit vaciller sur le sol. La surprise et l'horrible vision m'empêchèrent de libérer mon cou des mains décharnées qui l'enserraient de plus en plus fort. Au cours de cette lutte qui semblait perdue d'avance, tandis que toutes forces m'abandonnaient, mon pied droit rencontra la partie inférieure du chandelier qui se renversa miraculeusement sur le dos de mon assaillant. Un cri inhumain s'échappa de sa bouche difforme lorsque ses vêtements s'embrasèrent. La douleur fit relâcher son étreinte et j'en profitai pour rouler sur le côté. Bien qu'entièrement en feu, la bête rampa dans ma direction. J'étais résigné, paralysé par le manque d'oxygène dû à mon récent étranglement et par l'épaisse fumée qui tapissait la pièce. J'étais désormais trop faible pour me lever et tenter de fuir par la porte que j'avais empruntée. Je me trainai vers le mur et remarquai un passage dans la roche que la pénombre avait jusqu'alors masqué. C'était probablement le tunnel employé par le monstre pour commettre ses crimes. Dans un ultime effort, je rampai dans l'étroit conduit, lorsque je sentis les serres de mon ennemi se refermer sur ma cheville. Je luttai pour avancer, mais le combat était perdu, je tombai évanoui.

Je me réveillai en hurlant. En ouvrant les yeux, je découvris les murs de ma chambre de Loverval. Qui m'avait sauvé, qui m'avait ramené ? Quelque chose ne tournait pas rond. Je quittai la pièce sans tarder et passai devant le miroir du hall où ma surprise toucha son paroxysme. Le reflet me renvoyait l'image d'un garçon de treize ans. Je restai choqué à observer mon double et compris ce qu'il se déroulait lorsque mon grand-père apparut, lui aussi, terriblement rajeuni. Avais-je donc tout rêvé ou étais-je désormais au cœur d'un songe au scénario, pour le coup, un peu trop réaliste ? Papy m'annonça que mon visage blême l'invitait à appeler mes parents pour qu'ils rentrent de leur soirée. Il n'y eut cette fois-là ni accident ni déménagement. Je fus très ému de les retrouver, mais gardai en tête que tout ceci était peut-être le fruit de mon imagination. Je luttai pour ne pas leur raconter ce que j'avais vécu. J'avais certes le corps d'un jeune garçon, mon esprit était pourtant celui d'un homme d'expérience. Malgré l'amour qu'ils me portaient, ils m'auraient envoyé à l'hôpital psychiatrique si je m'étais décidé à leur conter mon histoire. J'eus grand mal à faire le deuil de mon ancienne vie tant les souvenirs de Sophia et Melissa étaient omniprésents. Dès que j'en eus l'occasion, je fis une expédition dans les bois en quête de mon passé. En lieu et place de la colline s'étendait une petite clairière. J'observai ensuite la maison de Cédric et la conciergerie de l'école sans trouver trace de mon ami ou de Melissa. Je finis par penser que toute cette histoire n'était qu'une invention de mon cerveau d'adolescent. Je disposais pourtant de connaissances troublantes pour un garçon de mon âge et je n'arrivais pas à l'expliquer autrement que par cette première vie. Je brillai à l'école, on me fit trois fois monter dans la classe supérieure. Je choisis des études d'architecte qui me firent l'effet d'un recyclage professionnel. Mes acquis mystérieux me facilitèrent la tâche et je devins vite la coqueluche du secteur. Le constat était cependant très clair, il m'était impossible d'être heureux, car j'avais toujours une petite Sophia dans le coin de ma tête. Le fait de ne pouvoir en parler avec personne était usant. J'avais besoin de vacances.

Je décidai de partir pour Venise, fasciné par la magie de l'endroit. Alors que j'observais un curieux pendentif dans une vitrine, un parfum particulier me fit me retourner. C'était bien elle, il n'y avait pas de doute là-dessus ! Elle était là, en face de moi, me fixant comme si elle avait vu un mort. Elle se saisit de ma main et me glissa dans l'oreille : « Je ne sais pas qui vous êtes, vous allez me prendre pour une folle, mais j'ai rêvé de vous ».

Elle ne s'appelle pas Melissa, mais porte le joli prénom de Sophie et nous sommes mariés depuis cinquante ans. Je n'ai jamais été aussi équilibré.

Il ne se passe pas un jour sans que je ne repense à cette expérience qui m'a menée aux confins de la folie. Je mentirais en écrivant que je n'ai jamais tenté d'en savoir plus au sujet des songes de Sophie, mais j'ai respecté son choix d'en conserver le secret. Superstition oblige, je ne lui ai d'ailleurs jamais parlé de mes propres aventures. Avec le recul, je peux affirmer que nous n'avons pas besoin d'aborder la question. Les regards dont elle me gratifie lorsque je suis confronté à des éléments qui me rappellent mon « ancienne vie » sont des témoignages suffisamment éloquents de cette complicité surnaturelle. Et puis, quand vous vivez le plus beau de tous vos rêves, avez-vous vraiment envie de pousser la réflexion au point de vous réveiller, conscient des incohérences de celui-ci ? Il s'est déroulé quelque chose de magique, j'en suis bien convaincu. Je m'évertue depuis à devenir un homme meilleur. J'ai appris que les mauvaises pensées, comme la vengeance, la jalousie ou la facilité peuvent nous mener au bord du précipice. La vraie leçon à tirer, n'est-elle pas de suivre les signes du destin pour mettre à mort le monstre qui sommeille en nous ? Et vous, à l'heure où vous lisez ces lignes, en êtes-vous quitte de votre double ténébreux ?

Jean-Pol Bertollo

Jean-Pol Bertollo est un auteur belge de 38 ans. Il réside dans la banlieue verte de Charleroi, en Région wallonne. C'est dans les décors de son village de Loverval qu'il puisa l'inspiration de sa nouvelle *Épitaphe*, qu'il qualifie de rencontre entre un thriller ésotérique et une histoire d'amour. Il s'agit, pour la circonstance, de sa première incursion dans le genre surnaturel. Il confie que son seul plaisir est de s'imaginer le lecteur s'approprier l'histoire et y trouver des pistes de réflexion. Auteur peu prolifique, il désire à présent consacrer son temps libre à l'écriture d'un roman. On peut compter sur lui pour prendre le temps qu'il lui faudra...

Le vrai visage

Je sortis les dernières baguettes encore chaudes du four au feu de bois. Je maniais ma pelle avec rapidité et précision, cela faisait plus de dix ans que j'exerçais avec passion le métier de boulanger. Mon père m'avait tout appris et c'est tout naturellement que j'avais repris le flambeau familial. Depuis ma plus tendre enfance, je pétrissais la pâte en répétant ses gestes. Les conseils avisés se transmettaient de génération en génération. J'étais habitué à sentir l'odeur des braises dans le four et la douceur de la farine entre mes doigts. Je m'essuyais les mains sur le tablier et m'approchais de la porte qui menait à la petite boutique. La lumière marqua un temps avant d'éclairer la pièce. Valérie ne tarderait pas à arriver et à prendre la relève. Mon épouse gérait la vente. Son bagout et son sourire franc attiraient les clients, non seulement du village, mais aussi des alentours. La porte de l'arrière-boutique claqua soudainement.

— Je suis là, je m'en occupe, entendis-je dans mon dos.

Je me tournai pour adresser quelques mots à ma femme, mais Valérie se mettait déjà au travail avant l'arrivée des premiers clients. Elle commença à disposer les viennoiseries dans des petits paniers en osier dans les vitrines. D'un geste résigné, j'enfilai mon manteau et ajustai mon béret sur la tête avant de sortir de la boulangerie. Une pluie fine me cueillit dans l'embrasure de la porte. Je frissonnai. Par chance, il n'y avait que quelques mètres à parcourir pour atteindre la maison, située non loin de la boutique. J'allais y faire un saut rapide avant ma tournée dans les hameaux isolés. Il faisait encore nuit, le village n'était pas totalement réveillé. Seul le cri de la chouette s'entendait par intermittence dans la campagne.

191

Une fois dans la cour, je fus salué par Ficelle, un labrador noir femelle qui me lécha le bout des doigts. Je caressai machinalement les poils mouillés de l'animal, qui remua la queue avant de repartir s'abriter dans sa niche aussi vite qu'il était venu. J'ouvris la porte d'entrée, qui se referma en grinçant à nouveau derrière moi. La chaleur du feu de cheminée m'accueillit, ainsi que l'odeur du café chaud. J'enlevai mes chaussures, mon manteau et mon béret, que je laissai sécher sur le portemanteau du vestibule. J'entrai dans la salle à manger aux murs en pierre, au milieu de laquelle se trouvait une grande table revêtue d'une nappe à carreaux blancs et rouges. Ma mère, fidèle au poste, me préparait le petit-déjeuner. C'était un rituel qu'elle tenait du temps où papa était encore en vie. Même si elle savait que je ne mangerais pas beaucoup (vu que j'avais la mauvaise habitude de grignoter à la boulangerie), elle ne se résignait pas pour autant. Je m'assis à table et coupai de mes mains un petit morceau de pain que je tartinai de beurre.

— Il reste aussi du pastis aux pruneaux d'hier.

— Ça va aller, maman, répondis-je, la bouche pleine.

Je faisais vite, je ne voulais pas prendre plus de quinze minutes de pause avant de faire la tournée. Ma mère s'avança lentement dans sa robe noire et me servit le café dans un verre déjà déposé devant moi. Le feu crépitait dans la cheminée. On n'entendait rien d'autre que le silence de la pièce, uniquement brisé par le bruit du balancier de la grosse pendule comtoise. Je regardai ma mère s'asseoir difficilement dans son vieux fauteuil, revêtu d'un dessus en laine tricoté de ses mains. Les cheveux blancs ramenés en un perpétuel chignon, le visage creusé de rides qui soulignaient les profonds cernes qui coulaient de ses yeux noirs, Jeanne faisait bien plus vieille que son âge. Elle portait le poids des années sur son châle intemporel et donnait l'impression d'avoir été toujours là, comme les pierres de la maison. Éternelle gardienne des murs.

J'avalai d'un coup l'ultime gorgée de café en laissant des traces de sucre sur le fond du verre transparent. Puis, je me dirigeai rapidement vers le haut de la maison en faisant craquer sous mon poids les escaliers en bois. L'humidité ambiante me saisit immédiatement, avant même d'avoir atteint les dernières marches. Le rez-de-chaussée était toujours mieux chauffé que l'étage. Il fallait donner du temps à la cheminée pour que la chaleur monte. Cependant, les chambres restaient souvent froides et sombres en hiver, laissant l'odeur du feu et le silence chargé d'humidité les envahir.

Je venais de rentrer de la tournée et je faisais ma pause déjeuner avant de repartir à la boulangerie. Une vache meugla dans le champ d'à côté, suivie d'une autre. Le croassement d'un corbeau et le klaxon d'une voiture s'entremêlèrent. Ficelle se mit à aboyer de plus belle. Le bruit du moteur du véhicule s'éloigna après avoir fait crisser les graviers de l'entrée de la propriété. Ma mère écarta le rideau et reconnut la voiture du facteur s'en aller sous la pluie et la grisaille. Elle ne discutait plus avec lui depuis de nombreuses années. Si elle le voyait, elle lui lançait un bonjour courtois, sans s'étaler davantage. Ma mère aimait rester chez elle, cela lui suffisait. Les gens la fatiguaient, elle détestait les commérages de village et les disputes sans queue ni tête. Errer entre les murs de sa salle à manger et les fourneaux de la cuisine remplissait ses journées. Elle s'avança vers la table et jeta à la poubelle les entrailles, la tête et autres restes du poulet qu'elle avait plumé un peu plus tôt pour le repas du midi. Puis, elle s'approcha de la gazinière et remua la soupe qui chauffait à petit feu dans une grande marmite. L'odeur généreuse des légumes avait déjà envahi la cuisine et une bonne partie du salon. Elle se mélangeait à la puanteur de la cendre froide, omniprésente dans la maison. J'essuyai lentement les assiettes et les bols propres et les rangeai dans le meuble en bois tout près de la table. Ma mère observa à nouveau par la fenêtre au-dessus de l'évier et regarda les gouttes de pluie rebondir sur les carreaux. Elle replaça son châle sur ses épaules courbées qui portaient le poids des soucis.

J'attrapai cuillères, fourchettes et couteaux afin de mettre la table dans la salle à manger. Je ne fis pas attention et je me coupai bêtement le doigt avec un couteau. Je montai chercher la trousse à pharmacie avant que ma mère ne le voie et qu'elle ne devienne pénible. Une fois la petite blessure soignée, je dévalai les escaliers à toute allure pour le repas. Dans ma précipitation, mon pied gauche manqua une marche et je les dégringolai dans un vacarme assourdissant. Le vieux carrelage froid et dur du rez-de-chaussée stoppa ma chute et ma tête rebondit violemment sur le sol. Le vide total m'envahit tout d'abord. Puis, les battements de mon cœur résonnèrent en moi, aussi puissamment que le balancier de la Comtoise, renforcés par les cris lointains d'une femme.

— Didier ! Didier ! Réponds-moi ! entendis-je au loin, comme un écho.

J'ouvris les yeux puis les refermai aussitôt. La tête me pesait. Je vis ma mère agenouillée à mes côtés, en train de me parler. Je ne discernais que ses lèvres bouger. Le son de sa voix finit par monter à mes oreilles.

— Réponds, bordel !

Ma mère paniquait, je le sentais. Je me redressai péniblement en fronçant les sourcils et vis ma mère attraper le téléphone.

— Inutile d'appeler les secours, maman, ça va aller ! dis-je, sur un ton faussement rassurant.

J'avais mal à la tête, je me sentais encore sonné, mais je reprenais peu à peu mes esprits.

Ma mère apparut avec un torchon rempli de glaçons et me le posa sur la tempe.

— Tu me fais mal, c'est bon ! bougonnai-je.

— Tais-toi ! Laisse-moi faire si tu ne veux pas avoir une bosse sur le front.

Je me relevai lourdement, en m'aidant de la rampe, et me dirigeai vers le salon.

— Ça va aller, je te dis, c'est rien.

J'agrippai une chaise en paille qui trônait autour de la table et ma mère m'apporta une assiette remplie de soupe fumante.

— Mange ! Il faut que tu reprennes des forces.

L'horloge comtoise ponctua ses paroles en sonnant plusieurs coups. Le silence s'installa ensuite. Pesant. Ma mère déposa une miche de pain sur la table et un bocal de pâté maison. Elle s'assit en face de moi et avala chaque cuillère de soupe en faisant du bruit. Je déjeunai rapidement et montai faire une petite sieste de vingt minutes avant de retourner prendre la relève de Valérie. Je pris garde à ne pas chuter à nouveau et m'allongeai sur le lit. Je posai ma tête, encore lourde, sur l'oreiller froid avant de plonger dans un sommeil de plomb.

Je préparai la pâte du lendemain. La boutique avait fermé une petite heure, le temps que Valérie mange quelque chose et se repose de sa matinée de travail. L'air frais entra dans la pièce et je la vis approcher.

— Déjà là ? lui demandai-je, en baissant la tête sur la préparation.

— Oui je n'avais pas très faim, me répondit-elle. *Et puis comme ça je passe un peu plus de temps avec toi, comme on ne se voit qu'en coup de vent… Coucou, je suis là ! Tu te rappelles que tu es marié ?*

Je fis la moue, sans arrêter de travailler la pâte. Valérie ne me regardait même pas, elle préparait la commande de Babeth, qui viendrait la récupérer à la réouverture de la boulangerie.

— *On passe notre vie à bosser ici de toute façon. On crèvera dans cette maudite boulangerie. On n'a même plus une minute à nous, ça fait bien longtemps que je l'ai compris… Qu'est-ce qu'on se fait chier !*

— Eh ben, t'es de mauvais poil aujourd'hui. C'est ma fête… raillai-je, sans pour autant relever la tête.

— Allez, au boulot ! C'est tout ce qu'on sait faire, coupa-t-elle. *Ça et écouter les clientes raconter leur vie.*

— Je n'ai pas envie de me disputer, Valérie, ronchonnai-je.

— Bah ! Ça va être de ma faute, maintenant ! lâcha-t-elle, exaspérée.

— Tu cherches les histoires avec tes petites piques.

— Mais, qu'est-ce que tu racontes, Didier ? C'est toi qui as commencé à m'attaquer en me disant que j'étais de mauvais poil. Voilà, maintenant, c'est sûr, t'as réussi à m'énerver.

Je vis Valérie s'éloigner et se diriger d'un pas furieux vers la boutique.

— *J'aurais mieux fait d'écouter mon père quand il me disait de ne pas me marier à un boulanger. Mon con de mari aurait mieux fait d'épouser sa farine, tiens ! Elle, au moins, il lui pose encore les mains dessus.*

Chacun se mit à travailler de son côté jusqu'à l'ouverture de la boulangerie. Les clients ne tardèrent pas à arriver.

— Bonjour, Valérie, ça va ? entendis-je depuis l'arrière-boutique.

— *Oui, génial, mon mari est un con et je m'emmerde.* Et toi, ça va ?

— Ouais, mais c'est pas grâce au temps. Qu'est-ce qu'il flotte ! Je vais prendre deux bannettes, pas trop cuites. *Pas comme la dernière fois. Elles étaient si dures que Jacques a failli y laisser les dents.*

— *Je peux pas me la voir celle-là avec son sourire hypocrite.* Les voici ! Ça fera un euro soixante-dix.

— *Voyons si elle accepte le faux billet de vingt euros qu'on m'a refilé je ne sais où.*

Alarmé par la discussion, je courus vers la boutique et vis ma femme saisir le billet de vingt euros de la cliente.

— On ne prend pas les billets de vingt, coupai-je, en fermant la caisse.

Valérie me regarda, très surprise.

— Nous n'avons plus assez de monnaie sinon, ajoutai-je. Vous n'auriez pas quelques pièces ?

— *Eh merde…* voyons… ah oui ! J'ai bien quelques pièces. Tenez.

— Merci et bonne journée !

La cliente sortit et Valérie se tourna vers moi.

— Depuis quand on ne prend plus les billets ?!

— Depuis qu'ils sont faux.

— Faux ?!

— Oui, elle te le dit en plus, je ne comprends pas comment tu peux l'accepter.

— Tu es complètement fou, Didier. Elle ne m'a jamais dit ça.

— Ben, sois plus attentive à ce que te disent les gens, Valérie. Et sois un peu plus aimable, quand même !

— Il faut aller te faire soigner, mon pauvre Didier. Tu dérailles complètement.

— Eh ben ! Je ne sais pas qui est le plus malade des deux, renchéris-je, en soufflant.

La dispute fut coupée net par l'arrivée de plusieurs clients à la fois. Je me mis dos au comptoir et finis le travail commencé par Valérie. Je n'avais envie de parler avec personne et préférais placer les quelques pains restants dans les étalages.

— *Je vais prendre quatre pains aux raisins pour le goûter des enfants. Les croissants sont dégueulasses ici.*

— *Zut, il ne reste plus de pastis aux pruneaux, Françoise va gueuler en rentrant.*

— *Elle est bonne la Valérie. Viens, ma jolie, que je te tripote les miches.*

— *Est-ce qu'elle s'est lavé les mains ? Elle touche les pièces, avec la quantité de microbes qu'il y a dessus… Et le boulanger, est-ce qu'il travaille proprement ? Et le four, il le lavera, de temps en temps, non ?*

— *Ouf ! Il y a la queue, je repasserai. D'ailleurs, ça me rappelle que je dois aller chercher des capotes à la pharmacie.*

— Doucement ! Si vous parlez tous à la fois, je ne comprends rien, hurlai-je, choqué par de tels propos.

Valérie m'entraîna dans l'arrière-boutique après s'être excusée auprès des clients.

— Rentre à la maison, Didier ! Tu dis n'importe quoi, tu vas faire fuir les gens.

— Ah, ça, c'est sûr que ce n'est pas toi qui vas les faire fuir avec tes miches, hein !

— Quoi ?! Allez, rentre, tu me fais peur là.

— T'as raison, j'ai besoin de prendre l'air, dis-je en claquant la porte en sortant.

Il pleuvait encore, l'eau dégoulinait sur mon visage. D'humeur grincheuse, je ne vis pas tout de suite Ficelle, qui tournait autour de moi pour me signaler sa présence. J'ouvris la porte et après avoir laissé mes affaires dans le vestibule, je me dirigeai dans la salle à manger. Le son de la télé monta à mes oreilles. Ma mère s'était assoupie dans le fauteuil, les jambes protégées par une couverture. Le feu de la cheminée ne brûlait plus très fort, le bois était presque consumé. J'attrapai une grosse bûche à côté de l'âtre et la déposai dans le feu, après y avoir ajouté quelques vieux journaux. Un coup de soufflet et le feu repartit de plus belle. Je me dirigeai ensuite vers la cuisine pour me servir un café. Ma mère s'y trouvait déjà, je n'avais pas remarqué qu'elle s'était déplacée.

— Tu n'aurais pas dû te lever.

— *Avec ta discrétion habituelle, j'ai été bien vite réveillée...* Tout va bien à la boulangerie ? demanda-t-elle, étonnée de me voir rentrer si tôt. *Ça ne te ressemble pas, il doit se passer quelque chose...*

— J'en ai assez vu et entendu pour aujourd'hui, répondis-je d'un ton sec, sans lever les yeux sur elle.

— *Bah ! Cette sotte de Valérie va bien pouvoir tenir la boulangerie quelques heures. Elle n'a pas besoin de toi pour vendre quatre baguettes.*

Je ne tenais pas en place, je m'assis à la table de la salle à manger et me pris la tête entre les mains.

— Pas la peine d'en rajouter, maman. Arrête de murmurer depuis la cuisine, je t'entends, m'emportai-je.

— Oh là là ! Qu'est-ce que tu es énervé, mon fils !

— Être à son compte est stressant, je te rappelle. Ce n'est pas à toi que je vais expliquer le métier de boulanger.

— *Ça, c'est sûr ! J'en ai assez vu avec ton père.*

Elle porta le café et s'apprêta à s'asseoir quand quelqu'un frappa à la porte. Ma mère grimaça et je partis ouvrir.

— Salut, Alain, comment vas-tu ?

— On fait aller, répondit-il, en se levant pour lui serrer la main. Bonjour, Jeanne.

Ma mère lui fit deux bises, éteignit la télé et apporta un verre de plus pendant que nous prenions place autour de la table. Elle lui servit un café et nous laissa discuter entre nous.

— Valérie m'a dit que je te trouverais ici, continua Alain. *J'aurais préféré que tu m'invites à l'apéro plutôt qu'à du café réchauffé.*

Je le regardai droit dans les yeux.

— Qu'est-ce qui t'amène ?

— On va organiser le repas de la chasse samedi prochain. Je voulais te commander quarante bannettes, tu pourras me les livrer samedi en fin d'après-midi ? *Si je fais traîner un peu la discussion, je vais peut-être l'avoir, mon apéro. Pas envie de rentrer tout de suite retrouver la sorcière.*

Je restai bouche bée, le verre de café suspendu à quelques centimètres de mes lèvres sans jamais les atteindre.

— Eh bien, mon vieux, ça va ? T'es aussi pâle que ta farine ! s'esclaffa Alain. *J'ai faim, il lui reste pas quelques petites viennoiseries ou quelque chose de la boulangerie à se mettre sous la dent ? Ça aiderait à faire passer le café.*

Je me frottai le visage. Cette fois-ci, j'en étais sûr. Alain venait de me parler, sans bouger les lèvres !

— Tu… tu veux quelque chose à manger, je t'apporte un bout de brioche ? demandai-je, en le regardant attentivement.

— Ah tout de même, *c'est pas trop tôt !* Le café me suffisait, mais si c'est toi qui proposes, pourquoi pas.

Je me dirigeai vers la cuisine, profitant de l'excuse de la brioche pour reprendre un peu mes esprits. Comment était-ce possible ?! Est-ce que je venais vraiment de percevoir les pensées d'Alain ? Ça expliquerait pas mal de choses.

— T'as vu le match hier soir ? demanda Alain en levant la voix pour que je l'entende depuis le salon.

— Euh… le match ? Ah oui… je sais pas… oui, je l'ai vu, répondis-je en revenant avec une assiette de brioches dans les mains.

— *Dis donc, tu ne sais pas que la faire, toi aussi tu prends de la brioche, mon vieux !* Putain, quelle chance ils ont eu de marquer à la dernière minute, avec ce couillon d'arbitre en plus…

Je restai interdit. La sonnerie du téléphone portable d'Alain retentit bruyamment.

— Allô ! répondit-il après avoir avalé sa bouchée de viennoiserie. *C'est pas vrai, il faut toujours qu'elle m'emmerde celle-là.* Oui, oui, ma chérie, je suis avec Didier. Oui, oui, je suis bien passé chez le boucher. À tout à l'heure ! *J'en ai marre qu'elle me flique sans arrêt.*

J'en oubliais de manger. Les pensées se bousculaient dans ma tête.

— C'est pas ta journée aujourd'hui, t'es pas très bavard !

— Oui… Non, enfin… je suis un peu fatigué.

— Je ne vais pas t'embêter plus longtemps, alors. Je vais y aller. *Définitivement c'est raté pour l'apéro.* Merci pour le café, dit-il en se levant.

— Au revoir, Alain.

~*~

Quand Valérie revint à la maison, elle portait un gros pain rond qu'elle déposa sur la table. Elle salua ma mère, qui s'affairait déjà dans la cuisine, et monta directement à l'étage. Sans la moindre hésitation, je la suivis.

— Valérie, je… je suis désolé pour ce qu'il s'est passé à la boulangerie tout à l'heure, commençai-je.

Elle ne répondit pas tout de suite et continua de se changer.

— *Il fait toujours très froid dans cette chambre.* N'en parlons plus, espérons que ça soit la dernière fois.

— Nous travaillons beaucoup dernièrement, poursuivis-je, dans le but d'entamer une conversation constructive et de recoller les morceaux avec ma femme.

— *Dernièrement… On n'a jamais rien fait d'autre que travailler. Travail, repas, dodo, travail, repas, dodo… waouh ! Quelle vie de rêve !* C'est comme ça, que veux-tu y faire ?!

— Nous pourrions prendre quelques jours de vacances, nous les aurions bien mérités.

— Et la boulangerie ? demanda-t-elle, étonnée.

— Nous la fermerons une petite semaine, ça fait tellement long-temps que nous ne sommes pas partis en vacances, toi et moi.

— *Je ne sais pas si je vais arriver à te supporter, mon pauvre Didier, même en vacances...* Oui, oui... pourquoi pas. C'est à voir, bre-douilla-t-elle peu convaincue.

Je restai interdit, mon couple allait donc si mal ?

— Descendons ! ordonna Valérie. Allons aider ta mère. *Tu ne comprends pas que ce n'est pas d'une semaine de vacances dont j'ai be-soin, mais c'est de quitter ce trou à rats !*

Je dressai la table pendant que les deux femmes cuisinaient. Ma mère et mon épouse s'entendaient mal, mais elles avaient mis de l'eau dans leur vin pour que la vie sous le même toit soit possible. Valérie était issue d'une famille plutôt bourgeoise, ses parents s'étaient toujours opposés à notre mariage. À l'époque, ça avait été le coup de foudre entre nous. L'amour fou. Elle avait tout aban-donné pour moi et se faisait une joie de venir vivre à la campagne. La vision si romantique de notre couple dans la boulangerie gran-dissait dans sa tête. Avec le temps, je me demandais si ma mère n'avait pas raison et Valérie n'était peut-être pas faite pour cette vie. Un jour, elle regrettera son choix et elle te quittera, m'avait-elle dit, en pointant l'index vers le haut. Valérie n'est pas une fille pour toi.

— *Il serait temps de changer les assiettes. Elles sont dégueulasses, je l'ai dit plusieurs fois, mais on ne m'écoute jamais.*

— *Mon fils mérite mieux que cette pimbêche qui met des décolletés à longueur de journée.*

— *Berk, elle a encore fait cette soupe qui n'a aucun goût. On dirait de l'eau sale. Elle le fait exprès, j'en suis sûre.*

— *Elle ne le rend pas heureux. Elle n'est même pas capable de lui faire un enfant !*

— *J'en ai plus que marre d'avoir ma belle-mère entre les pattes. Si nous avions NOTRE chez-nous, peut-être que ça arrangerait les choses…*

— Besoin d'aide ? demandai-je pour couper les pensées de l'une et de l'autre.

— Non, c'est bon, nous pouvons souper, me répondit ma mère.

Le repas se déroula dans le silence le plus complet, du moins pour les deux femmes qui partageaient ma vie. Pour ma part, je me sentais un intrus qui pénétrait dans leurs pensées les plus profondes. Je me rendais compte que Valérie voulait quitter la maison à tout prix. Je m'imaginais alors que ce mal qui me rongeait s'avérait être un bien. En connaissant les envies les plus intimes de mon épouse, je pourrai ainsi les assouvir et la rendre heureuse. Au fil du temps, la flamme de l'amour se rallumerait. Nous montâmes nous coucher tôt, je devrai me lever à deux heures du matin pour commencer mon travail de nuit à la boulangerie. Valérie se glissa entre les draps et se tourna face au mur. Je posai ma main sur sa hanche.

— Je suis désolé que nous en soyons arrivés là, fis-je, en lui caressant le dos. La situation n'est pas simple entre l'entreprise et le peu de temps que nous avons pour nous… rien que pour nous…

— *Nous n'avons presque plus rien à nous.* C'est comme ça.

— Si, nous pourrions peut-être nous prendre un appartement et quitter la maison, soufflai-je.

Aucune réaction dans un premier temps.

— Mais, ta mère ? demanda-t-elle, en se tournant vers moi.

— Elle restera dans la maison familiale.

— *Une raison de plus pour me détester davantage.* Elle n'acceptera jamais que tu quittes ce toit qui s'est transmis de génération en génération.

— Nous viendrons la voir souvent. Nous avons besoin de nous retrouver, Valérie, je n'ai pas envie de te perdre…

— *Nous ne gagnons déjà pas beaucoup d'argent, si nous prenons un appart, nous en gagnerons encore moins.* Oui pourquoi pas, il faut y réfléchir. Je suis fatiguée, Didier. Bonne nuit.

J'étais debout depuis deux heures du matin. Quand tout fut prêt pour l'arrivée des premiers clients, je rentrai prendre un café chez ma mère et décidai de partir faire ma tournée quotidienne. La routine, encore et toujours la routine. J'étais habitué ainsi, cela ne me dérangeait pas. Je ne faisais que penser à ma femme. Je savais que notre couple battait de l'aile. J'avais mis ça sur le compte des semaines harassantes de travail et puis sur la perte de la passion des premières années de vie commune. J'étais loin de m'imaginer que Valérie allait aussi mal. Je m'arrêtais au bistrot « Chez Andrée » pour y livrer les baguettes et les pains prévus pour le midi. Je déchargeai mon stock quand Jean, le fils de la patronne, m'interpella lorsque je m'apprêtai à reprendre le volant.

— Salut, Didier, comment ça va ?

— Ça va, répondis-je simplement.

— Dis-moi, j'ai un problème de voiture, est-ce que tu peux m'amener chez Pierre ? Je lui avais dit que je passerais ce matin. *Je n'ai pas envie de sortir ma bagnole, tu peux bien me déposer.*

— Euh… ben… d'accord.

— Merci, c'est gentil ! dit-il en claquant la portière. Ta mère va bien ?

— Comme d'habitude, répondis-je en démarrant le moteur.

La bruine fine recouvrait le pare-brise, j'activai les essuie-glaces.

— Et ta femme, elle va bien ta femme ? *Si t'en prends pas soin, mon vieux, quelqu'un d'autre le fera pour toi.*

— Oui, d'ailleurs nous prévoyons de partir en vacances. Peut-être de faire un voyage, poursuivis-je, d'un ton bourru.

— *Eh ben, ça gagne bien sa vie un boulanger ! La boutique tourne à ce que je vois. T'as raison, emporte-la loin, ta Valérie, avant qu'elle prenne ses valises pour se barrer.*

J'enrageais, mais j'essayais de garder mon calme. C'est sûr, la prochaine fois, c'est pas bibi qui servira de chauffeur à ce petit con. Je déposai Jean et poursuivis la tournée avant de rentrer à la boulangerie. Ma femme s'affairait déjà à la boutique, il y avait du monde.

— Je n'ai pas de monnaie sur moi, je peux repasser tout à l'heure ? demanda un habitué tout en prenant ses baguettes.

— Bien sûr, répondit Valérie, *mais ne fais pas semblant d'oublier de payer cette fois-ci, il n'y a pas marqué pigeon sur mon front !*

Les semaines défilaient et les réflexions des gens se bousculaient dans ma tête. Je ne connaissais le silence que lorsque je me trouvais seul, sans personne autour de moi pour me livrer involontairement ses pensées les plus profondes. J'entrai complètement dans l'intimité des autres et ce mal qui me touchait devenait chaque minute plus lourd à porter. J'essayais de faire la part des choses en me disant qu'il ne fallait pas tout prendre au sérieux, mais plus je tentais de bien faire en faisant plaisir aux gens et à ma femme, plus je me rendais compte qu'ils étaient d'éternels insatisfaits. Je ne voulais plus rien entendre. Je ne voulais plus rien savoir. J'avais besoin de retrouver le calme et le silence. La seule voix de ma conscience. J'aurais donné n'importe quoi pour que tout redevienne comme avant et que je n'entende que ce qui sortait véritablement de la bouche des gens.

Valérie ne souhaitait pas partir en vacances avec moi, ni même que nous prenions un appartement ensemble. La vie que je lui offrais la rendait malheureuse. J'avais beau lui proposer plusieurs variantes, je m'apercevais qu'elle en était arrivée au stade où elle ne me supportait plus du tout. Un soir, alors que nous étions couchés, elle me confia :

— Je crois que nous devrions divorcer, Didier.

Cette phrase fut prononcée dans un souffle et comme la brise fraîche du matin, elle me frappa en pleine figure. Je ne peux pas dire que je ne m'y attendais pas, ça serait mentir, car je savais qu'elle y pensait, mais je gardais espoir que je finirais par sauver mon couple. J'aimais Valérie du plus profond de mon cœur.

— Je t'en ai demandé trop toutes ces années, je suis désolé. Nous pouvons changer notre rythme de vie…

— C'est moi qui ne me rendais pas compte de la dure vie d'un boulanger. *Et de vivre à la campagne. Et en plus avec ta mère ! J'étais si naïve et romantique à l'époque.* Nous avons passé de belles années ensemble… je crois qu'il vaut mieux arrêter là.

— Mais, Valérie, moi je t'aime, je ne veux pas te perdre, pleurai-je en me tournant vers elle et en me collant contre son dos chaud et ferme.

— *Hélas, moi je ne t'aime plus. C'est trop tard.* Je suis navrée, Didier, pardonne-moi.

— Je vais laisser la boulangerie, nous allons tout reprendre à zéro, paniquai-je à l'idée de la perdre.

— Ne dis pas n'importe quoi, me coupa-t-elle doucement. Tu sais bien que ce n'est pas possible. Nous ne sommes pas faits pour être ensemble. *Et puis je suis amoureuse d'un autre homme. Je ne peux pas te le dire, je ne veux pas te faire souffrir plus que ça.*

J'écarquillai les yeux. L'effroi dut se lire sur mon visage. Mes mains se mirent à trembler et mes sanglots coulèrent le long de mes joues mal rasées.

— Tu… tu… as rencontré un… un autre homme ? finis-je par prononcer.

Elle prit son temps avant de répondre.

— Ça n'a pas d'importance, Didier. S'il te plaît, ne rends pas les choses plus difficiles. *Je n'y arrive pas, il est si bouleversé, je ne peux pas lui dire. Pas comme ça.*

Je me levai doucement du lit. Je m'habillai, comme hanté par une force invisible.

— Didier, où vas-tu ? me demanda Valérie, en s'approchant vers moi.

— J'… j'ai besoin de prendre l'air.

Elle me laissa quitter la chambre et descendre les escaliers en bois. Je me dirigeai vers la voiture, j'avais besoin de faire un tour. Je ne savais pas très bien où aller, je me sentais tel un automate dans la nuit humide. Ficelle me lécha le bout des doigts, je la regardai avec beaucoup de tristesse avant de démarrer le moteur du véhicule. J'avais réussi à éloigner Valérie, le grand amour de ma vie. Mon entourage ne pensait que des choses négatives de notre couple et les gens ne servaient que leurs propres intérêts. Une société égoïste, individualiste, qui ne voyait pas plus loin que le bout de son nez. Enfin je contemplais leur vrai visage. Cela faisait plusieurs semaines que leurs pensées virevoltaient dans ma tête, j'étais épuisé. Éreinté. Et Valérie, sans le savoir, m'avait donné le coup de grâce.

Je tournai le volant dans les virages des petites routes de campagne. Il n'y avait pas un chat. De temps en temps, le brouillard devenait plus épais, m'obligeant à ralentir et à baisser les lumières des phares. J'avais perdu Valérie et la boulangerie ne tarderait pas à suivre. Je n'avais déjà pas envie de retourner travailler demain. Depuis que j'étais tombé dans ces maudits escaliers, ma vie avait basculé. Tout s'enchaînait. Il était nécessaire que je me trouve un objectif. Je finis par le remarquer au loin, et je ne le lâchai plus de vue. J'essuyai mes larmes, je me redressai dans mon fauteuil, résolu à me prendre en main. Il fallait que j'arrête d'alimenter cette boucle infernale. Le sort s'acharnait sur moi et j'étais bien décidé à y mettre un point final. J'accélérai sur la dernière ligne droite. Je ne voulais plus faire de détours ni suivre de chemins plus tortueux. Je ne devais pas le rater. Le gros tronc du chêne. Lui au moins, il mettrait fin à toutes mes souffrances.

CÉLINE CERON GOMEZ

Je suis née en 1987 dans un petit village du sud-ouest de la France et aujourd'hui je suis professeur d'espagnol dans les Alpes-Maritimes. J'ai découvert ma passion pour l'espagnol bien loin de l'Espagne, au Congo, où j'ai vécu une bonne partie de mon adolescence.

De retour en France, j'ai commencé des études d'espagnol que j'ai continué deux ans en Espagne. Après l'obtention du concours d'enseignant, le travail m'a mené dans l'Hérault, puis en Seine-Saint-Denis où j'ai rencontré des gens formidables.

Vous l'aurez compris, la découverte de nouveaux horizons fait partie de mes passions. Depuis peu, j'en ai trouvé une toute nouvelle : l'écriture. *Le vrai visage* est ma deuxième publication après *Marché conclu !* dans l'anthologie *Du plomb à la lumière*, aux Éditions Le Grimoire.

Les oniriphages

Le ciel est rouge et sa clarté me brûle les rétines. Je cligne des paupières. Malgré les immeubles gris qui cachent le soleil et me surplombent, tous plus indistincts les uns que les autres, cette luminosité étrange reste pénible. J'ai l'impression qu'elle essaye de m'écraser au sol. Le seul détail qui me rassure, c'est le clown assis sur le trottoir. Son espèce de pyjama à losanges verts et rouges me dit quelque chose. Lorsqu'il tourne sa tête triste vers moi, je reconnais son nez bleu et ses sourcils broussailleux. C'est Loulou. Il hausse les épaules avant de retourner à sa contemplation du bitume noir. Je me rapproche de lui, sa présence me réconforte sous le ciel pesant, et face à la route infiniment vide. Mais le clown disparaît. Je me retrouve au restau, avec Magalie qui fouette je ne sais quoi dans un saladier. Alors j'essaye de lui parler, sauf que je ne peux pas. Je sens un poids sur mon estomac. Et je n'arrive pas à prononcer un mot…

Je sursaute, réprimant un élan de panique. J'ai la tête sur l'oreiller, quoi de plus normal ?

Foutu rêve de merde !

Je jette un œil au réveil en soupirant. Il est un peu trop tôt. Tant pis. Je me lève en dépit de la sensation désagréablement lourde du manque de sommeil. Je m'étire et passe dans la pièce d'à côté après avoir enfilé un jean et un tee-shirt qui traînaient par terre.

— Papa !

Estelle accourt, tout sourire. Je la serre contre moi, mais je ne peux m'empêcher de scruter les cheveux blonds hérités de sa mère. J'ai honte. J'ai l'impression de faire semblant. Tout ça parce que je ne voulais pas être un gros connard… À la place de quoi, je suis juste un connard. Pourtant, Estelle me sourit. Peut-être parce qu'elle ignore que je ne la mérite pas. Son papa est là, c'est la seule chose qui compte à ses yeux. Sûrement à cause de l'absence de sa mère.

— T'as vu !

Elle me tend Loulou. Le visage du clown est en partie recouvert d'une substance jaunâtre non identifiée.

— Je l'ai fait manger. Il a même fini son assiette !

— C'est de la purée, me dit la baby-sitter en rangeant le coin-cuisine. Je vous en ai laissé.

J'attrape Estelle pour l'asseoir sur le canapé.

— T'es obligé d'aller travailler, aujourd'hui aussi ?

J'acquiesce sans joie. Obligé comme tout le monde, oui. Je vais prendre une bière dans le frigo et passe au micro-ondes l'assiette du dîner qui refroidit sur la table. Mon petit déjeuner habituel. Je fais ensuite un rapide tour à la salle de bain pour me raser.

Alors que je reviens dans le salon, fin prêt, Estelle me tend les bras. Elle n'est qu'à moitié vêtue de son haut de pyjama fleuri, malgré l'heure très tardive. Elle m'attendait. Je m'accroupis donc pour l'aider. Ses yeux bleus pétillent. Si elle tient de moi pour leur couleur, cette jovialité lui vient de Lisa. Soudain, Estelle penche sa tête sur le côté, ses petites dents mordant l'intérieur de ses joues rondes.

Un pincement au cœur me fige, et mes doigts tressaillent sur les épaules de ma fille. Je sais à quoi elle pense.

— Qu'est-ce que tu as fait, à l'école ?

Elle perd son air nostalgique, pour se mettre à parler d'une voix aiguë sans discontinuer. Je ne l'écoute pas, et je me sens honteux, encore. J'ai posé la question juste pour éviter qu'elle évoque Lisa, comme à chaque fois qu'elle arbore cette expression songeuse. Je sais pourtant que cela reviendra, et j'espère qu'Estelle comprendra, un jour, ou du moins en partie, même si elle n'apprécie pas. Je ne risque pas de tout lui dire, mais elle apprendra sûrement ce qu'il s'est passé et ce que j'en pense. Elle comprendra le jour où elle saura décrypter mon regard.

Je lui donne le câlin qu'elle réclame, prétextant l'heure de partir, puis je fuis vers la porte d'entrée. La culpabilité m'écrase, noire et collante. Mais je ne sais pas comment m'en débarrasser. C'est une petite voix ironique, dans ma tête, qui me fait la morale tous les jours. J'ai beau lui rappeler que j'ai accepté la garde de ma fille, elle persiste.

Tristan, pourquoi t'as été faire une môme à une ado de seize ans ? D'ailleurs, tu te souviens qu'elle était pas trop d'accord, cette nuit-là ? C'est pas comme si tu avais insisté...

Je serre les dents en dévalant les marches de l'immeuble. Les murs gris et les escaliers étroits m'oppressent, le sarcasme de ma conscience m'énerve. Je veux sortir d'ici. Je veux qu'on me laisse tranquille !

Quand je franchis les portes, l'air frais me détend un peu. Marcher aussi. La nuit est claire et les étoiles scintillent. Il n'y a presque personne dans les rues. Quelques mendiants endormis, quelques soûlards et groupes d'étudiants fêtards, tout au plus. Les bars sont pleins, à cette heure, un vendredi soir. Alors, j'allonge le pas pour rejoindre le restau. Pour fuir l'appartement, aussi.

Une fois de plus, je me demande si je ne devrais pas confier Estelle à mes parents, le temps de trouver un boulot mieux payé. Mais est-ce qu'ils seraient d'accord ? Maman s'est déjà occupée d'elle à contrecœur jusqu'à mes dix-huit ans, sans vouloir la garder...

Je soupire. Il n'y a pas de solution miracle. J'ai fait de la merde, c'est tout. Donc il faut que je bosse. Je n'ai pas sauvé Estelle de l'orphelinat pour rien, même si la refiler à maman n'a pas été évident. Heureusement que papa était de mon côté. Pas comme ces connards de parents de Lisa. C'est tout juste s'ils voulaient pas payer un chirurgien au black pour faire un avortement après la durée légale. Ils s'en seraient donné à cœur joie si on avait découvert la grossesse avant. Puis Lisa n'a pas eu son mot à dire. Elle avait juste peur. De ses parents, du bébé, des responsabilités, de tout.

Maintenant, t'as voulu la garder, tu assumes, comme ils répètent tous. Il est trop tard pour changer d'avis. À l'époque, je n'imaginais pas… On n'imagine pas ce genre de chose, à dix-sept ans. On s'imagine pas élever un gosse à la vingtaine passée, obligé de trimer pour trouver un boulot vite fait, même si ça consiste à préparer des burgers toute la journée dans une ambiance pourrie. Voire toute la nuit, pour ce week-end. Qu'est-ce que je donnerais pas pour être avec mes potes, à regarder un match de foot, un pack de bière à moitié entamé posé sur la table du salon ! Le cliché de base, mais tellement rassurant.

Au lieu de ça… Je cligne des yeux, m'empêche de penser. Toujours la même rengaine. C'est chiant. Je me donne l'impression d'être un chiot en train de gémir. Tout le temps. Et quelque part c'est aussi la faute à cette gamine, mais en même temps c'est surtout la mienne plus qu'autre chose. C'est déprimant. Et je ne sais pas ce qui est le pire… Me plaindre, ou n'avoir rien pour redorer le tableau ? C'est pathétique.

J'accélère. Je ne suis plus qu'à deux rues du restau. Ma seule aubaine, c'est d'avoir dégotté cet appartement à vingt minutes à pied du boulot, minuscule, mais moins cher que le précédent.

La vue d'une ombre en mouvement interrompt le fil de mes pensées. Là, au bout de la rue, quelqu'un est penché sur un clochard assoupi. L'individu debout dans l'obscurité est assez petit, un nez pointu dépassant de son capuchon, tandis qu'il tend une main osseuse vers le malheureux. En approchant, je le vois mieux. Sa peau verdâtre et sa respiration sifflante ne me disent rien qui vaille.

— Eh ! m'exclamé-je. Laissez-le tranquille.

L'homme en noir se retourne, puis me pousse au torse avant de s'enfuir au pas de course. Je reprends mon équilibre malgré un vertige. Un regard aux alentours m'apprend que le fouineur a déjà disparu par l'une des sombres artères de la ville. Je m'assure que le clochard endormi n'a rien et jette une pièce dans son godet. Je ne sais pas à quoi il a échappé, mais ce voyou n'avait pas l'air net, sous son capuchon. On aurait même dit un vieux, avec ses mains osseuses.

Au carrefour, les couleurs de l'enseigne qui flamboient dans la nuit me rappellent à mon devoir. Je remonte l'avenue d'un bon pas en supportant quelques frissons, je suis presque arrivé.

Un collègue que je n'aime pas m'accueille devant le vestiaire avec son habituelle mauvaise humeur. Pourtant, je suis en avance. Il me parle de ce rush interminable, d'une bande de vingt jeunes qui a déboulé tard. Il quitte ensuite le restau en me remerciant sarcastiquement de le remplacer. J'espère juste qu'on aura moins de monde. Ça me rappelle la fois où, en mars, on avait eu deux bus de touristes à quatre heures du matin… Soi-disant qu'il était midi chez eux et qu'ils crevaient la dalle. Obligés de ressortir les ustensiles qu'on venait de laver après deux heures sans personne. La poisse !

Je retrouve l'équipe de nuit après m'être changé. C'est Magalie qui nous supervise. J'observe un instant ses yeux noisette en amande, les taches de rousseur constellant ses joues comme les étoiles illuminent le ciel. Ses cheveux cuivrés sont soigneusement rassemblés à l'intérieur de sa charlotte.

— Le produit, c'est sur le chiffon, dit-elle d'un air amusé, tandis que je nettoie mon plan de travail.

Je réprime un rire nerveux puis détourne la tête, mal à l'aise. Sa beauté sauvage est bien la dernière chose qui me dérange, d'habitude. Mon reflet dans la paroi métallique du congélateur me fixe de ses yeux flous, et je comprends que ce n'est pas Magalie qui me gêne. Quelque chose m'inquiète. Mon reflet déformé semble me sourire de manière sadique. Je me retourne vers Magalie, beaucoup plus rassurante. Et je l'écoute. Elle me parle de ses études, de sa grand-mère malade, de tout un tas de trucs qui paraissent la rendre triste. Je lui réponds ce que je peux. J'ai du mal à rester concentré. La venue de quelques clients nocturnes me permet de travailler sans avoir besoin de réfléchir outre mesure, les automatismes aidant. Malheureusement, la fatigue me rattrape au bout de quatre heures de boulot. Ma vision n'est pas claire, j'ai mal aux yeux.

Qu'est-ce que c'est que cette merde ?

Alors que je vais boire un verre d'eau, Magalie me demande si ça va. À vrai dire, je n'en sais trop rien. Mais je ne veux pas rentrer, il faut que je bosse. Pour Estelle.

— Allez, repose-toi un peu dans la salle de pause, je te réveille si on a du monde.

Ma collègue m'aide à rejoindre la banquette et j'acquiesce sans un mot en m'asseyant. Je m'écroule bientôt, la tête entre les bras.

Chez mes parents, au salon, ma mère me parle mais je ne comprends pas. Elle a l'air furieuse, ses mâchoires se crispent. Je suis alors attiré vers le bas, je glisse. Dans un élan de panique, je me rattrape au pied de la table en bois, qui s'enfonce aussi dans le sol devenu noir d'encre. Les plantes en pot s'étirent vers moi et m'agrippent les bras, les pieds, elles s'enroulent autour de moi avec des pétales ricanants. Elles attaquent mes jambes à coups d'épines. Je me sens faiblir, comme si mes forces me quittaient. J'ai peur. Je supplie ma mère du regard sans réussir à parler, elle continue à me sermonner. Soudain, Loulou surgit et me tend une main salvatrice.

— Dépêche-toi !

J'obéis. Mais que fait-il là, chez mes parents ? Je m'assieds sur le sol redevenu solide et constate que les plantes ont repris leur apparence.

— Tu ne dois pas revenir, du moins pas avant quarante-huit heures, me dit le clown. Fais attention aux miroirs...

Je ferme les paupières. J'ai envie de partir d'ici. Je ne veux pas continuer ça, cet endroit m'angoisse.

Je rouvre les yeux. Je suis dans la salle de pause du restau. Rassuré, je me lève dans un soupir pour rejoindre les cuisines. Il y a une foule bruyante. Les gens composent leurs repas eux-mêmes puis se plaignent. Je cherche mes collègues sans succès. C'est le clown qui revient et me secoue. Ma vision se brouille.

— Regarde l'heure, ou pince-toi, si besoin !

Je rouvre les yeux. Je suis dans la salle de pause du restau. Mais cette fois, je doute. C'est la deuxième fois que je me réveille comme ça. Me rappelant les conseils de Loulou, je vérifie l'horloge. Les aiguilles tournent, les chiffres changent. Et quand je me pince, aucune douleur concrète, tout juste un picotement diffus. Je ferme de nouveau les paupières, plus agacé qu'autre chose par ces faux réveils.

Qu'est-ce que c'est que ça, encore ?

Dans un sursaut, je me cogne le genou droit contre la table devant moi.

— On a du monde ! fait ma chef, à la porte.

Elle me laisse seul. Je frotte mon genou endolori, cette fois sûr d'être réveillé. Je jette tout de même un œil à l'horloge, qui indique tranquillement une heure avancée de la nuit. J'ai somnolé une bonne heure. Malgré tout, je me sens encore fatigué. Je me lève avec difficulté. Je suis au boulot et j'ai besoin de mon salaire entier à la fin du mois.

Je me traîne tant bien que mal jusqu'aux cuisines, où je retrouve mes collègues à leurs places habituelles. Ma vision est un peu floue, mais les automatismes combleront cette lacune temporaire. Je regarde l'écran des commandes afin de réaliser ma partie du travail. Pas besoin de réfléchir ni d'y voir très clair pour plonger des poulets frits dans l'huile et préparer les pains avec leur garniture.

Qui se ramène manger ça à cette heure ?

Malgré le manque de coordination entre mes deux mains, je parviens à terminer mes produits, puis les envoie en caisse, à ma collègue. Je sursaute lorsqu'un client arrive au comptoir. Normalement, seul le drive est ouvert, et les portes du restau sont fermées. Par où cet homme est-il entré ? Ma collègue passe devant lui sans le remarquer pour livrer la commande du drive. Je m'approche donc de ce vieil homme en costume-cravate. Il doit être malade, vu sa maigreur et la pâleur de sa peau.

— Vous… vous venez pour une commande ? Comment êtes-vous entré ?

Il me fixe d'un air peu avenant. Ses traits semblent changeants, les contours de son corps ne sont pas nets.

— Tristan !

Je me retourne d'un bond. La chaleur des lieux me saute au visage et ma sueur me donne froid. La voix de Magalie m'a sorti d'une torpeur bizarre.

— Mais, il y a…

Je vais pour pointer le client, sauf qu'il n'est plus là. Je regarde de nouveau ma collègue, sans comprendre. Je dois avoir une tête de déterré éberlué. Comme mes mains livides, avec les veines qui ressortent plus que d'habitude sur mes poignets. Je me sens encore perdu et fatigué. En même temps, je dors assez mal en ce moment. Peut-être la pleine lune, ou je ne sais pas. Toujours est-il que ça me donne des frissons, ça me fait un peu peur et je n'aime pas ça. J'ai l'impression qu'on m'observe…

Après une analyse plus rationnelle, il s'avère que mes collègues sont tous en train de me fixer d'un air inquiet.

— Tu devrais rentrer, me conseille la chef.

— Non, non, ça ira.

Je dois rester, je dois bosser.

Un mouvement attire mon regard, un peu plus bas. La queue rousse d'un animal frôle les jambes de Magalie. Un chien passe alors sa tête sur le côté, comme s'il était assez petit pour se cacher entièrement derrière elle. Un frisson me fige. Il a une tête bizarre, ce chien, de gros yeux noirs, trois rangées de dents acérées. Dans un énième sursaut de panique, je m'agrippe au plan de travail à ma droite. Magalie vient me prendre par l'épaule pour me conduire au vestiaire. Elle m'ordonne de rentrer. Moi, je cherche le chien. Les autres n'ont pas l'air de le voir. Mais je ne le retrouve pas, ce maudit chien. Il était là ! Tout comme l'homme au comptoir. Je ne comprends pas, et puis j'ai toujours ce frisson désagréable qui me pique les bras. Qu'est-ce que c'est ? Qu'est ce que c'est que cette foutue maladie ? J'ai des hallucinations, je suis fatigué, je divague. Peut-être qu'ils ont raison, qu'il faut que je dorme. De toute façon, j'arriverai difficilement à continuer ma nuit ainsi. C'est un coup à enchaîner les bourdes.

Magalie se propose de me raccompagner, mais je décline. Je refuse qu'elle me voie plus longtemps comme ça. Crédibilité zéro… D'autant plus que je ne suis pas si loin de chez moi. J'ai juste besoin de repos. Au pire, j'irai au médecin demain matin si ça ne va pas mieux, si j'ai de la fièvre. Mais merde, j'ai pas besoin de ça ! J'ai besoin de mon salaire entier pour cette foutue gamine ! Enfin… Pour Estelle.

Je remonte l'avenue en tressaillant. Mes jambes me portent tout juste, après cette nuit de boulot. Du coup, on dirait un ivrogne, avec mon air claqué et ma démarche zigzagante. Heureusement que Magalie n'est pas là pour voir ça. Je ressemble à rien, et même plus que d'habitude. C'est affligeant. Enfin, je m'en fous, y a pas grand monde dans les rues à cette heure-là non plus.

Encore grisonnante, l'aube se lève, activant les travailleurs les plus matinaux. Mais même si je garde mon attention rivée au sol, je me sens observé. Et quelques bruits bizarres accompagnent ma promenade. Des grincements de dents, des grognements.

Lorsque j'ose relever les yeux une demi-seconde, je croise le regard d'une poupée. Son visage cadavérique est fissuré par endroits, ses pupilles roses semblent sortir de leurs orbites. Les petits nœuds dans ses cheveux noirs en seraient presque mignons si la tête de la poupée n'arborait pas une crevasse avec un ersatz de cerveau d'où suinte un liquide jaunâtre. Un haut-le-cœur me paralyse, je me retiens de vomir. Pourtant, l'adolescente dont la poupée entoure les jambes de ses bras ne semble même pas la remarquer, elle attend son bus, debout, en pianotant sur son portable.

Une femme aux formes rondes sort de l'ombre, derrière l'arrêt. Elle me dévisage elle aussi, avec un visage rouge et bouffi. Son poing se serre sur l'épaule de l'adolescente immobile. La poupée lâche alors ses jambes, et le pas qu'elle fait en ma direction me file une montée d'adrénaline. Je me retourne, je cours. La peur me donne des ailes.

Comme je regarde devant moi, j'en vois de plus en plus. Des gens qui me fixent, qui se rapprochent de moi. Ils sont bizarres. L'un d'eux marche comme un zombie, avec un pied tordu et la bave dégoulinante, les yeux dans le vide. Il grogne. Un autre s'avance, j'ai d'abord cru qu'il portait une haute pile de dossiers, mais en fait non… La pile de dossiers lui fait office de torse et de tête, et il en tombe sur la route, partout, des tas de papiers blancs écrits en japonais.

Ce n'est pas possible !

Je serre les dents, je réprime un cri, je cours.

Non, je ne rêve pas !

Le froid me fait frissonner, j'ai des palpitations et la sueur colle mon pull à mes bras de manière très désagréable. Je le sens ! Mais un homme surgit devant moi. Je hoquette. Je le fixe un instant, figé de surprise. Il est entièrement nu, et c'est le jumeau d'un passant qui me double en lisant son journal. Je contourne les deux. J'évite aussi une zone d'ombre qui s'étend sur le trottoir, pour je ne sais quelle raison, puis un trou qui me semble renvoyer sur un ciel bleu et nuageux.

C'est pas possible, physiquement ! C'est quoi, ce bordel, merde !?

Je me pince la main, pour vérifier encore. La douleur est bien là. Et je manque de m'étaler en glissant sur des dents ! Des dents ! Qui jonchent le sol ! Y'a quelques minutes, j'aurais aimé comprendre, mais je ne suis plus sûr d'en avoir envie.

J'esquive une colonie d'araignées grosses comme des balles de bowling en prenant la dernière rue avant mon immeuble, presque soulagé d'arriver. Ma poitrine me fait un mal de chien, et mon cœur s'affole depuis tout à l'heure. Il y a toujours des trucs bizarres tout autour, mais je ne les regarde pas, je ne veux pas voir ces horreurs. Une lame de couteau me frôle soudain la main, j'ai le réflexe de l'éviter et de repousser d'un coup de pied le gamin qui m'agresse. À moins que je n'aie chassé ce gosse avant de me recevoir son couteau en représailles, je ne sais plus, tout s'embrouille dans ma tête.

Ça n'a pas de sens ! Ça n'a pas de sens !

Je bouscule un homme d'affaires sans chercher à savoir s'il est vrai ou sorti de mon imagination, je saute par-dessus des chaînes qui s'agitent tels des vers, puis je bondis sur le palier de l'immeuble. Non, je n'ai pas vu l'immense serpent à la peau visqueuse de sang qui s'enroulait sur l'édifice, laissant une traînée rougeâtre sur les murs.

Non, ça n'existe pas !

À l'intérieur, il n'y a personne, heureusement. Le silence et le vide m'apaisent. Je remonte l'escalier, essoufflé. Je sens bien mon cœur tambouriner, je sens toujours ma sueur sous mon pull. C'est bien réel. Mais ce que j'ai vu, ou cru voir, alors ?

Quand j'entre dans l'appartement, tout est d'abord silencieux, puis des rires me parviennent de la salle de bain, suivis de bruits de clapotement sur l'eau. La baby-sitter fait prendre son bain à Estelle. J'entrouvre la porte à ma droite après avoir posé mon manteau.

— Je suis revenu, je dois être un peu fatigué, ou malade, je me sens pas bien. Je vais aller dormir un peu.

Il n'y a rien d'étrange dans la pièce. Estelle me sourit, la mine ensommeillée. Attendri, je m'avance pour lui glisser un bisou sur la joue. Et je jette un œil à la baby-sitter, qui me semble normale. L'eau, par terre, me donne l'impression de monter, de former des vaguelettes sur mes chaussures, mais ça aussi, ça doit être la fatigue. Comme tout le reste. D'horribles délires. Ça ne peut pas être autre chose. Je demande à la baby-sitter de garder Estelle quelques heures supplémentaires, au cas où mon état empirerait, puis je les laisse s'amuser toutes les deux.

Je gagne ma chambre à pas lents. Et je me fige. Je crois que mon cœur a fait un bond de trop. Je suis sûr que c'est une autre hallucination, et pourtant je n'arrive pas à en détacher mon regard. Loulou est assis sur le lit. Un Loulou de taille normale, adulte, qui

219

me fixe d'un air triste. Alors que j'ose faire un pas vers lui, il secoue la tête de gauche à droite.

— Tu ne devrais pas…

Non !

D'un pas, j'avance encore, et d'un bras, je balaye son image.

Il n'est pas réel ! Il n'est pas réel !

Et c'est vrai. Le clown se déforme, se brouille, puis part en fumée. Je remarque alors la fine trace de sang sur le dos de ma main. Entre l'index et le pouce, entre deux veines. Elle mesure bien trois centimètres, ça picote. Le gamin au couteau… Il ne faisait pas partie des hallucinations ? J'aurais juré que si.

Finalement, je m'en fous. Je décide que je m'en fous. De tout ce bordel, du clown, de cette coupure à la main. Il faut que je dorme. Je me sens mal, ce n'était pas qu'une excuse. J'ai des frissons, j'ai un peu froid, je me sens faible après avoir autant couru. Je ferme le store et m'affale sur le lit. Même pas envie de me mettre en caleçon. Juste besoin de dormir, de faire dégager ces horribles visions…

Je suis dans l'appartement, vide. Il n'y a plus un seul meuble. Je cherche Estelle, en vain. Puis le clown est là, sorti de nulle part.

— Repars ! Tu dois repartir !

Il se répand en fumée, comme lorsque je l'ai balayé de la main, et je vois un petit homme en noir, tout recourbé, qui apparaît à sa place. Sa silhouette m'est vaguement familière. Il ricane. Son visage encapuchonné ressemble à celui d'un vieillard, très ridé, et verdâtre aussi. Hideux. J'ai un réflexe de recul, une crainte soudaine m'envahit. Mais je n'arrive plus à bouger.

— Il avait raison, fait l'homme d'une voix grinçante. Maintenant, tu es à nous !

On me tire en arrière. C'est Loulou, qui m'entraîne vers une autre porte, grande, très sombre. Je ne veux pas, j'ai peur de ce qu'il y a derrière, mais je n'ai pas le choix.

— Tu ne pourras pas le sauver ! crie le vieillard, au loin.

Un vent violent nous secoue, je me sens tomber, et la main de Loulou m'échappe. Le tourbillon dure quelques secondes, m'étourdit, puis je m'étale lourdement sur une surface molle.

Malgré un picotement diffus et lancinant qui me parcourt, je tente de rouvrir les yeux et de me relever. Tout ressemble à une bouillie rouge, autour de moi. Des flammes se forment ; pourtant, je ne ressens rien. Pas de chaleur, aucune gêne vis-à-vis de la fumée. Je suis dans un bâtiment, une maison, je crois. J'aperçois un canapé et une télévision défoncée. Des zones d'ombres éparses me cachent la moitié de la pièce. J'entends alors quelqu'un tousser. Une jeune fille tente de sortir des flammes. Elle chasse la fumée par de grands gestes. Elle pleure. Je lui donne à peine quinze ans. Sans réfléchir, je l'attrape par le bras et fonce vers le montant d'une porte que je distingue à peine derrière elle. Elle me suit sans rien dire, surprise, puis nous arrivons finalement dehors après avoir traversé deux pièces. Étranges, d'ailleurs, ces pièces. J'aurais juré avoir vu une baignoire brisée sur la table de la cuisine et une vieille deux-chevaux verte dans le hall d'entrée.

Lorsque je veux voir si la fille va bien, je ne la retrouve pas. Elle a disparu. La maison en feu est bien là, mais il n'y a rien ni personne d'autre. Alors, je cours dans la rue. Il y a une rangée de maisons, le ciel est gris, mais tout est vide. Je ne comprends pas. Je veux aller autre part, où je me sentirai mieux. Tout se brouille et j'entends de nouveau un cri. Masculin, cette fois, et plus paniqué. Je me retourne pour faire face à un bureau, avec une chaise à roulettes, un ordinateur. Je suis dans un open space tout ce qu'il y a de plus normal. Avec une vue sur le ciel par les fenêtres, avec une machine à café dans un coin. Et l'homme qui crie se trouve à ma gauche, seul. Il s'arrache les cheveux en essayant de faire fonctionner une photocopieuse.

— Je suis en retard, je suis en retard, la réunion était à treize heures ! répète-t-il d'un air affolé.

Sur la pendule accrochée au mur le plus proche, il est seize heures. Non, dix-sept. En fait, en y regardant bien, les aiguilles

221

tournent plus vite qu'elles ne devraient. Il suffit d'en détourner les yeux quelques secondes, et deux heures sont déjà passées. En attendant, des tonnes de feuilles blanches s'agglutinent sur les jambes du pauvre homme, et elles montent, elles montent. Je ne sais pas d'où elles sortent, mais elles sont sur moi aussi, il y en a partout.

Non, ce n'est pas possible. Ce n'est pas possible !

Je fixe de nouveau l'horloge, et j'ai soudain le déclic. Je me pince. Pas de douleur convaincante. Le clown avait raison. Tout ça n'est pas réel, je suis en train de rêver. Pourquoi n'y ai-je pas pensé plus tôt ?!

Quelque peu rassuré, je pousse l'homme vers la porte du fond, la seule de la pièce.

— Arrêtez, j'ai ma réunion ! Il faut absolument que je fasse ces photocopies !

— C'est un rêve, il faut sortir !

Mais la porte s'efface, et nous arrivons devant un mur. Un ricanement retentit tout autour de nous, m'infligeant une nouvelle bouffée de terreur. J'avise les fenêtres avec résignation. C'est notre seule issue possible. J'empoigne l'homme d'affaires puis je fonce, malgré ses tentatives pour me mordre la main. La fenêtre vole en éclats et nous tombons. L'homme disparaît, projeté dans le lointain par une force inconnue. Et tout se brouille, alors j'essaye de courir encore. Dans mon pied droit, des engrenages rouillés se bloquent, et je ne peux plus bouger. Un sol se matérialise sous mes pieds, un panneau métallique. Je suis dans une cabine d'ascenseur.

Qu'est-ce que je fous là ? Je devrais être au restau…

Une femme blonde se recroqueville à côté de moi. Enfin, où elle peut, contre une paroi. Elle cherche à s'accrocher aux interstices et aux coins, livide de terreur. J'ai l'impression que nous sommes en chute libre. Je me retourne et remarque une sortie. En face de moi, tout est rouge, et ça m'attire, mes pieds avancent tout seuls. Je ne tente même pas de résister. Une de mes jambes se détache pour partir au-devant, et je tombe une nouvelle fois.

Un homme nu et musclé m'agrippe tout à coup, se colle contre moi, il tâte mon corps de ses mains.

— Non !

Je me tais net. C'était un cri de femme, ce que je viens de pousser. Je recommence tout en essayant de me débattre. Mais j'ai une voix de femme ! Je suis nu, j'ai des ongles longs, et des seins que l'homme écrase entre ses mains, alors qu'il me caresse, qu'il enfonce sa langue de serpent dans mon nombril. Sensation dégueulasse, indéfinissable. Je lui flanque un coup de pied entre les jambes.

Quelle horreur ! Ce n'est pas possible !

Je me pince, encore.

J'étais pourtant sûr d'avoir déjà fait ça !

Le picotement léger que je ressens disparaît vite, au profit d'un sursaut de frayeur.

Merde, ils me rattrapent !

Le vieillard en noir apparaît de nouveau devant moi, avec un sourire sadique. Dans un élan, je saisis son pied pour le déséquilibrer. Il glisse et se rétame sur les fesses. J'en profite pour me relever. Je ne sais pas comment j'ai réussi, mais je cours. Mes jambes sont revenues, et je suis à peine étonné d'y revoir des engrenages rouillés. Mais du moment que je cours, je m'en fous.

Du moment que je sors de là. De cet horrible cauchemar !

Alors que j'espère arriver quelque part où je serai un peu plus en sécurité, je bascule en avant. Je crois que je me suis pris les pieds dans quelque chose. Je tombe sans pouvoir réprimer un cri de surprise. Je ferme les yeux quelques secondes, souhaitant venir à bout de ce cauchemar.

Lorsque je rouvre les paupières, je suis chez moi. Dans l'appartement meublé comme il doit l'être, mais encore étrangement calme. En plus, j'arrive à raisonner normalement, je n'ai pas perdu ma lucidité, cette fois. Serais-je revenu dans mon propre cauchemar ? Comme il n'y a personne, je me dirige vers la fenêtre qui donne sur la rue. Je vois une école, en face. Estelle joue dans la cour qui se trouve devant. Pourtant, en vrai, il n'y a pas d'école à cet endroit. Juste d'autres immeubles, tous identiques, ainsi qu'une petite supérette au coin de la rue, là où je nous fournis toutes les deux semaines.

Donc je suis bien dans un rêve ? Un de plus, sûrement le mien.

En m'approchant de la fenêtre, je sens que celle-ci m'attire. Et quand j'essaye de m'en dépêtrer, trop tard, la vitre m'absorbe déjà. Je me retrouve dans un endroit qui me fait l'effet d'une photo floue, où les couleurs ne semblent jamais vraiment délimitées, où tout se mélange. Je crois parfois deviner un arbre, une rue, des bâtiments. C'est comme s'il y avait des fenêtres vers ma réalité, dans cet amas brumeux qui m'entoure, mais rien de très clair à travers. Alors que j'évolue tant bien que mal par des mouvements à mi-chemin entre la marche et la nage, une image plus nette émerge de cette bouillie vaporeuse. Des gens dans une rue. Je reconnais une avenue où je fréquentais un très bon bar, avec des copains. Sans rien d'étrange.

Je tente de me diriger vers là où devrait se trouver mon immeuble. J'aperçois d'autres pans de la ville, puis le parc où je viens souvent me promener avec Estelle. Et si je m'en réfère à la balançoire jaune de l'espace jeu, que je devine sur ma gauche, je dois me situer au niveau de la petite fontaine en forme de poisson. En fait, je suis peut-être même dans la fontaine. L'image est très mouvante, on dirait un reflet. J'avance un peu dans la rue qui longe le parc. Dans la masse de couleurs floues, plusieurs plans rapprochés rectangulaires me font penser à des fenêtres. D'ailleurs, j'y vois mieux et j'y reconnais des visages avec netteté. Des voisins ! Je ne dois plus être très loin de chez moi. À vrai dire, je ne comprends rien à ce que je fais, ni à ce qui se passe, mais si je peux rentrer chez moi, je le ferai par n'importe quel moyen. Après quelques autres images de voisins et de pièces, je m'arrête en reconnaissant notre vieux canapé marron, avec ses angles usés et la tache de vin incrustée sur le coussin du milieu. C'est bien notre appartement ! Je le vois par le miroir du salon. Une bouffée de soulagement m'envahit, aussitôt atténuée par une évidence glaçante. Il n'y a personne, aucun bruit. Je ne me souviens d'ailleurs pas avoir entendu quoi que ce soit dans les fenêtres précédentes. Peut-être qu'Estelle et la baby-sitter sont toujours dans la salle de bain, et que moi je dors. Je ne sais pas. Je ne sais pas comment le temps s'écoule, ici. Je ne sais même pas si je dors ni où je suis.

L'espace autour de moi se met alors à tanguer. Je sens une présence étrangère, mais pas celle du vieillard-crapaud.

— Eh ! Aidez-moi ! crié-je dans le vide.

Je veux sortir d'ici, merde !

— Je suis là ! Aidez-moi à sortir.

Je marche un peu, j'essaye d'agiter les bras devant moi, face aux fenêtres floues. Soudain, une main saisit la mienne et me tire. Je bats des pieds comme je peux pour me hisser hors de cet endroit maudit. C'est comme si je traversais de la pâte, de la glu, ça me colle et ça m'écrase. Je fais l'effort de continuer jusqu'à sentir le vent d'avril sur mes doigts. Un élan en avant me ramène dans ce plan si familier de la réalité, où je grelotte.

En me redressant, je palpe le sol gris et froid, je le touche pour vérifier qu'il est vrai, que ce n'est pas encore l'un de ces foutus cauchemars. Je le laisse me frigorifier. Et en même temps, je vois que mes mains ont pris un aspect granuleux, mes veines grossissent toujours et elles se colorent d'une teinte verdâtre comme si ma peau pourrissait. J'en réprime une grimace de dégoût.

— Ça va ? fait une voix féminine.

Je lève la tête vers la femme qui m'a vraisemblablement aidé. Elle paraît très jeune, à peu près mon âge. Elle est emmitouflée dans un manteau marron, un foulard rose pastel lui cachant le menton. Quelques mèches brunes et bouclées s'échappent de son béret anthracite. Elle me tend la main.

— Venez, il ne faut pas rester là. Ils vont repérer la trace de l'endroit où vous êtes sorti.

— Qui ? m'exclamé-je en me relevant pour la suivre.

Je veux bien comprendre qu'elle parle de ces horribles vieillards à la face de crapaud, mais comment les connaît-elle ? Et surtout, qu'est-ce que c'est que ce bordel ?

— Les oniriphages ! Ce sont des démons.

Tout en courant derrière elle, je me demande si nous sommes vraiment dans la réalité. Malgré la vive fraîcheur que je ressens, vêtu d'un simple tee-shirt, je vois encore ces choses dans la rue, ces scènes étranges qui semblent sortir du monde des rêves. Une bande de chats noirs, un bus accidenté, un arbre déraciné au milieu de la route, un soldat qui tient son épaule ensanglantée... Tout converge dans ma direction, et ça me file les jetons.

J'espère qu'Estelle va bien...

— Je ne comprends pas ! Qu'est-ce qui se passe ? Qu'est-ce qu'ils me veulent ? Et comment vous m'avez trouvé, d'abord ? Qui êtes-vous ?

Ça fait une tournée de questions, qui se bousculent toutes dans ma tête. Et puis, les oniriphages, ça fait froid dans le dos, comme nom. Des démons qui mangent les rêves ?

— Vous avez la marque, dit-elle sans se retourner, en tenant fermement mon bras pour ne pas me perdre dans la foule. Il y en a un qui a dû vous toucher, et vous avez été comme contaminé.

Merde !

Le vieillard bizarre, c'est celui que j'avais chassé face au clochard, cette nuit ! Je me disais bien, cette silhouette familière... Et c'est depuis tout ça que je vois ces visions de barge.

Je regarde encore ma main, puis je tâte mon visage. Toute la surface de ma peau prend cet étrange aspect granuleux, avec les veines qui ressortent, et j'ai des cheveux qui me tombent dans les mains sur le devant du crâne.

— Est-ce qu'on peut l'enlever ? Ça se guérit ? demandé-je, horrifié par cette transformation.

— Si vous restez avec moi, on peut y remédier en quelques jours.

Je frappe violemment au ventre un prêtre qui apparaît pour nous sauter dessus, sans regret puisqu'il s'étale par terre et s'évapore en fumée. Je crois que Dieu n'a aucune responsabilité là-dedans, de toute façon je n'y ai jamais cru.

— Vous pouvez voir le monde des rêves, où vivent les oniriphages, explique la jeune femme, en courant. C'est pour ça que les cauchemars des gens que vous voyez se sentent agressés, qu'ils veulent se défendre… vous faire dégager.

C'est vraiment vrai, cette histoire ! Merde !

— Et votre clown, votre rêve, c'est lui qui est venu nous trouver pour qu'on vous aide. Nous avons de quoi vous protéger, vous et votre fille.

Enfin, on arrive vers mon quartier. Je reconnais l'épicerie asiatique où ma voisine du dessous se rend tous les jeudis, plusieurs clones de contrôleurs d'hygiène en costumes discutent devant, puis ils se retournent pour nous fusiller du regard. Heureusement, l'immeuble n'est plus très loin.

— Ma fille…

— Elle va bien, j'ai vérifié. Personne n'a eu le temps de remarquer votre absence.

Donc c'est ce que je pensais, le temps s'écoule différemment là-bas, dans le monde des rêves. Mais bon, ça ne change rien à ce bordel.

On monte les marches rapidement, puis j'ouvre la porte, qui n'est pas fermée à clé. La baby-sitter sort du coin-cuisine avec les sourcils froncés.

— Je croyais que vous dormiez.

— Je suis sorti prendre l'air, bafouillé-je. Euh… vous pouvez y aller, je vais mieux.

— Vous êtes sûr ? dit-elle en scrutant mon visage boursouflé, ainsi que la femme à côté de moi.

— Oui… C'est une amie. Elle va nous aider. Elle est médecin !

La jeune femme prend son manteau et quitte les lieux en me regardant comme si j'étais fou. Mais ce n'est pas ma priorité. J'enfile un pull qui traîne sur le canapé puis je me dirige vers Estelle, qui tend les bras, assise au milieu de quelques jouets.

— Papa, malade ? dit-elle avec une mine dégoûtée, tandis que je la soulève du sol.

Je l'empêche de tâter mes joues de ses petits doigts, ne sachant pas si je suis moi aussi contagieux, et je la rassure sur le fait que ce n'est pas grave, que la dame va nous aider. L'étrange femme court alors vers le miroir du salon, puis le brise avec un marteau qu'elle devait dissimuler dans une poche.

— Mais vous êtes folle ! criai-je en me relevant, tandis qu'elle se rue sur les fenêtres pour leur faire subir le même sort.

— C'est pour les empêcher de passer. Prenez des affaires, je dois vous emmener au refuge ! Vite !

Une partie de moi ne demande que ça, d'être protégé, mais l'autre fait de la résistance. Je suis toujours un peu méfiant, et j'aimerais comprendre tout ce merdier. Estelle aussi, je crois, vu le regard ahuri qu'elle lance à notre invitée, tout en s'accrochant à mes épaules.

— Qui êtes-vous ? répété-je, sûr qu'elle n'avait pas répondu à cette question.

— Je m'appelle Roxane. Je suis une rêveuse, une sorte de sorcière, et je fais partie d'une confrérie qui combat ces démons.

Elle s'avance et me presse à force de grands gestes.

— Dépêchez-vous, il ne faut pas tarder !

— Mais comment Loulou vous a trouvés ? ajouté-je en asseyant Estelle sur le canapé, pour sauter vers le placard où je range mon sac de voyage.

— Loulou ? fait la petite, qui doit bien se demander pourquoi on parle de sa peluche.

— Le clown est venu alerter mon père en rêve, me répond Roxane. Nous n'avons pas accès au royaume des oniriphages, la sphère des rêves, on peut juste surveiller ce qui s'y passe… Et avec un peu d'adresse, toucher la sphère intermédiaire. La sphère des reflets, où vous avez réussi à remonter.

Je me dirige vers la chambre en dévisageant cette folle qui me parle. Je commence à réaliser qu'elle vient de me sauver. Je ne sais pas trop de quoi. Mais j'y ai échappé de peu.

— Merci…

— On va jouer avec Loulou ? me demande Estelle, des interrogations plein les yeux.

J'acquiesce vaguement, avant de poser un doigt sur mes lèvres pour lui intimer de se taire. Je n'ai pas le temps de tout lui expliquer, et je ne suis même pas sûr qu'elle comprenne.

— Vous avez de la chance, rares sont les ombres qui parviennent à remonter à la surface, ajoute la jeune femme en me fixant de ses yeux gris-vert.

Quelques déductions tournent sous mon crâne, alors que je fourre pêle-mêle les vêtements d'Estelle et les miens dans le sac.

— Les ombres… ceux qui ont été contaminés, comme moi ?

Elle hausse les sourcils, hoche la tête, puis ses traits semblent se radoucir lorsqu'elle lit la peur sur mon visage. Quelque peu rassuré par sa compassion, j'ose lui poser une question dont la réponse me fait frémir par avance. Il faut que je sache !

— Ils veulent vous récupérer, dit-elle comme si elle avait lu mes pensées. Maintenant que vous voyez leur monde, vous êtes condamné à rester avec eux, à devenir l'un d'eux…

Elle appuie un regard sombre et peiné sur les prémisses de ma transformation, toutes ces cloques grasses, ces rides verdâtres qui apparaissaient. Un frisson me laboure douloureusement l'échine. Ce que j'entends a du mal à rentrer.

Ce n'est pas possible !

Je ne veux pas rejoindre ces monstres. Je ne veux pas ! Je ne suis pas comme ça. Et je ne veux pas de ces horreurs.

— Ou à être dévoré, ajoute-t-elle en me voyant affolé. Et ils s'en prendront à votre fille si vous tentez de leur résister.

Je me relève d'un bond avec le sac, pour regagner le salon. Mes mains tremblent sur les poignées en tissu.

— Donc vous pouvez nous protéger ? On ne craindra rien ?

Un coup de vent me prend par surprise, me colle contre le mur avec une douleur abominable au ventre. J'entends Estelle qui se met à pleurer, sûrement terrifiée, alors j'essaye de la rejoindre à tâtons malgré ma tête qui tourne.

Roxane tend ses mains vers l'homme en noir qui a surgi de nulle part. Je ne l'avais pas remarqué avant, mais ses mains sont couvertes de runes dessinées à l'encre. J'imagine que celles-ci sont destinées à repousser les oniriphages, mais je ne sais pas pourquoi, ça ne me rassure pas vraiment.

Le visage verdâtre et flétri du démon s'anime d'une grimace en les voyant. Une voix grinçante, néanmoins assez grave, sort de ses lèvres, et j'en déduis que ce n'est pas le même que la dernière fois.

— Belles précautions, fait-il en avisant les glaces et les fenêtres brisées, mais cela n'a visiblement pas suffi.

Son regard se pose quelques secondes sur le miroir en plastique de Cendrillon, oublié aux pieds d'Estelle.

Merde !

Roxane ne détourne pas les yeux. Elle doit se douter qu'elle avait loupé d'éventuels passages. N'importe quelle surface réfléchissante pas trop floue et assez large peut faire l'affaire, de ce que j'ai compris.

— Et vos petites protections sont également bien futiles.

D'instinct, et malgré mes tremblements, j'enfouis le visage d'Estelle entre mes bras, lui bouchant les oreilles, même si cela n'estompe pas ses cris.

Roxane prononce un mot que je ne connais pas, puis pointe vivement une sorte de baguette ornée d'un petit attrape-rêve vers le démon. Poussé par une forte déflagration, ce dernier se retrouve lui aussi à voler jusqu'à l'autre bout de la pièce. Mais il disparaît d'un coup, comme aspiré par le sol, par un éclat de miroir, puis resurgit près de Roxane, qu'il transperce de ses griffes. La jeune femme hurle, l'abdomen en sang, et s'écroule dans un râle contre le canapé. Une tache sombre se répand sur le tissu marron, goutte sur le sol en une flaque malodorante. Un élan d'effroi me paralyse, et l'ignoble vieillard se met à ricaner. Il semble s'amuser, je ne tarde pas à comprendre pourquoi. Il utilise le pouvoir de la peur, celle qu'inspirent les cauchemars, celle qu'ils inspirent, eux, les oniriphages. Il me garde figé, sous son emprise ; et je revois défiler les rêves horribles de ma fin d'adolescence, des accidents de voiture contre un arbre mort, puis des enfants qui me hantent et m'agressent, métaphores de cette petite fille que le démon approche sans me laisser la liberté de réagir. Ni pour ma fille, ni même pour Roxane, que j'espère encore vivante.

L'oniriphage se place à côté d'Estelle, qui s'est dégagée de mes bras immobiles. Elle le scrute avec de grands yeux humides, en reniflant, tout aussi effrayée que moi. Puis le démon passe une main devant son visage, et elle s'allonge sur le canapé, les paupières fermées. Durant quelques secondes d'un silence pesant, ce monstre me regarde avec ses prunelles jaunes et son sourire visqueux. Il sait ce qu'il fait. Moi, je suis obligé d'attendre, de subir sa torture. Le corps de ma fille s'agite de spasmes, sa respiration s'accélère. Et alors que l'oniriphage entoure la tête d'Estelle de ses mains, la petite se débat, crie contre ses cauchemars.

— Tu sais à quel point les rêves sont nécessaires à la vie, même les pires, grince l'horrible créature. On ne s'en souvient pas toujours, mais ce sont eux qui nous permettent d'affronter la réalité…

Je remarque ce que, semble-t-il, je ne devais pas voir. Quelques images s'extirpent des paupières d'Estelle, se mélangent et s'embrouillent, absorbées en filet translucide par les mains du vieillard.

Un nœud se forme dans mon ventre. La fillette semble prête à disparaître entre les doigts de ce monstre. Je l'imagine s'étioler, aspirée toute entière, pour ne plus jamais exister. Comme une part de moi l'a toujours souhaité. Et celle-ci se réjouit de constater que je ne peux pas bouger. L'excuse facile…

Je ne sais pas quoi faire, je m'en veux. Honteux, comme à chaque fois que je reporte la faute de ma connerie sur Estelle. Mais c'est ma connerie, merde ! C'est moi le con pathétique, dans l'histoire. Je l'imagine disparaître, mais quelque part je ne veux pas que ça se déroule ainsi. J'ai des frissons qui me remontent dans tout le corps. Je crois que j'ai peur. Ce con de démon est en train de dévorer ma fille ! Ce n'est qu'une gamine, merde ! Elle n'a rien demandé, même pas à naître. C'est à cause de moi, tout ça. Et c'est ma fille !

— Arrêtez ! Prenez-moi à sa place !

Le sacrifice. Pas vraiment d'autre option… Je tressaille encore face à l'horrible manifestation de ces créatures. De ce qu'en a dit Roxane, les humains qui ne portent pas la fameuse marque ne peuvent entrer physiquement dans le monde des rêves. Pour vivre, ces démons se nourrissent donc dans leurs esprits, ils dévorent leurs proies de l'intérieur. Et l'oniriphage a raison… Sans les rêves, sans les cauchemars qu'ils inspirent, Estelle ne sera plus qu'une coquille vide.

— Tu as le choix, répond le vieillard, de sa voix caverneuse. Tu prends sa place, ou tu nous rejoins.

Je serre les dents. Dans tous les cas, je dois faire quelque chose pour elle, quelque chose de vrai, d'honnête, et accessoirement qui devrait redorer ma propre estime. Ou sinon, je serai vivant, je serai humain, mais j'emmènerai ma fille lobotomisée se promener en fauteuil roulant dans les jardins d'un asile ou d'un hôpital.

Non, ce n'est pas ce que je veux ! Je ne peux pas lui faire ça juste à cause de ma connerie. Ou alors là, je deviendrai vraiment un enfoiré de première ! En sachant qu'elle sera comme ça par ma faute, que je l'aurai offerte en repas à ces créatures…

Je ne peux pas lui faire ça !

C'est ma fille !

— Je vais vous rejoindre, annoncé-je d'une voix blanche.

— Tu signeras le pacte avec notre Maître ?

En gage de bonne foi, il cesse de dévorer Estelle. Je hoche la tête, autant que ma paralysie me l'autorise.

— Bien… On ne se permettrait pas de mentir, n'est-ce pas ?

J'ai l'impression qu'il lit en moi, avec ses petits yeux jaunes, mais la peur que je ressentais s'atténue. Je me suis décidé. Je n'ai plus vraiment le choix. C'est ma fille, je ne peux pas la lui laisser, je ne peux pas ! J'ai même presque envie de rire nerveusement et de prendre Estelle contre moi, tellement tout ça semble bientôt fini. Je me contente de me pencher sur Roxane, qui respire toujours, de façon quasi inaudible. Elle ne doit plus en avoir pour longtemps.

— Partons, dit le monstre. Sa famille arrive. Il serait fâcheux de se retrouver à deux contre dix.

Il me tend une main aussi verdâtre et visqueuse que son visage, et que ma peau, à présent. Je distingue, sur ses longues griffes, les traces de sang encore brillantes de la rêveuse agonisante. Voyant mon hésitation, l'oniriphage grimace puis change de main. Je me tourne vers ma fille endormie et la prend une dernière fois dans mes bras. Je ne pense pas pouvoir en faire plus, avec l'autre qui m'attend.

Je saisis ensuite la main du vieillard, qui m'emmène vers le miroir en plastique de Cendrillon.

— Elle apprendra à mieux faire son travail, la prochaine fois ! qu'il ricane, au sujet de la jeune femme.

Je n'ai pas le temps de répondre. De toute façon, je ne voulais pas. Nous sommes aspirés par le miroir. Une secousse, une bouffée de chaleur, et je reviens dans cette ambiance rouge et sombre que j'ai quittée il y a peu, là où j'espérais ne jamais revenir.

En lâchant le démon, j'examine les reliefs ingrats qui frémissent sur ma main, qui se profilent sur mon bras. Ma peau s'obscurcit, également. Je les ai rejoints. Il n'y a pas de raison pour que ma transformation s'arrête. Mon regard dérive vers les images qui s'affichent dans le ciel, tout autour de nous. Des pans de rêves et de cauchemars plus ou moins anarchiques. Dans l'un d'eux, le clown Loulou secoue la tête d'un air dépité. Dans un autre, Estelle court le long d'un couloir vide. Je décide alors deux choses. Deux règles de vie, si je dois passer l'éternité dans ce monde. Parce que je ne suis pas un démon, je dois tout faire pour garder mes souvenirs, pour rester moi-même. Je ne veux pas devenir comme eux !

Ainsi, je ne dévorerai pas n'importe qui, uniquement ceux qui le méritent, les oubliés de la justice.

Et même d'ici, je veillerai sur elle. Aucun oniriphage n'approchera Estelle. Jamais. Surtout pas moi. Je ne dois pas l'approcher. Et je dois m'en souvenir à tout prix. Je ne veux pas la tuer…

Siana

« On ne s'en souvient pas toujours, mais ce sont eux qui nous permettent d'affronter la réalité. »

Siana n'a pas une vie remplie de cauchemars, elle aime plutôt en infliger à ses proies, dans presque chacune de ses histoires. La réalité se révèle même parfois être le pire d'entre eux, avec sa part de folie. Il n'y a que de rares accalmies saupoudrées d'un peu de magie, afin d'atteindre le monde des rêves, plus léger. Le calme avant la tempête.

On se demande juste où chacun de ces songes peut prendre son origine, quand on sait que Siana semble tout à fait ordinaire, à première vue : jeune femme habitant au bord de la Moine, et travaillant en tant qu'assistante en ressources humaines dans un établissement médical. Quoi de plus normal, pour cacher sa véritable nature ?

AMRIA JEANNERET

LES CHASSE-MYTHES : L'OMBRE DE LA ROSE

En cette aube blafarde de février, la foule attendait de pied ferme le *vaporetto*. Certains impatients avaient déjà troqué la panoplie du parfait touriste contre masque et déguisement et, frigorifiés dans leur costume, se massaient à bonne distance d'un étonnant trio, composé d'un chien-loup et de deux jeunes gens. L'animal colossal était pour beaucoup dans ce cercle respectueux.

Le cerbère au pelage cendré grognait en sourdine et ses babines se retroussaient sur des canines peu avenantes. Il atteignait presque la taille du garçon et de la jeune fille qui l'accompagnaient. Comme les autres vacanciers, le frère, la sœur et le chien-loup s'étaient rendus à la Sérénissime pour le carnaval.

Igor, un adolescent mince, la figure allongée et une tignasse noire, glissa une main dans la fourrure de Croc-en-jambe. La bête tenait plus du loup que du chien. Elle ne portait ni médaille ni collier et aucune laisse ne la retenait. Pour un tel molosse, une muselière n'aurait pas été un luxe.

— Sage, Croc-en-Jambe, ou nous allons avoir des ennuis avec la police, lui chuchota dans le pavillon de l'oreille Kaïla, caressant son encolure.

La demoiselle blonde murmura encore bon nombre de paroles, jusqu'à ce que l'animal cesse de protester et s'allonge à ses pieds.

Croc-en-Jambe leva la tête. Ses prunelles ambrées croisèrent celles azur de sa jeune maîtresse. Un élan de compréhension sembla passer de l'une à l'autre.

Avec quelques pétarades et un clapotis de flots qui se fendent, le *vaporetto* accosta enfin pour charger ses passagers. Les pauvres battaient la semelle, tant les frimas et l'humidité transperçaient leurs vêtements. Soulagés de ne plus devoir attendre dans le froid, les touristes se précipitèrent sur le pont, non sans prendre garde à maintenir un grand écart entre eux, Croc-en-Jambe et ses compagnons. Le trio finit par monter également. Les jeunes gens et le chien demeurèrent à l'extérieur, tandis que les autres prenaient place sur les banquettes en cuir bordeaux de la cabine.

Les vacanciers ne désiraient rien manquer du carnaval. Ils étaient là pour profiter au maximum des quelques jours de folie, même si les températures avoisinaient les minimales et décourageaient une bonne partie des autochtones de mettre le nez dehors. La majorité des touristes rêvaient au bol de chocolat chaud ou à l'expresso qui les attendait à l'hôtel.

Une poignée de téméraires, le masque lunaire posé sur le visage et des costumes bariolés qui dissimulaient si bien les sexes et les individus – les siècles passés en avaient vu défiler à foison –, se promenaient dans les venelles. D'une démarche hiératique, ils traversaient les ponts. Les lourds habits d'apparat, dont les ourlets traînaient à terre sur les pavés, chuchotaient avec un bruissement d'étoffes soyeuses.

Les individus déguisés taquinaient d'une révérence grotesque, ou d'un salut plein d'emphase, les rares passants, croisés à cette heure.

Sous son manteau d'hiver, la grisaille brumeuse, et ornée de ses banderoles de carnaval, Venise avait le charme et la prestance des cités d'antan. Fragile comme une goélette, tant elle piquait du nez vers les abysses, et pourtant immuable depuis des siècles sur ses fondations.

Le temps n'avait pas prise sur la toute belle.

Immuables, ses palais de pierres blondes et rousses, les pieds dans l'eau, telles de vieilles dames remontant délicatement leurs jupes sur des mollets blancs. L'eau frangeait d'une guipure de mousse et de salpêtre les façades des bâtiments, marquait avec cruauté les niveaux des crues passées.

Immuables, ses ponts qui enjambaient une eau émeraude, brune par endroit, là où la profondeur atteignait plusieurs dizaines de mètres. Et sur laquelle flottait une marée de poissons blêmes : de vilains sacs en plastique.

Si ce n'étaient les bruits des moteurs diesel ; des avions survolant la Cité des Doges vers des destinations de rêve – Venise n'en était-elle pas l'une des plus prisées ? – et les élocutions exotiques des touristes, rien ne semblait avoir changé depuis l'âge d'or de la ville.

Dans la lagune, le bateau filait à vive allure et évitait les quelques gondoles qui slalomaient sur les flots. Le crachin et l'heure matinale n'incitaient pas les vacanciers à des balades romantiques. Les amoureux se lovaient encore sous la couette. Un gondolier audacieux, pourtant, bravant le mauvais temps, chantait une ritournelle dans ce patois vénitien, tout de rudesse et d'envolées lyriques.

Des pigeons s'égaillaient dans un bourdonnement d'ailes et des touristes mitraillaient, appareil photo à l'appui, les accoutrements des quelques intrépides, levés aux aurores qui défilaient avec grâce sur les pavés de la *piazza*.

Visiter Venise et ne pas profiter de son aube grise et rose, du lever du pâle soleil d'hiver sur la place Saint-Marc, derrière les coupoles d'or de la basilique relevait du sacrilège.

Oui, ne pas jouir des écharpes de brumes au ras de l'eau et de la senteur de varech suintant par tous les pores des canaux aurait manqué d'éclat. C'était du moins l'idée du garçon et de sa sœur.

Quant au chien-loup, il gardait enfouies ses pensées, ne montrant qu'une indolence débonnaire. En dépit de sa taille phénoménale, il n'avait plus rien d'un monstre. La bête avait posé sa tête énorme entre ses pattes et collé ses flancs contre les jambes d'Igor, de Kaïla et leurs sacs à dos.

La main entre les oreilles du chien, Kaïla ne cessait de fredonner un air que le vent emportait au loin. Des bribes de mots se perdaient dans le *Canale Grande*, trouvaient un écho inattendu sur les pierres de taille des palaces, les pavés des places et les abords des cafés. La chanson apaisait Croc-en-Jambe.

Venus du large, les embruns caressaient les visages rouges et finement ciselés d'Igor et de Kaïla, tendus vers l'avant, telle la proue d'un navire. La bruine perlait en gouttes de pluie sur les cheveux et la fourrure de Croc-en-Jambe. Une odeur de poisson pourri émanait des canaux, effleurait les narines. Elle faisait se froncer les nez et la truffe. Tout à leur plaisir, Igor, Kaïla et même Croc-en-Jambe n'y prêtaient pas attention.

Le *vaporetto* avait déposé les autres passagers aux différents appontements sur le canal. Il ne restait plus sur le bateau que Kaïla, Igor et Croc-en-Jambe. L'embarcation dépassa le pont du Rialto et se dirigeait vers le palazzo Gherardini. De leur poste de pilotage, les deux membres de l'équipage, délaissant le sombre « S » inversé du *Canale Grande*, jetaient des coups d'œil inquiets à Croc-en-Jambe.

— Palazzo Gherardini ! annonça la bande-son enregistrée.

— Nous débarquons là, avertit Igor, avec une pointe d'appréhension.

— Pas de souci, le rassura sa sœur. Une fois encore, tout va bien se passer.

La jeune fille, le garçon et le molosse franchirent la passerelle et se retrouvèrent sur un ponton. À une dizaine de mètres de distance, se dressait la porte ouvragée du palazzo Gherardini. L'eau affleurait le chemin y conduisant et les dernières marches de pierre de l'escalier. Au gré de la marée, l'onde venait lécher le seuil.

Harnachés de leur sac à dos, Igor et Kaïla prirent la direction du palais. Le chien était à la traîne, renâclait un peu. L'eau saumâtre du canal et mouiller ses pattes dans les flaques ne lui disaient rien qui vaille.

Après avoir lissé de ses paumes ses longs cheveux emmêlés et trempés, Kaïla empoigna le heurtoir en forme de poing et le relâcha. Un gong retentit dans les tréfonds du bâtiment. Bientôt, une voix féminine essoufflée se fit entendre de l'autre côté de la porte :

— *Vengo... vengo... un... minuto !*

Le battant s'ouvrit sur une femme à l'embonpoint sympathique et au sourire tout aussi engageant, les mains posées sur ses hanches. En un italien volubile, sans même souffler et sans laisser à Igor et à Kaïla le temps de donner la raison de leur visite, Angela s'enquit de la bonne santé de chacun. Elle gesticulait et marmonnait une prière à toute vitesse.

La domestique gratta, prudente, la tête de Croc-en-Jambe. Si l'animal se laissa cajoler, il gronda bientôt pour marquer sa désapprobation. Rares étaient ceux qui se permettaient une telle familiarité. Plus rares encore, ceux de qui le chien acceptait les caresses.

— *Avete fatto un buon viaggio, ragazzi miei ?*[12]

— *Si, si*, répondit Kaïla.

Angela réussit à placer que le Signor Amedeo espérait leur venue depuis un moment déjà. Elle précisa encore que le Signor Amedeo Gherardini descendait d'une ancienne famille vénitienne et portait le titre de marquis.

— Angela, Angela, quel moulin à paroles ! Tu vas ennuyer nos visiteurs, lança dans un français impeccable Amedeo. *Benvenuti, benvenuti !* Donnez-vous la peine d'entrer ! Venez vous réchauffer auprès d'un bon feu, la température est des plus sévères.

Angela jacassait dans un patois local incompréhensible pour les jeunes gens. La domestique s'effaça avec un sourire indulgent pour son patron, un homme de haute taille, un peu voûté, une figure étroite, cernée de cheveux argentés et au bouc élégant. Il s'avança au-devant du garçon et de sa sœur, la main tendue. Après les présentations d'usage, Amedeo précéda ses hôtes dans l'escalier conduisant au premier.

— Le rez-de-chaussée ne sert presque plus. L'eau a hélas ! accompli des dégâts trop importants, dit-il en manière d'excuse.

Le marquis grimpait les marches avec raideur, comme s'il souffrait d'une blessure, ou d'arthrite.

Igor et Kaïla se dévisagèrent, puis posèrent un regard dubitatif sur le décor défraîchi. Le palais accusait les ravages dus aux

---

12 Avez-vous fait un bon voyage, jeunes gens ?

inondations, de plus en plus fréquentes ces dernières années. Dans le hall de grandes dimensions – il avait sans doute tenu lieu de pièce de réception en d'autres temps –, des pans entiers de tapisserie avaient souffert de l'humidité. Des auréoles maculaient le motif : un jardin exotique rongé par les moisissures. Et des boursouflures gonflaient le papier peint sur les murs. Le tapis persan avait disparu. Il ne restait qu'un immense rectangle plus pâle sur le parquet à chevrons, malmené lui aussi par les crues. Et les meubles brillaient par leur absence.

~*~

— Les photos ne rendent pas justice à votre animal, pardi ! s'écria le marquis. Croc-en-Jambe est impressionnant !

Igor et Kaïla esquissèrent une grimace amusée. Ils avaient l'habitude des remarques sur leur chien-loup. Quand ce n'étaient pas purement et simplement des exclamations de crainte.

— Il ne laisse personne indifférent, admit l'adolescent avec fierté.

— Je le crois volontiers, quelle belle bête. Le trajet jusqu'ici s'est-il bien déroulé ?

— La présence de Croc-en-Jambe rend les déplacements difficiles. Il prend tellement de place, mais oui, pas de problème pour gagner Venise, répliqua la jeune fille.

Kaïla, les cheveux enveloppés dans un linge éponge, et son frère, l'esprit en paix, savouraient un chocolat chaud – préparé avec amour par Angela – dans des tasses anciennes de porcelaine de Chine. Les jeunes gens appréciaient la chaleur qui peu à peu engourdissait leurs membres. Une écuelle d'eau fraîche faisait les délices de Croc-en-Jambe, couché à leurs pieds, et un grog, celui d'Amedeo.

Le petit salon n'affichait pas les mêmes signes de décrépitude que la pièce du niveau inférieur. L'âtre avec son feu accueillant, les meubles en acajou marqueté, les bibliothèques garnies d'ouvrages brochés d'or et les canapés en cuir beige dégageaient une note raffinée.

— Abordons le sujet qui nous amène, Signor Gherardini, dit Kaïla.

— Amedeo, la corrigea le marquis avec une pointe de coquetterie.

— Amedeo... Pourriez-vous nous en dire plus sur votre embarras ?

Le front du marquis se plissa, son visage se creusa et ses yeux noirs fixèrent sans les voir les tentures en velours ivoire qui masquaient les hautes fenêtres.

— Cette situation ne peut plus durer. Angela, en dépit de ses nombreuses années de service, menace de quitter le *palazzo*. Vous vous rendez compte ! Et mes amis refusent de remettre les pieds chez moi... Je ne sais plus quoi faire !

Kaïla reposa en douceur tasse et soucoupe sur la table basse en verre. Au tintement de la vaisselle, Croc-en-Jambe dressa l'oreille, puis rassuré, il referma les paupières.

— Je n'ai pas trouvé Angela affolée.

— Détrompez-vous, ma chère, quand tombe la nuit, ma domestique se calfeutre dans sa chambre et n'en sort qu'au lever du jour, la figure hagarde d'avoir tant veillé à prier. Elle vous a accueillis avec sa gentillesse coutumière, mais surtout en sauveurs. Angela désire de toute son âme que vous rameniez la paix en cette demeure.

— Nous ferons de notre mieux, affirma Igor.

— Hum, ça me semble si complexe, et vous êtes si jeunes, arriverez-vous à venir à bout de mon problème ?

Croc-en-Jambe poussa un soupir et Igor et Kaïla rirent de bon cœur. La question sur leur âge revenait sans cesse. Ils avaient pris le parti de s'en amuser.

— Comme vous avez pu le constater sur notre site internet, nous ne sommes pas des novices en la matière, Amedeo. Plusieurs affaires ont été réglées, en toute modestie, le sourire d'Igor s'élargit, gagna ses yeux, grâce à l'intervention de notre équipe les *Chasse-Mythes*.

— Oui, oui, bien sûr ! Pardonnez-moi, si j'ai eu l'air de douter de vous. Il n'en est rien. Cette histoire est si incroyable. Je ne pensais pas qu'il y avait autant de ces embarras par le monde.

— Dans votre courriel, vous nous informiez avoir procédé à une séance de spiritisme ?

— Oui, Igor, je ne sais plus lequel de mes amis en a eu l'idée. Lors d'une de mes soirées, par jeu et désœuvrement, nous avons invoqué les esprits.

— Tss... Tss... Les gens du métier s'entourent de précautions pour éviter de telles déconvenues. Il n'y a rien de pire qu'une séance de spiritisme amateur... C'est la porte ouverte à tous les débordements ! protesta Kaïla.

— Si vous saviez comme je m'en veux ! se plaignit Amedeo.

— Et depuis, *il* erre chez vous ?

— Oui, à mon grand regret, je partage mon *palazzo* avec un revenant. Pensez-vous pouvoir arranger les choses ? répéta le marquis, avec une bonne dose de lassitude dans la voix.

Depuis des jours, lui aussi ne fermait pas l'œil de la nuit.

— Nous allons procéder à une première analyse sur le terrain et voir où tout ça nous mène, Igor se levait déjà du fauteuil, prêt à l'action. Dans quel lieu se manifeste-t-*il* le plus souvent ?

— La salle de réception, là, où par malheur, nous avons joué aux apprentis sorciers… Suivez-moi, je vais vous y conduire. Prenez d'abord vos vestes, l'air y est vif.

Amedeo se retourna, le regard fiévreux, et ajouta :

— Franchir la porte de cette pièce me glace l'échine.

— Nous sommes là, Amedeo, le réconforta Kaïla. Il ne vous arrivera rien…

Du moins, je l'espère, songea-t-elle, ôtant le linge éponge de sa tête et secouant sa crinière blonde.

~*~

— Il y a une masse d'énergie plus compacte ici. L'air paraît plus dense et le froid atteint des sommets, remarqua Igor, frissonnant sous sa polaire et son blouson, lorsqu'il franchit la double porte du grand salon. Tu ressens aussi ça, Kaï ?

À chacune de ses paroles, un nuage de vapeur sortait de ses lèvres.

— Pas de doutes, nous sommes bien au bon endroit. Pour la température, tu as raison, elle est plus basse qu'elle ne le devrait. Sur le cadran du scanner thermique, elle frôle les moins dix degrés. Il fait plus froid ici qu'à l'extérieur.

Sous le regard médusé du marquis, qui avait endossé son manteau, et celui impatient de Croc-en-Jambe, Igor et Kaïla sortirent de leurs sacs l'attirail pour la *chasse aux fantômes*. Un grimoire aux feuillets malmenés et écornés, preuve qu'il avait été manipulé à de multiples reprises ; un PC portable ; un dictaphone et une caméra miniatures ; des crucifix ; une dizaine de bougies ; des craies blanches et deux kilos de sel.

La pièce aux nombreuses fenêtres à carreaux, tendues de velours gris et de voilages en dentelle, était monstrueusement vaste. La table de réception en acajou brillant d'ordinaire – une fine couche de poussière la recouvrait – pouvait accueillir au bas mot trente convives. Les chaises à l'assise et au dosseret en brocart argent en témoignaient. Le magnifique tapis aux fils de soie bleus, exécuté sur mesure, habillait presque la totalité du parquet en losanges.

Des vitrines, les portes ouvertes et embuées de givre, étaient dispersées ici et là. À l'intérieur, des porcelaines anciennes, des barbotines et des statuettes délicates s'offraient aux regards des curieux. Plusieurs pièces en miettes jonchaient le sol. Des guéridons, eux aussi poussiéreux, étaient disposés aux endroits stratégiques. Les meubles accueillaient des vases aux bouquets de roses saumon, cristallisés par le gel et vieux de plusieurs jours.

À l'évidence, la scrupuleuse Angela n'avait pas osé revenir dans la salle de réception et passer le chiffon.

Le bout du nez et les oreilles glacés et rouges, Igor et Kaïla roulèrent la majeure partie du tapis, afin de dégager le parquet. Le marquis se tenait dans l'embrasure de la porte, silencieux et inquiet.

— Pouvons-nous dessiner une figure géométrique sur le sol ? demanda Igor.

Amedeo leur donna son accord. À l'aide d'une craie, les jeunes gens tracèrent un cercle de grande dimension. Une étoile à cinq branches en ornait le centre. Le trio pouvait se tenir à l'aise à l'intérieur du pentacle.

Recopiés de leur grimoire à la couverture fatiguée et au fermoir d'or terni, des signes cabalistiques furent tracés. À chaque pointe correspondait une formule ésotérique, qu'Igor nota, sans jamais trahir les mots de la page du vieux livre. L'adolescent n'ignorait pas qu'un seul détail mal transcrit suffirait à mettre en danger toute l'opération et surtout leurs vies.

Igor plaça ensuite une chandelle à chaque bout de l'étoile, au point d'intersection avec le cercle. Il l'alluma. Une tombée de sel sur tout le pourtour du pentagramme acheva les préparatifs.

— Nous allons invoquer l'esprit, Amedeo. Pour des raisons de compréhension, il serait préférable que vous restiez. Le spectre parle sûrement l'italien. Nous le pratiquons couramment, mais en cas de doute, vous traduirez, si vous le voulez bien ? Mais avant, pour votre sécurité, il faut nous rejoindre dans le cercle et mettre ces protections auditives, annonça Kaïla.

— Bien sûr, bien sûr, j'arrive, je vous seconderai de mon mieux.

Le marquis s'empressa d'enfoncer dans ses oreilles les bouchons que Kaïla lui tendait et enfin gagna le pentacle esquissé au sol. Avec un rictus de douleur, un rapide signe de la croix, il enjamba difficilement, comme s'il franchissait une barrière, la démarcation du dessin. Il s'y tint stoïque, malgré l'angoisse qui accélérait le rythme de son cœur et faisait perler des gouttes de sueur sur son front, à côté de Croc-en-Jambe assis et de Kaïla debout. Quant à Igor, concentré, il pointait sa caméra et son dictaphone sur le vide.

D'un ton monocorde, la jeune fille déchiffrait la formule d'invocation. Kaïla fredonnait une litanie de phrases, dont certains mots revenaient en boucle. En dépit de sa frayeur et de l'instant mal choisi, Amedeo se laissait porter par cette voix douce, hypnotique, et en venait à oublier la raison de ce chant.

— Nous désirons te parler, apparais qui que tu sois et présente-toi à nous ! ordonna Kaïla.

Une vibration. Un bruissement désagréable, comme un morceau de satin qui se déchire. Chaque fibre crissait de détresse. La réalité de ce monde et de l'autre se lacérait, se superposait. Une tache plus pâle, d'abord sans véritables contours, de la même étoffe que l'air, se matérialisa. Un visage à l'ovale le plus pur qu'il ait été donné de voir ; une chevelure de platine tressée en guirlande, dont une fine natte ornait le front ; des yeux d'argent ; la poitrine ronde ; des hanches épanouies sous une longue robe de brocart crème prirent forme à deux mètres du pentacle. La femme délia ses bras blancs devant elle. Elle inclina la tête sur le côté, comme pour mieux écouter. Son regard fasciné posé sur Amedeo, Igor, Kaïla et Croc-en-Jambe.

— *Clara Donato dalle Rose, chi mi chiama ?*[13]

Envoûté par la sublime apparition – sa beauté avait quasiment évincé toute sensation de peur en lui –, Amedeo traduisit. Jamais encore, il n'avait vu le spectre. Il s'imaginait un être squelettique, les chairs faisandées, les mains, comme des griffes, prêtes à le broyer.

Jusqu'alors, l'esprit de Clara Donato dalle Rose ne s'était exprimé que par des bruits sourds ; des objets se déplaçant dans le vide et finissant leur périple contre les murs tendus de soieries et des lamentations à faire frémir d'angoisse les plus intrépides.

— N'aie crainte, Clara. Nous sommes là pour te porter secours, t'aider à trouver la paix. Je me nomme Kaïla, de la main, elle

13 Clara Donato dalle Rose, qui m'appelle ?

désigna son frère, et voici Igor. À ma droite, notre hôte le marquis Gherardini et notre chien-loup Croc-en-Jambe.

Kaïla avait parlé en un italien assez clair pour que le fantôme, détaillant en vain le quatuor – Clara ne voyait que des ombres indistinctes –, réplique dans la même langue :

— *Cesare Gherardini ? Celui que j'aime s'appelle ainsi… Est-ce toi, Cesare, qui m'as appelée ?*

— J'ai un ancêtre du nom de Cesare dans mon arbre généalogique, murmura Amedeo à l'intention de Kaïla et d'Igor. Ça remonte à la Renaissance… Une sombre histoire d'amour, aussi tragique que celle de Roméo et Juliette. Elle s'est également terminée dans les larmes et le sang.

— *Réponds-moi, mon aimé. Je me languis de te revoir. Depuis si longtemps, je tourne, tourne en rond, dans ces brumes, sans fin !*

— Lors de la séance de spiritisme, vous avez invité le fantôme de cette femme. L'esprit de Clara devait déjà errer par ici. Amedeo, n'avez-vous rien remarqué avant les manifestations de ces derniers jours ? Un sentiment étrange, comme si on vous regardait, alors que vous vous trouviez seul dans la pièce ? Une brusque sensation de froid ou un frôlement, l'air qui se densifiait soudain et faisait naître la chair de poule sur votre corps ? chuchota Kaïla à l'adresse du marquis.

— Je dois bien reconnaître qu'il y a eu des précédents. Surtout des impressions sur lesquelles je ne me suis jamais appesanti. Cette pièce a été le théâtre des témoignages que vous évoquez, répliqua sur le même ton bas Amedeo, penaud de ne pas avoir compris plus tôt les signes évidents d'une présence paranormale entre ses murs.

Mais, comment aurait-il pu admettre ce qu'il qualifiait de sornettes ? Profondément cartésien, le marquis ne croyait qu'à la réalité et à rien d'autre. Et si avant ces curieux évènements, quelqu'un lui avait tenu de tels propos, il l'aurait sans hésiter traité de dément.

Amedeo Gherardini avait changé de position. Et le crucifix au bout de la chaînette qui ornait depuis peu son cou témoignait de sa nouvelle croyance.

La statuette d'une bergère se souleva de l'étagère vitrée et acheva sa course, dans un bruit de verre cassé, contre la paroi à l'angle opposé. Un petit pêcheur chanceux, un poisson au bout de sa ligne, la rejoignit et se brisa lui aussi en mille morceaux. Une geisha en kimono à fleurs faillit suivre le même chemin, mais contre toute attente, l'esprit se ravisa. Le bibelot vacilla un peu sur sa base, puis se stabilisa.

— Clara, cesse ce saccage, ça ne te mènera à rien de perdre patience, s'écria Kaïla.

— *Pourquoi mon bien-aimé ne me répond-il pas ?* rugit le spectre, d'une voix caverneuse, amplifiée par la fureur.

De manière perceptible, la créature se métamorphosait. Elle prenait des allures menaçantes. La figure parfaite s'allongeait encore et encore, corrompue par une grimace odieuse et finissait par ressembler à un masque gouverné par la terreur. Les yeux à présent pourpres, sans pupilles, se braquaient accusateurs sur Igor, Amedeo, Kaïla et Croc-en-Jambe. Les doigts squelettiques aux longs ongles ébréchés se tendaient, avec avidité, dans leur direction.

D'une main, Kaïla agrippa le bras d'Amedeo qui en dépit de ses recommandations, voulait sortir du pentacle. Croc-en-Jambe grogna et retint dans sa gueule le canon de son pantalon, tandis que la jeune fille marmonnait entre ses dents :

— Surtout, ne quittez pas le cercle ! Le danger est bien réel, croyez-moi, Amedeo.

De ses intonations caressantes de sirène, elle reprit un peu plus fort :

— Clara, Clara, rengaine ton courroux, nous venons vers toi en paix.

— Cesare n'est plus… Et toi, Clara, tu es morte également.

Igor se portait à la rescousse de sa sœur aînée. Ils ne seraient pas trop de deux, malgré les dons vocaux de Kaïla, pour amadouer le fantôme et l'amener à de meilleures dispositions.

— *Vous mentez ! À bord d'une barque, je dois gagner l'église de Santa Maria dei Miracoli. Cesare m'attend sur le parvis. Nous allons nous y unir en secret. Mon tendre amour a grassement payé le curé. Ensuite, nous rejoindrons la mer et une caravelle, puis nous quitterons Venise et ses intrigues. Nous serons enfin libres de nous aimer au grand jour !*

— Je suis désolée, Clara. Regarde autour de toi, que vois-tu ? interrogea Kaïla.

Le visage de Clara Donato dalle Rose retrouvait peu à peu son calme et sa beauté de glace. Il oscilla pensivement de gauche à droite.

— *Grisaille et poussière.*

— Est-ce le monde qui t'était si cher ? N'a-t-il pas changé au moins un peu ?

La jeune fille avait repris les rênes de la conversation.

Clara demeura silencieuse quelques secondes, elle grommela enfin, amère :

— *Si j'étais morte, je le saurais…*, un soupir. *Cesare…*

— Je suis là, Clara ! s'exclama Amedeo, remis de sa panique, les yeux embrumés de larmes et à nouveau sous le charme surnaturel du spectre.

— Clara, écoute-moi. Nous pouvons te libérer de la souffrance qui t'habite. Tu recouvreras la sérénité et goûteras bientôt à un repos mérité.

Avec un reniflement méprisant, la créature ignora la proposition de Kaïla. Elle paraissait avoir gagné en assurance et s'être départie de sa détresse. Clara susurra, miel et sucre dans la voix, ses bras tendus en direction du marquis :

— *Amore, viens me retrouver ! Il y a de la place pour nous deux, ici…*

— Laissez-moi la rejoindre, je vous en supplie, gémit Amedeo.

Il n'avait qu'une hâte, retrouver Clara et étreindre contre son corps tiède, celui congelé de cette femme au regard incroyable. Sa vue le conduisait à la transe et si le marquis n'avait pas été surveillé de près par ses invités, il aurait franchi le cercle et se serait livré à la merci de l'entité.

Malgré les bouchons de mousse enfoncés dans ses oreilles et qui de toute évidence n'amortissaient pas assez les sons, Amedeo se révélait le seul individu présent à ressentir aussi vivement cette attraction que la dame blanche exerçait sur lui.

Igor qui portait comme le marquis des protections auditives n'y était pas sensible. De par leur essence semi-fantastique, Kaïla et Croc-en-Jambe étaient également épargnés par les lamentations de l'esprit. La petite troupe n'en était pas à sa première dame blanche ! Même si les *Chasse-Mythes* ignoraient qu'ils auraient à faire face à cette forme d'apparition. Une des plus tenaces et cruelles.

Quand il s'agissait d'un simple fantôme égaré ou d'une autre créature mythique de moindre importance, en peu de temps, le trio l'apaisait et lui permettait de trouver le repos.

Le poil hérissé sur la nuque, le chien-loup ne lâchait pas le pantalon de leur hôte, au risque d'en déchirer l'ourlet, et barrait le passage de son énorme corps. Kaïla retenait toujours par le bras Amedeo. Elle avait laissé tomber à terre le gros volume de magie. Par chance, le livre était resté ouvert à la bonne page.

Dans l'impossibilité de prêter main-forte à ses partenaires, Igor filmait le fantôme. La bande leur révèlerait ce que l'œil nu ne voyait pas. Quant au dictaphone, il enregistrait tout, même les sons que l'oreille humaine ne percevait pas.

Ces détails serviraient pour contrecarrer les projets du spectre.

~*~

Les *Chasse-Mythes* bataillaient ferme avec l'esprit retors de Clara Donato dalle Rose. La créature solitaire se montrait bien décidée à emmener dans son fief de ténèbres, au moins l'un des leurs. Cesare ou un autre, peu importait au fantôme, pourvu qu'il ne se sente plus seul. Amedeo s'illustrait comme la proie la plus probable.

Les supplications de la dame blanche coulaient de sa bouche aussi douces que de l'ambroisie. Le spectre proposait monts et merveilles à ses interlocuteurs. Son sourire étirait l'arc argenté de ses lèvres sensuelles, dessinées pour recevoir les baisers, gagnait ses yeux frangés de longs cils et gainés de perles. La dame blanche pleurait de fausses larmes, tissait autour d'Amedeo son piège aussi fragile et pourtant inexorable que la toile de l'araignée. Quant à Kaïla et Croc-en-Jambe, ils se démenaient pour empêcher le marquis de se livrer à sa passion dévorante.

Le fantôme l'attirait plus sûrement que le miel attire les abeilles.

— Cesare est trépassé. Tu n'emporteras pas avec toi son descendant, prévint la jeune fille.

— Je l'aime, Kaïla, soupira Amedeo, noyé de désespoir. Sans elle, ma vie n'a aucun sens.

— Ce n'est pas de l'amour. Il n'y a aucun avenir dans cet élan, si ce n'est la mort...

— Je l'aime, répéta le marquis, et sa voix se brisa.

Kaïla voyait bien qu'elle n'arrivait à rien avec lui. Elle plongea son regard dans celui du chien-loup et ajouta :

— Croc-en-Jambe, retiens Amedeo, ne le laisse sortir sous aucun prétexte du cercle ! Je te le confie. Cette farce n'a que trop duré, je vais renvoyer la dame blanche à ses limbes !

Alors que l'animal grondait de plus belle, tirait le bas du pantalon du marquis et l'empêchait de mettre un pied hors du pentagramme, Kaïla s'agenouilla. Elle ramassa le grimoire et entreprit de lire l'invocation. Dans le sens inverse.

— *Non ! Nooon !*

La dame blanche hurla son désarroi. Elle s'élança, les doigts tendus devant elle, toutes griffes dehors, à l'assaut de Kaïla, d'Igor, d'Amedeo et de Croc-en-Jambe. Malgré sa rage décuplée et la volonté qu'elle mettait à déchiqueter le vide, elle ne put les atteindre. Par dépit, de son souffle glacé, elle éteignit une à une les chandelles. Mais, le pentacle élevait son bouclier autour de la petite troupe. Une barrière infranchissable.

Égarée, la créature ne se contrôlait plus. Oubliée sa nature charmeuse, cette façade de douceur qu'elle affichait pour attirer l'inconscient. Clara poussait des cris à glacer le sang. Elle volait autour de la pièce, au ras du sol comme un feu follet, puis, telle une chauve-souris albinos démesurée dans les airs. En proie à une fureur sans nom, la revenante éjectait d'une chiquenaude les vases de leur piédestal. Ils tombaient à terre dans des explosions de verre. Le bruit était amplifié par les dimensions spectaculaires de la pièce.

Vaillamment Kaïla poursuivait la lecture de l'incantation et Croc-en-Jambe gardait Amedeo de ses démons. Le pauvre gémissait à fendre l'âme et Igor donnait plus de poids aux mots de sa sœur.

Tous les vases gisaient sur le parquet, en morceaux. Clara s'en prenait à présent aux vitrines, les éventrait et jetait à bas les bibelots, tout ce qui passait à sa portée. Incapable d'atteindre ses cibles, la revenante reporta sur elle sa colère. De ses longs ongles crochus, elle s'égratignait la figure, y imprimant des estafilades profondes. De ces griffures suintait un fluide argenté, bientôt suivi par une sécrétion noire. Son beau visage en lambeaux n'inspirait plus qu'effroi et un soupçon de compassion.

Comme une flamme que l'on mouche, soudain, Clara Donato dalle Rose disparut sur un dernier hurlement. Un instant, elle se tenait là à se lacérer les chairs et, l'instant suivant, elle s'évanouissait dans les airs.

Le marquis reprenait peu à peu ses esprits. Avec le recul, bien au chaud dans l'office et loin des suppliques de Clara, il ne concevait pas comment il avait pu se laisser aller à s'enticher d'un fantôme.

— Les dames blanches sont réputées pour appâter et charmer les vivants, le rassura Kaïla.

Ça ne suffisait pas. Amedeo se sentait embarrassé. Et Angela était dans tous ses états.

— Allons, avalez votre tasse de grog, ça vous remettra d'aplomb, les invitèrent le frère et la sœur.

Quelques minutes plus tôt, à l'écoute des bruits provenant du grand salon, Angela avait jailli de sa cuisine, les cheveux en bataille et la mine blême. La pauvre femme ne savait où fuir pour se protéger de ce vacarme. Si elle n'avait pas craint d'attraper froid, parée de sa robe de veuve éternelle – son manteau se trouvait dans le cagibi, sur le même palier que la pièce d'où émanait ce raffut infernal –, Angela se serait esquivée du palazzo. Sans attendre, quitte à oublier son plat dans le four.

Le marquis Gherardini, Kaïla, Igor et Croc-en-Jambe avaient quitté la salle de réception, non sans avoir au préalable apposé un pentacle protecteur sur les portes vitrées. Les signes cabalistiques obligeraient l'entité à hanter ce seul endroit, le temps que les *Chasse-Mythes* prennent les mesures pour la déloger du palazzo. Le quatuor avait ensuite gagné la cuisine. Les émotions creusaient les estomacs.

Autour de la table, les invités et leur hôte finissaient de déguster un rôti de veau accompagné de pommes de terre au romarin. Un tiramisu aérien à souhait clorait ce régal. Quant à Croc-en-Jambe, il dévorait avec plaisir une tranche de viande en petits morceaux dans une assiette de porcelaine. Malgré sa frayeur, Angela avait réussi à concocter un menu succulent. Tous mangeaient de bon cœur, faisant honneur au repas.

~*~

Assis dans les confortables canapés en cuir du petit salon, Amedeo, Angela, Kaïla et Igor visionnaient la vidéo sur l'écran de l'ordinateur portable. La dame blanche y apparaissait sans aucun subterfuge. Une colonne de fumée, vaguement humaine, dans laquelle, au niveau du visage, se sertissaient deux iris gris dénués de vie et une bouche édentée, ouverte sur un cri sans fin.

— Nous devons en apprendre plus sur Clara. Savez-vous ce qui s'est passé entre elle et Cesare ? demanda Kaïla.

D'un signe de la tête, le marquis acquiesça.

— L'épisode est connu de toute la famille et se transmet de génération en génération. Clara Donato dalle Rose, une beauté de dix-sept ans et fille de Benedetto, un noble désargenté, était promise à un vieux barbon richissime. Le bougre prenait épouse en troisièmes noces. Les deux premières étaient mortes en couches. Grâce à cet accord, la famille Donato dalle Rose retrouvait son lustre d'antan et sans bourse délier, pas de dot à fournir. Le négociant se montrait arrangeant. Francesco Fornarari acquérait pour sa part une notoriété lui faisant défaut.

« Très jeune, Clara idéalisait l'amour et ne pouvait accepter l'idée d'un mariage arrangé avec un vieillard. En secret, elle s'était déjà éprise de mon ancêtre Cesare. Son amour se révéla payé de retour. Les jeunes gens s'étaient rencontrés à l'occasion d'un bal costumé, et depuis lors, ils grappillaient des instants en tête-à-tête, grâce à la complicité de la servante de Clara.

« Bientôt, en dépit des précautions prises, des murmures s'élevèrent sur la vertu de la demoiselle et sa possible désobéissance aux lois de l'Église. Pour apaiser les rumeurs, son père l'envoya au couvent. Le scandale du monastère de Sant'Angelo éclata quelques mois plus tard, éclaboussant de nombreuses familles de la noblesse. Par miracle, Clara et quelques chanceuses furent épargnées de la boue.

« Benedetto ignorait tout des mœurs dépravées de la communauté religieuse. L'endroit aurait dû protéger la chasteté des jeunes filles qui s'y confinaient par choix personnel ou familial. Le couvent était le théâtre d'orgies. Les sœurs profitaient du laxisme de la mère supérieure, elle aussi impliquée dans ce scandale de chair et aussi débauchée que ses subalternes, pour entrer et sortir selon leur bon plaisir du cloître de Sant'Angelo. Sans pudeur, les nonnes se donnaient au plus offrant et pour d'autres, elles allaient rejoindre leurs amants. Moyennant argent, des galants retrouvaient à la nuit tombée leur belle entre les murs du couvent. Cesare et Clara scellèrent ainsi leur amour sur la couche étroite des novices.

« Un enfant mort-né naquit de ces étreintes réprouvées aux yeux des familles respectives, plongeant les malheureux parents dans la peine.

« Benedetto refusa de donner sa fille pour épouse à Cesare. Malgré sa noblesse, il ne possédait pas assez de biens au goût du père. Et même si elle n'était plus pure – un médecin peu scrupuleux et des points de suture lui rendraient sa virginité –, il avait encore pour objectif de duper Francesco Fornarari et de ramasser une partie de son immense fortune.

« Pour éviter les revendications de Cesare sur Clara, ou des paroles malvenues qui auraient gâché ses espoirs de richesse, il désigna son fils aîné, Pietro, comme fer-de-lance et pour se battre en duel avec l'amant. Afin de laver le soi-disant honneur perdu de sa fille. Par traîtrise, le frère de Clara tua Cesare, d'un coup d'épée qui lui transperça le dos, alors que l'infortuné jeune homme se relevait de terre. Il y eut des représailles de la part des Gherardini, mais finalement, les têtes échauffées se calmèrent. Les jours passant, il n'y eut pas d'autres morts à déplorer si ce n'était celle de Clara que le malheur d'avoir perdu son bébé rongeait et dont la raison vacillait sur ses fondations.

« Quand Clara apprit sa seconde disgrâce, en premier lieu le décès de son enfant, ensuite celui de son amant, la jeune femme dans ses voiles de deuil pour ses deux amours défunts décida de mettre un terme à ses jours en se jetant dans le canal, de la fenêtre du palazzo Gherardini. Elle s'y trouvait en visite pour la veillée funèbre. La robe sombre et la chevelure gonflée d'algues brunes, les chairs blanches bouffies d'eau, la dépouille flotta dans la lagune quelques jours, avant d'y être enfin repêchée par un gondolier.

— Une bien triste histoire, elle nous aidera à mieux comprendre Clara, à savoir ce qu'elle attend pour disparaître, déplora Kaïla. Que t'a appris la bande-son, Igor ?

L'adolescent manipulait son attirail électronique et écoutait avec intérêt les plaintes du spectre dans son casque.

— Devant l'icône de l'église de Santa Maria dei Miracoli, Clara et Cesare ont exprimé le vœu de s'aimer éternellement. Aux dires de Clara, son amant n'aurait pas tenu parole. La dame blanche répète en boucle ces mots.

— Je connais la légende ! Elle prend sa source à la Renaissance et se rattache à cette église, s'exclama Amedeo, troublé. Le tableau, une Vierge à l'Enfant, aurait des propriétés miraculeuses. Des malades viennent y prier pour leur rétablissement.

Amedeo toussota, gêné. Il rajusta une mèche de cheveux vers l'arrière et enchaîna :

— Sur les conseils d'Angela, je m'y suis rendu pour mes problèmes de dos.

— Ce n'est pas trop grave ? s'inquiéta Kaïla.

— Non, non, ma chère. Je souffre d'une malformation lombaire. Bah, c'est une affection bénigne, quelque peu invalidante. Héréditaire, s'il faut en croire les praticiens et la bataille de tests que j'ai subis. La branche masculine des Gherardini y a toujours été sujette.

Kaïla et Igor se lancèrent un coup d'œil. Une même idée venait d'affleurer à leur esprit.

— Nombreux sont les amoureux qui s'unissent dans cette église, dans l'espoir que leur amour dure à jamais, poursuivit le marquis.

— C'est la stricte vérité, assura Angela, avalant avec une grimace une gorgée de grog bien alcoolisé. Elle hocha la tête, un air de dévotion affiché sur sa figure écarlate. Je pourrais vous présenter une belle brochette de couples qui ont prêté serment aux yeux de la Vierge et qui coulent des jours heureux, grâce à la *Madonna*. Et d'autres, dont la guérison miraculeuse a laissé les médecins sans voix. Signor Gherardini, vos douleurs se calmeront. Il faut y croire et persévérer !

Peu convaincu, le marquis approuva tout de même du chef. Ses tourments ne s'étaient pas apaisés depuis sa visite à la *Madonna*. Mais, il ne voulait pas contredire sa brave domestique.

— Penses-tu qu'après tous ces siècles Clara soit encore liée par sa promesse, Kaï ?

— Je crois surtout qu'une visite à l'église des Miracles s'impose ! Et il faudra nous y accompagner, Amedeo. Votre présence est primordiale pour le bon déroulement de cette affaire, rétorqua Kaïla.

Gherardini accepta, un peu contrarié – l'homme redoutait sa complète soumission à la dame blanche et de se retrouver à nouveau face à face avec Clara.

Kaïla regarda le cadran de sa montre et avec une ferveur qui rosissait ses joues, elle ajouta à l'adresse de Croc-en-Jambe :

— Le soir approche, mon tout beau. Tu le sens aussi, n'est-ce pas ? Tu vas rester là et nous attendre bien sagement, nous ne serons pas longs.

L'aurore n'avait vu que peu de carnavaliers cheminer dans les dédales de la ville – sans doute cuvaient-ils les abus de la veille. Mais à cette heure de la fin de journée, les ruelles étaient bondées. Les venelles *grouillaient* d'un flot d'arlequins, de pierrots et de différents artistes de la commedia dell'arte. Ils gesticulaient, bondissaient, tels des diables hors de leur boîte, et esquissaient des entrechats ou des révérences audacieuses, jouant à fond leur personnage. Le carnaval ouvrait la porte à tous les excès. Le touriste sobrement vêtu se révélait, lui, l'attraction du moment, parmi les déguisements chamarrés.

Des dames flânaient avec l'élégance nonchalante des siècles passés. Les traits figés dans la porcelaine, des coiffes et des robes à la moire changeante comme le ciel d'hiver, aux laçages raffinés ; des

plumes ; des perles ; des éventails ; des rubans de soie et autres co-
lifichets en sus, les belles paradaient et se laissaient admirer. Leurs
compagnons n'étaient pas en reste. Ils avaient assorti leur mise à
celle des aguichantes promeneuses.

D'autres, hommes ou femmes, s'enroulaient discrètement dans
la cape de nuit et arboraient le tricorne noir. La figure masquée
sous le *volto* blanc, tels des conspirateurs, ils prenaient d'assaut la
Cité des Doges. Au son des fifres hauts perchés et des violons à la
voix plaintive, le tout accompagné des chants plus ou moins
éraillés des spectateurs.

Malgré le froid, le soir attirait vacanciers et Vénitiens à l'extérieur. La pénombre les encourageait à se divertir et à transgresser
les *diktats*, jusqu'au matin.

Igor, Kaïla et Amedeo jouaient des coudes. Ils se frayaient un
chemin parmi la foule festive qui ne demandait pas mieux que de
les emmener à sa suite, à faire la noce toute la nuit.

Sur la façade de l'église Santa Maria dei Miracoli, un buste de la
Madone, l'Enfant Jésus blotti au creux de son bras, couvait de son
regard aveugle les visiteurs qui passaient la porte de chêne. L'édifice était orné de plaques de marbre polychrome veiné de rose, de
vert et de jaune.

Le trio abandonna la cacophonie de la rue pour un silence solennel. Il franchit le seuil du bâtiment religieux, tandis que des
touristes, le nez en l'air, s'extasiaient à voix basse sur les caissons
peints du plafond.

Amedeo, Igor et Kaïla gravirent la volée de marches de marbre
raides, passage obligé jusqu'à l'autel. Ils se retrouvèrent devant la
fameuse icône aux tons fauves qui suscitait tant de dévotion. Sur
un fond pourpre, parée d'une longue cape noire aux motifs végé-
taux mordorés, la Vierge tenait contre son sein l'Enfant, emmaillo-
té d'un lange rouge-orange.

À genoux sur des prie-Dieu de velours grenat, deux vieilles
femmes murmuraient des prières. Elles égrainaient un rosaire,

perle après perle, et étaient tout de sombre vêtues. Un châle en dentelle coiffait leur tête, ne laissant dépasser qu'un visage pâle.

— Amedeo, vous êtes bien le dernier descendant des Gherardini ?

Kaïla avait parlé tout bas afin de ne pas troubler la quiétude de l'endroit.

— Oui, hélas ! À ma mort, il se toucha le front, que Dieu me préserve le plus longtemps possible ! À ma mort, disais-je, la lignée des Gherardini s'éteindra.

Il écarta les mains dans un geste fatidique :

— Que voulez-vous, je n'ai pas trouvé l'oiseau rare et à présent, vous en conviendrez, il est trop tard. Comment pouviez-vous le deviner ?

— Je n'ai pas vu d'alliance briller à votre annulaire et à aucun instant vous n'avez mentionné l'existence d'une femme ou d'enfants. Si vous aviez eu une famille, vous n'auriez pas manqué d'en parler à un moment ou à un autre. Kaïla cligna de l'œil et esquissa une grimace amusée. Ou même empli de fierté vous auriez sorti leur photo de votre portemonnaie.

— Hum... Je n'ai que la photo de mes neveux à exhiber, répliqua Amedeo sur le ton de la plaisanterie.

— Et nous nous renseignons toujours sur nos clients potentiels, histoire de savoir à qui nous avons affaire. Dans votre cas, Amedeo, internet et l'*Almanach du Gotha* se sont révélés une mine d'or.

— Oh, je vois...

Le marquis laissa planer un sourire incertain sur son visage fin, étonné par les moyens mis en œuvre par les jeunes gens et le sérieux de leur engagement.

— Mais revenons à ce qui nous préoccupe et armez-vous de courage. Il vous en faudra une bonne dose. Igor et moi-même, nous pensons que vous êtes la réincarnation de Cesare. Raison qui expliquerait pourquoi vous avez autant répondu aux sollicitations de Clara. Votre promesse et votre ancien amour vous lient encore à elle.

— J'ai peine à croire à ces balivernes, Kaïla, et je ne suis pas fervent des réincarnations et autres fariboles en tout genre... Les apparitions donnent déjà bien du fil à retordre à mon cerveau... Même si j'ai dû me résoudre à les accepter.

Sous le feu de l'animation, le marquis avait un peu élevé la voix. Les deux bigotes soufflèrent un « *chut* » retentissant et s'écrièrent :

— *Silenzio, per favore ! Siamo in una chiesa !*[14]

Amedeo s'excusa et entraîna Kaïla et Igor à l'écart. À l'abri des oreilles des grenouilles de bénitier, il poursuivit :

— Qu'est-ce qui vous fait penser une chose pareille ?

— Nous sommes prêts à parier que votre *malformation*, sa manifestation physique du moins, ressemble à s'y méprendre à une blessure par arme blanche et qu'elle se situe au même endroit que celle qui a été fatale à votre ancêtre Cesare, avança Igor.

— J'ai une boursouflure, une longue balafre, sur le côté droit du bas du dos, admit Amedeo, abasourdi.

— Ça confirme nos impressions. C'est assez courant, en cas de mort violente, on retrouve parfois les traces d'une vie antérieure. Un ex-pendu portera par exemple au cou, des lignes concentriques ou annelées, comme celles imprimées sur la chair par la corde. Un défunt ayant péri dans les flammes peut quant à lui endurer des problèmes de peau dans sa nouvelle existence et un noyé redouter l'eau jusqu'à la phobie, Igor haussa les épaules. Vous comprenez l'idée.

— Oui..., marmonna du bout des lèvres le marquis.

La discussion le mettait mal à l'aise. Depuis quelques jours, il voguait en eaux troubles, sur une mer d'incompréhension. Que n'aurait-il donné pour retrouver sa tranquillité et sa naïve ignorance ?

— Vous nous avez bien dit que seuls les membres masculins souffraient de ce léger handicap, non ? insista la jeune fille.

---

14 Silence, s'il vous plait ! Nous sommes dans une église !

Amedeo hocha la tête en signe d'assentiment, tandis que Kaïla déroulait le fil de sa pensée :

— Cesare se réincarne à loisir dans ses descendants pour terminer la tâche qu'il n'a pu mener à bien de son vivant. Il vous incombe de briser le cercle vicieux, d'autant plus que vous représentez, pardonnez mon franc-parler, le dernier bastion des Gherardini.

— Bien, que dois-je faire ?

— En premier lieu, il vous faut délier la dame blanche de son serment, marmonna Kaïla.

— L'icône de la Madone à l'Enfant a été le témoin de la promesse de Cesare et de Clara. À votre tour, Amedeo, de prononcer les mots qui libéreront votre ancêtre de son vœu et sa bien-aimée aussi, renchérit Igor. Il est plus que temps.

Avec un peu de réticence et la sensation de passer pour un idiot de s'adresser ainsi à une peinture, le marquis répéta scrupuleusement les paroles que Kaïla lui soufflait. Sous l'effet de la confusion, ses joues rougirent.

À la fin de cette oraison, il n'y eut ni brusque éclat de tonnerre ni soudaine illumination. Rien qui laisse à penser que sa supplique avait été entendue. L'icône demeura de marbre. Mais, cette phase du plan sembla suffire et donner entière satisfaction au frère et à la sœur.

Sans plus de cérémonie, les jeunes gens invitèrent Amedeo à les suivre jusqu'au palazzo Gherardini. La première étape du programme accompli, le plus dur restait à venir.

~*~

En regagnant le palazzo Gherardini, quelle ne fut pas la surprise du marquis de trouver un intrus dans sa maison ! Un jeune homme à l'allure sportive, les épaules larges, moulées dans un pull marin bleu, rayé de blanc, une crinière blond cendré au ras des épaules et un visage à la mâchoire puissante, les attendait dans le petit salon.

L'inconnu était confortablement installé dans un fauteuil.

— Qui êtes-vous et comment êtes-vous entré ? s'indigna Amedeo, le doigt posé sur l'écran de son portable, prêt à appeler la police. Sortez immédiatement de chez moi, ou les *carabinieri* vous en expulseront par la force ! Où est Angela ?

— Amedeo, Amedeo, pas de précipitation, lancèrent Igor et Kaïla en chœur.

Tout comme l'intrus, ils affichaient un grand sourire.

Le jeune homme s'extirpa avec difficulté de son siège et déplia sa haute taille. La main tendue devant lui, il s'avança vers Amedeo.

— Angela va très bien. Elle doit se trouver dans la cuisine à concocter quelques merveilles. Vous et moi, nous nous connaissons déjà, Signor Gherardini.

Le marquis leva un sourcil intrigué :

— Je ne crois pas…

— Bien que je n'accepte pas souvent de tels signes de familiarité, vous m'avez gratté entre les oreilles, là où la patte n'atteint pas la fourrure rase. Ça fait un bien fou !

— Non, c'est impossible ! Je ne peux pas le croire. Croc-en-Jambe ?

Un air ahuri allongeait la figure du marquis, comme si le sol venait de s'ouvrir sous ses pieds. Il croisait et décroisait les doigts. Dans l'espoir que l'un ou l'autre le détrompe, Amedeo dévisagea tour à tour Kaïla et Igor. Le frère et la sœur hochaient la tête, amusés.

— Cris. Je préfère, quand je suis sous cette forme. Ravi de vous revoir, Amedeo, dit le troisième membre des *Chasse-Mythes*.

— Mais comment… ?

— Ho, c'est bien simple, je suis le fils d'un lycan et d'une humaine. À chaque aurore, jusqu'au crépuscule, je me transforme en chien-loup, il ricana. Ce n'est pas de tout repos, je l'avoue, mais, ça a aussi ses bons côtés.

— Un loup-garou ? Je vais me réveiller !

En proie à la panique, Amedeo était parti à reculons en direction de la sortie. Il hésitait entre téléphoner à la police, au risque qu'on lui rie au nez, et s'enfuir à toutes jambes.

— Pas d'inquiétude, vous ne craignez rien avec lui, le rassura Kaïla.

Elle s'approcha de Cris et enlaça le jeune homme, avant de poursuivre :

— Contente de te retrouver, Trésor. Ces heures sans toi m'ont semblé longues.

Cris répondit à son étreinte et déposa un baiser léger sur le sommet du crâne de Kaïla, dans sa chevelure de miel. Il dominait sa compagne de deux bonnes têtes et, dans ses bras, la jeune fille paraissait minuscule.

— Au point où nous en sommes, autant lui dévoiler la vérité sur toi, Kaï.

— Tu crois ?

— Hin, hin.

— O.K. Igor. Mais, notre hôte serait plus avisé de prendre un siège avant.

Kaïla attendit qu'Amedeo se laisse tomber, sans forces, sur le canapé pour ajouter :

— Je suis à demi-sirène. Oui, oui, la créature de légende avec la queue de poisson, vous ne rêvez pas. Ça me sert pour les invocations. Ma voix surnaturelle, je veux dire.

— À demi-sirène…

Le marquis opina du chef, complètement désorienté par les révélations qui s'enchaînaient et les phénomènes de ces derniers jours. Par bonheur, il était assis, il se serait effondré dans le cas contraire. Puis, il se tourna vers l'adolescent, les sourcils froncés :

— Igor ? Qu'avez-vous à m'apprendre ? Vous êtes quoi ? Un alien ? Un androïde ?

Le garçon arbora une moue ennuyée. Il lui assura qu'il était bien un être vivant et un humain tout ce qu'il y avait d'ordinaire. Le frère et la sœur avaient pour père un solide gaillard. La mère seule de Kaïla était une sirène. La créature prenait l'apparence d'une femme à chaque pleine lune, jusqu'au dernier croissant.

Après des explications laborieuses, la nouvelle fut enfin *digérée* par le marquis.

Avec cette histoire de revenant, le pauvre Amedeo avait franchi une frontière et dès lors l'invraisemblable devenait possible. Un homme se muait en chien-loup le jour ; une jeune fille en femme poisson quand elle s'immergeait dans l'eau, son *palazzo* abritait un véritable zoo.

Plus rien ne l'étonnait !

Le trio des *Chasse-Mythes* pria le marquis à ne pas révéler leur secret. Encore sous le choc, Amedeo se plia bien volontiers à leur désir. Et dans le cas contraire, s'il se laissait aller à des indiscrétions, qui croirait à ses paroles ?

Au mieux, on le prendrait pour un affabulateur, au pire pour un fou.

Kaïla, Igor et Cris ne criaient pas sur tous les toits ces petites différences qui les caractérisaient. Ils glissaient parfois cette confidence à l'oreille de certains de leurs clients. Suivant leurs affinités, lors des interventions.

À l'aide des bâtonnets de craie, Igor et Kaïla redéfinissaient le dessin de l'étoile et du cercle, partout où les traces s'étaient effacées. Ils inscrivaient de nouvelles incantations aux pointes. Le garçon coulait à nouveau un chemin de sel sur tout le pourtour de la forme ésotérique, consolidant l'efficacité du pentagramme. Les bougies rallumées, tout était prêt pour l'invocation de Clara.

Rien n'avait été laissé au hasard.

Cris, Kaïla, Amedeo et Igor gagnèrent la protection du pentacle. Comme lors de leur précédente tentative, Cris se prépara à retenir Amedeo. Si nécessaire, de ses bras vigoureux, il ceinturerait le marquis et l'empêcherait de quitter le havre de sécurité. Igor délaissa ses instruments vidéo. Avec Kaïla, il se chargerait de la formule d'appel du spectre.

Pour la seconde fois, la jeune fille entama l'oraison magique, son frère, en écho, apportant plus de poids à ses mots. La dame blanche traversa la réalité de l'autre monde et de celui-ci. Elle s'afficha enfin dans toute sa lumineuse présence, devant les quatre individus.

Le spectre se présenta. Kaïla lui en avait donné l'ordre. Mais, il ne fut pas nécessaire de reprendre toute la conversation depuis le début. Clara se souvenait de sa première apparition et c'est ainsi que les *Chasse-Mythes*, sans autres préambules, entrèrent dans le vif du sujet.

— Cesare désire te parler, Clara, dit Kaïla.

D'un geste encourageant, elle incita Amedeo à s'avancer vers la dame blanche, sans toutefois, sortir du périmètre de sécurité. Cris y veillait.

Un soupir, dans lequel vibrait une attente longue de plusieurs siècles, comme seul un fantôme peut en produire, accueillit cette déclaration. Des yeux du spectre s'enfuirent quelques larmes, tandis que les lèvres s'entrouvraient sur une promesse de baiser.

— Depuis tout ce temps, Clara, nous sommes séparés. Il n'est que le moment de réparer cette ignominie, répéta le marquis après que la jeune fille lui eut murmuré chacun des termes.

— *Cesare, rejoins-moi. Il sera terminé alors le temps de la solitude. Franchis cette lisière qui nous éloigne encore l'un de l'autre.*

— Je te délie de ton serment, Clara. Tu es libre de partir si tu le désires.

Sans l'aide de Kaïla, Amedeo trouvait les mots justes. Il n'avait qu'à se laisser transporter par ses sentiments – ceux de Cesare ? Des profondeurs insoupçonnées de son âme remontaient les phrases qui faisaient mouche auprès de la dame blanche. Et si le marquis n'avait pas rencontré l'âme sœur dans cette vie, c'est parce que son cœur partageait déjà un amour, vieux de plusieurs siècles.

— *La liberté... Comme j'en ai rêvé durant toutes ces années. Pourtant sans toi, sans la chaleur de tes bras, je ne pourrai jamais goûter au repos.*

— Ma Lumière, comme je m'en veux de t'avoir laissée si seule, se désespérait Amedeo.

Kaïla, Igor et Cris surveillaient les débordements et une possible désobéissance de la part du dernier des Gherardini.

À mesure que la discussion entre Amedeo et Clara se poursuivait, gagnait en intensité, l'esprit prenait plus distinctement forme. Sa consistance s'étoffait, et les couleurs de la chair remplaçaient peu à peu la blancheur de ses traits. La peau rosissait et la chevelure de platine se colorait, finissait par atteindre la teinte du blond vénitien. Une rose était piquée dans la tresse de la toison fauve.

Comme une fleur ouvrant ses pétales au soleil, Clara s'épanouissait et sa beauté n'en devenait que plus éclatante à chaque instant.

Bientôt, elle eut l'apparence d'une créature de chair et de sang. Et pour parfaire cette *illusion*, son corps ne flottait plus dans l'espace. Ses pieds touchaient bien terre et des veinules bleutées pulsaient au rythme des battements de son cœur, le long du cou marmoréen.

Clara déploya ses mains vers le marquis. Elle les colla contre la barrière immatérielle du pentacle qui les séparait et y apposa sa bouche purpurine. En retour, sans que le trio des *Chasse-Mythes* ne puisse le détourner de son dessein et conscient que leur hôte devait en passer par là pour se libérer de toute entrave, d'une malédiction ancestrale, Amedeo plaça ses paumes et ses lèvres, les ajusta à celles de Clara Donato dalle Rose.

Sous la pression conjuguée, la cloison d'air se désintégra. Les lèvres se touchèrent enfin, les souffles se mêlèrent, se burent avides, les doigts s'enlacèrent et les paumes s'unirent.

Le baiser dura une éternité.

Ou quelques secondes.

Peu importe, il avait à la fois la saveur du *à jamais* et *du jamais plus*.

Puis imperceptiblement, la sensation se dissipa, il ne resta que le goût de cendres de l'absence sur la langue d'Amedeo. Le marquis reprenait ses esprits. Il ouvrit les yeux et se retrouva la bouche tendue sur le néant. Les mains vides de leurs jumelles et le cerveau vide de toute pensée. Mais, avec une sensation nouvelle de légèreté. Amedeo s'était débarrassé d'un poids énorme.

Il n'y avait plus trace de Clara Donato dalle Rose. Hormis, tombé au sol, un pétale de rose flétri que le marquis ramassa et enroula délicatement dans son mouchoir de batiste.

— *Addio*, Clara. Va en paix rejoindre ton enfant et Cesare.

Le marquis raccompagnait ses hôtes vers la porte. Sa démarche n'accusait plus la raideur du matin, au contraire, il se sentait d'attaque pour gambader la nuit durant au carnaval jusqu'à l'aube. Délié de sa promesse, l'esprit de Cesare avait également déserté sa personne.

Une fois de plus, Igor, Kaïla et Cris déclinèrent l'offre généreuse de demeurer quelques jours au palazzo Gherardini. Le trio avait prévu de profiter de l'ambiance festive de Venise jusqu'aux aurores, puis de prendre la route, sitôt que Cris se serait transformé. La voiture de Kaïla, de Cris et d'Igor était stationnée dans le parking public à l'entrée de la ville.

Bon perdant, le marquis distribua des tapes amicales dans le dos d'Igor et de Cris :

— Merci pour le coup de main, mes amis !

— Vous nous avez bien aidés, dit le garçon derrière son loup blanc, le tricorne crânement en biais.

Il portait la cape de ténèbres par-dessus son blouson.

— C'est vrai. Si tout s'est bien déroulé, c'est à vous aussi que nous le devons, ne l'oubliez jamais, Amedeo, confirma Kaïla.

Elle lui planta un baiser sur la joue. Le visage d'Amedeo rosit de plaisir.

— Prenez soin de vous et saluez Angela de notre part.

Comme toujours, sa voix de sirène était un délice à entendre. La jeune fille, vêtue d'une robe de satin vert bouteille, bouffante, sous sa parka rouge, s'appuyait contre son compagnon. Un peu chiffonnée, sa toilette avait trouvé place dans son sac à dos, ainsi que le costume d'arlequin et la doudoune de Cris.

— Je le ferai sans faute, Kaïla.

Cris prit entre ses mains celle d'Amedeo, la serra avec force, avant de la relâcher :

— J'ai pris plaisir à vous connaître, même si notre rencontre fut brève.

— Nous nous reverrons sûrement, mais en d'autres circonstances, bien sûr !

Les *Chasse-Mythes* sourirent à la boutade et sur un dernier *arrivederci*, une dernière poignée de main, ils s'éclipsèrent dans la nuit veloutée, vers d'autres contrées, d'autres aventures.

Une nouvelle mission les attendait.

Amria Jeanneret

Amria Jeanneret vit avec sa famille en Suisse. De sa Sicile natale, elle garde en mémoire les mythes grecs et romains qui sont la moelle de l'île, ce soleil qui irrigue les veines et cette mer bleue à n'en plus finir. De son pays d'adoption, elle s'est intéressée aux légendes locales. Ces deux pôles constituent la base de ses idées. Depuis toute petite, elle voyage grâce à la lecture dans les mondes inexplorés de l'imaginaire qui ne demandent qu'à être foulés par les rêveurs-aventuriers. Ce qu'elle apprécie le plus dans l'écriture et dans la lecture c'est l'idée de transporter le lecteur ou d'être transportée dans un ailleurs, loin du quotidien. La surprise et que l'impossible devienne possible. En quelques lignes, les mots dessinent un univers.

Vous pouvez suivre son actualité sur sa page Facebook :
www.facebook.com/Amria-Jeanneret-339610526396206/

LA MONTRE

à Anne Robert

Thomas Henri marchait sans but précis dans la lumière de ce matin de février. Comme souvent le mardi, il flânait dans le Quartier latin, faisant le tour des libraires, passant fouiner chez un petit disquaire de sa connaissance qui proposait parfois en occasion des enregistrements rarissimes, et achetant une ou deux partitions dans une boutique du quai Saint-Michel. Ce jour-là, il était sorti avec l'idée de rapporter un petit cadeau destiné à Élise, puisque la Saint-Valentin approchait.

Exceptionnellement, il avait traversé l'île de la Cité, et ayant avancé au hasard au-delà du pont Louis-Philippe, il se trouvait dans un quartier du Marais qui lui était inconnu. Cela lui convenait fort bien. Il marchait avec une lenteur calculée, de manière à profiter aussi longtemps que possible du silence de la ruelle dans laquelle il s'était engagé, avant de plonger dans le tumulte de la circulation de la rue dans laquelle il déboucherait plus loin.

Son attention fut attirée par la façade délabrée d'une échoppe se présentant sur sa droite. Une enseigne de fer forgé indiquait « Montres & Objets Anciens ». Cela était suffisamment vague pour séduire sa curiosité, et Thomas s'approcha.

Il fut assez déçu de constater que la vitrine, dont le verre inégal était noirci par la crasse, était vide, et l'intérieur de la boutique obscur. L'endroit avait-il fermé ? Sur la porte étaient indiqués des horaires d'ouverture, et Thomas nota que d'après ce panneau l'établissement était en principe ouvert. Il posa la main sur la poignée de la porte et la fit pivoter. À son grand étonnement, la porte s'ouvrit. Comme il franchissait le seuil, il sentit un fil de toile d'araignée se prendre dans ses cheveux.

— Il y a quelqu'un ?

Thomas savait l'impolitesse de cette formule mais n'en connaissait pas d'autre. Il hésita, gêné, se tenant dans l'entrée, maintenant la porte ouverte. La lumière de la rue ne lui permettait pas de distinguer quoi que ce fût à l'intérieur. Le silence était total.

— Il y a quelqu'un ? Est-ce que la boutique est ouverte ?

Cette fois, des bruits indiquèrent que Thomas avait été entendu. Quelque part, une porte grinça ; il y eut des pas, et une lueur se déplaça derrière une bibliothèque située au fond de l'échoppe, faisant fuir l'ombre gigantesque du meuble à travers la pièce. Un petit homme voûté portant besicles et tenant une bougie parut.

— Eh oui, disait-il, il y a encore quelqu'un. Il y a toujours quelqu'un ! Excusez-moi…

L'homme passa devant Thomas et tira un rideau pour occulter la vitrine.

— Entrez donc, dit-il en invitant Thomas à fermer la porte donnant sur la rue. Que désirez-vous ?

L'homme était hirsute, ratatiné, traînant les pieds dans des pantoufles d'un autre âge, mais sa voix était celle d'un jeune homme.

Thomas hésita :

— Je cherche… Je veux faire un cadeau.

— Bien ! Vous avez frappé à la bonne porte. Vous trouverez tout, ici.

Levant sa bougie vers les étagères qui l'entouraient, l'homme révéla un véritable capharnaüm. Il tendit la bougie à Thomas :

— Voyez donc par vous-même. On m'a coupé l'électricité la semaine dernière, je suis désolé. Retard de paiement, vous comprenez. La semaine dernière, il me semble. À moins que cela ne soit déjà celle d'avant.

Soupçonnant l'homme de lui mentir d'une dizaine d'années, Thomas réprima un sourire, et laissa la porte de la rue se refermer très lentement, plongeant la pièce dans une obscurité qui palpitait à la lueur de la bougie. Thomas s'approcha des étagères, et ne vit tout d'abord qu'un stupéfiant réseau de toiles d'araignées recouvrant tout, s'étirant d'un rayonnage à un autre, et témoignant de l'extrême abandon dans lequel la boutique était laissée. Observant ces gigantesques constructions, il finit cependant par remarquer les centaines d'objets qu'elles semblaient protéger. Sur les étagères s'entassaient d'extravagantes collections, principalement des montres, de toutes les époques et de toutes les formes, mais aussi, des figurines de bois sculpté, parfois peintes, des bateaux en bouteille, un lot de dés à jouer d'ivoire usés par le temps, une statuette de granit représentant un arrogant Priape, un curieux échiquier miniature, des alignements de sabliers, des morceaux de roche impossibles à identifier, et des bagues, de grossiers porteplume, des vases, quelques vieux couteaux, six étranges cubes d'acier, quelques livres, et sur tout cela se mouvaient des centaines d'arachnides dérangés par la chaleur de la bougie que Thomas déplaçait de rayon en rayon, écartant leurs toiles tendues dans toute la pièce.

Le petit homme prit la parole :

— Ma spécialité, évidemment, ce sont les montres, toutes les montres. Je les nettoie moi-même, je les répare. J'en fabrique, aussi. Au total, probablement quelque quatre cents montres sont en vente, chacune en parfait état de marche, n'attendant que d'être remontée.

Thomas savait qu'il ne trouverait rien pour Élise, et surtout, qu'il n'oserait en aucune manière lui offrir un objet acheté dans cet endroit sinistre. Il se demandait comment sortir sans offusquer le vieil homme.

— Écoutez, dit-il, je crois que rien de cela ne convient véritablement au cadeau que je voudrais faire. Je pense que…

L'homme l'interrompit :

— C'est pour une jeune fille, n'est-ce pas ?

— Effectivement, répondit Thomas, pris au dépourvu.

— Je comprends. Vous semblez connaître les femmes. On n'offre pas quelque chose d'un autre temps à une femme avec laquelle tout ne fait jamais que commencer. Mais vous...

— Moi ? demanda Thomas avec étonnement.

— Vous, oui, *vous*, répéta l'homme. *Vous*, vous avez l'esprit libre. Vous êtes curieux. Vous connaissez vos désirs. Alors pourquoi partir sans vous offrir un cadeau à vous-même ? Ici vous pouvez choisir votre bonheur. Regardez bien les objets qui vous entourent : ils ont tous leur histoire, leur destin, et leur pouvoir. Acheter l'un d'eux, c'est vous offrir une histoire, c'est acquérir un allié — c'est *acheter un destin !*

Il y eut un moment de silence. Les pensées de Thomas s'embrouillaient. L'autre reprit :

— Vous êtes intéressé. Vous êtes attiré. Je sens aussi que vous êtes hésitant, alors laissez-moi vous conseiller. Possédez-vous une montre ? Oui, mais ce n'est qu'un détail utilitaire, une information disponible et non un objet en soi auquel vous seriez attaché... Alors, offrez-vous une montre avec laquelle vous allez *vivre*. Une montre qui — pourquoi pas ? — en vienne à changer votre vie. Regardez celle-ci, par exemple : elle date de la Restauration. Vous voyez ces signes ? Savez-vous ce qu'ils signifient ?

— Alpha... Oméga, lut Thomas. L'Apocalypse. Un peu lourd à porter, il me semble.

— Ah ! frémit le vieil homme. Je vois que vous êtes un érudit, alors vous méritez ce que je possède de mieux. Une grande rareté. Où est-ce ?... Voyons... Ici ! Regardez cela.

C'était une montre-bracelet à aiguilles, d'allure ordinaire, avec un cadran garni d'index phosphorescents et dépourvu de chiffres, une trotteuse dans un cadran secondaire, un indicateur de date, et aucun nom de marque apparent.

— Vous vous moquez de moi, dit Thomas, cette montre n'a aucune valeur. Elle date tout au plus de l'année dernière.

— Non, non, non ! fit l'homme avec un sourire. Je viens d'en achever la fabrication. Elle date de cette nuit. Elle n'a encore jamais fonctionné, mais sa valeur dépasse celle de bien des anti-quités entreposées en ce lieu.

— Pourquoi ? parce que vous en êtes l'auteur ?

— Vous raillez, monsieur, mais vous avez tort. Oui, c'est une montre *exceptionnelle*. Regardez ce remontoir : lorsque vous l'ac-tionnerez pour la première fois, cette montre sera la vôtre, et plus jamais tant que vous la porterez vous n'aurez besoin de la remon-ter. Comme toutes les montres que je vends, elle est garantie *à vie*, et je vous la reprendrais à son prix d'achat si elle fonctionnait mal ou si vous n'en étiez pas satisfait.

— Pas besoin de la remonter, hum ? J'ai déjà entendu dire ce genre de choses. Cela ne fait pas de cette montre une rareté.

— C'est le prix auquel je la vends qui vous dira toute sa valeur, monsieur.

— Je n'en doute pas un instant, fit Thomas qui avait maintenant très envie de quitter l'endroit et son agaçant propriétaire.

D'un ton solennel, comme certain de son pouvoir de persua-sion, l'homme poursuivit son étrange boniment.

— Monsieur, écoutez-moi bien. Cette montre sera une rareté à cause de ce que vivra l'homme qui la portera. N'oubliez pas : c'est un exemplaire unique. Avec la garantie qu'elle vivra aussi long-temps que vous, elle sera vôtre pour huit cents francs.

— Voyons, dit Thomas non sans impatience, aucune montre neuve ne peut coûter cette somme. De plus, et sauf votre respect, compte tenu de votre âge, cette garantie à vie me paraît bien théo-rique : êtes-vous certain de vivre centenaire ? J'aurai trente ans cette année, et vous en avez le double. Croyez-vous pouvoir rem-placer ou réparer cette montre dans même trente ans ? De toute manière, au prix que vous en demandez, je ne peux être assuré que d'une chose : cette montre sera fichue au bout de deux mois et il sera alors impossible de vous mettre la main dessus. N'est-ce pas ?

— Croyez bien, fit l'autre avec une assurance qui troubla Thomas, que cette montre tournera encore, non seulement dans deux mois, mais dans un siècle, à condition que vous-même soyez encore en vie. Le jour où cette montre connaîtra son propriétaire, elle le servira sans défaillir jusqu'à la mort de celui-ci.

— Dans la mesure où je n'espère pas moi-même être encore en vie pour jouir de cette montre dans un siècle, le prix que vous en demandez est exorbitant.

— Huit cents francs, monsieur, qu'est-ce que cela représentera pour vous après dix ans ? après une vie entière ?

— Cinq cents francs est tout ce que je puis vous proposer.

— Vous l'aurez pour sept cents francs en me laissant la montre que vous portez actuellement.

— Six cents serait déjà déraisonnable.

— Allons, mettons-nous d'accord. Offrez-m'en six cent soixante-six francs, et elle est à vous.

Thomas hésita, mais son interlocuteur ne lui en laissa guère le loisir.

— Je savais que ce nombre vous déciderait. Je vous prépare un emballage.

— Inutile, trancha Thomas qui souhaitait partir au plus vite. Je vais la porter tout de suite.

— Très bien, très bien.

Le vendeur ne pouvait empêcher de poindre une expression de soulagement derrière ses sourires immédiatement vénaux.

Thomas ôta la montre-bracelet qu'il portait, et rédigea un chèque de six cent soixante-six francs.

— … à l'ordre de M. Cussenberg, s'il vous plaît.

D'une main fébrile, Thomas actionna le remontoir de la montre. La trotteuse se mit en marche. Il régla l'heure, puis la date : mardi 8 février 1983. Puis il l'attacha à son poignet.

— Prenez soin d'elle, monsieur Henri. Gardez-la sur vous autant que possible. Elle a besoin de votre présence, comme vous aurez besoin d'elle.

Thomas quitta la boutique. Arrivant chez lui, il se rappela qu'il n'avait rien acheté pour Élise, et décida de s'en occuper le lendemain matin, avant de recevoir son premier élève. Au moment de se coucher, il régla son réveil sur six heures.

~*~

Quand la sonnerie retentit, Thomas la coupa depuis son lit, sans tout à fait reprendre conscience, et se rendormit.

Bien plus tard, il souleva à grand-peine une paupière lourde comme un sac de briques et sa vision brouillée lui permit tout juste de constater qu'il semblait faire grand jour et que les deux aiguilles du réveil se promenaient vers le haut du cadran, ce qui était assez mauvais signe. Complètement ankylosé, il fit tout de même un mouvement pour écarter sa couette, et s'appuya sur un coude afin de se redresser partiellement. Un second coup d'œil sur le réveil, noyé dans un flou commençant juste à s'estomper, lui indiqua qu'il était dix heures moins cinq. Lentement, ses pensées se mirent en place : avant deux minutes, le jeune Fabrice Foucard sonnerait à la porte, arrivant pour prendre sa leçon de piano, et Thomas en serait réduit à l'ignorer, feignant d'être absent.

Il se laissa retomber sur son lit, poussant un long soupir. Il venait de dormir douze heures et se sentait aussi fatigué que si sa journée s'achevait. Foucard ne tarderait pas : à huit ans, il était le plus jeune élève de Thomas, et le plus ponctuel. Sans doute ne demeurerait-il pas très longtemps à la porte, et n'insisterait-il pas avec la sonnette quand il découvrirait que son professeur n'était pas chez lui, mais ce serait pour Thomas un moment fort désagréable. Il jeta un œil sur sa montre-bracelet, comme s'il eût été possible que le temps fût resté suspendu et que cette sonnette ne retentît pas encore, pas *maintenant*. Il exécuta ce mouvement machinalement, et fut un peu surpris car il avait oublié son changement de montre. Instantanément, il constata que celle-ci ne fonctionnait déjà plus car elle donnait une heure par trop différente de celle qu'il avait lue sur le réveil. Pris d'un pressentiment, il tourna la tête vers le réveil, et comprit avec stupeur qu'il avait fait une erreur de lecture : les aiguilles indiquaient onze heures moins dix.

Affolé, Thomas sauta au pied du lit, et se précipita vers son armoire à vêtements. Tout en s'habillant, il pensait à toute vitesse. Onze heures. Le petit Foucard était donc déjà passé, et il n'avait même pas été réveillé par ses coups de sonnette. À moins qu'il n'eût eu un empêchement ? C'eût été trop beau.

Tout en boutonnant sa chemise à grand-peine, Thomas marcha jusqu'au répondeur téléphonique et constata qu'il n'y avait eu aucun appel. Il en fut rassuré car il eût été inquiétant de constater que même la puissante sonnerie du téléphone ne l'avait pas tiré du sommeil. À 10 h 54, Thomas était habillé. Il n'avait pas le temps de se raser, ni celui de prendre une douche avant l'arrivée probable de Jacqueline Piat dans les cinq minutes. Il ouvrit les volets, puis se précipita dans le cabinet de toilette, s'aspergea le visage d'eau froide, et se passa un peigne dans les cheveux. Il décida qu'il avait juste le temps de nouer une cravate et courut saisir la première qui se présenta dans son tiroir à cravates. Il ajustait son nœud quand on sonna à la porte.

Thomas ouvrit à Mme Piat tout en s'apercevant qu'il avait une haleine épouvantable. Toutefois, son élève ne se permit aucune allusion désobligeante, et sur le Schimmel demi-queue de la salle de séjour, avec son ardeur coutumière, elle massacra Debussy durant le premier quart d'heure, puis écouta les commentaires de Thomas en hochant la tête, donnant l'impression convaincante de comprendre les conseils de son professeur ; durant les dix minutes suivantes, elle l'écouta lui faire l'éloge de la musique pour piano d'Edvard Grieg, buvant ses paroles comme à l'ordinaire, et avouant au bout du compte qu'elle avait très envie de jouer du Mozart ; enfin Mme Piat accepta de s'essayer à la première sonate opus 3 de Beethoven, et passa le reste de sa leçon à en déchiffrer les premières mesures avec une difficulté non moins habituelle. En résumé, tout se déroula merveilleusement pour l'élève, tandis que le professeur se demandait pourquoi il aurait dû sauter du lit pour endurer *cela*. La réponse lui fut finalement apportée par Mme Piat sous la forme de deux billets, à l'effigie de Maurice Quentin de La Tour pour l'un et celle de Delacroix pour le second.

À midi moins cinq, quand Mme Piat fut partie, Thomas mourait de faim. Il n'était pas question de se contenter d'un petit déjeuner, et à part le lait et les *corn flakes*, la cuisine était totalement vide. Il hésitait entre commencer par une douche et sortir manger quand le téléphone sonna.

— Salut, vieux, c'est Daniel.

Daniel était l'un de ses plus anciens amis. Il allait avoir vingt-sept ans, habitait près du port de l'Arsenal, et enseignait depuis peu la géographie dans un grand lycée parisien. Thomas et lui déjeunaient fréquemment ensemble, et c'était effectivement pour lui proposer de déjeuner que Daniel appelait. Thomas accepta, sachant que pour être arrivé carrefour de l'Odéon pour midi et quart, il devait partir sur-le-champ. Cela réglait la question de la douche d'une manière qui lui convenait fort bien.

Il prit un chewing-gum, sortit de son appartement, ferma la porte à clef, et dévala ses quatre étages aussi vite que possible. Puis il descendit la rue Saint-Jacques au pas de course, s'engouffra dans la rue Monsieur-le-Prince, arrivant sous la statue de Danton avec trois minutes de retard. Comme prévu, Daniel n'était pas encore sur place.

Les deux amis déjeunèrent ensemble, parlant comme les deux amis qu'ils étaient. Thomas évoqua son réveil en catastrophe et ils en rirent tous les deux.

— Figure-toi, raconta Daniel, que je me suis offert une matinée bien plus calme que la tienne. Hier, Mathieu est venu chez moi faire une partie d'échecs... je me suis couché si tard que ce matin, je me suis senti incapable de me lever. Normalement, j'ai cours à dix heures avec les lettres sup' — mais je n'y suis pas allé ! Une grasse matinée de temps en temps, cela ne fait pas de mal.

Le déjeuner dura longtemps. Ensuite, les deux amis changèrent d'endroit et s'offrirent une bière.

En entrant chez lui, Thomas trouva un message sur le répondeur : c'était Mme Foucard, qui excusait l'absence de son fils le matin même, le petit Fabrice ayant égaré sa carte orange dans le métro. Thomas en déduisit que le garçon avait raconté des histoires à ses parents pour éviter d'aller à son cours, et cela l'amusa. D'excellente humeur, il décida de s'offrir la douche qui l'attendait depuis le matin. Il ôta ses souliers, se rendit dans le cabinet de toilette, se déshabilla, et ôta sa montre. Il était 16 h 53. Thomas décréta qu'il s'offrait une bonne demi-heure d'ablutions. Il fallait fêter dignement cette belle journée.

Il prit alors ce qu'il considéra comme la plus longue douche de toute son existence, restant sans bouger sous le jet d'eau chaude, avec le rare plaisir de celui qui a passé la journée sale et se lave à fond pour aborder la soirée comme si c'était le lever du soleil. Quand il estima que trois bons quarts d'heure avaient sans doute passé depuis qu'il était entré, il se dit que rester plus longtemps serait du vice, ce qu'il rejetait, et qu'il courrait le risque de rater des coups de fil, ses amis appelant généralement entre six et sept heures quand il s'agissait de mettre au point un plan pour la soirée. Il coupa l'eau, ouvrit la cabine, sauta sur la descente de bain, attrapa sa serviette et commença à se frictionner la tête tout en se dirigeant vers le meuble où il avait posé sa montre. Il regarda l'heure : 17 h 01.

Sa stupéfaction était totale. Il avait subjectivement passé quarante minutes sous l'eau, mais la montre lui indiquait que sa douche avait en réalité duré quatre fois moins de temps. Il en fut très contrarié, principalement parce que son petit caprice hédoniste n'avait pas été consommé jusqu'au bout. Vexé, il porta la montre à son oreille pour s'assurer que celle-ci n'était pas arrêtée. En vérité, depuis la veille, il en était presque venu à souhaiter que la montre se révélât défaillante, intimement persuadé qu'il était d'avoir été floué d'une quelconque manière par le vendeur. Le tic-tac était net, régulier. Thomas ouvrit la porte et se rendit dans sa chambre pour comparer l'heure avec celle du réveil. Le réveil s'accordait avec la montre à trente secondes près. Toujours nu, serviette sur la tête, il revint dépité dans la salle d'eau, et gardant la montre en main sans y penser, recommença à se frictionner les cheveux, tout en s'observant dans la glace. Le geste lui fit lâcher la montre, qui tomba dans l'évier avec un bruit sec.

Thomas sursauta, craignant bien d'avoir brisé un objet acheté à prix d'or. Il ramassa la montre au fond du lavabo, le cœur battant. En apparence, elle était intacte : le verre avait miraculeusement tenu bon, et la trotteuse trottait à une allure raisonnable. Thomas se promit de passer le lendemain chez le vieux Cussenberg, afin de s'assurer que la chute n'avait rien endommagé dans le mécanisme.

Il se rappela les paroles du brocanteur, et se dit que le plus judicieux, pour éviter d'abîmer sa montre neuve, eût encore été de l'ôter le moins possible. Observant une nouvelle fois l'objet, Thomas découvrit avec un étonnement assez considérable qu'il portait la mention *waterproof*. Lui-même avait vainement cherché une indication de ce genre, la veille au soir, et avait conclu que si la montre avait été étanche, l'habile vendeur n'eût pas manqué de le préciser. Mais cette nouvelle information était la bienvenue. Thomas décida que la montre prendrait dorénavant ses douches avec lui. En d'autres termes, elle et lui seraient inséparables.

Il s'habilla, sortit faire ses courses, puis rentra dîner et trouva trois messages du même groupe d'amis l'invitant à les rejoindre au cinéma à une heure déjà dépassée. Il se prépara des pâtes, avala un repas rapide, et écouta des disques jusqu'à une heure avancée.

~*~

Au cours de la nuit, Thomas fut pris de violentes douleurs abdominales, et au petit matin, de vomissements. Le jour qui suivit, il ne put quitter son lit. La seconde nuit fut pire encore : il était tenu par une forte fièvre, il suait à en tremper son lit, et son crâne semblait faire office d'enclume à un maréchal-ferrant au plus fort de sa journée de travail. Le second jour, il put se lever et voulut se servir un bol de *corn flakes*. Quand il versa le lait sur les céréales, il découvrit que celui-ci avait tourné, et fut pris d'une brusque nausée. Son estomac n'ayant plus rien à rendre, Thomas, déchiré par la douleur, ne put que régurgiter des acides gastriques qui lui brûlèrent la gorge. Il but un verre d'eau et alla de nouveau s'écrouler sur son lit, un goût atroce encore dans la bouche. La troisième nuit, il dormit comme une masse. Le jour suivant, quand il s'éveilla, à deux heures de l'après-midi, hormis le fait qu'il était affamé et puait comme un homme qui a passé soixante-douze heures dans les mêmes frusques, il se sentait parfaitement bien.

Un mois plus tard, Thomas Henri donnait un récital de piano. L'événement se tenait, en privé, chez Victor Grandville, ami commun de Thomas et Daniel. Daniel et Grandville avaient tout organisé, invitant une quarantaine de personnes et préparant un somptueux buffet. Le vaste appartement de Grandville, situé rue Michelet, dans le sixième arrondissement, était un cadre à la fois luxueux et convivial, autrement dit, l'endroit idéal pour cette soirée de samedi destinée à rester gravée dans les mémoires.

Élise était là, et depuis son poste, au clavier du monumental Bechstein sur lequel il jouait la sonate en *sol* majeur de Schubert, Thomas pouvait voir les sourires qu'elle lui adressait. Il commit une faute bénigne dans le premier mouvement, s'apercevant un peu tard qu'en effectuant la reprise il était passé directement à la mesure 17, se privant ainsi de l'un de ses passages préférés. Personne ne connaissait la sonate au point de remarquer qu'il l'avait raccourcie, Thomas en aurait juré, mais il considéra cette erreur comme un avertissement et décida de se concentrer exclusivement sur le clavier. Il devait oublier Élise le temps du récital.

Le reste de l'allegro se déroula naturellement. Vint le second mouvement, et Thomas sentit avec une certaine jubilation que l'arrivée *fortissimo* des accords mineurs avait fait réagir une partie de l'assistance. L'émotion passait, et il fallait orienter la suite du programme en conséquence. Thomas abandonna Schubert à la fin du second mouvement de cet opus 78, et enchaîna sur les trois études opus 3 de sa propre composition. Celles-ci reçurent un excellent accueil. Thomas poursuivit alors avec des pièces plus intimes, plus calmes, et moins naturelles dans leurs harmonies : il joua, en semi-improvisation, les deux préludes opus 10 qu'il venait d'achever. L'auditoire sembla partagé. Pour clore la soirée, Thomas se risqua alors à ressortir de sa mémoire sa grande fantaisie pour piano « Rêve et cauchemar » opus 2, qu'il avait cessé de travailler depuis quelques années et n'avait jamais donné en public tant cette œuvre constituait une page de son histoire personnelle.

Le prologue fut suivi dans une fixité silencieuse, et Thomas enchaîna *attaca* le mouvement central.

Il concentra toute son attention, aucun faux pas n'étant permis dans ce *perpetuum mobile*. Il devait jouer tout ce passage *legatissimo* et se sentait envahi par la peur que sa mémoire le trahît. Mais tous les arpèges lui revenaient juste à temps. Il écoutait la salle : il n'y avait pas un murmure. Tous l'accompagnaient dans ce voyage.

Arriva le « cauchemar ». Au cours de ce mouvement, Thomas se surprit à improviser, rallongeant cette partie d'une bonne minute de fracas d'orage, et quand, à la fin du *furioso*, ses doigts restèrent au-dessus du clavier, prêts à entamer l'épilogue, tout l'auditoire était suspendu à eux. Et l'arpège final n'avait pas fini de sonner quand s'élevèrent les applaudissements. Thomas, fou de joie, balaya le clavier en un tonitruant arpège de *la* majeur, et se leva pour dire un simple « merci ».

— Et maintenant, annonça Daniel, champagne !

Au cours de la petite fête qui s'ensuivit, Thomas eut la surprise de voir plusieurs invités, peut-être huit ou neuf, venir noter ses coordonnées afin de suivre ses cours de piano ou d'y inscrire leurs enfants. Il eut beaucoup de mal à rester auprès d'Élise tant il était sollicité. Il ne connaissait quasiment personne, et fit son possible pour se montrer aimable avec tous. La soirée passa à toute vitesse. Au bout d'un moment, alors qu'un dénommé Ravel, se prétendant cousin de la famille du compositeur, débouchait une nouvelle bouteille de champagne pour le servir une nouvelle fois, tout en lui parlant des débuts de sa fille comme apprentie violoniste et des désagréments que cela comportait pour toute la famille, sans compter les plaintes répétées des voisins du dessous, Thomas fut tiré en arrière par Daniel, ce dernier lui annonçant qu'il rentrait se coucher. Oubliant Ravel, Thomas balaya l'endroit du regard, et constata avec surprise qu'ils n'étaient plus qu'une poignée d'invités. Et il ne voyait Élise nulle part. Regardant sa montre, il s'aperçut qu'il était presque quatre heures, et songea qu'il lui faudrait bientôt partir lui aussi.

— Daniel, attends ! Tu n'as pas vu Élise ?

— Élise ? Voilà deux heures au moins qu'elle est partie.

Thomas était interloqué.

— Voyons, tu ne te rappelles pas ? lui demanda son ami. Elle est venue te dire qu'elle souhaitait partir.

Brusquement, Thomas revit toute la scène. Élise, l'interrompant alors qu'il dictait son numéro de téléphone à un austère père de famille, lequel avec sept enfants âgés de cinq à seize ans se présentait comme un gros client potentiel. Lui, n'écoutant que d'une oreille tandis qu'Élise lui murmurait discrètement qu'elle « serait bien rentrée ». Élise, répétant cette phrase, et lui, n'entendant pas qu'elle lui demandait de la raccompagner. Elle, concluant par un sourire forcé et promettant de passer un coup de téléphone le lendemain. Brusquement, tout lui revenait en tête. Et il comprenait à quel point il avait été maladroit, inattentif, imbécile. Élise avait dû être blessée. Il l'avait ignorée toute la soirée, et avait refusé de rentrer avec elle… Jamais il ne pourrait la regarder en face après cela. Fou de colère contre lui-même, il planta là Ravel et les autres, saisit son manteau, et quitta les lieux sans même saluer Victor Grandville. Empli de dégoût il s'en retourna, à pied, dans un Paris désert.

~*~

Bruce Dickinson poussa un hurlement.

Allongé sur son lit, les yeux tournés vers le plafond, Thomas frissonna de plaisir.

À la suite du récital de la rue Michelet, quelque temps plus tôt, Thomas avait gagné neuf clients. Parmi eux, Lucas, fils aîné de Ravel, apprenait le piano sous la contrainte depuis qu'il avait six ans, et développait pour l'instrument ainsi que pour toute la musique dite « classique » une aversion de plus en plus considérable.

> The night was black, was no use holding back
> Cos I just had to see was someone watching me

Voyant que rien ne fonctionnait entre son élève et lui, Thomas demanda à Lucas, à la fin du troisième cours, quelle était la musique qui lui plaisait. Le garçon avait d'abord été stupéfait d'apprendre que les noms de Led Zeppelin et Deep Purple n'étaient pas inconnus de son professeur. Puis il lui parla d'Iron Maiden, groupe britannique commençant à faire une percée en France, et de leur disque *The Number of the Beast*.

> In the mist, dark figures move and twist
> Was all this for real, or just some kind of hell?

Intrigué par ce titre, Thomas le nota, et n'attendit pas le lendemain pour aller se procurer le disque en question. Ce fut pour lui une révélation. À l'instar des *Études* de Chopin, du *Trio* opus 100 de Schubert et des *Pièces lyriques* de Grieg, ce disque restait en permanence à proximité du pick-up et chaque écoute apportait à Thomas son lot d'impressions nouvelles.

On sonna à la porte.

Sautant sur ses pieds, Thomas courut ouvrir.

Son visiteur était Daniel, qu'il n'avait pas vu depuis quelque temps.

— Eh bien, vieux, c'est un drôle de désordre chez toi !

— Je suppose, oui. Enfin, c'est vrai — je suis désolé. Attends, je vais débarrasser les fauteuils.

Thomas rassembla le linge sale qui s'était entassé sur les sièges du séjour.

— Ne me dis pas que tu accueilles tes clients dans cette pièce, tout de même…

— Oh, tu sais, en fait je… j'étais en train de ranger. Ce n'est pas comme cela en permanence, bien sûr.

— Cela va de soi, sourit Daniel en s'asseyant. Alors, tu m'offres un J & B ?

— Euh… je crois bien que je n'en ai plus une goutte. Voyons… un rhum-coca, cela te convient ?

— Oublie le rhum, je me contenterai d'un coca.

Thomas se rendit dans la cuisine préparer deux verres. Il ouvrit une bouteille de Coca-Cola, en versa une larme destinée à la préparation de son propre rhum-coca, et servit le reste dans le verre destiné à Daniel.

> Torches blazed, and sacred chants were praised
> As they start to cry, hands held to the sky

— Cette musique, qu'est-ce que c'est ?

— Iron Maiden, répondit Thomas en revenant, un verre dans chaque main. Ma dernière découverte. Là où se fait réellement la musique de cette fin de siècle.

In the night the fires are burning bright
The rituel has begun, Satan's work is done

Daniel faisait des yeux le tour de la pièce, et s'arrêta à hauteur du bureau.

— Dis donc, quel fainéant tu fais ! Ce calendrier est resté sur le mois de mars et nous sommes en août.

— Ah oui ? fit Thomas machinalement.

— En y réfléchissant bien, cela doit correspondre à la dernière fois que nous nous sommes vus. La soirée chez Grandville, c'était dans ces eaux-là, non ?

— Le récital ? fit Thomas, songeur. Oui, c'était le 12 mars. Je ne pensais pas que cinq mois avaient déjà passé. Mais dis-moi, que deviens-tu ?

Dissimulant mal son agacement, Daniel balaya cette question d'un mouvement de tête.

— Tu ne dois pas écouter très souvent ton répondeur quand tu rentres chez toi. Ces dernières semaines, j'ai laissé tant de messages que j'ai dû remplir plusieurs cassettes ! Tu aurais pu donner de tes nouvelles.

— Je sais, répondit Thomas assez piteusement.

— Enfin, soupira son ami en retrouvant son sourire, je suppose que si tu es à ce point débordé, c'est que les affaires marchent.

— Les affaires ? répéta Thomas, l'air égaré.

— Les cours, je veux dire. Beaucoup de clients ? Je suppose que tu t'es offert des vacances en juillet ?

— Non, je n'ai pas quitté Paris. Je n'en avais pas réellement besoin.

— Alors, tu travailles dur ?

— Oh, c'est plutôt une période creuse.

Une inquiétude passa sur le visage de Daniel.

— Tu n'es pas dans la dèche, au moins ?

— Non, non, s'anima Thomas, pas de problème de ce côté. Un peu de fatigue, c'est tout. Je dors beaucoup, ces dernières semaines. Mais, et toi, où es-tu parti ?

— Trois semaines aux *States*. La Nouvelle-Angleterre : New York, Rhode Island, Massachusetts.

À l'arrière-plan, la guitare de Dave Murray déclamait son ahurissant solo.

— C'est une belle région, dit simplement Thomas.

— Superbe. Mais dis-moi, puisque tes clients sont tous en vacances, tu devrais partir quelques jours avec Élise, n'importe où, au lieu de rester enfermé ici.

— Eh bien, elle a du travail, tu sais. Elle prépare l'agrégation de lettres classiques.

— Ne me dis pas qu'elle est déjà plongée là-dedans ! Elle devrait pouvoir se libérer un peu pour toi, tout de même. Tu l'as vue un peu, en juillet ?

Une gêne considérable envahit Thomas.

— Cela fait quelque temps que je ne l'ai pas appelée. Je n'ai pas tellement de nouvelles récentes. Depuis la soirée du 12, en fait.

Daniel bondit :

— La soirée du 12 *mars* ?

— Oui, répondit Thomas d'un air entendu. Tu te souviens. Elle doit me rappeler.

— Tu attends depuis tout ce temps ? sans prendre l'initiative de lui téléphoner ? demanda Daniel, incrédule.

— Elle a dit qu'elle téléphonerait, dit Thomas d'un air renfrogné. Et puis, j'ai envie de la voir, mais cela n'a rien d'urgent.

Daniel se leva d'un bond, se dirigea vers le tourne-disque, et coupa la musique. Puis il se retourna vers son ami.

— Je te conseille de laisser de côté ta « patience légendaire » et de l'appeler au plus vite, mon vieux.

— Bon, répondit Thomas comme si le sujet ne l'intéressait que vaguement. Je le ferai ce soir, ou demain, je pense.

Il y eut quelques secondes d'un silence pesant.

— Pour être honnête, reprit Thomas, cela fait quelque temps que je me répète cela. Que je l'appellerai bientôt. Mais je n'ai pas envie de le faire tout de suite, par exemple : ce n'est pas le bon moment, et je n'aurais rien de précis à lui dire. Je vais encore attendre un ou deux jours, probablement.

Daniel le regarda avec gravité.

— Dis-moi une chose… Est-ce qu'elle t'a plaqué ?

La question étonna Thomas.

— *Non.* Bien sûr que non. Elle et moi faisons une pause, c'est tout.

Ce matin-là, quand Thomas parvint à se tirer de son lit, le réveil indiquait 10 h 45. Thomas traîna les pieds jusqu'au cabinet de toilette, et resta vingt minutes sous la douche avant de se sentir à peu près réveillé. En sortant, il découvrit qu'il n'y avait aucune serviette en vue. Il ouvrit la petite armoire placée sous le lavabo. Le meuble était vide. Marmonnant un juron, Thomas ramassa un tee-shirt jeté dans un coin et s'essuya tant bien que mal. Puis il retourna dans sa chambre et se mit en quête de vêtements propres.

Une fois habillé, il prit la résolution de faire une lessive de toute urgence, l'après-midi même, et se rendit à la cuisine. Quand il ouvrit le réfrigérateur, une odeur de viande avariée lui fit savoir qu'il devrait sortir pour déjeuner. Il n'avait pas le cœur à entreprendre sur-le-champ de vider le contenu du réfrigérateur ; il se rappela en outre qu'il était arrivé à court de sacs-poubelle quelques jours auparavant.

Se résignant à la pénible perspective de faire des courses, il retourna dans la salle d'eau passer un peigne dans sa barbe bien fournie, se regarda une dernière fois dans le miroir en se demandant s'il n'avait rien oublié, et quitta son appartement.

Sur le palier, il était en train de tourner la clef dans la serrure lorsqu'il s'aperçut qu'il était en chaussettes. Nerveusement, il rouvrit la porte, alla enfiler la première paire de souliers qu'il trouva, et ressortit.

Arrivé dans le hall de l'immeuble, il jeta un coup d'œil machinal à sa boîte aux lettres, et vit qu'il avait du courrier.

Élise.

Thomas fit demi-tour, remontant précipitamment chez lui chercher la clef de la boîte. Tandis qu'il atteignait, essoufflé, le quatrième étage, il se rappela subitement que la clef en question était tout naturellement dans sa poche, accrochée au même porte-clefs que celles de l'appartement. Il redescendit.

L'enveloppe était blanche, sans timbre ni adresse, avec son seul nom : M. Thomas Henri. L'écriture était aisément reconnaissable.

Thomas sentit la sueur lui couler sur le front tandis qu'il lisait la lettre de M. Crespin, son propriétaire. La missive était sèche, bien dans les formes, et réclamait les loyers d'octobre et novembre.

On était le 17 novembre, et Thomas savait son compte en banque quasiment à sec. Pris de panique, oubliant qu'il avait prévu de sortir, il remonta chez lui.

Il fallut à Thomas dix bonnes minutes pour dénicher son relevé de compte le plus récent, enfoui dans les monceaux de papiers qui s'entassaient sur son bureau depuis quelque temps. Ce relevé lui apprit qu'au 14 novembre 1983 son solde créditeur s'élevait à dix-neuf francs et douze centimes.

Tournant en rond dans son séjour, Thomas réfléchissait.

Quelque temps auparavant, il avait cessé de se déplacer, perdant ainsi tous les clients chez qui il donnait des cours à domicile. Quant aux élèves qu'il recevait chez lui, ceux-là avaient progressivement cessé de venir pour des raisons inconnues. Thomas n'avait pas gagné un sou depuis cinq ou six semaines, et n'avait pas eu la moindre activité à caractère professionnel sur cette période.

Recommencer à donner des cours de piano prendrait du temps car il faudrait partir à la recherche de nouveaux élèves. Peut-être serait-il possible de suggérer à Grandville et Daniel d'organiser une soirée-récital. Mais cela impliquait que Thomas se remît au piano, qu'il avait de plus en plus négligé, le clavier ouvert sous son regard présentant une couche de poussière telle qu'il n'en avait jamais connu depuis l'acquisition de l'instrument, quatre ans plus tôt.

Thomas se rendit compte qu'il n'aurait pas le courage de donner prochainement un récital car il n'avait aucune envie de voir du monde. Il décida donc qu'il se remettrait tant bien que mal à faire de la critique musicale ; c'était ainsi qu'il avait commencé à toucher un peu d'argent, à l'époque où il préparait son diplôme de professeur.

Mais écrire des articles, et *a fortiori*, les publier, ne pouvait être fait dans les quarante-huit heures. Il fallait gagner du temps.

D'autres nécessités immédiates lui revinrent à l'esprit, et tout en continuant à réfléchir aux moyens de sortir de sa situation financière, Thomas entreprit de ramasser le plus gros du linge sale qui jonchait le sol de tout l'appartement. Il bourra la machine à laver, et lança une lessive

De retour dans le séjour, il vida portefeuille et porte-monnaie, et compta grossièrement son argent liquide. Il avait une centaine de francs. S'accordant une heure pour faire des courses, il sortit.

Quand il fut de retour, deux heures et demie plus tard, il était épuisé.

Se frayer un chemin parmi la foule qui arpentait les trottoirs du cinquième arrondissement lui étant devenu fort déplaisant, il faisait désormais toutes ses courses au magasin Inno Montparnasse. Ce jour-là, il prit pour s'y rendre le 91, fraudant pour économiser le prix du billet, et mort de frayeur à chacun des cinq arrêts à l'idée qu'un contrôleur pourrait monter dans le bus. Arrivé à Inno, Thomas avait erré une bonne trentaine de minutes au sous-sol, cherchant le moyen le moins cher de se nourrir pendant quelques jours. Il se décida finalement et acheta six litres de lait, quatre pains, un kilo de pommes, et le même poids de bananes. À la sortie, ayant réussi à tout caser dans un carton, il étudia le dilemme qui se présentait à lui : rentrer en bus, et prendre le risque d'être trouvé en situation illégale, ou rentrer en transportant son fardeau à pied. Il opta pour la seconde solution, moins par peur d'être contrôlé dans le bus que par peur d'y rencontrer quelque ancienne connaissance ; dans la rue, il était plus facile de venir voir les gens et de les éviter. Thomas descendit le boulevard du Montparnasse du côté des numéros pairs, sachant par expérience que de ce côté les risques d'une rencontre étaient plus faibles.

Il fallut encore grimper les quatre étages de l'immeuble, sans s'attarder pour reprendre son souffle car Thomas n'avait aucune envie de croiser un voisin. En réalité, il les évitait systématiquement depuis plusieurs mois, se sentant bien plus tranquille ainsi ; croiser une seule personne après tant de précautions eût tout ruiné.

C'est donc à bout de souffle, assoiffé, et l'estomac criant famine, que Thomas posa enfin son carton à l'entrée du séjour. Il se rappela à cet instant qu'il avait oublié d'acheter des sacs-poubelle. Peu lui importait : il avait enduré le pire au cours de cette sortie, il n'avait pas flanché, et se sentait bien. Il avait le sentiment de reprendre le dessus après s'être laissé aller de façon dramatique. Il faudrait plusieurs jours pour que la vie retrouve un cours normal, pour que les choses se remettent en place, mais il était sur la bonne voie. Il prit un pain, deux bananes, et se rendit à la cuisine. Par chance, il restait quelques couteaux propres dans le tiroir à couverts ; Thomas en prit un, fendit son pain en deux dans le sens de la longueur, puis éplucha les bananes, et enfin, il s'assit.

Il commença à engouffrer son gigantesque sandwich à la banane. Arrivé à mi-parcours, il s'arrêta, ouvrit un litre de lait, et se remplit un verre. Il termina le sandwich, et vida le pack de lait.

Il avait réfléchi, et était parvenu à la conclusion que le seul moyen de gagner de quoi payer deux mois de loyer était de vendre à des bouquinistes certains de ses ouvrages de valeur auxquels il tenait le moins. Cela pouvait être fait en vingt-quatre heures. Il ne se sentait pas assez en forme pour ressortir cet après-midi-là, et se promit de s'en occuper le lendemain matin.

D'autre part, il lui faudrait reprendre contact avec les publications pour lesquelles il avait travaillé autrefois, et leur soumettre les quelques articles embryonnaires qui restaient dans ses cartons.

Enfin, il prit la décision de se remettre au piano, et d'y consacrer au moins une heure par jour.

Thomas se leva pour jeter à la poubelle ses épluchures de banane mais la poubelle débordait déjà. Il ferma le sac, le déposa près de l'entrée de manière à penser à le descendre, puis il utilisa un sac plastique Inno pour y jeter épluchures et brique de lait vide. Il sortit ensuite son chéquier, et rédigea un chèque pour deux mois de loyer à l'ordre de M. Crespin, en le datant du 21 novembre, soit de quatre jours plus tard. Le procédé était de la dernière grossièreté, Thomas le savait ; toutefois la situation était suffisamment critique pour qu'il l'utilisât sans hésiter une seconde. Ceci fait, il rédigea une enveloppe à l'adresse de son propriétaire, et y glissa le chèque. Puis il regarda sa montre : elle marquait 14 h 51. Thomas prit une grande inspiration, et sortit de nouveau. Il acheta un timbre à deux francs dans le bureau de tabac qui faisait l'angle avec le boulevard de Port-Royal, timbra l'enveloppe, et la glissa dans la boîte qui se trouvait à quelques mètres de là. Une fois chez lui, il s'accorda un moment de repos, et sortit le disque des *Danses de Galánta* de Kodály dirigées par János Ferencsik, qu'il n'avait pas écouté depuis fort longtemps. Pour mieux savourer cette musique, il s'installa sur le canapé avec un verre de lait. Son regard tomba sur le calendrier fixé contre le mur d'en face : celui-ci était ouvert sur le mois d'août. Agacé, Thomas se releva et le mit à la page du mois de novembre. Puis il retourna s'asseoir, et passa un après-midi de repos bien mérité.

~*~

Il faisait nuit. La salle de séjour était éclairée par une flamme chancelante, et Thomas, assis à son bureau à côté duquel le calendrier indiquait *décembre 1983*, commençait la rédaction d'une lettre, accompagné par un disque des études de Chopin. Maurizio Pollini venait de commencer l'étude numéro 7 de l'opus 25.

> 23 août 1984 — 00 h 04
> Chère Élise,
> Je pourrais commencer cette lettre par des excuses (celles-ci viendront plus tard), des explications (celles-là n'existent pas) ou des questions sur les raisons de ton propre silence (je les tairai) ; je préfère avant tout te demander : comment vas-tu ?

Sentant que quelque chose lui chatouillait la main gauche, Thomas vit une araignée de grande taille, au corps minuscule mais aux pattes longues, fines et joliment articulées, se promener sur son poignet. Cela n'était rien que de très normal. Depuis qu'il avait commencé à vivre dans le noir après la coupure de l'électricité et le moment où il avait pris goût à l'obscurité au point de vivre tous volets fermés, Thomas avait cessé de faire le ménage de l'appartement, et les arachnides en avaient très vite fait leur domaine. Il en tuait de temps en temps, surtout quand, allant d'une pièce à une autre, il se prenait le visage dans une toile tendue au travers de son chemin, se retrouvant avec des araignées dans les cheveux ou dans la barbe ; alors il effectuait une rapide expédition de représailles, se promenant dans l'appartement armé d'une bougie avec laquelle il brûlait tous les fils qui se présentaient ; brandissant une chaussure, il écrasait aussi un ou deux animaux, laissant le plus souvent les cadavres encore animés retomber derrière les meubles ou collés au mur. Le reste du temps, ces centaines de locataires silencieux et lui cohabitaient pacifiquement.

Agacé par la bête qui venait le déranger dans la rédaction de sa lettre, Thomas voulut chasser du bout de sa plume l'animal perché sur son poignet. L'araignée commença à jouer avec l'objet de métal, tendant et repliant les pattes autour de lui. Thomas la fit basculer de son poignet, mais elle s'agrippa au porte-plume. Perdant patience, il la cloua brutalement sur le bureau en lui transperçant le corps de sa plume.

Il ne lui restait plus pour poursuivre sa lettre qu'à changer de plume ou à nettoyer celle-ci. La flamme dorée de la bougie, devant lui, fut comme un appel. Il leva le porte-plume dans sa direction. L'araignée remuait encore très lentement ses longues pattes. C'était un bel animal, fait pour déplaire et pour souffrir. Sans hésitation, Thomas plongea la plume dans la flamme, et dans un faible crépitement, l'animal commença à brûler. Les pattes se ratatinaient tandis que le corps se consumait en lançant des gerbes d'étincelles qui durèrent un long moment.

Thomas fut intrigué. En brûlant quelques toiles, il avait déjà constaté que cette matière étrange se consumait à une vitesse stupéfiante, se demandant si cette sécrétion n'était pas l'un des plus puissants inflammables qui fût. Les petites explosions qui jetaient des flammes minuscules autour de la bougie tenaient-elles à une probable réserve de produit à toile dans le corps de l'araignée ?

Et tandis que Pollini continuait à égrener cette étude en *ut* dièse mineur, Thomas chercha des yeux autour de son bureau. Il trouva un spécimen plus grand encore. Il l'empala sur sa plume, puis décolla la bougie du bureau, et approchant sa prise à l'agonie, versa de la cire chaude de manière à enduire l'animal. Son début de lettre en fut tout taché mais il n'y prêta pas la moindre attention. Quand il eut parfaitement enduit l'araignée de cire, il reposa la bougie, et souffla sur l'animal afin de figer le liquide. L'arachnide était immobilisé dans la cire durcie. Thomas l'approcha alors, toujours fiché au bout de son porte-plume, de la flamme vacillante. Ce fut un spectacle magnifique. Le corps tout entier de la bête brûlait de lui-même, avec de délicieux petits bruits, de minuscules déflagrations qui lançaient des flammèches tout autour, avec la musique de Chopin comme accompagnement. Quand la septième étude opus 25 prit fin, Thomas se leva pour arrêter son disque, et décida qu'à l'avenir, il ne se débarrasserait plus des araignées autrement que de cette manière.

Il regarda ensuite son début de lettre, prit la feuille, et la déchira. Il n'avait plus envie d'écrire et alla se mettre au lit.

~*~

Onze ans avaient passé.

Thomas avait réussi à se sortir de ses anciens ennuis d'argent, mais conservé la plupart des habitudes de l'époque. Il vivait avec l'électricité mais à la seule lumière de la bougie, gardait ses volets fermés, n'avait plus le téléphone, se nourrissait de sandwichs géants, ne buvait plus une goutte d'alcool, ne s'occupait plus du ménage qu'au moment où la poussière accumulée réveillait son allergie, et changeait de vêtements le moins souvent possible.

Il portait une barbe impressionnante. Une seule fois, en novembre 1985, il s'était rasé, sous le coup d'une aspiration au changement aussi impulsive que passagère. En découvrant avec stupéfaction un visage dur, fermé et aux traits cadavériques qui n'était plus celui d'autrefois, il avait résolu de ne jamais plus recommencer pareille bêtise.

Il gagnait sa vie, et ce n'avait pas été facile. Comme il voulait sortir le moins possible, il avait totalement cessé d'enseigner, et se consacrait à l'écriture d'articles de critique musicale. Il n'avait pas mis les pieds à un concert depuis une dizaine d'années et se limitait aux critiques de disques, ainsi qu'aux portraits ou nécrologies de pianistes et de compositeurs..

Il serait faux de dire qu'il était heureux. Cependant, il avait acquis une tranquillité qui était devenue pour lui d'une importance primordiale à mesure que le commerce de ses semblables l'avait rendu de plus en plus malade — non qu'il les méprisât, car il les aimait tous du même amour total et inaltérable, mais parce qu'il avait développé une peur maladive et assez inexplicable de tout contact humain. Adresser la parole à qui que ce fût était pour lui une épreuve, devant laquelle il reculait le plus souvent.

Son rapport au temps avait progressivement changé. Il regardait peu les heures et les dates, et quand il jetait un œil sur sa montre, était souvent surpris de constater qu'il était si tard. Mais il n'y prêtait guère d'importance.

La montre continuait à fonctionner. Elle ne l'avait pas quitté depuis des années, et le servait fidèlement. Sa précision ne laissait pas d'étonner Thomas, car jamais en plus de dix ans il n'avait eu besoin de la remettre à l'heure. Elle tenait même compte de ces bizarreries humaines introduites au sein du cycle calendaire que sont les années bissextiles. Désormais, elle était une partie de lui-même. Une seule fois, en décembre 1991, il avait cru l'avoir abîmée, et cela l'avait consterné : le cuir du bracelet, supportant probablement mal de prendre une douche tous les matins, s'était progressivement craquelé, et un jour, tandis que Thomas ouvrait les volets de sa chambre, avait cédé ; la montre avait fait une chute de quatre étages.

Fort heureusement, la terre de la plate-bande où elle avait atterri en avait amorti l'arrivée. Mais quand Thomas vint la ramasser, il constata que la course de la trotteuse s'était considérablement ralentie. Quelques instants plus tard, cependant, tout fonctionnait normalement, au point que Thomas se demanda toujours s'il n'avait pas rêvé. Cet événement l'avait durablement marqué ; il se souvenait du reste parfaitement de sa date, car c'était l'avant-veille de Noël, et cette année-là, il avait passé Noël cloué au lit par une grave bronchite.

En ce mardi d'avril 1995, il était sorti pour acheter du pain, un peu plus bas dans la rue. Ouvrant la porte de l'immeuble pour déboucher sur la rue, il se trouva nez-à-nez avec une femme d'une cinquantaine d'années, et connut le plus grand choc auquel il avait dû faire face en dix ans.

Car c'était Mme Piat, son ancienne élève, pour qui il avait disparu douze ans plus tôt, cessant de donner des cours sans la moindre explication. Glacé par la terreur, il resta planté sur le trottoir, incapable de dire quoi que ce fût à celle qui lui faisait face.

Elle marmonna « excusez-moi », et le contourna pour poursuivre son chemin. Thomas comprit qu'elle ne pouvait pas le reconnaître. Mais son trouble était tel qu'une fois arrivé devant la boulangerie, il renonça à entrer, incapable de subir une épreuve de plus, et marcha au hasard, rentrant chez lui après une heure passée à déambuler sans penser. Ce soir-là, comme beaucoup d'autres, il ne mangea rien.

~*~

Un mois et demi plus tard, il fut tiré du lit par des coups de sonnette à sa porte. Regardant sa montre, il vit qu'il était trois heures de l'après-midi. Il se leva sans bruit, et ouvrit la porte de sa chambre. Sur la pointe des pieds, il traversa le séjour et approcha de l'entrée.

On sonna de nouveau, et Thomas hésita. Peut-être était-ce un voisin, M. Crespin, ou tout autre visiteur indésirable, et dans ce cas il suffirait de faire la sourde oreille. Mais peut-être aussi était-ce un cambrioleur cherchant un appartement où opérer. La hantise de Thomas, quand il refusait de répondre à la porte, était d'entendre une clef tourner dans la serrure et voir la porte s'ouvrir… Envahi par l'angoisse, il ne fit pas un mouvement. On sonna une troisième fois.

— Thomas, ouvre-moi, s'il te plaît.

L'interpellé resta figé car il reconnut la voix de Daniel.

Des coups furent frappés contre la porte.

— Thomas !

Thomas retenait son souffle.

— Je sais que tu es là. Ouvre-moi.

Ne pas se laissait abuser. Ne pas faiblir. Daniel repartirait dans les quinze secondes.

— Thomas, ouvre-moi. Je sais que tu es là, le concierge m'a renseigné.

Thomas se sentit envahi par la panique. Que faire ? Daniel était capable d'attendre encore très longtemps.

— Thomas !

Un nouveau coup de sonnette. Affolé, Thomas courut dans sa chambre, sans en fermer la porte, et gagna son lit. Caché sous sa couette, il put entendre Daniel continuer à appeler. Cela dura un long moment.

On était en décembre. Comme chaque année, cette période était difficile à traverser. Thomas s'était même remis au piano. Mais le Schimmel était à ce point désaccordé que Thomas ne reconnaissait pas les morceaux qu'il tentait de jouer de mémoire. Il repensait à ce récital de 1983, chez Grandville, à l'ivresse de ce soir-là. Il pensait à Élise. La vitesse fulgurante avec laquelle ces années s'étaient écoulées le stupéfiait : il avait maintenant quarante-deux ans, et dans sa tête, Élise était toujours aussi proche. Et pour elle, qu'en était-il ? L'avait-elle gardé près d'elle, continuant à le chérir non dans le souvenir mais dans le présent des rêves ? Peut-être que s'il la retrouvait maintenant, rien n'aurait changé. Le temps avait si peu d'importance... Il décida de lui écrire.

Un jour, il sortit du papier, et se mit à réfléchir. C'était difficile : que devait-il écrire pour qu'elle comprît ? Il craignait qu'une lettre fût quelque chose de trop abstrait. Il se dit brusquement que le plus simple eût encore été d'aller la voir chez elle, ou de l'attendre au coin de la rue pour simuler une rencontre fortuite. Mais agir ainsi était plutôt cavalier, particulièrement avec une personne qu'il n'avait pas vue depuis un certain temps ; elle pouvait en être froissée, et Thomas ne voulait prendre aucun risque. La situation était fragile mais ouverte : il lui fallait faire le meilleur choix.

Il finit par décider de téléphoner.

Thomas prit un peu de monnaie en poche et sortit. Il faisait déjà nuit. Regardant sa montre, Thomas apprit qu'il était 21 h 12

— une heure somme toute raisonnable pour appeler quelqu'un et lui parler un peu. Il traversa la rue, et entra dans l'une des deux cabines situées en face de chez lui. Il décrocha le combiné et prépara sa monnaie. Mais il ne trouva nulle part où insérer la pièce d'un franc qu'il tenait. Cette cabine fonctionnait exclusivement avec des cartes. Thomas pesta, et sortit. Ouvrant la seconde cabine, il constata qu'elle était du même type. Il partit alors en quête d'une cabine téléphonique à pièces.

Une heure trente plus tard, il rentrait chez lui, très déprimé. Le cinquième arrondissement ne semblait pas compter la moindre cabine à pièces.

Toute la journée du lendemain, Thomas rumina chez lui en se demandant ce qu'il allait faire. Qui donc pouvait bien vendre des cartes pour téléphone ?

Les bureaux des PTT.

Thomas prit le chemin du bureau le plus proche qu'il connût. En arrivant, il vit avec stupéfaction que l'enseigne n'indiquait plus « PTT » mais simplement « La Poste ». Il se souvint que les PTT n'existaient plus en tant que tels et que poste et téléphone étaient des services séparés. Depuis combien de temps, déjà ? Il eût été incapable de le dire. Une chose lui paraissait certaine : les bureaux de poste n'avaient aucune raison de vendre des cartes pour cabines téléphoniques. Il rebroussa chemin.

Tout en marchant, il lui sembla se rappeler avoir vu quelque part un autocollant indiquant « vente de télécartes », ou quelque chose de ce genre. Peut-être était-ce dans ce bureau de tabac où il achetait de temps en temps un timbre pour envoyer son loyer à M. Crespin. Mais comment être sûr qu'une *télécarte* était bien une carte pour cabine téléphonique ? Se sentant totalement dépassé, Thomas décida de renoncer pour ce jour-là. Il passa devant le bureau de tabac, jetant un coup d'œil furtif à l'intérieur, et emprunta le bus 91, vers Inno Montparnasse, car il était à court de nourriture.

Il aimait se rendre dans ce magasin, car avec son sous-sol réservé à l'alimentation et son rail pour faire monter et descendre les caddies, l'endroit avait très peu changé d'année en année. Le personnel, lui, s'était toujours renouvelé à un rythme assez rapide, mais Thomas trouvait cela plutôt réconfortant. Cela lui donnait un petit sentiment de supériorité, car il pouvait se dire qu'il était un « ancien ». Et il n'aimait pas l'idée que l'on pût le reconnaître ; il préférait n'avoir pas à adresser la parole aux caissières. Il avait toujours peur de commettre une erreur qui l'eût couvert de ridicule.

Ce jour-là, tandis qu'il faisait la queue devant une caisse, Thomas retrouva l'autocollant indiquant que l'on vendait des « télécartes ». Tout en commençant à décharger ses achats sur le tapis roulant, il pensait à toute vitesse : était-ce bien ce dont il avait besoin ? Combien cela allait-il lui coûter ? Allait-il savoir prononcer ce mot nouveau sans bafouiller ? L'instant fatal arriva, et prenant une inspiration, Thomas dit avec autant de naturel que possible :

— Je prendrai aussi une télécarte, s'il vous plaît.

Il rentra en bus, et pendant le trajet, assis à l'écart, il examina la carte en question. Elle était enveloppée dans un plastique transparent qu'il déchira. De toute évidence, d'après les inscriptions qu'elle comportait, cette carte servait bien à téléphoner. Restait à savoir si elle fonctionnerait effectivement dans une cabine publique, ou si elle était destinée à des appareils d'un autre type. Impatient de le découvrir, Thomas entra dans la première cabine libre qui s'offrit à sa vue à la descente du bus.

Il posa son sac à provisions sur l'appui métallique, et étudia les instructions concernant l'utilisation de la cabine. Puis il décrocha le combiné, et inséra sa carte. L'écran à cristaux liquides lui indiqua qu'il avait cinquante unités à son crédit, et l'invitait à composer un numéro. Thomas hésita. Il avait toujours en mémoire, bien entendu, le numéro d'Élise. Mais il lui fallait du temps pour réfléchir à ce qu'il allait lui dire. On était en plein après-midi, et elle serait à coup sûr absente. Thomas reprit sa carte, raccrocha, s'empara de son sac, et rentra chez lui sans traîner.

À neuf heures du soir, il descendit, sa télécarte en poche, l'estomac noué. Seule l'une des deux cabines d'en face était libre, mais Thomas préférait être absolument isolé. Il prit sur sa gauche, vers le boulevard de Port-Royal, et entra finalement dans la même cabine que plus tôt dans la journée. Cela lui convenait parfaitement. Il se sentait en confiance.

Après une bonne minute employée à hésiter, à tousser, à se répéter indéfiniment le numéro d'Élise, Thomas se décida.

Durant les deux mois qui suivirent, Thomas songea au suicide. Les raisons mêmes qui le retinrent de passer à l'acte lui étaient totalement inconnues, car il savait que ce n'était ni de la peur ni un reste d'espoir. Il supposait que son cerveau se rebellait à l'idée d'un geste qui eût été plus le produit d'un caprice désespéré qu'un choix fondé sur une réalité. Car en fin de compte, son existence n'avait nullement changé dans les faits, et devait pouvoir continuer à se dérouler comme elle l'avait fait au cours des ans. Sauf qu'un rêve avait été détruit.

Thomas erra chaque nuit dans le Paris désert, rôdant sur les quais, sur les ponts, sous les ponts, contemplant avec fascination les eaux noires et bouillonnantes de la Seine, cette eau qui l'attirait, semblait l'inviter, et qu'il ne pouvait, pourtant, se résoudre à embrasser.

Si, lorsqu'il lui avait téléphoné, Élise lui avait brutalement demandé de la laisser et de l'oublier, rendant effective une rupture qu'il redoutait depuis bien longtemps, il eût considérablement souffert, mais conservé une chance de reprendre le dessus et de continuer à vivre : ce n'eût pas été là sa première déception amoureuse — la dernière et ultime, tout simplement, et de cela il eût presque réussi à se réjouir après coup.

Mais il n'avait pas pu parler à Élise. Le numéro que Thomas connaissait n'était plus le sien. L'homme à qui il avait parlé lui avait affirmé avoir le téléphone depuis huit ans et avoir toujours possédé le même numéro. Le prénom d'Élise ne lui disait rien.

Thomas avait alors pris conscience d'un fait écrasant : le monde dans lequel il avait cru vivre durant toutes ces années était mort depuis longtemps. Lui était devenu une anomalie. La ville s'était transformée, nombre de boutiques qu'il fréquentait des années plus tôt avaient fermé leurs portes, des gens étaient morts, d'autres avaient disparu, une époque avait pris fin, une époque qui avait été la sienne. Il n'existait plus de place pour lui, nulle part. Il était, en tout lieu, un inadapté destiné à mourir. Il était même virtuellement mort.

Alors il marchait pendant des heures, ombre parmi les ombres, demi-litre de rhum à la main, dans une ville qui, de nuit, restait celle qu'il avait connue. Quand il n'avait rien à boire, il emportait son baladeur et écoutait de la musique tout en battant le pavé dans des quartiers qu'il n'avait pas encore explorés.

Un soir, alors qu'il avait décidé de pousser sur l'autre rive, Thomas se laissa guider par ses pas dans des ruelles gorgées de ténèbres où il ne s'était jamais aventuré de nuit.

Il était légèrement mal à l'aise, et ce n'était ni dans la crainte d'une agression, ni celle de croiser un autre être humain ; il se sentait envahi par un pressentiment désagréable qu'il ne parvenait pas à oublier. Il avait la certitude d'aller à la rencontre de la mort même, et que celle-ci allait lui refuser son droit de passage.

Tout en écoutant le bruit de ses pas sur le pavé, il jeta un coup d'œil autour de lui, et son malaise augmenta. L'esprit embrumé, il fit halte pour avaler une lampée de rhum. La douce brûlure dans la gorge ne lui rendit pas sa confiance. Craintif, il repartit d'un pas plus rapide.

Soudain, il s'arrêta net. À sa droite, devant une maison délabrée, pendait une enseigne. Ses yeux habitués aux ténèbres purent, très difficilement, la déchiffrer, mais il avait d'ores et déjà reconnu l'endroit.

« Montres & Objets anciens ».

Assailli par une avalanche de souvenirs, par des images prenant place des éternités plus tôt, Thomas se rappela sa vie telle qu'elle avait été avant de prendre fin dans cette boutique mille ans auparavant, et poussant un cri de dément, il fit volte-face et courut jusqu'à chez lui.

Thomas resta cloîtré pendant deux jours. Et pendant ces deux jours, les associations d'idées les plus folles se firent dans son esprit. Il réentendait les paroles du vieux bonhomme, tout en y mêlant les souvenirs des treize années qui l'en séparaient.

Treize années au cours desquelles il avait cherché à bâtir seul une vie différente.

C'est une montre exceptionnelle.

Treize années au cours desquelles il avait rompu avec ses semblables au point de ne plus supporter la compagnie de quiconque.

Acheter cette montre, c'est acheter un destin.

Treize années au cours desquelles il était resté hors du temps tandis qu'autour de lui l'univers vieillissait.

Elle prendra soin de vous, soyez-en certain.

Treize années pendant lesquelles il était devenu malgré lui un être vide et sans volonté.

Six cent soixante six-francs. Je savais que ce chiffre vous déciderait.

Thomas résolut de retourner à la boutique. Si l'homme était toujours là, il serait obligé de racheter la montre à son prix.

Se rappelant grossièrement le trajet qu'il avait parcouru de nuit, Thomas se força finalement à se lever à quinze heures pour se rendre sur place.

Au-delà du pont Louis-Philippe, toutefois, Thomas se révéla incapable de retrouver la bonne ruelle. Il savait, pourtant, que celle-ci n'était pas située à plus de cinq minutes de marche de la sortie du pont ; il sillonna le quartier pendant une heure puis, découragé, nerveusement éprouvé par cette équipée diurne, il abandonna.

Arrivé chez lui, cependant, un espoir lui vint. Certes, le vieil homme ne lui avait laissé aucun document écrit susceptible de mentionner son adresse. Mais Thomas savait avoir conservé quelque part des annuaires téléphoniques datant de l'époque où il possédait le téléphone. Il dut chercher longtemps avant de les trouver. Mais quand ce fut fait, il y trouva la trace de son homme. *Salomon Cussenberg, artisan horloger.* L'adresse était là. Chose curieuse, il n'y avait mention d'aucun numéro de téléphone. Mais Thomas n'accorda aucune importance à ce détail. Le lendemain après-midi, muni de son répertoire des rues ainsi que de l'adresse de la boutique, Thomas franchit une nouvelle fois le pont Louis-Philippe.

Il fut stupéfait de constater combien était visible l'entrée de la ruelle, et ne comprit pas comment il avait pu la manquer à plusieurs reprises la veille, étant absolument certain d'être passé et repassé par cet endroit.

Il s'y engagea, et une autre surprise l'attendait : enseigne et boutique avaient disparu. La maison, aisément reconnaissable, était bien là ; mais porte et fenêtres étaient murées, manifestement depuis fort longtemps. Le bloc auquel la bâtisse appartenait était en passe d'être démoli.

Totalement hébété, Thomas prit le chemin du retour. Il marcha sans y penser, comme endormi, l'œil vide, l'esprit éteint. Il traversa la Seine, passa devant Notre-Dame sans y prêter un regard, se retrouva boulevard Saint-Michel. Il continuait d'avancer comme un fantôme. Il finit par se réveiller partiellement, prêt à traverser le boulevard Saint-Germain, attendant au milieu d'autres piétons indifférents que le feu passe au vert. Un moment plus tard, il vit le feu passer au rouge et comprit qu'il avait raté le moment pour traverser. Cela lui fit reprendre conscience. Il secoua la tête, qu'il avait lourde, lourde, lourde, et plissa les yeux. La lumière était une agression. Son regard balayait le côté d'en face, les visages fermés des anonymes attendant eux aussi le moment de traverser. Le feu passa au vert. Thomas fit un pas en avant sur la chaussée, et reconnut la personne qui, en sens inverse, venait vers lui. C'était Daniel.

Alors ce fut la panique. Thomas fit demi-tour, et commença à courir, courir de toutes ses forces, suivant le boulevard vers la rue Saint-Jacques. Il bouscula plusieurs personnes, courut encore plus vite, faillit perdre l'équilibre, continua à courir, traversant la rue Saint-Jacques sans regarder si les feux l'y autorisaient, continua à suivre le boulevard, les larmes lui montaient aux yeux, il courait toujours, à bout de souffle, il s'engouffra dans la bouche de métro de la place Maubert, passa le tourniquet en fonçant contre un voyageur qui venait d'insérer son billet, entendit qu'on l'insultait quand, de l'autre côté, il doublait le voyageur en reprenant sa course, courut dans le couloir, dévala les escaliers, distinguant le bruit d'une rame approchant de la station, et se vit en train de se jeter sur les rails — il courut plus vite, espérant arriver à temps, déboula sur le quai, mais trop tard : la rame était là. Alors il s'arrêta.

Tout autour, on le regardait. Les gens avançaient tout en le fixant, passaient à distance, et faisaient quelques pas toujours tournés vers lui avant de tourner la tête et de disparaître. Tout le monde le fixait des yeux, sans se permettre le moindre commentaire à voix haute, mais tout autour s'exhalaient une pitié et un dédain insupportables. Thomas essayait désespérément de ne pas voir qu'on le regardait. Mais le temps s'était arrêté, et lui aussi, le regardait.

Thomas arriva chez lui sans savoir comment, ni ce qu'il avait fait. Il n'avait pas souvenir d'être jamais sorti. Il gardait néanmoins sur le cœur un sentiment de dégoût absolu, et décida de mettre fin à ses jours.

Il alluma une bougie, et chercha une lame de rasoir. Il passa cinq minutes à mettre le cabinet de toilette sens dessus dessous, mais finit par en trouver une.

Il s'installa au piano. Juste devant lui, il s'appliqua à entailler le bois du porte-partition, de manière à y planter solidement la lame. Puis il enfonça la pédale de résonance de son vieux Schimmel, et observa le dos de sa main gauche. Celui-ci présentait des veines très saillantes, la plus grosse située en plein milieu, partant d'entre l'articulation du majeur et de l'annulaire en direction du poignet. D'un geste sec et précis, Thomas entailla cette veine sur le fil de la lame, et poussa un cri, allant au même instant abattre un *ré* mineur parfait à l'extrémité gauche du clavier. Maintenant cet accord grâce à la pédale toujours collée au sol, il jeta une série d'arpèges dans les médium. C'étaient les premières mesures du *grand adagio romantique* qu'il avait composé au cours des semaines précédentes. La main droite n'entrait en scène qu'à la seconde page de la partition.

Le sang inondait déjà la main de Thomas, coulant le long de ses doigts qui allaient tacher le clavier d'ivoire. Thomas jouait malgré tout. Bientôt la main droite entrerait dans la danse. Il approcha celle-ci de la lame, et tandis que de la main gauche il plaquait *fortissimo* un nouveau *ré* mineur, il s'ouvrit d'un seul mouvement la grosse veine du dos de la main droite. Immédiatement après, cette même main jetait trois octaves de *si* naturels pour enchaîner sur une descente chromatique jusqu'à un *fa* médium soutenu par les basses. Le grand adagio se poursuivait, effrayant, et les doigts du pianiste qui voulait mourir traçaient une dernière fois leurs arabesques, les figeant en d'épais hiéroglyphes rouge sombre dont elles couvraient le clavier. Thomas joua l'adagio jusqu'au bout ; il plaqua son ultime accord de *la* majeur, pathétique écho d'un arpège offert treize ans plus tôt comme conclusion à un dernier récital, et vaincu, il perdit connaissance.

~*~

Tout en se demandant où il se trouvait, Thomas ouvrit les yeux. Le silence était absolu. Quelque part, un reste de bougie se consumait.

Une soif terrible lui asséchait la gorge, et Thomas, péniblement, se mit debout pour se rendre à la cuisine. Il vit que ses mains étaient noires, poisseuses, couvertes de sang coagulé. Les plaies étaient fermées. Il avait survécu.

Il but avidement à même le robinet. L'eau était glacée au point que c'en était douloureux, mais il n'y prêta aucune attention. Il voulut ensuite regarder l'heure, mais le cadran de sa montre était taché de sang. Il le gratta avec l'ongle de son pouce, et vit qu'il était deux heures du matin. Tout en tirant d'un placard une bouteille de rhum, il décida de sortir.

Enfiler sa veste fut laborieux car ses doigts étaient engourdis. Il regarda ses mains, longuement, et une envie lui prit. *Enlever cette montre.* Mais ses doigts malhabiles, gênés par les plaques de sang autour du bracelet, n'y parvinrent pas. Il ramassa la bouteille, but une longue rasade, et jeta un dernier coup d'œil à la bougie qui agonisait sur le bord du piano. Dans un brusque accès de rage, il lança la bouteille en direction de l'instrument. Elle se fracassa contre le couvercle ouvert du Schimmel, et l'alcool prit feu. Laissant dans son dos le piano en proie aux flammes, Thomas quitta l'appartement.

Une fois dans la rue, il fut saisi par le froid. Il enfonça ses mains dans ses poches, et dans celle de droite, trouva son baladeur. Sans savoir quelle cassette il contenait, il mit les écouteurs, et appuya sur la touche « lecture ».

> Hear the rime of the Ancient Mariner
> See his eyes as he stops one of three
> Mesmerises one of the wedding guests
> Stay here and listen to the nightmares of the Sea

C'était un vieil enregistrement public d'Iron Maiden. Thomas monta le son, et oubliant alors tout ce qui s'était produit la veille, commença une de ses promenades nocturnes des mois précédents.

And the music plays on, as the bride passes by
Caught by his spell and the Mariner tells his tale

Suivant la rue Auguste Comte, Thomas s'avançait dans le sixième arrondissement, sans songer à rien d'autre qu'à la musique. Pourtant, comme il longeait les jardins du Luxembourg, il lui sembla entendre des bruits de pas derrière lui. Il monta encore le volume sonore du baladeur, et les sons extérieurs furent annihilés. Une seconde après, une main se posa sur son épaule.

Vivement, Thomas se retourna. Il ne reconnut pas immédiatement le petit homme, et la musique l'empêcha de comprendre la phrase qu'il lui adressa. Mais un court instant de réflexion lui permit d'identifier Cussenberg.

— Vous ! cria Thomas tout en ôtant ses écouteurs.

— Moi, fit simplement le petit homme, qui souriait.

Ils se regardèrent.

— Vous avez souhaité me voir. Je suis donc venu à vous.

Thomas aurait voulu poser mille et une questions, mais son impatience éclata.

— Vous ! hurla-t-il. Savez-vous ce que vous m'avez fait ? Voyez-vous ce que je suis devenu ? Mais qui êtes-vous donc ?

— Je suis celui qui va vous racheter une montre à un prix honnête. Voici six cent soixante-six francs en liquide, monsieur.

Il tendait une bourse de la main droite. De la gauche, il prit le poignet de Thomas, le forçant à sortir la main de sa poche, et avec une étonnante dextérité, défit la boucle du bracelet de la montre. Thomas saisit la bourse. L'autre empocha la montre.

— Nous ne nous verrons plus, dit l'homme. Adieu.

Thomas repartit. Il remit ses écouteurs, et marcha. Que pouvait-il faire, à présent ? La vie, sa vie allait-elle reprendre son cours ancien ? Le monde allait-il redevenir, dans les proches années, ce qu'il avait été ? Il eut l'intuition très forte et terrible qu'il n'en serait rien, que les années qui s'annonçaient, les cinq prochaines, les vingt prochaines, ne lui laisseraient aucune place et que de tout ce qu'il avait connu il ne resterait plus rien. Qu'il n'en restait déjà rien. Et qu'il ne rentrerait jamais chez lui.

Bientôt, il se trouva sur le pont des Arts, à observer les flots noirs de la Seine. Dans ses oreilles s'élevait, lointaine, une plainte désespérée. *Hallowed be Thy name…* *Hallowed be Thy name…* Il enjamba le parapet.

Bruce Dickinson poussa son hurlement.

NATHAEL HANSEN

Né en 1973, Nathael Hansen écrit depuis son plus jeune âge, d'abord des récits policiers, puis de la science-fiction, de la fantasy et, les premières crises existentielles arrivant, glisse vers le fantastique. Puis il cesse quasiment d'écrire pendant quinze ans.

Il publie un premier récit court en 2015 (*Oméga*, fantaisie apocalyptique parue dans l'anthologie *42, l'appel de la SF*, chez Parchemins & Traverses sous la direction de Jeanne-A Debats) et récidive en 2017 avec une longue nouvelle (*Le masque du gardien des portes d'ivoire*, qui mêle le merveilleux et le fantastique, dans l'anthologie *Frontières*, chez le même éditeur, sous la direction de Simon Bréan).

Dans *La Montre*, son troisième texte publié, il raconte ses années d'errance comme étudiant parisien et précise « à part la montre, presque tout est vrai ». C'est également un manifeste pour une certaine forme de fantastique, qui serait tout sauf une hésitation : une certitude, un regard tragique porté sur le monde et notre condition.

MAMUI ATA

1

Joshua observait l'araignée se déplacer sur le tuyau enduit de rouille. Ses pattes ressemblaient à une petite main tranchée se mouvant dans sa direction, et il finit par en détourner les yeux avec un sentiment de dégoût. Il essuya lentement son visage ruisselant de sueur, tout en percevant le bruit des machines. La chaleur émanait de là, et le grognement de la bête mécanique masquait sa respiration rauque de fumeur invétéré. Le navire avait terminé de tanguer et le calme, après la tempête qu'ils avaient traversée, semblait être revenu.

Le marin sortit de sa cachette.

Les hurlements s'étaient tus, comme avalés après le passage d'une immense vague.

Il essayait encore de comprendre ce qui était survenu. Il était évident que la cinquantaine d'hommes, d'enfants et de femmes qu'ils avaient cloîtrés dans plusieurs cales avaient décidé de s'en libérer. Mais comment avaient-ils procédé ? Après avoir payé leur droit de passage, les migrants avaient été enfournés dans les soutes. Il avait entendu les cris de ces familles africaines écrasées les unes contre les autres, les pleurs des enfants, avant que le silence ne vienne bercer les jours suivants ceux de leur départ, jusqu'à faire oublier leur présence.

Puis les chants s'étaient élevés, en pleine nuit, avec la violence d'un orage. Une litanie furieuse, presque endiablée, qui avait fait jurer le capitaine. Il avait menacé de les jeter à la mer s'ils ne la bouclaient pas.

L'enfer s'était alors déchainé sur l'embarcation, et Joshua ne parvenait pas à emboiter les quelques pièces du puzzle illustrant ce dont il avait été témoin. Il savait simplement qu'il avait été saisi d'une peur intense. Et il avait fui. Comme un enfant s'enfonce sous les draps de son propre lit. Il était allé se réfugier derrière un pan de tuyauterie de la salle des machines, et avait attendu. Pendant des heures, peut-être des jours. Ou simplement une poignée de minutes. Dans l'obscurité qui l'enlaçait, il ne pouvait lire l'heure à sa montre.

Le marin remonta la coursive intérieure qui joignait la salle des machines à une petite cellule de repos composée de deux lits. Puis il bifurqua en direction de la pièce minuscule dans laquelle l'équipage jouait aux cartes. Presque toutes les lumières des plafonniers avaient été saccagées, répandant des pépites de morceaux de verre sur le sol gris terne du bateau. Ils crissaient à son passage, et l'homme grimaça, réalisant qu'il indiquait sa présence sans le vouloir.

Il longea les murs, avec rapidement la sensation de tourner en rond. Le navire semblait s'être doté de nouveaux compartiments, de s'être étiré de plusieurs dizaines de mètres, et de n'être devenu rien d'autre qu'un intrigant labyrinthe duquel on ne ressortait pas. Joshua chercha un mouchoir dans la poche de son pantalon et s'épongea le front. Son cœur s'était remis à jouer du tambour, et il se força à expirer lentement.

Puis il reprit sa progression.

Il cherchait les autres occupants de la *Marie-Louise*, et ne comprenait pas les raisons de leur absence. À croire qu'ils s'étaient tous cachés, ou que leurs corps avaient été jetés à la mer.

Une telle pensée lui procura un frisson d'épouvante.

Joshua reconnut enfin les lieux qu'il hantait et réalisa que son esprit s'amusait à lui jouer de mauvais tours ; le persuadant qu'il avait traversé des zones qui se trouvaient en vérité toujours devant lui. Le marin s'infiltra ainsi dans une suite de coursives et atteignit les couchettes. Un trait lumineux, flèche fichée à travers l'obscurité, laissait entrevoir la présence d'un hublot non loin, bien qu'il aurait juré qu'il n'y avait aucune ouverture sur l'extérieur dans cette section du navire. Mais c'était la preuve qu'il restait encore des lampes qui fonctionnaient, du moins au-dehors de l'édifice perdu en mer, et il s'accrocha à cette idée.

Ses mains palpèrent des draps défaits, enroulés sur eux-mêmes jusqu'à en devenir tentaculaires. D'une fraicheur presque obscène, il se demanda, l'espace d'un instant, si ce n'était pas un cadavre qu'il examinait, avant de se forcer à continuer. Il savait que l'un de ses collègues gardait auprès de lui un couteau de survie, et espérait le trouver. Il commença à inspecter les matelas, repoussant les oreillers, percevant ses propres battements de cœur tonner au niveau de ses tempes à chaque fois que ses paumes goutaient à des objets qui lui semblaient inconnus.

Puis Joshua s'immobilisa. Deux yeux d'un blanc laiteux venaient de s'ouvrir sur le visage de ténèbres qui lui faisait face.

2

Une langue glacée vint se coller contre sa gorge, et il sentit alors une main se saisir de sa tête. Il réalisa qu'il était sur le point d'être mis à mort.

— Martin ! gargouilla le marin.

— Joshua ? répondirent les ténèbres.

Le tranchant de la lame se décolla de sa peau, non sans y laisser une empreinte brûlante.

— Mon vieux, il était moins une ! lança le grand Noir. J'ai cru que tu étais l'un d'eux.

— Les migrants ? murmura le marin. Comment ont-ils pu sortir des cales ?

Il sentit son front se plisser alors que son collègue prenait le temps de répondre.

— Qu'est-ce qu'il y a que je ne sais pas ? demanda-t-il.

— Ce n'était pas des migrants ordinaires. Du moins, une partie d'entre eux. Tu te souviens de ce chant qu'on a entendu, en pleine nuit ?

— Bien sûr, même si je n'y comprenais pas un mot.

— C'était une prière à Mamui Ata, une divinité éwé aquatique.

— Et alors, ce ne serait pas la première fois que nos passagers prient l'un de leurs foutus dieux ?

— Tu n'as pas saisi. Ce n'est pas une déesse comme une autre. Elle fait partie du culte vaudou. Ma grand-mère s'y connaissait un peu. Elle était elle-même capable de lancer des sorts, de déplacer un mal d'un corps à un autre et de parler aux esprits. Il ne faut pas plaisanter avec ces choses-là. C'est leur chant qui a provoqué la tempête. Ils ont invoqué Mamui Ata et, par je ne sais quel miracle, elle a répondu à leur prière. Nous sommes maudits. Tout le navire est maudit !

— Connerie ! cracha Joshua. Il nous faut juste des armes pour nous défendre, les repousser et les foutre à l'eau.

Le silence s'instaura entre eux, entité à part entière venant se mêler à la discussion.

L'embarcation craquait, émettant des sons que Joshua n'avait encore jamais perçus jusque-là. À croire qu'il ne se trouvait plus dans le même bâtiment. Il renifla bruyamment.

— Il faut rejoindre les autres, dit-il. Pour l'heure, nous sommes deux contre cinquante. Et je ne parierai pas un kopeck sur nous. Alors, ne restons pas là.

Ils glissèrent le long de cette artère de suie que représentait le couloir, avançant à pas de loup. Joshua ne ressentait que le souffle de Martin contre sa nuque, à peine voilé par le raclement des vagues contre la coque. Ce qui lui faisait penser aux anneaux d'un serpent qui se frottent les uns contre les autres ; se dépliant alors qu'il pénètre la tanière de sa proie.

Les quelques lumières, à l'extérieur, étreignaient l'obscurité. Elles apparaissaient comme des bougies fichées à même le néant derrière les hublots. S'éteignant parfois, comme si elles n'avaient simplement jamais existé.

— Il faut mettre la main sur le capitaine, murmura Martin, il saura quoi faire !

— Avant toute chose, il me faut une arme, lança Joshua. Je ne prends aucun risque si je n'ai pas de quoi me défendre.

L'air frais du large vint apaiser ses sens. Le marin émergea du puits insondable dans lequel ils s'étaient abrités, et observa le pont tout en se remplissant les poumons. Une vague immense donnait l'impression d'avoir ingéré leur matériel, enfournant dans sa besace tout ce qui pouvait leur être utile. Brisant les vitres des coupoles protégeant les circuits électriques pour imposer une quasi totale obscurité ; pillant tout ce qui pouvait se détacher et se révéler nécessaire pour les occupants du navire. Avant que le marin ne comprenne que ce capharnaüm était la conséquence de l'évasion des migrants. Ils avaient tout saccagé sur leur passage.

— Ils sont là, quelque part, fit Joshua. Peut-être seulement à quelques mètres de nous.

— Ne dis pas ça, putain, tu cherches à me foutre les foies ou quoi ?

— Merde, Martin, même toi qui es presque collé à moi, je ne te vois pas ! Ta peau est aussi sombre que cette purée de pois qui nous entoure !

— Oui, c'est vrai que la nuit, vous êtes des cibles faciles, vous les Blancs.

Il crut percevoir un sourire sardonique dans les ténèbres dans lesquelles son compagnon se lovait, et grimaça. Les quelques grappes d'étoiles que formaient les lampes extérieures encore en place reflétaient leur pâleur lunaire contre sa peau. Joshua avait ainsi la sensation d'être pareil à un ver luisant dans une toile d'araignée de noirceur. Il se persuada qu'il ne s'agissait que d'une illusion tissée par son esprit en déroute, et quitta lentement sa cachette. Il y avait des machettes, des barres de bois et de métal, disséminées sur l'embarcation, même un revolver dans la cabine du capitaine, et c'était sur ces armes qu'il devait focaliser ses pensées. Il devait mettre la main sur l'une d'elles.

Le ciel était bas et charriait des filets de nuages filandreux qui se déchiraient comme s'ils étaient dévorés par des vagues lointaines et affamées. Le marin avait ainsi le sentiment d'être entouré de formes de toutes tailles ; de spectres immenses rampant le long des flancs du navire. Il avança en crabe, le dos collé contre la paroi glacée du tertre de coursives qu'il venait de quitter, tous les sens aux aguets. Il crut alors entendre ces mêmes chants qui s'étaient élevés en pleine nuit, et peut-être à l'origine de la tempête qui les avait désarçonnés. Il réalisa qu'il y avait peut-être encore des hommes dans les cales, à psalmodier leur rite maudit. Joshua fixa l'océan, cédant un instant à la panique, acceptant soudain l'idée que des créatures l'observaient depuis leur lit de vagues, sirènes innommables et servantes d'une déesse venue sauver son peuple en péril. Ces sons n'étant rien d'autres que les clefs ouvrant la porte de sa propre folie.

Il déglutit avec peine, le corps parcouru de frissons. Le marin se sentait dépassé par les évènements, perdu sur cet îlot de ferrailles duquel il ne pouvait s'échapper.

Ainsi, quand la silhouette surgit devant lui, Joshua s'immobilisa. Persuadé qu'il s'agissait là d'un autre tour de son imagination à la dérive.

— Fous le camp, putain ! hurla alors Martin.

Il sentit des mains se refermer sur sa poitrine, chercher à l'agripper, et rugit. Il cogna le vide avant de percuter un visage. Puis tourna les talons, filant dans un néant cosmique au sein duquel n'existait aucun repère, avant que son épaule ne heurte la paroi qu'il venait de longer et qu'il accélère sa course.

Pris en chasse.

Martin avait disparu et le marin ne chercha pas à tenter de le retrouver dans cette mélasse dans laquelle il évoluait. Il pensa à regagner les bas-fonds du navire, avant d'en rejeter l'idée. Parce que si ses poursuivants le traquaient dans son terrier, aux cachettes multiples, il serait pris au piège. Jamais il n'aurait le temps de se faufiler derrière une barrière de tuyaux crasseux, de caler sa respiration haletante sur le ronronnement des machines. Il irait au contraire se cogner contre les murs de sa geôle comme un animal aveugle, s'assommant lui-même ou se brisant une cheville dans sa panique.

Joshua poussa sur ses jambes, filant devant la gueule béante de son antre sans y porter le moindre regard. Se demandant toutefois si Martin y avait trouvé refuge.

Tout en continuant de courir, il contourna le poste d'équipage, priant pour que d'autres migrants ne l'attendent pas au tournant. Il fut d'ailleurs étonné de ne pas entendre ces derniers héler leurs comparses pour leur venir en aide.

Ses yeux s'accrochaient aux détails qui surgissaient devant lui ; les reflets de la coque, le déhanchement des vagues, le regard éteint d'un hublot, à la recherche du moindre objet lui permettant de se défendre. Le marin comprit ce qu'il lui restait à faire en réalisant qu'il était parvenu au bas des marches menant à la cabine du capitaine.

Joshua tourna la tête sur le côté, petit lapin à la recherche de l'aigle qui plonge sur lui depuis le ciel, et ne discerna rien d'autre qu'un trou noir ondulant dans son dos. Mais le martèlement des pas de son poursuivant claquait comme la langue d'une bête redoutable. Le migrant était toujours là et ne lâcherait pas prise, il en fut cette fois persuadé.

Le marin crut qu'il allait se coincer les pieds entre les lattes de métal composant l'escalier. Il manqua de peu de passer par-dessus bord, avant que sa main ne se plaque contre la rambarde et qu'il ne recouvre l'équilibre. Fort heureusement pour lui, il connaissait le navire comme sa poche et pouvait presque s'y déplacer les yeux fermés. Ce qui n'était pas le cas de son poursuivant, même si ce dernier évoluait sans jamais donner l'impression de se cogner ou de chuter. Il demeurait simplement à une distance respectable de lui, comme s'il le suivait à la trace. Ou cherchait à ce qu'il le mène jusqu'au reste de ses comparses.

Un faible halo de lumière trônait comme un diadème sur la couronne de fer que représentait l'entrée du centre névralgique du navire. Joshua ouvrit à la volée la porte de la cabine du capitaine. Le visage luisant de sueur, il s'élança vers le petit bureau, non loin du matériel électronique qui avait rendu l'âme, et tira un tiroir de toutes ses forces. Le délogeant du meuble et répandant son contenu au sol.

— Bordel de merde ! hurla-t-il.

Il se jeta à terre, palpant ce trésor invisible étendu à seulement quelques centimètres de lui, et qu'il dispersait à chaque nouvelle tentative de s'en saisir. Comme s'il ne s'agissait que d'un incroyable sac de billes. Au même instant, la porte de l'habitacle se rouvrit. Un râle se fit entendre et Joshua ne put s'empêcher de pousser un gémissement de terreur.

Quand l'être, dont la silhouette était un ciel orageux à l'intérieur duquel couvaient des éclairs meurtriers, s'élança, le marin se retourna vers lui. Le revolver, dont le manche semblait enduit d'une graisse froide, dans sa main droite.

— Josh... grogna la chose.

Le marin fit feu, deux fois de suite.

La détonation précéda un éclair qui lui fit entrevoir un visage, l'explosion de sa mâchoire, puis du crâne volant en éclats comme un fruit trop mûr.

Avant que les ténèbres ne recouvrent l'intérieur de la cabine.

3

Sa main retomba lourdement. Il entendit le revolver rouler non loin de lui et comprit seulement à cet instant qu'il l'avait lâché. Il ne contrôlait plus son bras droit, et tremblait violemment.

— Il connaissait mon nom..., souffla-t-il, presque en état de choc.

Joshua voyait encore le faciès de cet homme, à la peau noire comme la nuit. Il revivait sa destruction, en une suite de clichés fulgurants, solaires, et il était évident que l'individu lui était inconnu. Il s'agissait de l'un des migrants qu'ils avaient enfournés dans les cales. Pourtant, dans ce regard à l'intérieur duquel il avait plongé le temps d'un battement de cœur, avant qu'il ne s'efface, il avait distingué de la panique, un effroi semblable au sien. Plus terrifiant encore, il y avait reconnu le regard d'un des membres de l'équipage.

— Merde, mais qu'est-ce qui se passe ici ? C'est quoi ce cauchemar ?

Joshua se releva. Il contourna le cadavre, parvint à remettre la main sur son arme et ressortit de la cabine du capitaine. Le vent se levait, s'amusant à faire tanguer la petite embarcation non sans laisser sourdre des élans d'hostilité.

Une nouvelle tempête se préparait.

Le marin mit en joue les ténèbres. Il s'attendait à distinguer, au bas des marches, une escouade de migrants armés jusqu'aux dents, mais, une fois de plus, sa logique ne s'appliquait pas à ce qui survenait sur le navire maudit. Les lieux restaient étonnamment vides, et nul ne semblait avoir été attiré par les coups de feu. Joshua s'empressa de détaler et de rejoindre le pont en silence, retrouvant un simulacre de sérénité grâce aux nouvelles possibilités de fuite qui se présentaient à lui.

Il percevait toujours ces chants, par intermittence, mais ils paraissaient de plus en plus régulièrement provenir de l'intérieur de sa tête. Il décida de se rendre à la poupe, les cales étant disposées à l'arrière de l'embarcation, pour en avoir le cœur net. Il espérait surtout y retrouver les membres d'équipage, tant leur disparition, si tous avaient bel et bien été jetés par-dessus bord comme il le redoutait, signifiait que la partie était déjà terminée pour lui. Le navire n'était, après tout, rien d'autre qu'une prison perdue au milieu de nulle part. Un phare tanguant, assailli par des ombres dont la révolte transformait son espoir de vivre quelques secondes

321

supplémentaires en un supplice atroce. Il pensa un instant à se jeter à l'eau et s'imagina lutter contre les courants, serrer des dents contre les coups de poignard des vagues, combattre son propre corps qui refuserait de se noyer même s'il l'avait décidé. Sans compter ce qui se mouvait, affamé, sous les flots, dans l'attente d'un repas.

Joshua frissonna d'horreur, et continua son chemin.

En quelques enjambées, il atteignit l'autre extrémité de la bâtisse flottante. Le sol était luisant et glissant, parfumé d'un sel marin écœurant. Comme s'il charriait une bile animale, des restes de corps en putréfaction lessivant, au gré des pas de danse du navire, sa surface. Des volatiles donnaient ainsi la sensation de le survoler, poussant des cris d'impatience aussitôt engloutis par les vagues. Le ciel et la mer s'entremêlaient, formant un chaos indescriptible dont la luminosité, qui s'affichait entre les nuages, n'était rien d'autre que le pâle projecteur du regard lunaire qui le suivait à la trace.

Joshua roula contre les murs. Plongeant d'une mare de ténèbres à une autre. Avançant avec parfois cette certitude de frôler des sentinelles s'évaporant à son passage, ou continuant leur chemin comme si c'était lui qui n'avait pas d'existence propre et qu'elles n'avaient dès lors aucune raison de faire halte. Il parvint ainsi à la poupe sans rencontrer âme qui vive, tout en étant persuadé d'être cerné de toutes parts. Les quelques lampes qui n'avaient pas été brisées éclairaient un arc de cercle de bois et de fer qui s'enfonçait, telle une langue, dans le gosier de l'océan. Les cales ressemblaient à des marnières, à des gouffres béants sur la surface du navire. Son esprit lui fit ainsi entrevoir des coulées liquides emplissant l'embarcation, des tentacules d'écume l'attirant lentement vers des profondeurs abyssales, parce que le bateau s'abîmait, percé comme un gruyère, avant qu'elles ne cessent d'exister la seconde suivante.

Puis il distingua une silhouette.

— Martin ? susurra-t-il avec surprise.

Le marin s'avançait vers l'entrée des cales d'un pas nonchalant. Son être, zébré de rais de lumière et d'obscurité, semblait comme découpé au gré de sa progression, une lamelle de chair après l'autre. Joshua crut d'ailleurs qu'on l'avait décapité l'espace d'un instant, avant que le crâne de l'homme ne surgisse de nouveau du néant, couronné d'épines de lune.

— Putain, qu'est-ce que tu fabriques ?

Mais sa voix n'avait aucune force, aussitôt saisie par les vents pour être rejetée loin de l'embarcation. Il vit son collègue hésiter devant la tanière des migrants, puis y descendre et disparaître. Joshua se frotta le bas du visage, humant ses doigts portant l'odeur de poudre et de métal de son revolver, soudain incapable de faire un pas de plus. Le chant prenait ses aises dans les arènes de son crâne. L'empêchant presque de penser. Leurs prisonniers, désormais invisibles maîtres du navire, étaient partout. Le paralysant sur place.

À moins qu'ils n'aient jamais quitté les cales ?

Mais dans ce cas, quel était le marin qu'il avait abattu de sang-froid ?

Joshua sentit une larme de sueur couler le long de son front, contourner l'arrête de son nez pour glisser contre sa joue. Qu'était-il survenu avant qu'il ne s'éveille dans la salle des machines ? Qui avait ouvert la geôle des migrants pour leur permettre d'investir le navire ? Qui était assez fou pour permettre pareille folie ? Cela n'avait aucun sens. D'autant qu'un rêve lui revenait à l'esprit dans lequel il s'observait triturer un cadenas, déverrouiller un pan de bois et sourire à l'obscurité à l'intérieur de laquelle grouillait une masse de bras et de jambes en effervescence. Mille-pattes humain dans l'attente de sa libération.

— Mamui Ata, fit sa propre voix dans cette réminiscence onirique.

Et les ténèbres lui répondirent, comme un écho.

Joshua plissa le front. Puis il sortit de sa cachette, son arme pointée devant lui, prêt à faire feu. Il s'approcha lentement de cette mare de suie qui descendait dans les entrailles du navire, distinguant à peine les premières marches. Des odeurs de crasse, de merde et de pisse s'y déployaient, agressant ses narines, preuves irréfutables que des hommes et des femmes y avaient séjourné dans la chaleur et la peur. Dans l'attente de la mort.

Il posa un pied sur la latte en bois, plié en deux, braquant d'une main tremblante le suaire aux formes multiples se tenant face à lui. Puis il entama sa descente, avec pour la première fois cette certitude d'entendre clairement ce chant cérémoniel de ses propres oreilles.

— Martin ? chuchota-t-il.

Pas de réponse. Il déglutit et laissa ses cuisses continuer à se mouvoir dans cet autre univers. Il parvint finalement à la dernière marche, quitta le rebord de cet océan d'incertitudes et s'enfonça au cœur des méandres de l'embarcation. Plus d'une trentaine de migrants avaient été enfournés en ce lieu. Ses sens lui hurlaient qu'ils étaient toujours là. Que Martin n'avait jamais été rien d'autre qu'une illusion, et qu'il venait de leur ouvrir le portail vers la liberté, vers la conquête du navire et des êtres qui le commandaient.

Joshua fit non de la tête. Il ne pouvait croire pareille hypothèse.

Quand une lumière naquit, non loin de lui, son revolver y fut attiré comme un aimant, et son doigt manqua de presser la détente. Le visage de Martin se dessina alors dans ce tableau de suie, les traits creusés par des sillons lumineux. Horrible et morbide. Il semblait ne plus avoir de corps. Ses yeux, pareils à des œufs d'un blanc cassé, paraissaient dénués de pupilles.

— Martin ? souffla Joshua après un instant d'hésitation. Pourquoi es-tu descendu dans les cales ? Et où sont tous les migrants ?

— Mais ils sont toujours là, répondit le marin.

La lampe-torche qu'il tenait en main s'envola, éclairant des corps étendus à leurs pieds. Elle mit en évidence une rivière de sang émanant de leurs gorges déchirées, parvenant même à trouver l'embout de verre qui avait creusé dans les chairs.

— Qui leur a fait ça ? demanda Joshua qui avait reculé d'un pas, butant sur un cadavre.

— Eux-mêmes. En sacrifice, annonça la silhouette de nouveau plongée parmi les ombres.

— Ils sont tous morts ?

— Bien sûr que non.

Un silence déploya ses ailes un court instant, traversant l'immensité des cales.

— Alors où sont les autres ? voulut savoir Joshua.

La lumière virevolta de nouveau. Elle creusa les ténèbres jusqu'à dénicher un îlot sur lequel semblait reposer une ribambelle de statues immobiles à l'effigie humaine. Le marin reconnut le capitaine du navire, ainsi que d'autres de ses collègues. À leurs pieds, une poignée de migrants, disposés en cercle, priaient, psalmodiant cette incantation qui emplissait les cales jusqu'à envahir chaque parcelle de l'embarcation. Jusqu'à investir les plaines de l'inconscient de ses occupants.

— Putain, mais qu'est-ce qu'il se passe ici ? lança le marin.

Il pointa le bout de son arme sur l'un d'eux. Mais fut incapable de tirer ou de prononcer la moindre mise en garde. Il observa ainsi son propre bras se ranger le long de son corps et sentit la main de Martin dans la sienne. Le grand Noir s'appropria son revolver, avant de plonger de nouveau dans le vide qui les entoilait.

— Tu nous as posé bien des problèmes, grogna le capitaine d'une voix qui était la sienne tout en grésillant d'un accent qui n'était pas le sien.

Comme si elle n'était rien d'autre que le son d'une radio réglée entre deux stations.

— Nous t'avons ferré, petit poisson, possédé comme il se doit, avant que tu parviennes à nous échapper. Mais tu nous avais libérés, réalisé ce pour quoi nous t'avions choisi. Que tu mordes de nouveau à l'hameçon n'était qu'une simple question de temps.

— Non, je n'aurais jamais fait une chose pareille ! rugit le marin, bien que son rêve lui revenait en mémoire.

Une vision dans laquelle il n'était que spectateur, observant par ses propres yeux les actes opérés par un autre qui commandait son être. Avant de s'en voir expulsé. Traumatisé par cette expérience, il était allé se réfugier dans les coursives du navire.

— Mais nul n'échappe à Mamui Ata, fit la voix de l'un de ses comparses dont le visage ne semblait n'être qu'un masque disposé sur les traits d'un autre.

— Que voulez-vous ? cria presque Joshua.

— Ton corps, lui répondit-on. Ta vie, comme vous avez pris les nôtres. Ou comme vous l'auriez fait, une fois perdus en pleine mer pour que l'on ne retrouve jamais nos cadavres. Ou vendus à des marchands d'esclaves. Pour une poignée d'euros.

Le marin recula, heurtant le reste de l'équipage qui se tenait derrière lui. Il commença à trembler violemment, percevant avec une brutalité indescriptible une déchirure à l'intérieur de son être. La douleur fut telle qu'il se mit à baver, à claquer des dents, avant de perdre connaissance.

Il cligna des yeux la seconde suivante, ne distinguant rien qu'un flou intense, avant que la vision ne lui revienne.

Il tangua d'avant en arrière, comme s'il n'était qu'un serpent hypnotisé par le charmeur. Puis il poussa un cri, stoppant net le chant que ses poumons déployaient depuis des heures.

Joshua n'avait pas reconnu sa propre voix. Le marin cligna des yeux.

Il fixait ce corps qui était autrefois le sien et qui se tenait cependant à quelques mètres de lui, encadré de marins qu'il reconnaissait, mais dont la gestuelle ne correspondait plus à celle qui était normalement la leur. Son regard se déposa ensuite sur la frêle silhouette qui lui appartenait désormais, et il discerna avec horreur que ses mains étaient noires, abîmées, ses doigts tordus par la maladie ou par quelques mauvais traitements. Tout comme le reste de son être. On l'avait dépouillé de tout ce qu'il était, jusqu'à sa propre chair.

Le visage du capitaine surgit alors auprès de son épaule.

— Mamui Ata enlève les âmes de ses disciples, et on dit que lorsqu'elle les ramène du monde des esprits, elles sont différentes. Dotées d'une plus grande intelligence, pour faire face à une vie nouvelle. Comprends-tu ce que cela signifie, petit poisson ?

Puis la main de l'homme glissa le long de la gorge du migrant, la lame qu'il tenait entre ses doigts taillant à même la pomme d'Adam, et Joshua cracha un jet de sang avant de s'effondrer dans un gargouillement abject.

Entouré de cadavres d'hommes et de femmes noirs, il comprit qu'ils renfermaient chacun un membre de l'équipage de la *Marie-Louise*. Les uns après les autres, ils s'étaient fait posséder, remplacer, comme on ôte un vêtement pour s'en couvrir d'un nouveau.

Alors qu'il sombrait dans l'inconscience, secoué de spasmes, celui qui avait autrefois été Joshua entrevit une femme derrière la rangée de marins. Une Noire entièrement nue, à la beauté indescriptible, se tenait ainsi en retrait, et il réalisa que nul ne l'apercevait. De ses seins à la rondeur exquise, lovés dans une robe de nuit qui semblait étoilée de constellations inconnues, un python de grande taille se déployait, voyageant sur son être jusqu'à ceindre son cou. Joshua admit qu'il s'agissait de Mamui Ata. Que la déesse contemplait son œuvre. Il l'observait encore tandis qu'on le soulevait, crachant des caillots de sang, au bord de l'étouffement.

— Jetez-moi ça à la mer ! ordonna le capitaine. Et qu'il n'en reste aucune trace. Nous avons un navire à ramener à bon port. Et je ne veux pas de problèmes avec les autorités. Alors il va falloir me nettoyer tout ça, et que ça brille ! La liberté, ça se mérite, pas vrai les gars ?

— Oui, cap'taine ! lança une voix, avant de partir d'un grand rire.

Joshua sut que l'entité l'attendrait sous les flots. Qu'elle était cette sirène des vieilles légendes qui attirait les hommes jusqu'à leur faire perdre la tête. Donnant le pouvoir à ses sujets d'enfiler les tuniques composées de peau et de sang, d'un cœur et de muscles, que représentaient ses proies. Pour partir en quête d'un nouveau monde.

Elle dévorait, comme s'il s'agissait d'une offrande, ceux tombés dans ses filets et dont les visages, qui étaient ceux de ses fils et de ses filles, n'étaient désormais rien de plus que des prisons de chair desquelles nul ne réchappait.

GRÉGORY COVIN

Né sur les hauteurs de Rouen, *Les Livres dont vous êtes le héros* puis les jeux de rôles baignent son enfance puis son adolescence et l'initient au fantastique. Grégory découvre H.P. Lovecraft, Graham Masterton, bien évidemment Stephen King, et écrit ses propres scénarios jusqu'à l'entrée à la Fac (de Psychologie). Devant la difficulté de se retrouver entre amis, et l'envie de continuer à créer des univers, il conçoit ses premières nouvelles. En 2003, il envoie un texte à la revue Science-fiction magazine et est publié (*En regardant passer le train*, dans le numéro 38). Puis il s'essaie aux concours et autres appels à textes jusqu'à figurer auprès de Graham Masterton (*Borderline 3*). Avec l'essor d'Internet (mais comment faisait-on avant ?) et les éditeurs qui voient le jour, il devient plus facile d'envoyer des histoires, et il est ainsi publié chez Mots & Légendes, Géante Rouge, Gandahar, Sombres Rets, Outremondes, Otherlands, Arkuiris ou encore Nutty Sheep.

FLORENT LENHARDT

L'HORLOGE INDIQUE MINUIT

« Depuis l'aube de la conscience jusqu'au milieu de notre siècle,
l'homme a dû vivre avec la perspective de sa mort en tant qu'individu ; depuis Hiroshima, l'Humanité doit vivre avec la perspective de
son extinction en tant qu'espèce biologique. »
Arthur Koestler

Jour 1

Ça a fini par arriver. La télévision dit qu'il faut se préparer à
tout. Comme le pire est à venir, je me tiens prêt, j'attends. Je n'ose
plus la regarder. Je n'arrive pas – je ne veux pas – à croire ce que
j'y vois. C'est comme un canular, mais la chute ne vient pas, et on
a tous du mal à réaliser. Mais nous avons appris de nos erreurs,
nous avons appris, non ?

Jour 2

Je ne sais pas pourquoi j'ai écrit ces mots décousus, mais je dois
continuer. Ça me rassure de mettre tout sur le papier. Et puis ça
m'aide à relativiser… C'est étrange, ça ne se déroule pas comme je
pensais.

Je croyais que nous allions tous mourir en quelques jours. Mais
il ne se passe rien ici, les avions de chasse patrouillent dans le ciel
et c'est tout. Tout le monde est sous le choc bien sûr. En ville il n'y
a que quelques émeutes aux magasins d'alimentation, et para-
doxalement des rues mortes, les gens ont peur. Pourtant cette
guerre est encore loin de chez nous ! La panique est un réflexe
puéril, il faut savoir garder la tête froide.

Jour 3

J'ai allumé la télé, juste pour voir. Mauvaise idée. J'ai vu. Des dizaines de villes n'existent plus, c'est terrifiant à en donner la chair de poule. Je n'arrive pas vraiment à décrire ce que je ressens, et mes pensées sont confuses. Je discute beaucoup avec mes amis au téléphone, certains fuient à la campagne, d'autres aménagent leur cave. C'est absurde, la guerre est loin du pays, et j'ai plus de crainte pour les autres que pour moi.

Jour 4

L'armée est mobilisée, ils le disent à la radio. Ils vont certainement porter assistance aux nations touchées. Je suis bien content de ne pas en être ! C'est peut-être égoïste, mais je me sens en sécurité chez moi, loin des bombardements. Ce pays est en paix depuis plus d'un demi-siècle, je ne pense pas qu'il se risquerait à quoi que ce soit. Nous sommes trop attachés à notre confort, trop habitués à notre mode de vie pour oser les remettre en question. Je dors sur mes deux oreilles.

Jour 5

Mes parents s'inquiètent, ils veulent rassembler la famille et se mettre à l'abri. Dans ma maison, j'attends, et je reste dubitatif. Je les retrouverai si le danger s'approche, mais j'en doute… Les gens se calment maintenant, je suis allé faire les courses, tout se passe normalement. C'est comme le 11 septembre, en fait. Ça fait peur sur le coup et puis on s'habitue.

Jour 7

L'armée recrute, mais ce sera sans moi ! Hors de question de me battre pour des pays qui ont eu la folie meurtrière de commencer *ça* ! Je ne comprends pas comment on en est arrivé là ! Je réfléchis beaucoup, je lis des trucs sur Internet, et c'est terrifiant ! Il a fallu seulement 20 kilotonnes pour raser Hiroshima, et l'Homme a déjà fait détonner une monstruosité soviétique : Tsar Bomba, 57 méga-tonnes ! Je... J'ai du mal à réaliser...

J'ai consulté pas mal de documentations sur Hiroshima, sur les hommes qui ont conçu et utilisé la Bombe, sur ces membres d'équipage du bombardier Enola Gay : Robert Oppenheimer qui citait « Je suis devenu la Mort, le Destructeur des Mondes » ou ce Lewis qui écrivit dans son premier rapport : « Mon Dieu ! Qu'avons-nous fait ? »... D'une certaine façon, ce qu'ils ont fait les a poursuivis, rattrapés... et pour certains conduits au suicide. Je ne pense pas qu'on puisse un jour ressentir ce *quelque chose* qui a plané sur eux jusqu'à leur mort.

J'ai eu besoin de rallumer la télé. C'est primaire. Les choses s'ac-célèrent, la mortalité grimpe en flèche... Ça me donne envie de ci-ter ce chanteur américain, Ben Quelque Chose : « I've seen enough to know that I've seen too much »[15]...

Je commence à réaliser. J'avoue que j'ai peur, maintenant.

Jour 8

J'ai vu des photos, aujourd'hui. Des photos prises à Hiroshima, quelques heures après la détonation. C'est à vomir ! Des corps, en-tassés pêle-mêle dans des décombres de bois, désarticulés comme les victimes des charniers de KZ ou de goulags, des cadavres écor-chés et calcinés qui n'ont plus rien d'humain, des formes noircies flottant dans des eaux qu'on devine putrides... Ces images sont insoutenables, j'espère ne jamais voir ça de mes propres yeux. L'ar-ticle parlait d'une chose étrange, une chose liée à Hiroshima et Nagasaki. Suite aux bombardements, l'université de Chicago a conçu une sorte de minuteur, ou de compteur... Ils appellent ça la *Doomsday Clock* – mais sur le net on la trouve souvent sous le nom d'Horloge de la fin du monde. C'est une montre basée sur un ca-dran de douze heures et qui indique le temps symbolique qui

---

15 J'en ai vu assez pour savoir que j'en ai trop vu.

nous sépare de l'holocauste nucléaire, au glas de minuit. Je ne sais pas trop quoi penser de ça, le concept m'effraie un peu. À les entendre, on dirait qu'il n'y a pas d'échappatoire, que rien ne nous évitera l'apocalypse et qu'il ne s'agit que d'une question de temps... et très peu de temps, à vrai dire ! Si le site est à jour, il serait 11 h 57... 11 h 57 ! Il y a une semaine, il était encore 11 h 55 !

Je ne sais pas pourquoi cette horloge m'effraie tant... c'est qu'une idée abstraite, une théorie, une fantaisie millénariste et fataliste destinée à faire peur pendant la guerre froide ! C'est ridicule, je sais mais...

Jour 9

Les choses évoluent à toute vitesse, pourtant ici... le temps semble s'arrêter. Je lis beaucoup pour apprendre à survivre si jamais... La menace de voir la crise me rejoindre m'apparaît de plus en plus concrète... L'Horloge tourne, elle tourne, il ne reste que deux petites minutes... Et après ? Qui me dit qu'elle a raison ? Qui me dit que lorsque sonnera minuit, il va vraiment se passer quelque chose ? Et si oui, quoi ?

Jour 11

Nom de Dieu ! Quelle connerie, mais quelle connerie ! C'est pas possible, non, pas possible...

Descendu la télé et la radio à la cave. Fais des courses, plein de courses. Émeutes, bousculades. Mon voisin est mort. Pas de temps à perdre !

Jour 14

Cela fait trois jours que je suis terré dans ma cave, seul. Mes parents étaient partis chercher ma grand-mère, pour la mettre à l'abri, mais je n'ai plus de nouvelles d'eux depuis quatre jours... ou cinq, je ne sais plus. J'ai suivi les instructions des affiches placardées un peu partout, j'ai fait une réserve de provisions et je me suis installé dans une pièce où je stockais des cartons. J'ai utilisé ces derniers pour les empiler contre les murs, avec des matelas et des planches de bois. Il paraît qu'épaissir les cloisons au maximum peut atténuer les effets des radiations, je n'y crois pas vraiment, mais au moins ça m'a occupé. J'ai bricolé un vieux poêle à gaz et aménagé une aération à travers le saut-de-loup que j'ai calfeutré avec de la terre. Il me sert à me chauffer et à me nourrir, mais par économie je ne l'allume que quelques heures par jour. Il me reste cinq bonbonnes de gaz, un transformateur et pas mal de piles, pour la lampe torche. Heureusement, je n'ai pas encore besoin de l'utiliser, il y a toujours l'électricité. J'ai aussi eu le temps d'acheter de l'eau de source en quantité.

Des fois, je monte au rez-de-chaussée, je vérifie que les portes et les volets sont fermés, pour éviter les vols. Je vois les voisins remplir leurs voitures à ras bord et fuir. Nous sommes si près d'une ville qu'en cas de détonation nous serions dans le cercle du souffle. Moi, je ne sais pas où me cacher. La télé diffuse des images des camps de réfugiés et des zones d'explosions, mais les dégâts électrostatiques empêchent de plus en plus la diffusion des informations. Je ne sais pas ce qui se passe dans le monde, alors je lis, j'écoute de la musique, tous ces petits gestes du quotidien que je voudrais rassurants mais qui, en réalité, ne font qu'alimenter ma psychose. J'ai des crises de tremblements et de panique, j'appelle encore et encore sur le portable de mes parents, rien. Certains relais sont coupés, je l'ai entendu à la radio.

J'ai regardé sur le net. Les mails destinés à mes parents sont restés sans réponse, alors j'ai jeté un œil sur l'Horloge. Elle indique 11 h 59. C'est stupide, mais j'ai peur… Je voudrais quelqu'un avec moi, mais je suis seul…

Alors je pense, je réfléchis. J'essaye de rassembler mes idées, et je crois que je commence à comprendre ce qui m'arrive – ce qui nous arrive. Mes lectures m'ont éclairé sur notre sort.

Jour 16

J'ai eu plusieurs nuits pour mûrir mes réflexions, et je me fais peur. J'ai compris que tout ceci n'est pas le fruit du hasard, il y a une raison à tout cela, il doit y avoir une raison ! Je cherche pourquoi ? Pourquoi en arriver là ?

Certains à la radio pensent que ce qui nous arrive n'est rien d'autre que l'Apocalypse elle-même. Mais Dieu n'a rien à voir là-dedans, c'est l'Homme, et lui seul qu'il faut blâmer. Il s'est damné dans sa quête de puissance, il a vendu son âme à la destruction massive et aujourd'hui sa malédiction l'a rattrapé. L'ombre qui le suivait ne l'a jamais quitté, elle se glissait derrière lui, chuchotant des mots mielleux dans son oreille. C'est sans doute l'appel de la technologie, faire toujours plus avec le minimum d'effort. J'ai vu beaucoup de films et lu moult livres où l'Humanité affrontait dans sa bataille ultime ses propres créations qui se rebellaient contre elle. Des machines et des robots, comme dans les livres d'Asimov ou de P. K. Dick, qui étaient devenus plus humains que l'homme dans leur quête d'un monde parfait. Ont-ils raison de vouloir nous éliminer pour offrir la paix sur cette terre ? Quoi qu'il en soit, ils souhaitent nous faire disparaître au profit d'un bien général. Mais nous ? Pourquoi nous détruisons-nous ?

Et la créature du docteur Frankenstein ? Créée par l'homme et destinée à ne pas accéder à cette humanité qu'elle est censée imiter – non, pire, acquérir. Mais le lecteur se rassure en se disant que ce tueur d'enfant n'est qu'un immonde rebut malfaisant, un raté de la science qui a échappé à notre contrôle. C'est *autre chose*, ce n'est pas nous, c'est un *monstre* dont nous avons perdu le contrôle. Mais qui leurrons-nous sur le véritable coupable des crimes dont on accable la créature si aisément, si confortablement ?

J'en ai vu d'autres où des virus mortels échappaient à tout contrôle et contaminaient la planète pour éradiquer l'espèce fière et dominante que nous sommes. Bien que l'Homme en soit parfois à l'origine, les pandémies sont pourtant le résultat d'une défaillance humaine. Si l'Homo sapiens disparaît, c'est parce que quelque chose n'a pas fonctionné comme il le voulait, qu'il a encore une fois perdu le contrôle.

Mais c'est finalement l'Homme qui, aujourd'hui, a appuyé sur la touche fatale, sciemment, à chaque fois. C'est lui qui a visé, choisi froidement ses cibles, lui seul qui a décidé de lancer le feu nucléaire, et d'y répondre… C'était écrit, inévitable, tant d'années passées à tester ses bombes dans le Pacifique, le Nevada ou la Toundra, pour être sûr du résultat, à répéter encore et encore les essais, rien que pour savourer cette sensation grisante d'avoir le pouvoir à portée de doigt. Pourquoi, si ce n'était pas son destin ? Et cette montre apocalyptique, nous avions tout calculé, minuté, programmé !

Nous avons fait semblant de ne pas voir.

Nous étions condamnés à finir ainsi.

Et il ne reste qu'une minute avant Minuit.

Jour 19

Il est tard, je crois, mais j'ai eu une vision. Je couche mes mots sur le papier pour ne pas l'oublier. Par réflexe j'avais laissé la lumière d'une ampoule allumée pour rester éveillé. Elle éclaire à peine ma feuille, et j'ai faim. Ma main tremble. Et je pense…

Chaque génération a regardé le monde décrépir, se reprochant, entre deux reportages du journal de 20 heures, de léguer un avenir pareil à ses enfants. Et plus le monde allait mal, plus les hommes se voilaient les yeux, espérant être morts avant pour ne pas voir la catastrophe finale, espérant ne pas être de la génération maudite. Eh bien moi, j'en suis. Je fais partie de ceux qui ont hérité du pire et n'ont plus rien à léguer à leurs enfants. Je vis à l'heure de la guerre nucléaire.

L'existence de l'humanité est un cycle permanent. Les civilisations s'élèvent puis s'effondrent, leur décadence provoque de grands bouleversements, de nombreuses destructions, et toujours la fin de quelque chose. Non contente de faire disparaître de la surface du globe des races entières du monde animal, l'espèce humaine dans son infinie bêtise s'est lancée à corps perdu dans la recherche de l'autodestruction. L'Homme est ainsi fait : il fait la guerre, croit quelques années au repentir, puis cède à nouveau à ses pulsions primaires et indélébiles. Et à chaque fois, il monte une marche de plus dans l'échelle de la dévastation. Le XXe siècle fut celui de la mort industrielle... Première Guerre mondiale, première étape. Les débuts de l'aviation de combat, les canons de plus en plus lourds, les blindés et surtout les gaz de combat. Deuxième Guerre mondiale, deuxième étape. L'invention des fusées, l'extermination systématique, et surtout la puissance nucléaire qui sans crier gare a scellé le destin de l'Humanité. Aujourd'hui nous assistons à la troisième et dernière étape, celle qui tire ses racines de toutes les précédentes, l'étape ultime, l'étape sans retour...

Je repense à ces années qui auraient dû nous prévenir... Hiroshima et Nagasaki furent la brèche, nos ancêtres y ont ouvert la boîte de Pandore. Au moment où ils ont appuyé sur le bouton, ils ont maudit les générations appelées à leur succéder. À l'instant précis où L'Enola Gay a lâché Little Boy, il était dit qu'un jour, l'arme atomique sonnerait le glas de l'Humanité. Depuis ce mois d'août 45, nous n'avons plus passé une seule journée sans la crainte insidieuse du danger nucléaire.

Tous savaient que *ça* arriverait, l'épée de Damoclès oscillait au-dessus de leurs têtes, constamment de Cuba à la Corée du Nord en passant par Téhéran, le symbole aux trois hélices provoquait une terreur viscérale, mais les politiciens nous rassuraient par de belles paroles, de beaux principes... Les années passaient, l'atome était toujours là, attendant son heure. Attendant Minuit. Et la malédiction d'Hiroshima planait.

Jour 21

La télévision ne diffuse plus que deux chaînes, les autres ne sont plus que friture et parasites. Elles passent en boucle les conseils de sécurité et les avertissements, mais plus aucune information.

Je n'ose plus sortir, les rues sont vides. Des rumeurs courent sur les ondes radio désorganisées. On n'y entend presque plus de musique, mais des gens qui parlent de nouveaux bombardements, et des millions de blessés graves qui perdent leurs cheveux et des plaques de peau... Je ne veux pas connaître les détails. J'entends les camions de police et de pompiers qui passent à intervalle régulier pour appeler la population à rester cachée. De temps en temps le vrombissement du rotor d'un hélicoptère.

La musique se fait rare, mais elle me permet de rester calme. Elle me rappelle que je ne suis pas si seul.

Je n'ai plus d'espoir de recevoir des nouvelles de ma famille, j'espère sincèrement qu'ils ont comme moi trouvé un abri. J'ignore où ils sont, et si des bombes ont détonné dans leur région. Je ne sais plus rien hormis ce qui se passe autour de la maison. Le monde a soudain rétréci en quelques mètres carrés de béton, de matelas, de couvertures... Il est sombre, son soleil est une ampoule orangée, son air est vicié malgré mon système bricolé, et terriblement moite. Mes vêtements me collent à la peau, mes jambes sont torturées par des milliers de fourmis. Souvent je regarde ma montre et je me demande... Quelle heure peut-il bien être ? Nous reste-t-il toujours cette précieuse minute ? Est-il Minuit ? Est-il Minuit Un sans même que je le sache ?

Je joue aux cartes et aux dés pour tromper l'ennui. Et la peur aussi, quoique je commence à m'habituer. Je me résigne. Je suis persuadé que le tour est déjà joué, que nous subissons ce que nous avons provoqué depuis toutes ces années et qu'il n'y a pas d'issue. Comment y échapper ?

Jour 25

C'est drôle, à la radio il y a une fréquence qui diffuse la même chanson, encore et encore... « Eve of Destruction », en boucle. Je ne sais pas qui a eu cette idée brillante, il doit être le seul que ça amuse.

Jour 26

Épouvantable ! Horrible ! Il n'y a pas de mot... C'est aujour-
d'hui la première fois que je l'ai entendue... Elle m'a glacé le sang,
noué le ventre et desséché la gorge. La sirène... Un hurlement de
démence qui m'a transpercé de part en part, celui du genre humain agonisant, un cri de terreur ultime qui se prolonge et se prolonge, interminable... La sirène ! Jamais je ne me suis senti aussi
intime avec la mort qu'en cette seconde. Ma tête résonne encore de
cette plainte ignoble... Elle me rappelle que la fin est proche, que
le châtiment tant mérité ne va pas tarder à frapper ! Je n'ai pas osé
remonter, cette fois. J'ai vérifié que la porte de ma pièce était bien
verrouillée et me suis blotti contre les cartons.

J'ai attendu des heures, prostré. Je n'ai pas faim, je veille. Je
tends l'oreille. Comme si je pouvais déjà percevoir le grondement
qui m'attend... Mais rien, le silence, le silence malsain, le silence
oppressant, le silence terrifiant. Le silence de mort.

Je ne dors pas, l'obscurité m'étouffe. Je crois l'entendre encore,
elle repousse Morphée hors de mon nouvel univers. Alors je laisse
la lumière allumée, et j'essaye d'écouter la radio... Je ne perçois
plus rien de distinct maintenant, des voix emmêlées dans un perpétuel grésillement. Parfois je crois discerner un appel à l'aide,
mais je n'arrive pas à savoir si cela vient de la radio ou de l'extérieur. Mes paupières sont lourdes, mais dès que je les ferme, c'est
comme si je tournais le dos à un animal sauvage. L'adrénaline me
fait sursauter, en sueur ! Je cherche un visage réconfortant, mais je
suis seul.

Jour 32

J'ai le hoquet, ça ne part pas. Je voulais monter aller aux toilettes, mais je n'ai pas osé ouvrir la porte de la pièce. Et si jamais la
sirène recommençait et que j'étais dans un couloir ? Cette idée me
glace le dos, et je vérifie souvent si la porte en question est bien
verrouillée. Je sais que c'est stupide, qu'est-ce qui pourrait bien

vouloir entrer ? Je suis seul dans cette maison, seul au monde. Je suis peut-être le dernier, je suis peut-être maudit, condamné à souffrir cette solitude dans la peur ?

Je n'en pouvais plus, je devais aller aux toilettes… Alors j'ai pris ma respiration et j'ai couru, aussi vite que j'ai pu ! Je fermais presque les yeux, la cave me terrifiait. Les marches, si hautes ! J'ai claqué la porte des W.-C. et tourné frénétiquement la clef dans sa serrure. Il m'a fallu près d'une demi-heure pour en sortir, en nage… Quand je l'ai ouverte, tremblant, tout me paraissait irréel, comme un monde inconnu, mais c'était chez moi ! Je respirais un peu mieux en retrouvant mes repères, mon cœur était heureux de voir que tout n'avait pas disparu… Par curiosité j'ai entrebâillé un volet, discrètement… Il faisait jour, si jour que j'en avais mal aux yeux. Pas âme qui vive en vue, pas de voiture. Et puis soudain, l'horreur. La sirène ! Son appel m'a arraché un hurlement de panique brute ! J'ai couru, avec la nette impression d'être poursuivi par un spectre malveillant, me suis littéralement projeté dans ma cave et verrouillé l'accès d'une main en proie à de violents spasmes… La pièce m'a à nouveau englouti, et je n'en sortirai plus.

Jour 34
J'ai beau chercher sur les ondes, il ne passe plus que cette seule chanson, toujours la même, encore la même.

Jour 35
Quelque chose m'intrigue – m'inquiète. Depuis cette sensation étrange d'avoir *quelque chose* à mes trousses, hier, je n'arrive pas à m'empêcher de retenir ma respiration par moment. J'ai éteint la radio pour savoir. Il y a un murmure, comme un souffle discret. Un courant d'air ? Je crois que ça vient de la porte…

Jour 36

Deux jours sans pompiers ni policiers. J'ai entendu le rugissement des avions de chasse, puis plus rien. Plus rien à la télévision,
ni à la radio. Je suis seul. Presque deux semaines sans parler à un
être humain. Mes mains tremblent toujours, alors pour les occuper
je gratte des allumettes. C'est étrange, de voir une allumette s'en-
flammer ; on la frotte et soudain une vive lueur qui masque tout le
reste. Puis elle brûle, noircit, fume. Chaque fois que j'en gratte
une, c'est comme une explosion minuscule. Une bombe au bout de
mes doigts, je ne peux en détacher mon regard. Mais elle ne dure
que quelques secondes, je dois en allumer une autre. La pièce sent
le soufre.

J'ai parfois de drôles d'impressions. Il y a ce souffle discret, je
suis sûr qu'il vient de la porte. Mais je ne m'en approche plus,
j'urine dans les bouteilles vides, pour le reste je suis en proie à la
constipation. Je ne mange presque pas, quand j'ai un creux, je
croque une pâte.

La porte me fait peur. Elle exhale une froideur insidieuse.
Quand j'essaye d'éteindre la lumière, je frissonne, j'ai peur. J'ai la
nette sensation d'être le dernier. Je ne peux pas l'expliquer, je le
sens. Il n'y a plus un bruit dehors, personne n'essaye de m'appeler,
personne ne vient me chercher. Je ne crois pas qu'on m'ait oublié,
non ! Mais il n'y a plus personne pour me sauver. Pourtant je ne
veux pas sortir pour voir. Dehors, c'est la mort, dehors le monde
est condamné à la souffrance, à l'éradication. Ici, je suis à l'abri du
mauvais sort qui frappe l'Humanité. Mais pour combien de
temps ? Une minute ? Quelle heure est-il ?

Jour 37

La sirène ! Elle a recommencé à hurler cette nuit ! C'est une des
sept trompettes de l'Apocalypse, ils avaient raison ! Elle a réveillé
les morts qui gémissent avec elle, ils nous attendent... Ils vien-

dront nous chercher un par un pour nous punir de notre vanité et de notre cruauté ! Pourquoi ? Pourquoi avoir inventé cette horreur nucléaire ? Pourquoi s'être condamné de la sorte ? Et pourquoi moi ? Je n'y suis pour rien, je suis né des décennies après ! Je ne mérite pas le fléau de mes aïeux ! Je suis maudit, oui, maudit par l'intelligence humaine, contraint de vivre ces heures abominables sans mourir ! Je survis, pourquoi ?

Jour 41
Raison ! Raison ! Tout était écrit, pourquoi personne n'a écouté ?

Jour 45
La sirène ! Bon sang, la sirène ! Quand elle s'éteint, je l'entends encore ; elle hurle dans ma tête ! Comme un million de voix déchaînées, celles des morts ! Oui, les offrandes au nucléaire. Elles crient vengeance, les victimes d'Hiroshima. Par-delà l'outre-monde, ils hantent mes nuits sans sommeil ! C'est mon tour, bientôt, c'est mon tour ! Comme les douze coups, elle annonce mon heure et je n'y échapperai pas !

Jour 50
J'ai dormi trois heures, trois heures plongé dans un cauchemar indescriptible. Dans ce rêve je suis seul, je déambule dans les rues de la ville déserte, je ne rencontre personne. Puis soudain il y a une grande lumière et un déchaînement effroyable de voix humaines ! Alors je les vois, par centaines, par milliers… Ils me fixent de leurs orbites vides, leur peau est crayeuse, ils n'ont plus que quelques filets de cheveux noirs, leur nez et leurs oreilles saignent ; mon Dieu ! Je hurle devant ce spectacle horrible, je m'arrache la peau des joues avec mes ongles lorsqu'ils me montrent tous de leur index squelettique… Le feu atomique s'élève dans le ciel et ils me regardent !

Jour 58

Je sais qui souffle derrière la porte ! Ce sont eux, ils attendent. Ils s'impatientent. J'entends leur râle derrière le battant, le frottement de leurs mains décharnées contre le bois ! Je suis acculé au fond de la pièce, je n'ose plus m'approcher de la sortie…

Jour 64

Ils tapent à la porte, maintenant ! Ils grognent et gémissent ! J'ai beau leur crier d'arrêter, ils continuent inlassablement ! Je hurle, je me casse la voix ! « Arrêtez ! Arrêtez ! » Rien à faire ! Mon heure arrive ! Elle cogne pour rentrer dans mon refuge et s'emparer de mon âme damnée… Et cette sirène diabolique qui recouvre le son de ma voix !

Jour…

Je n'ai plus de bouteilles vides, je dois uriner dans le coin, l'odeur est infecte… J'ai mal à la tête, je ne sais plus quel jour nous sommes. J'ai passé beaucoup de temps à pleurer, j'ai cassé ma montre, je ne sais plus comment… Peu importe, il est minuit, et l'aiguille restera peut-être immobile pour cent ans… ou pour toujours… J'ai des plaies au visage, aux mains et aux coudes… Pourquoi ? Je ne me rappelle pas…

Ils crient maintenant !

Je crois que je délire… Mes instants de lucidités se confondent avec mes angoisses hystériques, je ne sais pas ce qui se passe. Je ne sais plus pourquoi je suis là, dans cette pièce sombre… Quand mes crises viennent, je tape dans mes murs de matelas comme dans une chambre capitonnée ! Je crie, je hurle, personne ne m'entend, sauf peut-être la sirène ! Mes ongles griffent le béton comme pour creuser un tunnel vers l'au-delà ! Rejoindre les autres sans tarder, sans attente, sans angoisse ! Mais je suis enfermé vivant dans la solitude et la terreur ! Je suis épuisé, à bout, je ne peux plus supporter tout ça ! Les avions de chasse ne passent plus, la sirène m'appelle tous les jours, jour et nuit ! Mais rien ne vient ! Je crois que j'attends la bombe, je l'espère ! Je l'envie ! Elle viendra, je le sais, mais quand ? Quand ? Quand ?

Minuit ! J'attends ! Minuit !

Tout est noir, plus d'électricité. Lampe de poche pour surveiller la porte... Vomi que de la bile... Saigne... Ah ! La sirène ! La sirène !

"Don't you understand what I'm tryin' to say
Can't you feel the fears I'm feelin' today?
If the button is pushed, there's no runnin' away
There'll be no one to save, with the world in a grave

And you tell me
Over and over and over again, my friend
Ah, you don't believe
We're on the eve
of destruction. "[16]

Barry McGuirre

---

16 Ne comprends-tu pas ce que j'essaye de te dire ?
N'arrives-tu pas à ressentir les peurs que je ressens aujourd'hui ?
Si le bouton est pressé, il n'y aura nulle part où fuir
Il n'y aura personne à sauver avec le monde dans une tombe

Et tu me dis encore et encore et encore, mon ami
Ah, que tu ne crois pas
Que nous soyons à l'aube
De la destruction

~*~

Au plus fort de la guerre froide, la *Doomsday Clock* indiquait 11 heures 57. À la chute de l'URSS, il était 11 heures 43.

En 2017, il est 11 heures 57 et 30 secondes.

FLORENT LENHARDT

Franco-Allemand d'origine, Florent Lenhardt fait son Service Volontaire Européen en Grèce en 2010 avant de passer six années en Finlande, qu'il s'apprête à quitter pour vivre en Suède. Son sentiment d'identité européenne, appuyé par cette expérience, a eu une énorme influence sur son hobby principal : l'écriture. Depuis 2015 il a commencé l'autopublication de son cycle d'anticipation dystopique *Pax Europæ*, un projet longuement mûri, composé de romans et de nouvelles, qui devrait l'occuper, lui comme ses lecteurs, encore quelques années. On retrouve dans ses textes ses centres d'intérêt que sont l'Histoire, l'Europe, mais aussi la mythologie et les bombes nucléaires. Parfois même tout-en-un.

Il est également anthologiste pour *Europunk* qui sortira chez Realities Inc.

Table des matières